Diane Setterfield

Diane Setterfield vit en Angleterre, à Londres. Spécialiste de littérature française, elle a soutenu une thèse sur André Gide et a donné des cours à Mulhouse à l'École nationale supérieure de Chimie et à l'Institut universitaire de Technologie.
Le Treizième Conte (Plon, 2007) est son premier roman, suivi en 2015 de *L'Homme au manteau noir* publié chez le même éditeur.

Retrouvez toute l'actualité de l'auteur sur :
http://www.dianesetterfield.com/
https://www.facebook.com/dianesetterfieldauthor/

L'HOMME
AU MANTEAU NOIR

DU MÊME AUTEUR
CHEZ POCKET

LE TREIZIÈME CONTE
L'HOMME AU MANTEAU NOIR

DIANE SETTERFIELD

L'HOMME AU MANTEAU NOIR

Traduit de l'anglais
par Carine Chichereau

FEUX CROISÉS
PLON

Titre original :
Bellman & Black

MIXTE
Papier issu de sources responsables
FSC® C003309

Pocket, une marque d'Univers Poche,
est un éditeur qui s'engage pour la préservation
de son environnement et qui utilise du papier fabriqué
à partir de bois provenant de forêts
gérées de manière responsable.

ISBN : 978-2-266-25938-5

À mes parents, Pauline et Jeffrey Setterfield
qui, entre autres choses, m'ont appris
tout ce que j'avais besoin de savoir sur les lance-pierres.

Vous avez vu des corbeaux freux [...]
Ne vous laissez pas abuser par une impression de familiarité. Les corbeaux freux se drapent dans un glorieux manteau de mystère.
Ils ne sont pas ce que vous pourriez croire.

Mark Cocker, *Crow Country*

J'ai entendu, de la part de gens qui n'ont aucun moyen de le savoir, que dans ses derniers moments un homme voit sa vie défiler devant ses yeux. S'il en est ainsi, un cynique pourrait prétendre que, dans ses ultimes instants, William Bellman vit repasser les longues séries de calculs, de contrats, d'accords commerciaux qui avaient constitué son existence. En réalité, alors qu'il approchait de la frontière avec cet autre lieu – frontière vers laquelle nos pas nous mèneront tous un jour –, ses pensées se tournèrent vers ceux qui avaient déjà accédé à ces contrées inconnues : sa femme, trois de ses enfants, son oncle, son cousin et des amis d'enfance. Après avoir songé à ces chers disparus, comme il n'était pas encore mort, il eut le temps d'un dernier souvenir. Ce qu'il extirpa des couches profondes de son esprit, au bout de quarante ans, ce fut un corbeau freux.

Laissez-moi vous expliquer.

Will Bellman avait dix ans et quatre jours, et la gloire de son anniversaire coulait encore toute fraîche dans ses veines. Avec ses amis, ils couraient les champs qui s'étendaient entre la rivière et les bois où descendaient les freux, fusant, battant des ailes, picorant le sol avec vigueur à la recherche de larves de tipules. Charles, l'héritier de la manufacture Bellman, était le cousin de Will. Leurs pères étaient frères – et bien que l'affaire parût simple, elle ne l'était point. Fred était le fils aîné du boulanger. Sa mère venait d'une famille de crémiers. On disait de lui que c'était le garçon le mieux nourri de tout Whittingford et, à le voir, on avait bel et bien l'impression qu'il avait été élevé au pain blanc et à la crème. Il avait de belles dents, des muscles solides sur des os robustes, et il évoquait déjà le jour où il reprendrait la boulangerie. Luke était l'un des fils du forgeron. Il n'hériterait de rien : il avait trop de frères aînés. Sa tignasse d'un roux éclatant se voyait à des kilomètres ; enfin, quand elle était propre. Il restait toujours à bonne distance de l'école. Il n'en voyait pas l'utilité. Si c'était pour recevoir une bonne correction, autant demeurer à la maison. À moins qu'il ne fût pris d'une véritable fringale, il restait aussi à bonne distance de chez lui. Quand il ne parvenait pas à se remplir la panse en quémandant sa nourriture, il chapardait, et quand il n'y avait plus rien à chaparder, il volait. Un garçon, ça mange. Il manifestait une dévotion passionnée envers la mère de Will, qui parfois lui donnait du pain et du fromage, et même une fois une carcasse de poulet à grignoter.

Tous ces garçons menaient donc des existences différentes au départ, pourtant quelque chose les avait rassemblés au commencement de l'été : leur âge. Ils étaient nés le même mois de la même année.

La puissance symbolique de cet anniversaire les attirait les uns vers les autres comme une force physique et, à mesure que s'écoulaient les journées d'août, ce n'était plus seulement l'amitié qui les ramenait chaque matin vers les prés et les haies. C'était l'esprit de compétition.

Ils faisaient la course, grimpaient aux arbres, feignaient de se livrer bataille et s'affrontaient au bras de fer. Chaque mètre couru les rendait plus rapides, chaque nouvelle branche atteinte leur découvrait un horizon plus vaste. Ils s'encourageaient les uns les autres, ne refusaient jamais un défi et prenaient des risques de plus en plus grands. Ils se riaient de leurs égratignures, leurs bleus étaient leurs galons, leurs cicatrices des trophées. Chaque jour, à chaque minute, ils se mesuraient au monde, à leurs camarades.

À dix ans et quatre jours, Will était satisfait de l'univers et de lui-même. Il était encore loin d'être un homme, il le savait, toutefois, il n'était plus un petit garçon. Durant tout l'été, réveillé tôt le matin par les croassements rugueux des freux dans les arbres, derrière chez sa mère, il n'avait cessé de sentir ses forces s'accroître. Il était à présent trop grand pour se contenter de la cuisine et du jardin : les champs, la rivière et les bois formaient désormais son nouveau territoire, et le ciel était à lui. Il avait encore beaucoup à apprendre, mais il savait que cela viendrait comme tout le reste : sans difficulté. Et chaque jour, en apprenant, il jouissait de cette nouvelle sensation exaltante de maîtriser les choses.

« Je parie que je peux toucher cet oiseau », dit soudain Will en désignant une branche très haute dans un arbre lointain. C'était l'un des chênes voisins de sa maison ; le cottage était même visible depuis l'endroit où ils se trouvaient, à demi dissimulés derrière les haies.

« Tu n'y arriveras pas ! » s'écria Luke, et aussitôt il appela leurs camarades et remonta la pente à la hâte, tout en désignant quelque chose au loin. « Will dit qu'il peut toucher cet oiseau !

— Impossible », rétorquèrent les deux autres, toutefois, ils arrivèrent en courant pour assister à la tentative.

L'oiseau, un corbeau freux ou une corneille, était hors de portée, posé sur une branche à un demi-champ de là.

Will tira son lance-pierres de sa ceinture et se mit à chercher un caillou avec force manières. Une sorte de mystique entourait la quête du projectile parfait. Avoir la réputation de bien le choisir était enviable, et l'on discutait longuement des mérites comparés de la taille, de la régularité, de la texture et de la couleur. Les billes arrivaient en tête, bien sûr, mais rares étaient les garçons qui se risquaient à en utiliser. En son for intérieur, William pensait que n'importe quelle pierre assez ronde et lisse ferait l'affaire, mais il savait la valeur de la mystification comme tout autre garçon, aussi prit-il son temps.

Tandis qu'il cherchait son projectile, ses compagnons s'intéressaient à son lance-pierres, qu'il avait confié à son cousin. Charles mania l'objet sans grand intérêt tout d'abord, puis, sentant combien il était équilibré, l'étudia de plus près. Les deux branches partaient de la poignée en formant un Y presque trop symétrique pour être naturel. On aurait pu ratisser une forêt de fond en comble sans trouver fourche aussi parfaite. Will avait l'œil.

Fred entreprit à son tour d'examiner l'engin. Soudain, il fronça les sourcils, et les commissures de ses lèvres s'inclinèrent vers le bas, comme s'il inspectait un beurre qui aurait tourné.

« Ce n'est pas du noisetier. »

Will ne leva pas les yeux. « Le noisetier, c'est facile à couper. Mais on n'est pas obligés de s'en contenter. » Il avait affûté son couteau, grimpé, scié avec patience pour obtenir la forme qu'il avait repérée. Le sureau était assez vieux pour être solide, et assez jeune pour être encore souple.

La bande de cuir, elle, était familière : Will avait réutilisé celle de son vieux lance-pierres, découpée dans la languette d'un soulier devenu trop petit. De petites entailles longues et bien nettes effectuées avec une lame aiguisée donnaient au cuir davantage d'élasticité, si bien qu'il enrobait bel et bien le projectile. Toutefois, un élément était totalement nouveau. Là où les caoutchoucs venaient se fixer sur la fourche, Will avait taillé des sillons peu profonds d'environ deux centimètres et demi. Puis, au-dessus et au-dessous, il avait attaché de la ficelle. Charles y passa un doigt admiratif. La chose avait été exécutée avec dextérité, cependant, il n'en comprenait pas la raison.

« À quoi ça sert ? »

Luke la prit et passa à son tour le doigt sur la gaine de ficelle.

« C'est pour empêcher les caoutchoucs de descendre, c'est ça ?

— Je vais voir. Pour l'instant, ça n'a pas bougé », répondit Will en haussant les épaules.

Jusqu'à ce jour, les garçons ignoraient qu'un lance-pierres aussi parfait pût exister. Ils avaient toujours cru que ces instruments étaient bons ou mauvais par la volonté du Saint-Esprit, que c'était le fruit du hasard. Quand on l'utilisait, on tentait sa chance, à cinquante contre un. Seulement, le hasard n'avait pas sa place ici. L'outil de Will avait été pensé, conçu, élaboré.

Luke testa la souplesse du cuir. Il avait une bonne élasticité, mais il ne put résister à l'envie d'apporter sa propre contribution à l'entreprise. Il cracha sur ses doigts et enduisit de salive le cuir avec tendresse.

Quand Will eut enfin trouvé le projectile qui lui convenait, il fut surpris de constater que l'oiseau était toujours là. Il reprit son lance-pierres, le chargea. Son regard était affûté, sa main sûre. Il s'entraînait beaucoup.

Le freux était trop loin.

Tournant alors leurs regards vers la cible, les garçons sourirent et secouèrent la tête. Le défi que Will s'était lancé était si ridicule qu'il en riait avec eux. Et puis, ses dix années cumulées d'observation, de croissance, de force et de puissance bandèrent ses muscles, et il cessa d'entendre ses camarades.

Tandis que ses yeux mesuraient l'arc – un arc impossible – entre lui et sa cible, son cerveau calibrait, calculait, programmait l'instrument. Ses pieds s'écartèrent, son poids s'équilibra, les muscles de ses jambes, de son dos, de ses épaules se préparèrent, la pression de ses doigts s'affina, et ses mains testèrent la souplesse de l'outil. Il tira le projectile en arrière.

Au moment de lâcher la pierre – non, juste avant : à la seconde où il était trop tard pour l'arrêter –, il connut la perfection d'un instant. Garçon, lance-pierres, projectile. Corps, œil, cerveau. Il sut avec certitude, et le caillou s'envola.

Il lui fallut du temps pour accomplir sa trajectoire. Enfin, c'est ce qu'il leur sembla. Assez en tout cas pour que William espérât que l'oiseau, ramené à la vie, d'un battement d'ailes s'élevât au-dessus de sa branche. Le projectile tomberait par terre sans faire de mal, et le rire de granit du corbeau freux les raillerait depuis les cieux.

L'oiseau ne bougea pas.

La pierre arriva au faîte de son arc et amorça sa descente. Les garçons se turent. William était muet. L'univers, immobile. Seul le projectile fusait.

Il y a encore le temps, songea William. *Je pourrais crier pour l'effrayer.* Mais sa langue était figée, et l'instant s'étirait en un long, un lent moment de paralysie.

Le caillou touchait au but.

L'oiseau tomba.

Les garçons regardaient la branche nue, bouche bée. Était-ce vraiment arrivé ? C'était impossible ! Pourtant ils l'avaient vu… Trois têtes se tournèrent d'un seul mouvement vers Will. Ses yeux étaient toujours fixés sur la branche où était posé le freux auparavant. Il le voyait à nouveau tomber, et il essayait de comprendre.

Fred rompit le silence d'un grand beuglement, alors les trois garçons filèrent vers l'arbre à travers champs, Luke trébuchant dans les fossés, sur les racines, toujours le dernier. Avec un temps de retard, William se précipita derrière eux. Il les trouva déjà agenouillés sous l'arbre. Ils s'écartèrent pour lui faire de la place.

Là, sur l'herbe : l'oiseau. Un corbeau. Jeune. Un freux au bec encore noir.

C'était donc vrai. Il avait réussi.

Il sentit quelque chose remuer dans sa poitrine, comme si on lui retirait un organe pour mettre un objet étranger à la place. Un sentiment naquit en lui, dont jamais il n'avait soupçonné l'existence. Depuis sa poitrine, il se glissa dans ses veines, pour atteindre chacun de ses membres. Arrivé dans sa tête, il enfla, lui boucha les oreilles, étouffa sa voix et se concentra dans ses pieds, ses doigts. N'ayant pas les mots pour l'exprimer, Will demeura silencieux, mais il le sentit s'ancrer en lui, de manière définitive.

« On pourrait l'enterrer. » C'était Charles. « Avec une cérémonie. »

L'idée d'un rituel pour marquer cet événement extraordinaire leur plaisait. Mais avant qu'ils aient réussi à se mettre d'accord sur ce qu'il convenait de faire, Luke saisit le bout de l'aile et la déploya avec une hésitation qui déclencha les rires. Un rayon de soleil traversant le feuillage tomba sur l'oiseau mort, et soudain le noir ne fut plus noir ; des tons d'encres dans les bleus, les violets, les verts apparurent. Cette couleur ne se comportait pas comme les autres. Elle changeait, chatoyait, animée d'une vivacité qui jouait des tours à l'œil et à l'esprit. Chacun des garçons se demanda un instant si en fin de compte l'oiseau était bien mort – mais oui. Bien sûr.

Ils murmurèrent entre eux, et à nouveau se tournèrent vers Will. Cette beauté lui appartenait aussi.

Enhardi, Luke s'empara de l'oiseau.

« CROAH ! »

Il le brandit vers Fred, puis vers Charles – mais pas vers Will –, et les deux garçons reculèrent d'un pas, avec un cri de surprise, un rire de soulagement. Ce fut Fred qui se mit à jouer avec le cadavre, manipulant ses ailes, imitant le vol et les croassements avec talent. Will riait à demi. Il était encore sous le choc des turbulences qui l'avaient agité. Ses poumons étaient affaiblis.

Au bout d'un moment, la passivité du petit corps commença de déplaire à Fred. Comme aux autres. Il y avait cette tête qui dodelinait mollement, les plumes qui ne revenaient pas en place. Fred jeta l'oiseau avec dégoût.

Toute idée d'enterrement était désormais oubliée, et leur attention passa de la créature à la pierre qui l'avait tuée. Dorénavant, elle avait de la valeur. Ils la cherchèrent longtemps, ramassant chaque caillou l'un après l'autre.

« Trop gros, disaient-ils.

— Pas la bonne couleur.

— Il n'y avait pas cette marque, là. »

Le projectile restait introuvable. Après avoir accompli ce miracle, il avait renoncé à demeurer unique, et il était rentré dans le rang, indistinct parmi les autres pierres.

Quoi qu'il en soit, déclara Charles, et pour une fois ils furent tous d'accord, ce n'était pas vraiment la pierre. C'était bien Will qui avait accompli cet exploit.

Ils se dirent et se redirent l'histoire, mimant les gestes chacun leur tour. Armés de lance-pierres imaginaires, ils tuèrent des colonies entières de freux imaginaires.

Will les regardait. Comme tous les héros de dix ans, il eut sa part de railleries et de bourrades. Il souriait, malade en lui-même, fier, honteux, coupable. Il souriait jusqu'aux oreilles et encaissait les coups sans conviction.

Le soleil sombra sur les prés et le ciel fraîchit. L'automne était proche et ils avaient faim. Il était temps de revenir à la maison. Les garçons se séparèrent.

Will habitait le plus près, en quelques minutes il serait dans la cuisine de sa mère.

Arrivé en haut d'un monticule, quelque chose le poussa à se retourner. Il observa l'endroit où était tombé l'oiseau. Ils étaient partis depuis une poignée d'instants, et déjà les corbeaux revenaient. Ils volaient en cercles au-dessus du chêne, à quinze ou vingt. D'autres arrivaient de toutes les directions. Ils se déployaient à travers les cieux, volée lâche de taches noires convergeant vers ce lieu. Un par un, ils se posèrent dans les ramures. D'habitude, pareil rassemblement s'accompagnait d'un fracas de graillements rauques, car les freux se jetaient les uns aux autres leurs croassements comme du gravier. Cette assemblée-là était différente : elle avait lieu dans un silence recueilli.

Chaque oiseau sur chaque branche regardait vers lui.

Will bondit au pied de la butte et courut jusque chez lui, à croire qu'il avait le diable à ses trousses. Quand il eut la main sur la poignée de la porte, il osa enfin se retourner à nouveau. Le ciel était vide. Il scruta les branches de l'arbre, mais à cette distance, les derniers feux du couchant dans les yeux, il était difficile de distinguer les freux des feuilles. Peut-être s'était-il imaginé tous ces regards braqués sur lui.

Un instant, il crut qu'un de ses amis était retourné sur les lieux. Un garçon se tenait dans l'ombre du chêne, exactement là où il était auparavant. Mais il était trop petit pour être Charles, trop mince pour être Fred, et n'avait pas la crinière rousse de Luke. De plus, à moins que cela ne fût un effet de l'ombre et de la lumière, il avait l'air vêtu de noir.

Will cligna des yeux, l'autre n'était plus là. Parti chez lui à travers bois, probablement.

Will ouvrit la porte et entra.

« Qu'est-ce qui t'arrive ? » lui demanda sa mère.

Il resta silencieux ce soir-là et Dora le trouva bien pâle. Ses questions ne rencontrèrent guère de réponses, et elle comprit que son fils était assez grand pour avoir des secrets à présent.

« Réfléchis un peu. Dans une semaine, tu seras parti à l'école avec Charles. »

Il s'inclina discrètement contre elle lorsqu'elle s'approcha pour lui servir sa soupe, et quand elle passa le bras autour de lui, il la laissa au lieu de lui rappeler qu'il avait dix ans maintenant. Son fils intrépide était-il nerveux à l'idée de partir pour Oxford ? Ce soir-là, bien qu'il ne fît pas froid, elle réchauffa son lit et laissa la chandelle brûler. Quand elle vint l'embrasser une heure plus tard, elle resta longuement le regarder dormir. Comme il était blême. Était-ce bien son fils ? Les garçons changeaient si vite.

Il n'a que dix ans et si tôt je le perds, songea-t-elle. Et puis, elle eut un coup au cœur : *À moins que je ne l'aie déjà perdu.*

Le lendemain, William se réveilla avec de la fièvre. Pendant plusieurs jours, il garda le lit, veillé par sa mère. Pendant ce temps, tandis que son sang chauffait, chauffait, qu'il suait et criait de douleur, William appliquait tout le génie, toute la puissance de ses dix ans à accomplir le plus grand exploit de sa vie : oublier.

Il y réussit dans les grandes largeurs.

&

Le corbeau freux est une créature assez familière, jusqu'à ce qu'on y regarde de plus près.

Son plumage compte parmi les beautés les plus extravagantes de la nature. Comme le découvrirent les garçons ce jour-là, ses plumes peuvent chatoyer de couleurs éblouissantes, à la manière d'un paon, alors qu'en réalité le freux ne possède aucun pigment bleu, ni violet, ni vert. D'un noir satin sur le dos et la tête, puis sur le jabot et vers les pattes, sa couleur s'adoucit pour devenir d'un velours profond. Il n'est pas seulement noir, il est plus que cela. Il est enveloppé d'une luxueuse surabondance de nuit ténébreuse qui n'existe chez nulle autre créature. Il est l'essence même du noir.

Mais d'où vient cette glorieuse couleur ?

Eh bien, le corbeau freux est une sorte de magicien. Ses plumes sont capables d'illusions d'optique fascinantes.

Je vous entends déjà : « Ah ah ! Donc, ce n'est qu'une illusion. »

Loin de là. Cet oiseau n'est pas un illusionniste de cabaret en chapeau haut de forme, bardé d'astuces, qui essaie de vous faire voir des choses qui n'existent pas. C'est exactement l'inverse : Il est un magicien du réel. Interrogez vos yeux : de quelle couleur est la lumière ? Ils ne sauront vous répondre. Le freux, lui, le peut. Il capte la lumière, la disperse, en absorbe une partie, et réfracte le reste en une délicieuse démonstration optique, dévoilant pour vous ce que vos misérables globes oculaires ne peuvent voir.

Toutefois, cette stupéfiante manifestation de flamboyance n'est pas le seul sortilège qu'il dissimule dans ses plumes. Même si le phénomène demeure extrêmement rare, quelques témoins ont assisté au spectacle suivant : par une belle journée d'été, en regardant vers le soleil, ils ont vu la teinte du corbeau freux passer du noir à un blanc angélique. Tel un miroir, il peut alors étinceler d'un blanc céleste.

Doué de tant de beauté, de capacités à se transformer si magiques, si spectaculaires, on peut se demander comment cet oiseau a pu demeurer dans les champs, à chercher des larves. Pourquoi ces créatures sublimes ne devinrent-elles pas l'apanage des princesses, dans des volières dorées, nourries de délicats morceaux apportés sur des plateaux d'argent par des serviteurs en livrée ? Pourquoi passent-elles leur temps parmi les vaches, quand elles feraient de meilleures compagnes aux licornes, griffons et dragons ?

C'est parce que le freux vit où il veut. Quand il souhaite se distraire en compagnie des humains, il cherche plutôt celle du poète enivré, ou de la vieille aux yeux fous, que d'une damoiselle au chapeau pointu. Il aime se délecter d'un morceau de foie de dragon, de langue de licorne quand il peut, et ne bouderait pas la chair du griffon s'il en trouvait.

Il est beaucoup de noms collectifs désignant les freux. Dans certaines contrées, les gens parlent de *congrégations* de freux.

PREMIÈRE PARTIE

Très probablement, le corbeau freux voit bien mieux que nous ne le pensons,
entend bien mieux que nous ne le croyons,
pense bien plus que nous ne le supposons.

Révérend Bosworth Smith,
Bird Life and Bird Lore

1

Six jours sur sept, les environs de Bufford Road résonnaient des bruits de la manufacture Bellman, qui battait, claquait, cognait, tambourinait, tonitruait. Les navettes qui allaient et venaient étaient un moindre mal : il y avait aussi le fracas de la rivière Windrush, qui torrentait dans la roue produisant l'énergie nécessaire à cette activité intense. Le vacarme était tel qu'à la fin de la journée, quand les navettes s'arrêtaient, que la roue à aubes cessait de tourner, les oreilles des ouvriers résonnaient toujours de leurs vibrations. Cet écho demeurait en eux alors qu'ils retournaient à leur cottage, il persistait encore lorsqu'ils se mettaient au lit, et souvent les poursuivait jusque dans leurs rêves.

Les oiseaux et autres petites bêtes se tenaient à l'écart de la fabrique, au moins les jours de la semaine. Seuls les corbeaux freux avaient l'audace de la survoler, comme s'ils aimaient cette clameur, ajoutant parfois une note personnelle rauque à cette musique industrielle.

Ce jour-là pourtant, un dimanche, l'endroit était calme. De l'autre côté de la Windrush, au bout de la grand-rue, les humains se livraient à un autre genre de bruit.

Un freux – ou était-ce une corneille ? il est parfois difficile de les distinguer – se posa avec aplomb sur le toit de l'église, inclina la tête et écouta.

Viens Saint-Esprit, viens par ton vent,
Remplir le temple que je suis,
Oh, viens Saint-Esprit, souffle puissant,
Brise d'amour, courant de vie…

Aux premiers vers du cantique, la congrégation était mal accordée, désorganisée tel un troupeau de moutons un jour de marché. Certains se comportaient comme si c'était à qui aurait la voix la plus puissante. D'autres, qui avaient mieux à faire que de chanter, se hâtaient d'arriver au bout le plus rapidement possible, alors que d'autres encore, craignant d'aller trop vite, traînaient avec une bonne demi-croche de retard. Autour et derrière les chanteurs, la masse des ouvriers de la manufacture, dont l'audition n'était plus si bonne. Ce qui créait une vibration sourde en fond sonore, à la manière d'une pédale d'orgue restée coincée.

Par chance, il y avait le chœur et fort heureusement, dans le chœur, il y avait William Bellman. Sa voix de ténor claire et puissante était la boussole qui montrait le nord aux voix individuelles, leur indiquant la direction à suivre. Elle rassemblait, dirigeait et servait d'exemple. Ses vibrations parvenaient même à stimuler les tympans des plus durs d'oreille, et le ronron monotone des plus sourds accédait à un son presque musical. Même si à « brise d'amour », l'assemblée bêlait un peu au hasard, à « Source d'amour, fleuve de Dieu », elle avait trouvé son rythme ; elle s'accorda sur la mélodie à « Viens, Saint-Esprit, viens par ton feu », et en atteignant « brûle feu de Dieu », au dernier vers, grâce à William, son chant était aussi agréable que celui de n'importe quelle autre congrégation.

Les dernières notes du cantique moururent, bientôt les portes de l'église s'ouvrirent, et les fidèles sortirent sur le parvis où ils s'attardèrent pour discuter et profiter du soleil d'automne. Parmi eux, deux femmes, une jeune et une plus âgée, toutes deux ornées de force bouquets, broches, rubans et accessoires. Elles se disaient tante et nièce, mais certains murmuraient autre chose.

« J'aimerais que ce soit tous les jours dimanche, dit la jeune demoiselle Young avec une pointe de mélancolie en songeant à la voix de William, et Mrs Baxter, entendant cela, répondit :

— Si vous voulez chaque soir écouter chanter William Bellman, vous n'avez qu'à vous poster à la fenêtre du Red Lion. Bien que… » et ses chuchotements n'échappèrent pas à la mère de William qui se trouvait un peu plus loin « … ce qui est agréable à l'oreille le soit parfois moins à l'âme. »

Dora ne broncha pas et tourna son visage indifférent vers l'homme qui s'approchait d'elle, et qui n'était autre que son beau-frère.

« Dites-moi, Dora. Que devient William lorsqu'il ne mécontente pas les âmes qui s'aventurent près des fenêtres du Red Lion ?

— Il travaille pour John Davies.

— Il aime travailler à la ferme ?

— Vous connaissez William. Il est toujours content.

— Combien de temps a-t-il l'intention de rester là-bas ?

— Tant qu'il y aura du travail. Il est prêt à accepter n'importe quel emploi.

— N'aimeriez-vous pas qu'il ait une place plus sûre ? Offrant des perspectives d'avenir ?

— Et que nous conseilleriez-vous ? »

Toute une histoire se déployait dans le regard qu'elle lui jeta alors, une longue et vieille histoire, et celui qu'il lui renvoya y répondit : tout cela est vrai, nonobstant.

« Mon père est un vieillard à présent, et je suis responsable de la manufacture. » Elle voulut protester, mais il l'en empêcha. « Je ne parlerai pas des autres si cela vous offense, mais moi, Dora, vous ai-je jamais témoigné autre chose que du respect ? Vous ai-je jamais blessée, vous ou William, d'une quelconque manière ? Si je dirige la fabrique, William peut y trouver des perspectives, une sécurité, un avenir. A-t-on le droit de le tenir éloigné de tout cela ? »

Il attendit un instant.

« Vous ne m'avez jamais offensée, Paul, finit-elle par admettre. J'imagine que, si je ne vous livre pas la réponse que vous attendez, vous irez vous adresser directement à William ?

— Je préférerais de loin que nous soyons tous d'accord. » Les choristes s'étaient rhabillés et quittaient maintenant l'église. William se tenait parmi eux, et beaucoup le regardaient, car il était aussi agréable à l'œil qu'à l'oreille. Il avait les mêmes cheveux bruns que son oncle, un front intelligent, des yeux capables de voir bien des choses en même temps, et son corps vigoureux montrait autant de grâce que d'aisance. Plus d'une jeune femme présente sur le parvis de l'église ce jour-là se demanda ce qu'elle éprouverait entre les bras de William Bellman – plus d'une le savait déjà.

Il aperçut sa mère, son sourire s'illumina, et il lui adressa un signe.

« Je lui parlerai, dit-elle à Paul. C'est à lui de prendre sa décision. »

Ils se séparèrent, Dora rejoignit William, tandis que Paul rentrait chez lui seul.

En ce qui concernait le mariage, Paul avait tenté d'éviter de commettre les erreurs de son père et de son frère. Il n'était pas du genre à épouser une femme sotte uniquement pour son argent ni à en choisir une très belle pour vivre d'amour et d'eau fraîche, sans un sou. Ann s'était montrée sage et bonne – sa dot avait permis d'ajouter à la manufacture une teinturerie. En se montrant raisonnable et en choisissant une voie intermédiaire, il avait connu une vie domestique harmonieuse, en bonne compagnie, avec en plus une teinturerie. Mais malgré tout ce bon sens, ces solides réflexions, il se tançait lui-même. Il ne pleurait pas sa défunte épouse comme un mari aimant l'eût fait, et dans des moments d'une douloureuse clairvoyance, il admettait dans le tréfonds de son cœur qu'il entretenait à l'égard de sa belle-sœur des pensées qu'il n'eût point dû éprouver.

Dora et William rentrèrent chez eux.

Le corbeau freux perché sur le toit de l'église se mit à battre des ailes lentement, s'éleva sans effort, et piqua vers le ciel.

« Cela me plairait, dit William à sa mère dans la petite cuisine. Cela ne te dérange pas ?

— Et si c'était le cas ? »

Il sourit et passa le bras autour de ses épaules. À dix-sept ans, il jouissait encore du plaisir nouveau d'être plus grand qu'elle.

« Tu sais bien que je ne voudrais pas te blesser si je peux l'éviter.

— Voilà l'obstacle. »

Quelque temps plus tard, dans un lieu retiré, caché parmi les hautes herbes et les joncs, le bras souple de William entourait d'autres épaules. Sa main restait invisible, enfouie dans la masse d'un jupon, et par moments la fille posait sa main à elle par-dessus la sienne pour lui signifier d'aller plus lentement, ou plus vite, d'appuyer plus ou moins fort. Il s'améliorait, c'était évident, songeait-il. Au début, sa main à elle restait posée tout le temps sur la sienne. Les jambes de la fille paraissaient encore plus blanches sur la mousse, et elle avait gardé ses bottillons : il leur faudrait s'enfuir si jamais quelqu'un les surprenait. Son souffle haletait. Cela surprenait toujours Will que le plaisir ressemblât tant à la douleur.

Soudain, elle se tut et son visage se fronça de concentration. Sa main appuyait si fort sur celle de Will qu'elle lui faisait presque mal, et les jambes blanches s'étaient serrées l'une contre l'autre. Il l'observait de tout près, fasciné. Ses joues et sa gorge rougissantes, le tremblement de ses paupières. Puis elle se détendit, les yeux toujours clos, une petite veine battant dans le cou. Au bout d'une minute, elle ouvrit les yeux.

« À ton tour. »

Il s'allongea, les mains derrière la tête. Pas besoin de lui montrer quoi que ce soit. Jeannie connaissait son affaire.

« Tu n'as jamais envie de venir sur moi, pour terminer en beauté ? » lui demanda-t-il.

Elle s'interrompit et fit non du doigt. « William Bellman, je veux être un jour une épouse respectable. Il n'est pas question qu'un bébé Bellman m'en empêche ! »

Elle se remit à la tâche.

« Pour qui tu me prends ? Tu ne crois pas que je t'épouserais si un bébé arrivait ?

— Ne sois pas idiot. Bien sûr que tu le ferais. »

Elle le caressait avec douceur et fermeté. Juste comme il fallait.

« Alors ?

— Tu es un gentil garçon, Will. Je ne dis pas le contraire. »

Il arrêta sa main et se releva sur ses coudes pour mieux la regarder.

« Mais ?

— Will ! » Voyant qu'il ne se contenterait pas de ses réponses évasives, elle reprit, hésitante, mal à l'aise, les mots décrivant au mieux ses pensées. « Je sais très bien quelle vie je veux. Stable. Régulière. » Il l'invita à poursuivre. « Quelle serait ma vie si je t'épousais ? Je n'ai aucun moyen de le savoir. Tout pourrait arriver. Tu n'es pas un mauvais homme, Will. Mais… »

Il se rallongea. Une idée lui traversa l'esprit, et il la regarda de nouveau.

« Tu as quelqu'un en tête !

— Non ! » Mais ce cri d'alarme et une soudaine rougeur la trahirent.

« Qui est-ce ? Hein ? Dis-le-moi ! » Il l'attrapa, se mit à la chatouiller, et l'espace d'une minute, ils redevinrent des enfants qui riaient, criaient et jouaient à la bagarre. L'instant d'après, ils étaient de nouveau adultes et terminaient ce qu'ils avaient commencé.

Quand les feuilles et le ciel revinrent dans son champ de vision, il s'aperçut que son cerveau avait trouvé la solution de l'énigme. Ce qu'elle voulait, c'était être respectable. C'était une ouvrière, que la vie facile n'impressionnait guère. Et si elle tuait le temps avec lui, en attendant, cela signifiait que l'homme en question ne l'avait pas encore remarquée. Les garçons ayant l'âge requis n'étaient pas si nombreux, et l'on pouvait éliminer la plupart d'entre eux pour telle ou telle raison. Parmi les candidats possibles, l'un d'eux se détachait du lot.

« C'est Fred, de la boulangerie, c'est ça ? »

Elle était consternée. Sa main se plaqua sur sa bouche, puis, plus justement mais trop tard, sur celle de Will. Leurs odeurs se mêlaient sur ses doigts.

« Ne dis rien. Will, je t'en prie ! Pas un mot ! » Et elle se mit à pleurer.

Il l'entoura de ses bras. « Chut ! Je ne dirai rien. À personne. Promis. »

Elle sanglotait, hoquetait, puis elle se calma et il prit sa main entre les siennes. « Jeannie ! N'aie pas peur. Je parie que tu seras mariée avant la fin de l'année. »

Ils se lavèrent les mains dans le cours d'eau et se séparèrent, prenant chacun des directions différentes pour ne pas rentrer chez eux par le même sentier.

Will choisit le chemin le plus long, en remontant la rivière, puis il franchit le pont et redescendit de l'autre côté. On était au début de la soirée. L'été durait. D'une certaine manière, c'était vraiment dommage pour Jeannie, songea-t-il. C'était une bonne fille. Un grognement monta depuis son estomac, lui rappelant qu'à la maison sa mère avait du bon fromage et un saladier de compote de prunes. Il se mit à courir.

2

William tendit la main. Celle qui la serra était semblable à un gantelet, avec une peau épaisse et aussi résistante que du cuir. Sans doute cet homme pouvait-il à peine plier les doigts.

« Bonjour. »

Ils avaient beau être dans la cour des livraisons, même à l'air libre la puanteur que dégageaient les caisses arrivées d'Espagne envahissait l'atmosphère. « Le déballage, le comptage, la pesée, tout s'effectue ici, expliquait Paul. C'est Mr Rudge le responsable, il est avec nous depuis… combien d'années ?

— Quatorze.

— Aujourd'hui, six hommes travaillent avec lui. Parfois plus, parfois moins. Tout dépend des livraisons. »

Paul et Mr Rudge discutèrent pendant dix minutes des caisses au poids insuffisant, des remboursements, des fournisseurs de Valence et de Castille. Paul suivait l'ordre du travail : les caisses étaient soulevées, ouvertes, puis retournées, les toisons emmenées – emportant leur odeur avec elles – et enfin attachées à un crochet ; venait ensuite la pesée, les toisons s'élevaient, suspendues tels des nuages crasseux, et quand la balance trouvait son équilibre, Rudge – tout en parlant avec Paul de Valence et de la Castille comme s'il s'agissait de provinces jouxtant la ville voisine de Chipping Norton – en notait le poids et faisait signe qu'on passât à la suivante. Les toisons retombaient ensuite à terre – et on les envoyait au nettoyage. William étudiait de près tout ce qu'il voyait, jusque dans le moindre détail. Tandis qu'il observait ainsi, il était lui-même l'objet d'un examen minutieux. Nul ne le fixait des yeux directement, tous semblaient concentrés sur leur tâche.

William et son oncle suivirent l'âne qui les conduisit à la deuxième étape.

« Je vous présente mon neveu, William Bellman. William, voici Mr Smith. »

Une main rugueuse saisit la sienne. « Bonjour. » William regardait. Et on le regardait. Et il en fut ainsi toute la journée.

Ensuite il y avait le trempage, le dégraissage, le lavage, le rinçage, le séchage, le cardage et le défeutrage : il essaya de tout mémoriser.

« Après, on peut aller tout de suite à la teinture, au stade du ruban, mais comme ça peut aussi être après le tissage ou le tricotage, mieux vaut remettre cela à plus tard. »

Puis il y eut des présentations sans poignée de main. À la filature, les prunelles qui le scrutèrent étaient toutes féminines – et ne montraient aucune timidité. Il s'inclina devant Clary Rigton, la plus âgée des fileuses, et des rires fusèrent à travers la pièce, aussitôt réprimés.

« Passons aux opérations suivantes ! » déclara Paul.

Le tissage : la navette filait, si rapide que le regard peinait à la suivre, et le tissu grandissait si vite qu'on eût pu croire que ce rythme infernal engendrait l'étoffe à lui seul. Le foulage : avec de l'urine et des déjections porcines, de la crasse pour enlever la crasse. Le séchage : le tissu, tendu sur des cadres, des mètres et des mètres carrés, finissant de sécher de manière naturelle…

« Sauf s'il est encore humide, dans ce cas… » et ils poursuivirent. Paul ouvrit la porte d'une salle ventilée. « Pas besoin d'explication », et de montrer à William une longue pièce étroite, avec des ouvertures pratiquées le long des murs. « Une fois complètement sec, le tissu va… »

Ils continuèrent.

« … aux apprêts », mais les opérations n'étaient pas terminées, car les apprêts signifiaient en réalité de nouvelles phases de dégraissage, de foulage, de séchage, et William, trop ébloui, ne put que voir le tissu passer dans une machine, dont il ressortit nappé d'un voile de fibre brumeux, comme du feutre.

Ses narines étaient en feu à force d'odeurs, et ses oreilles résonnaient du fracas. Il avait mal aux pieds car ils n'avaient cessé d'arpenter la fabrique de long en large, du nord au sud, d'est en ouest, du champ à la cour, de l'administration à l'entrepôt, d'un bâtiment à l'autre, suivant le processus de fabrication du tissu.

« Le rasage », dit Paul en ouvrant une nouvelle porte.

Il la referma derrière eux, et William resta pétrifié. Pour la première fois ce jour-là, il se trouvait dans un lieu où il n'y avait aucun bruit. Le silence était si profond qu'il sentait ses oreilles vibrer. Nulle main à serrer. Les deux hommes – identiques en taille et en corpulence – levèrent à peine les yeux, tant leur concentration était grande. Ils faisaient courir leur lame le long de l'étoffe, d'un bout à l'autre, en un ballet à la chorégraphie muette et précise, et là où passait leur lame, ils ne laissaient pas l'ombre d'un souvenir. Le duvet tondu sombrait sur le sol, et ce qui demeurait était parfait, solide, propre, sain : le tissu achevé.

William resta à les contempler ainsi pendant un long moment. Plongé dans une rêverie hors du temps.

« Fascinant, n'est-ce pas ? Mr Hamlin et Mr Gambin. »

Paul regarda son neveu. « Tu es fatigué. Eh bien, cela suffira pour aujourd'hui, je pense. Il ne reste plus que le repassage après cela. »

William voulait voir le repassage.

« Mr Sanders, je vous présente mon neveu, William Bellman. »

Poignée de main. « Bonsoir. »

Des feuilles de métal chaudes venaient s'insérer entre les pans de l'étoffe repliée, où elles refroidissaient. Le long des murs, des paquets de tissus attendaient d'être expédiés.

« Voilà, dit Paul en sortant. À présent, tu as tout visité. »

Les yeux de William étaient comme recouverts par une pellicule après tout ce qu'il avait vu.

« Viens. Allons chercher ton manteau. Tu as l'air épuisé. »

William tenait son vêtement entre ses mains. Du tissu. Fabriqué à partir de toisons. Ce n'était rien de moins qu'un miracle.

« Bonsoir, mon oncle.

— Bonsoir, William. »

À peine était-il sorti du bureau de Paul qu'il fit demi-tour.

« La teinturerie ! »

Paul leva une main lasse : « Une autre fois ! »

« Alors ? »

Dora ne comprit pas le tiers de ce que lui répondit son fils.

Il mâchait à peine sa nourriture avant de l'avaler, mais il parlait plutôt deux fois qu'une, et sa bouche était remplie de navettes et de canettes, de cardage et défeutrage, de foulage et Dieu sait quoi. « Rudge s'occupe des livraisons, Bunton du nettoyage. La plus âgée des fileuses, c'est Mrs Rigton, et…

— Mr Bellman était-il là ? Je veux dire, Mr Bellman senior ? » Il secoua la tête, la bouche pleine.

« Mr Heaver s'occupe du foulage, et Mr Crace du séchage… Non. C'est grave ?

— Ne parle pas la bouche pleine, Will. Tu sais, ton oncle ne s'attend pas à ce que tu saches tout dès le premier jour. »

La côtelette et les pommes de terre étaient déjà froides, mais cela n'avait guère d'importance. William mangeait sans y prêter attention. Dans sa tête, il était encore à la manufacture, observant comment le processus se déroulait, comment les étapes se combinaient, chaque procédé, chaque machine, chaque homme et chaque femme, toutes les parties de l'ensemble.

« Et les autres ? Tous les autres ? Penses-tu qu'ils t'aient accepté ? »

Il désigna sa bouche, et elle dut attendre.

Elle n'eut jamais de réponse. Il avala, ferma les yeux, et sa tête se mit à ployer de l'avant.

« Au lit, Will. »

Il sursauta. « J'ai dit que j'irais au Red Lion. »

Elle regarda son fils. Yeux rouges, teint blanc de fatigue. Elle se demanda si elle l'avait jamais vu aussi heureux.

« Au lit. »

Et il obéit.

3

Alors, les employés de l'usine avaient-ils accepté William Bellman ?

Un neveu était un objet de curiosité, et l'arrivée de William faisait beaucoup jaser.

Cela eut pour toute première conséquence de raviver le vieux scandale autour de son père. Voici ce qu'on savait : Phillip, le frère de Paul, s'était enfui pour épouser Dora Fenmore contre la volonté de ses parents. Elle était assez jolie pour justifier son geste, mais assez pauvre pour expliquer le refus de ses parents. Un an plus tard, il s'enfuit de nouveau – laissant cette fois derrière lui son épouse et son bébé.

Dix-sept années ne constituaient une période ni très courte ni très longue, aussi se souvenait-on de Phillip avec autant de clarté qu'on avait brodé d'histoires autour de lui. Le récit de sa vie avait été pesé, trempé, nettoyé, dégraissé, filé, tissé, foulé avec de la crotte de cochon jusqu'à ce qu'il ressemble à peu près autant à la réalité qu'une casquette en tissu à un mouton dans un pré. À la centième répétition, Phillip Bellman aurait pu entendre raconter son histoire sans la reconnaître. Chaque fois, les rôles de méchant et de héros changeaient de place, les sympathies allant alternativement vers l'un ou vers l'autre.

La vérité était la suivante :

Lors de son mariage, Phillip était sans doute moins amoureux qu'il ne le croyait, mais seulement ébloui par la beauté, or il avait l'habitude de prendre ce qu'il voulait quand il en avait envie. Son père s'était toujours montré dur à son endroit, et Phillip s'attendait à ce que cet acte l'endurcît encore davantage. Toutefois il comptait sur sa mère pour arranger les choses. Mrs Bellman était une femme sotte qui, pour agacer son mari et pour d'autres motifs très personnels, s'était trop entichée de son fils cadet. Elle le surprit, néanmoins, en ne montrant aucune indulgence envers son mariage. En effet, il avait omis de tenir compte de sa jalousie maternelle. Quand son père l'envoya vivre dans un petit cottage mal situé à l'extérieur de la ville, l'orgueil démesuré de Phillip prit un mauvais coup.

À la naissance de son fils, il espéra que ses parents se radoucissent. Ce ne fut pas le cas. Il résolut de se venger : il existait trois prénoms masculins dans la famille Bellman : Paul, Phillip et Charles. Sans mesurer le prix que son fils aurait à payer pour sa défiance, Phillip ignora la tradition et baptisa son enfant William, prénom sorti de nulle part, qui n'avait aucun sens pour personne.

Banni de la demeure familiale, à court d'argent, il s'aperçut que la beauté lui avait coûté trop cher. L'amour ? Il n'en avait pas les moyens. Trois jours après le baptême, alors que sa femme et son enfant dormaient, il sortit en pleine nuit de chez lui, vola le cheval préféré de son père et quitta Whittingford pour Dieu sait quelle destination. Nul ne l'avait jamais revu depuis.

Il n'y eut pas de réconciliation entre Dora et ses beaux-parents. Elle éleva seule son enfant. Aucun d'entre eux ne souhaitait révéler les détails de cette indignité familiale, alors du fait que la seule personne qui en sût absolument tous les tenants et les aboutissants avait disparu, cela fit la part belle aux commérages.

La vérité est une chose, l'imagination des conteurs de manufacture en est une autre. Quand un père donne à son fils un prénom qui n'appartient pas à la famille, il doit y avoir une raison, disait-on. Il était dès lors facile de juger Dora comme une femme légère. Il est toujours des hommes prêts à imaginer qu'une jolie femme tranquille est en réalité une traînée. Il y avait toutefois un argument sérieux démentant ces rumeurs : William avait les mains carrées et nerveuses de Phillip Bellman, il avait le pas allongé de Phillip Bellman, le sourire facile de Phillip Bellman et le regard perçant de Phillip Bellman. Il était de manière indiscutable le fils de Phillip Bellman. Il ne portait peut-être pas le prénom qu'on s'attendait à trouver chez un Bellman, mais la signature Bellman était partout visible sur lui.

« C'est son portrait craché ! » déclara une vieille, et personne ne prétendit le contraire.

Quand l'histoire eut été racontée de si nombreuses fois qu'on eut épuisé toutes les variantes, les commérages changèrent de direction. On déclara, ce qui fut vite confirmé, qu'un neveu n'était pas un fils. Un fils, c'était facile à comprendre. C'était franc. Direct. Un neveu, en revanche, constituait une notion oblique, une diagonale distincte, et il était difficile de savoir qu'en penser. Le jeune Mr Bellman avait pris son neveu sous son aile, c'était clair comme le jour, toutefois, Mr Bellman l'ancien, disait-on, ne le tenait pas en grande estime. Un neveu, quand on y réfléchissait, était une incertitude ambulante. Cela pouvait être n'importe quoi, voire même rien du tout.

Les théories fleurissaient de toutes parts, pourtant, en fin de compte, l'unique parole sensée qu'on pût prononcer avec certitude le fut par Mr Lowe, le teinturier, seule personne de la fabrique qui ne l'avait pas encore rencontré : « Il n'est pas l'héritier. Il n'est pas notre maître. »

4

« Mr Lowe, dit William en lui tendant la main. Je suis William Bellman. »

L'autre lui présenta ses paumes, et William vit qu'elles étaient noires, comme ses avant-bras. La veille, il avait serré des mains calleuses, brûlées, couvertes de cicatrices. Il ne voyait pas en quoi un peu de teinture pourrait l'effrayer, mais l'absence de chaleur dans les prunelles de cet homme lui fit comprendre qu'il valait mieux ne pas insister.

De plus, Mr Lowe n'avait apparemment aucune intention de lui parler.

« Mon oncle m'a montré le travail à la manufacture hier. On vous l'a peut-être rapporté. »

Hochement de tête. Comme pour lui signifier : *J'en ai entendu parler, et ça ne m'intéresse guère.*

« Mais nous ne sommes pas allés jusqu'à la teinturerie. J'espérais que vous auriez quelques minutes pour me montrer en quoi consiste votre emploi. »

L'autre releva un sourcil : « On fait de la teinture.

— Oui, bien sûr. » William sourit. Pas l'autre. Peut-être qu'il n'y avait aucun humour dans sa réponse. « Vous préféreriez peut-être que je revienne un autre jour ? »

Un muscle frémit sur son visage. Tic ou réponse ? En tout cas, ce n'était pas une invitation.

Will sentait qu'il n'était pas le bienvenu.

Dans la cour, on débarquait des caisses.

William s'approcha de Rudge.

« Besoin d'aide ?

— C'est encore vous ? Vous en avez pas assez vu ? » C'était déjà mieux. Rudge sourit en lui tendant sa main naturellement gantée de cuir, que Will serra.

« Aujourd'hui, je suis là pour travailler.

— Avec ces pognes-là ? »

Mais Will connaissait son affaire ; il avait coupé assez de bois et débroussaillé assez de haies pour ça.

Rudge lui donna un pied-de-biche, et pendant une demi-heure, Will eut pour tâche d'ouvrir des caisses. Ensuite, il dut sortir les toisons. Puis les attacher aux crochets. Au début, les autres ouvriers montraient de la défiance à son égard, de la maladresse, mais le travail ne laissait guère de place à la subtilité des sentiments. Face aux toisons, il était une paire de bras comme une autre, et à mesure qu'il trouvait sa place dans la chaîne, ils oublièrent qui il était et lui lancèrent « Suivante ! », et « Prêt ! » avec la même familiarité qu'ils avaient les uns envers les autres. « Voilà ! » et « Prêt ! » répondait-il, à croire qu'il avait fait ça toute sa vie.

Quand ses mains furent douloureuses, il les frotta de graisse et les banda – « les toisons, quand on commence, c'est comme s'il y avait mille petits couteaux dedans », lui dirent-ils –, mais il ne s'arrêta pas avant que toute la cargaison fût déchargée, et quand le travail fut terminé et qu'il salua ses camarades, tous étaient unanimes : il avait effectué sa part.

Les jours et les semaines suivantes, Will occupa tous les postes possibles dans la fabrication des étoffes. À la filature, les femmes rirent et flirtèrent avec lui – et il ne fut pas en reste –, mais il demeura aussi de longues heures devant la mule-jenny avec son tas de laine, jusqu'à en avoir les mains douloureuses. Il n'y avait là rien de nouveau. À chaque poste qu'il occupait, un nouvel espace de peau fraîche et tendre subissait la torture. Son fil ne cessait de se rompre. Mille fois, il s'aperçut qu'il filait de l'air. Néanmoins, à la fin de la journée, il tenait en main une bonne longueur de fil épais et irrégulier.

« J'ai vu pire, pour un débutant », admit Clary Rigton, et une brune coquine, qui ne cessait de lancer des œillades à Will, ajouta : « Pour un homme, c'est un vrai miracle ! »

Dans la salle de foulage, il inspira une bouffée d'exhalaisons nauséabondes émanant d'un tonneau et s'évanouit. Quand il recouvra ses esprits, il étouffait et avait des nausées. En reprenant sa respiration, il se mit à rire et dit à l'apprenti qui l'avait aidé à sortir : « Tu es le frère de Luke Smith, pas vrai ? Il pratique encore la lutte ? » Il savait bien que ce n'était pas un accident si le couvercle avait été mal revissé juste au moment où il passait par là, mais à la fin de la journée, il était suffisamment bien auprès des ouvriers pour se lancer dans une partie de cartes avec eux, et même d'y gagner un penny.

Dans le séchoir, William s'accroupit le plus près possible du sol pour que des gamins aux mains rugueuses lui apprennent à étendre l'étoffe humide sur les barres les plus basses du cadre. Il transporta ici et là de pleines brouettes de laine avec Greg le Muet. Il filtra les déjections fermentées pour remplir les tonneaux destinés au foulage. Il ne jugeait pas indigne de lui de nourrir l'âne ni de pelleter de la crotte.

D'un autre côté, il se considérait suffisamment important pour s'adresser au responsable du moulin. Il observa la roue à aubes, tout en l'écoutant avec la plus grande attention. Il y avait différents types de roues, roue en dessus, roue en dessous, roue de poitrine. Will posait une question, puis une autre. Le maître expliqua, d'abord dans des termes généraux, puis, poussé par l'enthousiasme du garçon, en allant de plus en plus loin dans les détails. Il fallait détourner la rivière pour créer des réservoirs d'eau, calculer et gérer le flux afin d'obtenir une source d'énergie continue et régulière ; il termina par toutes les techniques ingénieuses grâce auxquelles les êtres humains parvenaient à dompter la nature pour mettre sa puissance à leur service.

Quand il s'en alla voir Paul à son bureau, il laissa William près de la roue à aubes. Les mains dans les poches, le visage inexpressif, il contemplait l'eau et le mouvement de rotation. Il repassait dans sa tête tous les détails de cette science mécanique, et le temps s'écoulait sans qu'il s'en aperçût ; ce fut seulement quand Paul vint lui taper sur l'épaule – « Tu es encore là ? » – qu'il fut tiré de sa profonde concentration.

« Quelle heure est-il ? »

En entendant la réponse, il pivota sur ses talons et détala.

« J'ai quelqu'un à voir ! cria-t-il par-dessus son épaule. Au Red Lion. »

Le mois écoulé, William Bellman avait occupé à peu près chacun des emplois de la manufacture. Il ne savait pas tisser comme un tisserand, ni filer comme une fileuse. Mais il s'était servi de toutes les machines, ne serait-ce que pendant une heure, il savait quelle énergie les alimentait, quelle était la maintenance nécessaire, comment elles risquaient de tomber en panne et comment les réparer. Il en maîtrisait le jargon : aussi bien le vocabulaire formel que les mots inventés par les ouvriers qui s'en servaient. Il connaissait le système dans son ensemble, comment tel emploi s'accordait avec tel autre, comment les équipes s'organisaient. Il savait mettre un nom sur chaque visage, que ce fût un contremaître, un ouvrier ou un apprenti. Il avait parlé avec chacun d'entre eux en les regardant dans les yeux. Il y avait seulement deux postes qu'il n'avait pas occupés. Dans la salle de rasage, Mr Hamlin – ou était-ce Mr Gambin, ils se ressemblaient comme des frères – lui avait offert sa lame en riant.

William avait secoué la tête à regret. « Ça a l'air si facile quand on vous voit ! »

Le rasage était sans doute la tâche qui requérait le plus d'habileté dans toute la fabrique, et celle qui pouvait causer le plus grand dommage si elle était mal pratiquée. « Je pourrais m'y essayer pendant trente ans que je ne parviendrais pas à vous imiter. »

Et il n'avait pas travaillé à la teinturerie.

À mesure que le temps passait, les ouvriers de la manufacture s'habituaient à William, pourtant, ils n'arrivaient pas davantage à le situer. Il avait suivi les mêmes études que Charles : à l'entendre s'exprimer, c'était un gentleman plus accompli que son oncle. D'un autre côté, quand il se brûlait, il jurait tel un apprenti au foulage. Nul ne savait vraiment comment s'adresser à lui : certains l'appelaient William, d'autres Mr William. Lui-même semblait n'y accorder aucune attention et répondait avec la même bonne volonté à l'un comme à l'autre. Il se comportait de manière identique envers chacun ; il souriait et serrait la main indifféremment à tous.

« Il ne se donne pas des grands airs, dit une fileuse admirative à sa sœur. Il ne nous prend pas de haut. Et en même temps, il ne nous flatte pas. »

Alors, qui était-il ? Maître ou travailleur ? William était une énigme, il n'y avait aucun doute – mais une énigme à laquelle on commençait à s'accoutumer.

5

« Il se débrouille bien, annonça Paul à Dora. Savez-vous ce qu'a déclaré Crace, du séchage ? S'il existe un moyen pour que le soleil brille la nuit, faites confiance au jeune Will pour le découvrir. »

Elle se mit à rire.

Paul était content de pouvoir déposer aux pieds de Dora ces compliments sur son fils.

William prenait son temps pour se changer dans la sacristie. Le froid était trop vif pour attendre dehors et Dora était restée à l'intérieur de l'église ; l'atmosphère n'y était guère plus chaude, mais au moins on était protégé du vent qui donnait mal aux oreilles.

« Il n'a pas peur de travailler dur. Et il a remarquablement compris l'aspect technique des choses. Le responsable du moulin a souligné combien il est intelligent. Je crois que, s'il en avait la possibilité, il nous le volerait sur-le-champ.

— Et à présent qu'il travaille dans les bureaux ?

— Au début, Ned Haddon s'est montré perplexe. Il sait parfaitement que je ne destine pas mon neveu à travailler au foulage, aussi a-t-il dû s'inquiéter pour sa propre place. Mais je ne vois pas William assis derrière un bureau, passant ses journées parmi la paperasse, n'est-ce pas ? Il a besoin d'horizons plus vastes.

— Il a copié ma recette de cake aux fruits pour la mère de Ned Haddon. Nous avons reçu en échange un panier de noix. »

Paul eut un sourire. « Il sait s'y prendre avec les gens. Et Ned est désormais rassuré.

— Ne s'entend-il pas trop bien avec certaines personnes ?

— Les fileuses ? »

Les lèvres de Dora se comprimèrent.

« Si j'apprenais quelque chose d'inquiétant, j'y mettrais un terme. C'est un jeune homme, Dora. Vous savez comme sont les jeunes gens. »

Elle lui jeta un regard, et soudain le fantôme de son frère apparut, et Paul regretta d'avoir prononcé ces mots.

« Et cette histoire de jeu de cartes… enchaîna-t-elle.

— Une histoire de jeu de cartes ?

— C'est ce qu'on m'a dit.

— Je lui parlerai. Laissez-moi m'en occuper. » Le spectre de son frère s'éloigna. « William est un jeune homme bien, Dora. Ne vous inquiétez pas.

— Et Charles, comment va-t-il ? »

Ce fut au tour de Paul d'avoir l'air inquiet. « Oh, égal à lui-même. Il est censé poursuivre ses études, mais j'entends dire qu'il est trop occupé à peindre pour s'inquiéter de ses examens.

— Mieux vaut peindre que jouer aux cartes, il me semble. Et il n'y a pas de fileuses pour le tenter, là-bas.

— La tentation peut revêtir bien des formes, vous savez. Charles a envie de voyager. Mon père n'aimerait pas qu'il s'éloigne, bien entendu.

— Il préférerait qu'il soit à la manufacture. C'est bien naturel. »

Il y avait de la froideur dans ses propos, et qui l'en eût blâmée ? Le grand-père souhaitait voir à la fabrique le petit-fils qui en était absent, et considérait avec défiance celui qui y travaillait.

Paul soupira. « Je crains que la fabrique ne soit pas l'élément naturel de Charles. En tout cas, pas pour l'instant. Et j'en ai sans doute trop dit. »

William sortit de la sacristie avec les autres choristes.

Ils se saluèrent avec chaleur, retrouvèrent leur famille et, emmitouflés contre les froidures de l'Avent, se séparèrent par petits groupes pour rentrer chez eux en bravant le gel.

« Qu'est-ce qui t'a retenu si longtemps à la sacristie aujourd'hui, Will ?

— On a discuté. Fred va se marier.

— Fred Armstrong, de la boulangerie ? Avec qui ?

— Jeannie Aldridge. »

Sa mère lui lança un regard en coin. « Il me semble qu'à une époque tu aimais bien Jeannie Aldridge. »

William haussa les épaules en grommelant quelque chose qui pouvait aussi bien être un *Oui* qu'un *Non*, ou un *Comment ? répète ?*, mais qui signifiait sans doute : *Maman, occupe-toi de tes affaires.*

6

Paul ne s'inquiétait guère au sujet des fileuses. Il entretenait l'idée que William vivait ses escapades romantiques en dehors de la manufacture. Quant aux cartes, en revanche, c'était une sottise. Il lui parlerait. Et le jeune homme comprendrait pourquoi il fallait que cela cessât. Paul espérait surtout que son père n'en eût pas entendu parler.

Le soir même, au cours d'un des entretiens habituels entre l'ancien et le nouveau Mr Bellman, la discussion s'orienta justement sur William.

« Il ne se fatigue guère, ton William, tu ne trouves pas ? lança Mr Bellman senior.

— Il s'en tire très bien, selon moi.

— Ce n'est pas ce que j'ai entendu. »

Une fois par semaine, le vieux Bellman faisait un tour et, à la manière dont il formulait ses questions, il était évident qu'il prêtait une oreille favorable à toute critique formulée à l'encontre de William. Or, que ce fût par loyauté ou par méchanceté, certains étaient prêts à lui donner satisfaction.

« Et que vous a-t-on dit ? demanda Paul en sirotant son whisky.

— Qu'il traîne ici et là, les mains dans les poches, qu'il baye aux corneilles pendant que les autres travaillent. »

Son père lui décocha un regard agressif. Cette expression effrayait Paul quand il était enfant, le poussait à croire qu'il était tout-puissant. Désormais, la même expression sur ce fin visage ridé aux yeux chassieux l'attristait. « Et je n'aime guère ce que l'on m'a rapporté de son comportement auprès des fileuses. Ce garçon distrait les apprentis. Il les pousse aux commérages, à l'oisiveté, à commettre des bêtises. »

Paul but une gorgée de whisky et tenta de répondre avec calme.

« Peut-être, père, avez-vous parlé à des gens qui éprouvent de la rancœur envers William ? La jalousie existe à la fabrique ainsi que partout ailleurs. »

Son père secoua la tête. « On l'a vu rester pendant une heure à contempler la roue à aubes du moulin comme… une femme poète !

— Ah. » Difficile de ne pas rire. « C'est le jour où l'ingénieur est venu. Il a fait tout un cours à Will sur le fonctionnement de la mécanique, et ensuite le garçon a essayé de la mémoriser.

— C'est là ce qu'il t'a raconté ? Il n'expliquera point si facilement son insubordination, j'en suis certain.

— De quelle insubordination parlez-vous ?

— Il s'est montré grossier envers Mr Lowe.

— Et Mr Lowe vous l'a raconté ? »

Paul demeura incrédule. Mr Lowe était si taiseux que ses apprentis jouaient à qui réussirait à lui tirer plus de dix mots d'affilée. Les rares fois où l'un d'entre eux y parvenait, il gagnait une chope de cidre au Red Lion, offerte par ses camarades. Combien de mots aurait-il fallu à Lowe pour expliquer toute l'histoire à son père ? D'où sortaient ces racontars ?

« Il les distrait, Paul. Comment le travail pourrait-il être achevé à temps si les apprentis ne travaillent pas ? »

Paul fronça les sourcils. Le travail avait en effet ralenti depuis quelque temps à la teinturerie.

Profitant de l'hésitation de son fils, le vieux Mr Bellman poussa plus avant. « As-tu regardé dans l'armoire à échantillons ces derniers temps ? J'y suis allé vendredi après-midi, mais toi, vas-y ! Je te le dis, ce garçon ne vaut rien. »

Paul ferma les yeux pour calmer son exaspération. Quand il les rouvrit, il vit soudain de nouveau combien son père était vieux. Vulnérabilité, lubies, et puis cette autorité à laquelle il s'accrochait désespérément. Par compassion, il répondit avec plus de douceur qu'il n'en ressentait.

« Vous ne devriez pas l'appeler "ce garçon", père. Il a un nom. C'est un Bellman. »

Le visage du vieillard se déforma sous l'effet de la colère, puis du dégoût, et il eut un geste violent comme pour réfuter ce que son fils venait de dire.

Ce comportement fit soudain réfléchir Paul. Lorsqu'il était plus jeune, son père parvenait à dissimuler sa colère, son manque d'amour envers son fils cadet. Avec l'âge, son attitude s'était radicalisée. Il se lança dans la liste des défauts et inconséquences du jeune homme, et Paul laissa filer sa logorrhée telle la roue du moulin, tandis que ses pensées se concentraient sur un point précis.

C'est un Bellman, avait-il dit, et son père avait réagi à cela, à croire qu'il se fût agi d'un mensonge éhonté…

Or nul ne pouvait nier que William fût le fils de Phillip. C'eût été ridicule.

Une autre possibilité s'insinua alors dans l'esprit de Paul et se révéla parfaitement compatible avec tout le reste. C'était si évident qu'il n'en éprouvait aucune surprise. En vérité, il se demanda même comment il n'y avait pas pensé plus tôt.

La colère de son père, la mélancolie de sa mère ; les sentiments privilégiés que chacun éprouvait à l'égard de l'un ou l'autre de leurs fils… William était bien le fils de son père. C'était Phillip qui ne l'était pas.

Le courroux de son père n'eut soudain plus rien de surprenant.

Il songea à sa mère, cette femme sotte et malheureuse qu'il négligeait, ignorait, et regretta de ne pas lui avoir prêté davantage attention. Il songea à son frère – son demi-frère – et s'aperçut qu'il l'aimait, mais portait toujours sur lui le même regard réprobateur qu'auparavant. Il songea à Dora et regretta qu'elle n'eût pas rencontré un homme meilleur que Phillip ; il en vint presque à souhaiter l'avoir rencontrée, lui, au lieu de son frère, de toute façon cela n'eût guère changé les choses, et pour terminer, il songea à William. Était-il ou non un Bellman ?

Tandis que Paul réfléchissait à tout cela, son père avait terminé d'égrener la liste des défauts de William. Il attendait que son fils lui répondît.

« Je verrai cela, s'entendit-il dire. Demain. »

Puis il se retira dans ses appartements.

William est mon neveu, il travaille bien à la manufacture et je l'aime, pensa-t-il. *Sous un certain angle, les choses sont très simples, en vérité.*

7

« Les échantillons ? » Le visage de William s'illumina. « Oui, j'ai prélevé des morceaux sur certains échantillons. Laissez-moi vous montrer ! »

Il retira des morceaux d'étoffes froissés de sa poche, qu'il étala sur le bureau. Il y avait là différents tons de rouge : tomate, amarante, carmin, cardinal, pourpre, framboise…

« Cette étoffe est restée trop longtemps au foulage. Elle date d'avril. Vous vous souvenez de cette pluie ? Les tissus ont intégralement séché à l'intérieur, sans jamais voir le soleil. Et celui-ci – c'est intéressant, vous voyez –, c'est celui de Roper. Son fil est plus lisse que… »

William était donc capable d'identifier à la vue et au toucher quelle étoffe venait de quel métier à tisser ; quelle fileuse en avait confectionné le fil ; l'histoire de chaque pièce était gravée dans sa mémoire. Mais ce jour-là, cela n'avait aucune importance.

« William, l'interrompit Paul. Qu'as-tu donc fait pour déplaire à Mr Lowe ?

— Une bonne douzaine de choses. Dont il ignore la plupart, j'espère. De quoi s'est-il plaint ?

— Tu distrais ses apprentis. Entre autres.

— Comment pourrais-je apprendre quelque chose sur la teinture, autrement ? Mr Lowe refuse de me dire quoi que ce soit.

— N'es-tu pas ici depuis assez longtemps pour savoir que la teinturerie est un monde en soi, William ? Tu ne peux pas t'attendre à ce que Mr Lowe te dévoile ses secrets. C'est tout un art. C'est…

— Une alchimie, je sais. Voilà ce qu'il veut que vous croyiez !

— William ! »

Son neveu sembla peiné.

« Je te l'ai déjà expliqué, William, ce sera donc la dernière fois. Le père de Mr Lowe a inventé une recette de teinture bleue qui est si parfaite qu'elle nous permet de vendre plus de tissu bleu que toutes les autres manufactures à cent cinquante kilomètres à la ronde. Nous avons de la chance d'avoir Mr Lowe. Nous l'avons fait venir quand les choses allaient mal, là-bas, à Stroud, et que les fabriques étaient en difficulté. Ils ont tenté plus d'une fois de le débaucher depuis que leur situation s'est améliorée. Nous n'avons pas les moyens de lui déplaire. »

William n'était pas nerveux, il ne ferma pas les yeux ni ne les détourna. Il écoutait, mais il n'était pas convaincu, c'était manifeste.

« Si Mr Lowe ne veut pas de toi à la teinturerie, tu dois respecter ses demandes. Il ne tient pas à ce que le premier venu découvre ses secrets. C'est son gagne-pain qui est en jeu.

— Ses rouges ne valent pas grand-chose, grommela William. Mais bon, ce sont vos terres, vos bâtiments, votre manufacture.

— C'est la tradition. Les teinturiers ont toujours été indépendants. Ils ont leurs propres manières de travailler. Et ils comptent trop pour qu'on puisse les perdre. Je ne laisserai pas Lowe retourner à Stroud parce que tu l'as ennuyé. »

Le silence s'installa, mais l'expression de William montrait bien que pour lui rien n'était réglé. Il voulut protester, mais Paul leva la main pour l'arrêter. « Accorde-lui le crédit qu'il mérite, William. Mr Lowe sait ce qu'il fait. Si ses rouges sont instables, ne va pas le lui reprocher. C'est à cause de l'eau. »

William secoua la tête avec véhémence. « Alors il vous a raconté ça aussi. Il ment. Cela n'a rien à voir avec l'eau.

— Il n'y a pas un an que tu es là, William. Je te mets en garde, attention à ce que tu dis.

— Ce qu'il explique à propos de la pluie qui dilue les eaux n'a aucun sens. Il n'utilise pas l'eau de la rivière mais celle de la source. Sa composition est constante. Elle ne varie pas. »

Paul eut un instant d'hésitation.

« Cela n'a rien d'une alchimie. Il veut qu'on croie cela parce que ça lui laisse les coudées franches. Il fabrique un bon bleu parce qu'il en détient la formule ; vous le garderez jusqu'à la fin de ses jours à cause de son bleu, et il le sait. Donc qu'est-ce que ça peut bien lui faire que ses rouges ne soient pas parfaits ? Il utilise de vieilles teintures qu'il mélange au hasard, et quand le résultat est trop terne, ou trop brun, il rejette la faute sur l'eau ! » Il eut un geste de frustration, vit le tas d'échantillons, et se reprit. « Regardez ! Oncle Paul… »

Celui-ci repoussa les morceaux de tissu avec fermeté. « Et ses noirs ?

— Il fabrique un bon noir parce que l'eau dans la région est riche en fer et que c'est impossible de le rater. »

Était-ce vrai ? Paul devait admettre que c'était possible. Toute la région était en effet renommée pour ses noirs.

William tripotait un échantillon qu'il avait séparé des autres. Il donnait l'impression d'être en train de procéder à un choix.

« Son bleu est bon, mon oncle. Son noir est bon. Les autres couleurs sont plus ou moins réussies parce que son armoire est dans un désordre total et qu'il ne tient pas ses registres. »

Paul se prit la tête entre les mains et William eut l'air de se demander s'il n'en avait pas trop dit.

« Donc tu es allé fouiller dans l'armoire de Mr Lowe.

— Oui. »

Paul sentit une immense lassitude l'envahir. Il était plus que désireux de défendre son neveu face à son père, mais il avait besoin que le jeune homme fît une partie du chemin. Hélas, celui-ci ne montrait aucun remords, il semblait ignorer l'ampleur de sa transgression.

« On t'a aidé. » Ce n'était pas une question.

William ne répondit pas. Un ami d'un ami avait un frère qui travaillait à la teinturerie. Quelques verres au Red Lion, un peu d'argent échangé. Subterfuges, distraction, l'emprunt d'une clef.

« J'aurais procédé autrement si cela avait été possible. Mr Lowe ne m'a pas laissé le choix.

— Mr Lowe tient plus que tout à ce que le sanctuaire de son armoire à teintures soit respecté.

— Oui, et maintenant je sais pourquoi. »

Sans rien ajouter, William sortit un morceau de tissu du sous-main de cuir noir posé sur le bureau, et il l'étendit sur sa paume. Il était rouge sang, frais et net comme si une lame venait de lui trancher les chairs.

« Rentre chez toi, William.

— Comment ça ? Tout de suite ? »

Paul acquiesça.

« Dois-je revenir ?

— Prends quelques jours de repos. J'ai besoin de réfléchir. »

En entendant la porte se refermer derrière son neveu, il soupira.

8

Dora retourna les poches de son fils pour laver ses vêtements. Naguère, cailloux et crayons lui trouaient les poches, aujourd'hui c'était son couteau pliant et d'autres menus outils qui lui servaient lorsqu'il fallait couper un fil pris dans la machine à tisser. Ce jour-là, outre son mouchoir, elle retira de ses poches des échantillons de tissu rouge. Certains étaient épais, d'autres plus fins, ils étaient de textures, de poids et de couleurs différentes. La gamme des tons variait du rouge le plus clair au plus foncé ; la plupart étaient unis, mais certains étaient teints de manière inégale. Les morceaux mesuraient tous moins de dix centimètres de long et ils avaient été taillés sans grand soin. Quel que fût leur usage, comme William ne travaillait plus à la manufacture, il n'en avait plus besoin.

Il n'était pas encore rentré, et Dora s'assit près de la croisée pour profiter des dernières lumières du jour. Elle coupa et plia les morceaux de tissu pour confectionner des pétales, maintenus par quelques points. Puis elle les joignit ensemble, mettant le plus petit au milieu, puis les assemblant par ordre de taille.

Cela lui rappelait son passé. Plus d'une fois, jeune fille, elle avait fabriqué des fleurs avec des chutes de tissu pour orner un manteau ou un chapeau. Elle arborait une rose dorée le jour où elle avait rencontré Phillip. Elle l'avait confectionnée avec un vieux tablier qu'elle avait teint elle-même grâce à une demi-cuillerée de curcuma, et il avait fait des commentaires sur cet accessoire.

Dora n'émettait jamais la moindre critique sur son époux, en bien ou en mal. En réalité, elle n'avait jamais rien dit à son sujet, décision qu'elle avait prise très tôt. Lorsqu'on prononçait un mot, on ne pouvait plus le rattraper, il était répété, modifié, transmis de nouveau, même altéré, erroné. Mieux valait se taire. Certains concluaient qu'elle avait oublié Phillip Bellman, mais en vérité ses sentiments étaient toujours aussi intenses, même s'ils avaient changé. Dans les premiers jours, elle était folle d'inquiétude, car elle croyait que son mari avait eu un accident, qu'il était blessé. C'était seulement au bout d'un mois sans nouvelles, sans qu'aucune des enquêtes minutieuses lancées par Paul eût abouti, qu'elle avait fini par accepter qu'il les eût abandonnés.

Alors elle avait pleuré. Tout le jour elle s'occupait de son fils, l'aimait, lui apprenait le monde, le préservait de tout mal, tandis qu'il lui enseignait une joie qu'elle eût sans doute oubliée autrement. Mais lorsqu'il dormait, elle versait des larmes. À présent, le souvenir de ces longues nuits passées à pleurer son bonheur perdu lui donnait des frissons. Jamais elle n'avait connu une telle douleur. Quand s'était-elle transformée en colère ? Elle n'en savait rien. Les choses étaient venues petit à petit. Ces deux sentiments avaient dû longtemps se côtoyer avant que le courroux l'emportât.

D'abord, elle avait jeté le blâme sur la famille de Phillip. Dans son cœur, elle enrageait contre son père, qui avait puni leur mariage en imposant ce que Phillip considérait comme un déclassement. Il détestait ce cottage trop petit, l'absence de domestiques, ressentait tout cela telle une humiliation. Puis la fureur de Dora s'était tournée contre sa belle-mère, qui avait refusé à son fils non pas l'argent mais l'amour. Enfin, elle s'en était prise à son mari. C'était lui qui les avait abandonnés. Comment la rancœur contre ses parents eût-elle pu justifier qu'il abandonnât son propre enfant ? Elle s'imaginait que ses sentiments n'évolueraient plus, néanmoins, depuis quelque temps, elle ne se sentait plus habitée par la perte ni la colère, mais par la tristesse. La tristesse de savoir que les moments les plus heureux de sa vie avaient été une illusion. Son amour à lui n'était pas réel – pas plus que le sien. Il l'éblouissait : son beau visage, ses compliments, et puis – elle avait honte – son argent. Aucun homme ne lui avait jamais dit qu'elle était belle et, devant cette adoration, fascinée par son propre pouvoir, elle avait accepté de s'enfuir avec lui. Leurs sentiments étaient si intenses qu'il ne lui était jamais venu à l'esprit que cela ne fût pas de l'amour.

La différence, c'est qu'elle avait fait tout son possible pour bien élever son enfant, et si ses efforts valaient quelque chose, alors William Bellman serait meilleur que son père. C'était pour Dora une rédemption.

Mais pour l'heure, William était si malheureux d'avoir été renvoyé de la manufacture qu'elle ne parvenait plus à se rassurer en songeant à ses perspectives d'avenir. Son fils était toute sa vie, et les vieux souvenirs de bonheur perdu n'étaient rien face à la souffrance de son enfant. Il ne se plaignait pas du traitement que Paul lui avait infligé, et il était retourné voir Davis, son ancien employeur, dès le lendemain, afin de ne pas manquer un seul jour de travail. Cependant la fabrique lui manquait. Là-bas, il était dans son élément, il se sentait chez lui, et il souffrait de ne pouvoir y retourner.

Elle terminait de coudre la rose lorsque William entra.

« Comment peux-tu coudre avec si peu de lumière, maman ? Qu'est-ce que tu fabriques de beau ?

— C'est une rose. Mais pas pour une femme de mon âge. Je la rangerai dans un tiroir jusqu'au jour où tu ramèneras ta promise à la maison. »

En voyant les morceaux d'étoffe qu'elle avait utilisés, il fit la grimace, mais très vite un sourire remplaça la douleur visible, pour sa mère. La surplombant, aussi grand et beau que son père, William prit la rose des mains de Dora pour la poser dans ses cheveux.

« Tu la porteras, toi. À ton chapeau, le jour de mon mariage, et je serai heureux d'avoir à mon bras la plus jolie mère de tout Whittingford. »

Elle fut touchée de voir combien il tenait à lui cacher son chagrin. Après toutes ces années consacrées à s'occuper de lui, elle n'était pas encore accoutumée à ce qu'il essayât de la protéger.

« Laisse-moi parler à Paul. Je lui dirai que tu as agi par excès d'enthousiasme et que tu as compris la leçon… »

Son visage se crispa et il se détourna avec brusquerie.

« Oui. Je te remercie. » Sa voix était tendue, assourdie.

Je vais me mettre à pleurer, pensa-t-elle en prenant son chapeau sur la patère, avant de s'apercevoir qu'il était trop tard pour coudre désormais.

Elle sentit William venir derrière elle et la saisir par les épaules d'un geste terrible et tendre. L'instant d'après, il était parti.

Avait-il vraiment compris la leçon ? Le problème de William, c'était que son ardeur ne connaissait pas de bornes. Lorsqu'il s'était mis quelque chose en tête – et elle était sa mère, elle savait de quoi il retournait –, il n'y avait aucun moyen de l'arrêter.

9

Paul laissa la Windrush derrière lui et prit la grand-rue. Ses propres pensées le mettaient mal à l'aise et il avait besoin d'être distrait par les gens, l'animation.

À l'approche de l'église, il aperçut William parmi les choristes, sur les marches. La foule se pressait sur le parvis, et parmi elle se trouvait Dora. Elle portait une rose à son chapeau.

Leur parler maintenant n'était pas une bonne idée. Il n'avait pas encore pris sa décision.

Belle journée pour une noce. Il avait entendu dire que le fils du boulanger se mariait aujourd'hui. Il ne connaissait pas la jeune fille, mais elle avait l'air douce, et souriait, rougissait même, tandis que son jeune époux serrait la main de William, avant de lui donner l'accolade avec une extrême vigueur. William s'inclina devant eux, réjoui, et Paul eut un accès de fierté paternelle. Il savait combien le jeune homme regrettait de ne plus travailler à la manufacture, il savait combien lui coûtait son erreur. Pourtant, il assistait au mariage de son ami, serrait des mains, montrait sa joie, et seul Paul – et Dora – savait ce que cet effort lui coûtait.

D'ailleurs il lui manquait. Au bout d'une petite année, il lui était devenu presque indispensable. Dès qu'il y avait un problème – mécanique, humain, administratif –, William était là. Il se grattait la tête, se torturait l'esprit, relevait ses manches et n'épargnait ni son temps ni son énergie pour résoudre la question. Il réparait les machines, les malentendus, débrouillait les fils, les comptes, la paperasse. Ses mains habiles, sa force physique, sa capacité à s'adresser aux ouvriers le rendaient utile dans bien des situations malgré son jeune âge. *Ça, c'est un problème pour William*, songeait Paul cent fois par jour, ou encore : *William saura démêler cette affaire*. Dorénavant, chaque fois que ce genre de pensée lui venait, il devait se poser cette question : *Comment m'en sortirai-je sans lui ?*

Hélas, le jeune homme l'avait mis dans une situation impossible.

Paul n'appréciait guère Mr Lowe. C'était son père qui l'avait embauché puis lui avait concédé toute autorité en matière de teinture. *Il y a beaucoup trop de pères dans cette affaire*, songea Paul à regret. Mr Lowe produisait un beau bleu car son père avant lui produisait un beau bleu, et Paul Bellman n'était jamais entré dans la teinturerie car son père lui-même ne l'avait jamais fait, et que les habitudes et manières de procéder se fixaient ainsi, puis se transmettaient de père en fils, et ainsi de suite.

Et William ? Fils délaissé d'un autre fils délaissé par son père, il était libre de cette influence. Il s'élevait au-dessus des habitudes, voyait clair dans la tradition, comprenait les choses telles qu'elles étaient. Le passé n'avait aucune prise sur lui. Peut-être était-ce pour cela que sa vision de l'avenir était si puissante.

Libéré des ombres du passé, le futur n'apparaissait-il pas plus dégagé ? Il l'aurait presque envié.

Paul avait été repéré. À présent Dora était à son côté.

« Quelle jolie rose vous portez à votre chapeau.

— Ce n'est pas le moment de parler de roses. Paul, il sourit peut-être en ce jour, mais au fond de lui, il est si malheureux. N'y a-t-il aucune solution pour qu'il se rachète ? »

Il prit une inspiration profonde. « Il y a peut-être une possibilité. »

Dora sursauta.

« Donnez-moi cette rose. »

Interdite, elle porta la main à son chapeau. « Ça ? Mais elle est cousue. »

Elle le laissa couper l'ornement avec son couteau.

« Allez me chercher William. »

Elle fit signe à son fils de s'approcher.

« Tous ces morceaux viennent du même baquet de teinture, je suppose ? Seule l'étoffe est différente ? interrogea Paul en désignant les différents pétales.

— Oui. »

Paul coupa à la base le pétale le plus vif. Au moyen de sa loupe, il examina le bord du tissu, et vit qu'il était partout d'un rouge uniforme. La teinture avait pénétré jusqu'au cœur de la laine. Il en scruta d'autres ainsi, plus ternes. Tous étaient demeurés blancs à l'intérieur.

Paul et William se mirent à discuter. Rapides, techniques, leurs propos échappaient à Dora, qui n'en comprenait que le ton. Ann Roper et son fil de qualité ; l'alizarine venait de chez Harris et non de chez

Chantrey ; le tissu avait séché à l'extérieur ; il avait été teint deux fois, et les registres…

« … et grâce à tout ça, conclut William, il n'y a pas de raison de ne pas obtenir un rouge constant, vif comme celui-ci et aussi doux, chaque fois. »

Dora regarda son fils, puis Paul. Elle ne savait pas très bien ce qui se passait, et sa pauvre rose avait été si découpée, si torturée, qu'elle était bonne à jeter ; pourtant elle lisait dans leurs traits à tous les deux qu'il y avait des chances pour que tout rentrât dans l'ordre.

« Et Mr Lowe… »

Dora retint son souffle en priant pour que William sût tenir sa langue.

Le sourire de Paul perdit de son éclat. « Oui ?

— Si on arrivait à lui laisser croire que l'idée vient de lui… ? »

Paul saisit la main de William et la serra fort. « Mr Lowe ? Je m'en charge. »

10

« Ce serait bien de nous prévenir, la prochaine fois ! déclara Rudge en entrant dans le bureau de Paul.

— De quoi parlez-vous ?

— De ce rouge vif ! Ça vous rentre jusque dans la cervelle, vous pouvez me croire. Depuis l'autre côté de la vallée, qu'on le voit. Ça m'a tout ébloui, j'avais peur que mes yeux ne m'explosent dans la tête. »

Paul voulut se rendre compte par lui-même.

C'était un jour parfait pour le séchage. Le soleil était tiède sans être trop fort, la température douce et constante, avec une brise légère. Il était habitué aux nuisances qui provenaient de l'atelier de foulage ; cela ne lui gâcha pas le plaisir de découvrir le ciel bleu, le vert et l'or irrégulier des champs dans le lointain.

Il contourna la teinturerie, et les prés de séchage s'ouvrirent devant lui. Il s'arrêta net. À droite et à gauche, le long alignement des cadres se déployait vers l'horizon et, attachés dessus, vifs comme du sang frais, des mètres et des mètres d'étoffe rouge. L'espace d'un instant, il ne vit plus rien d'autre et comprit que Rudge n'exagérait qu'à moitié lorsqu'il prétendait redouter que ses yeux n'explosent. Il sentit un frisson de plaisir parcourir tout son cerveau, et son pouls s'accéléra ; un sourire irrésistible se dessina sur ses lèvres. Il s'aperçut alors qu'il n'était pas le seul à afficher cet air béat.

Crace, contremaître au séchage, longeait les cadres, s'arrêtant ici ou là pour vérifier que les cordes étaient tendues de manière égale en haut et en bas, même s'il apparaissait clairement qu'il s'agissait surtout d'une pantomime destinée à son patron ; il était là en vérité pour une seule raison : se délecter de la couleur.

Paul l'interpella.

« Avez-vous jamais vu plus beau rouge, Mr Crace ?

— Je peux pas dire ça.

— Moi non plus. Ni ici ni nulle part. »

Appuyé contre la porte de la teinturerie, Lowe en personne était sorti voir comment séchait sa couleur.

« Assez vif pour vous, Mr Bellman ?

— Éblouissant, Mr Lowe. »

Le teinturier inclina la tête et retourna à son atelier.

L'arrivée de Paul avait fait détaler une douzaine d'ouvriers, qui regagnaient leur poste. Bien entendu, tout le monde à la manufacture ne parlait plus que de ce rouge, et ceux qui le pouvaient venaient jeter un coup d'œil. D'ailleurs, les employés n'étaient pas les seuls intéressés. Le long des barrières, des groupes de badauds se rassemblaient pour regarder, les cavaliers ralentissaient, chacun voulait assister au glorieux spectacle de ce nouveau rouge.

« Alors ? » William était impatient.

« Félicitations, répondit Paul. C'est du beau travail. »

Les traits de son neveu se détendirent.

« Tu as eu raison de rester à l'écart. Lowe feint de ne pas remarquer qu'il fait l'objet de tous les regards, mais il en savoure chaque minute. À quoi penses-tu, Will ?

— Aux cadres.

— Pour le séchage ? Eh bien, qu'y a-t-il ?

— Il y a la place pour mettre une autre série de cadres au bout du pré, mais le sol est en pente, et les fourrés projetteraient une ombre qui serait préjudiciable à la qualité du tissu, or je ne vois pas Mr Gregory nous vendre ses champs de l'est, ni par amitié ni pour l'argent. »

Paul se mit à rire. « Quelle importance ? Il est rare que nous utilisions les cinq lignes de cadres de séchage en même temps…

— Certes, mais quand les commandes pour le nouveau rouge afflueront…

— Retiens ta monture, William. Nous ignorons encore quelle sera l'ampleur de ces commandes. »

Mais le jeune homme ne l'écoutait pas. « D'après moi, il faut soit acheter les terres d'en face – il n'y a rien qui fasse de l'ombre sur la portion de champs qui appartient à Mr Driffield, et il vendrait pour un prix correct –, soit construire un nouveau séchoir pour réaliser davantage de séchage en intérieur. De plus, avec cette qualité de couleur et la douceur du tissu séché à l'intérieur, nous pourrions augmenter nos prix. Je serais en faveur de cette solution, sauf que nous n'avons pas le temps de construire un nouveau séchoir. À moins que Mr Driffield ne nous loue son terrain le temps de bâtir le nouveau séchoir…

— Est-ce que tu ne mettrais pas la charrue avant les bœufs ?

— Quelle heure est-il ? »

Paul consulta sa montre. « Trois heures moins dix.

— Il doit être en chemin. »

Le marchand devait s'en venir par la route de Bufford. Il aurait une vue imprenable sur les étendues de tissu rouge pendant dix bonnes minutes, le temps d'arriver à destination.

À cinq heures, Paul avait une commande de mille mètres d'étoffe rouge pour la fin septembre, et encore mille mètres pour le mois suivant.

Avant de rentrer chez lui, il alla voir directement Mr Driffield pour lui louer une partie de ses champs.

Une année. Quelle richesse avait apportée William en une année à peine ! Que ferait-il si jamais on lui laissait les mains libres ?

11

En coulisses se déroulaient des querelles que le jeune homme ne soupçonnait pas.

« Père, vous m'avez nommé directeur. Vous devez donc me laisser agir. J'ai l'intention de prendre William comme adjoint.

— Mais c'est Charles, l'héritier ! Ton propre fils !

— Charles n'a aucune envie de s'occuper de la manufacture. C'est tout à fait clair à mes yeux, et vous devriez le voir vous aussi. Si nous insistons pour qu'il prenne ce poste qui ne l'intéresse pas le moins du monde et pour lequel, il faut le reconnaître, il n'a aucune aptitude, nous ne pourrons escompter qu'une seule chose : la fabrique périclitera. William appartient à notre famille. Il a de la volonté et de grandes capacités. En deux ans, il en a davantage appris sur la manière de diriger cette entreprise de textile que Charles, qui y a à peine mis les pieds depuis qu'il a quitté l'école.

— L'intérêt de Charles pour ces choses s'éveillera bientôt. Quand il héritera…

— Charles ne songe qu'à peindre et voyager. Il ignore tout de la manière dont on s'adresse aux clients et aux ouvriers. L'argent l'ennuie. Dès qu'il héritera, la première chose qu'il fera sera d'embaucher quelqu'un pour prendre les choses en main à sa place. Le meilleur service que nous puissions lui rendre, comme à la manufacture, d'ailleurs, c'est de lui fournir la personne la plus compétente pour tenir les rênes en son nom. Charles ne veut pas travailler ici. Or William ne désire rien d'autre. Pourquoi ces deux jeunes gens ne mèneraient-ils pas la vie qu'ils souhaitent ? Ils en bénéficieraient tous deux. Et la fabrique avec. »

Mr Bellman senior était inflexible, et Paul refusait d'abandonner. Ils n'aboutiraient nulle part. Au bout du compte, ils parvinrent à un accord : Charles voyagerait une année durant où bon lui semblerait, et pendant ce temps, William deviendrait l'adjoint de Paul. Au terme de cette période…

Le père de Paul accepta, car pour lui il n'y avait aucun doute sur l'issue de cette année.

« Lorsque Charles reviendra, il sera prêt. Et quand le jeune William comprendra ce qui est en jeu, il prendra peur. Tout ce travail pour une entreprise qui ne sera jamais sienne ? Il se retirera. Tu peux me croire ! »

Douze mois plus tard, Charles, inspiré par les palais et les basiliques d'Italie, refusait de rentrer, tandis que William, loin de vouloir se retirer, se jetait à corps perdu dans de nouveaux projets et de nouvelles aventures commerciales, faisant prospérer comme jamais la manufacture Bellman.

Ainsi les choses s'étaient-elles passées, nonobstant…

Le vieux Mr Bellman se mit à éternuer, puis à tousser. Un rhume d'été, rien d'inhabituel, mais qui traîna, s'aggrava. On ranima le feu dans la chambre du vieillard, au premier étage, où il passait la journée, une couverture sur les genoux pour se tenir chaud, à regarder les champs où les corbeaux freux venaient picorer la terre de leur bec de pierre.

Ce fut la femme de chambre qui le trouva.

Dans les derniers instants, il avait vu défiler sa vie – son mariage malheureux, l'infidélité de sa femme, la revanche prise sur son second fils à elle – et, s'il eut d'ultimes remords en réalisant que son malheur personnel résultait en partie de sa dureté, il n'en subsista nulle trace sur son visage. Roide, sourcils froncés, l'œil scrutateur, sa figure était si semblable à ce qu'elle avait été tout au long de sa vie que la femme de chambre lui parla bien pendant trois minutes avant de se rendre compte qu'il était mort.

William était alors à Londres. Il assistait à une série de rendez-vous avec la Compagnie générale des Indes.

« Envoyez-moi là-bas, avait-il supplié. Ils me prendront pour un novice et ne seront pas sur leurs gardes. » Il revint avec un joli paquet de commandes, pour découvrir que Mr Bellman senior – qu'il n'avait jamais considéré comme son grand-père – était mort et enterré.

« Je suis navré, mon oncle.

— Montre-moi ces commandes. » Paul hocha la tête. « Tu t'es bien débrouillé. Les dates correspondent parfaitement avec celles des commandes de Portsmouth. Penses-tu parfois à ton père, Will ? »

Il secoua la tête.

« Tu ne te demandes pas où il est ? S'il est vivant ou mort ? »

Le jeune homme se força à réfléchir sérieusement à la question, comme si, avec un peu d'effort, il avait des chances de réussir à dénicher parmi ses souvenirs un petit échantillon méconnu de pareille interrogation.

Il secoua de nouveau la tête. « Jamais. »

12

Voilà comment se passèrent les choses.

Dora Bellman se sentait lasse. *Cela ne me ressemble pas*, se dit-elle.

Elle prit une coupelle et partit à la cueillette des mûres. Peut-être l'air frais lui ferait-il du bien. Dans le lointain, au-delà des fermes, les tissus de la manufacture séchaient : des mètres d'étoffe blanche alignés, et quelques hommes minuscules qui s'agitaient au milieu. William n'était pas parmi eux ; même à cette distance, elle l'eût reconnu. Était-ce une bonne journée pour le séchage ? Une forte brise agitait la cime des arbres et les freux croassaient leur joie vulgaire en batifolant parmi les courants aériens.

La coupelle était à moitié pleine de grosses mûres et ses doigts tachés de violet, lorsqu'une grande fatigue l'envahit. Le récipient tomba ; les baies roulèrent par terre. Quand ses jambes se dérobèrent sous elle, comme elle ne voulait pas choir sur les fruits, elle s'agrippa à la haie, mais elle s'effondra malgré tout et se griffa les mains. Les mûres saignèrent dans les plis de ses jupes.

Mécontentement ébahi : d'avoir taché sa robe, d'exhiber ses mollets, de mourir.

Pense à William... dis tes prières...

Mais d'abord, il lui fallait tirer sur ses jupes…

Elle en eut juste le temps.

Ce furent les demoiselles Young qui apportèrent la nouvelle. Jamais auparavant elles n'avaient eu la moindre raison de se rendre à la fabrique, et leur visite était si inattendue que seules des circonstances extraordinaires pouvaient l'expliquer. Les possibilités n'étaient guère nombreuses, leurs visages fermés les réduisaient encore, et quand elles demandèrent à voir William, ce fut comme si elles avaient claironné la nouvelle : la mère de Mr William était morte.

Or ce dernier l'ignorait.

« Oh, William ! » et « William, mon cher ! » s'exclamèrent les demoiselles Young en chœur en entrant dans la pièce où il se trouvait.

Il se retourna vers elles, surpris et vaguement amusé. Les demoiselles Young. À la manufacture. Et puis quoi encore ! Avec leurs drôles de robes assorties et leurs chapeaux excentriques, leurs yeux écarquillés, insondables, qui le dévisageaient. Pour Dieu sait quelle raison, l'aînée serrait contre elle la coupelle blanche tachée de violet. Sortaient-elles donc tout droit de leur cuisine ? Comme c'était étrange !

« Je peux vous aider ? » leur demanda-t-il.

Deux paires d'yeux se fixèrent sur lui. Si seulement il pouvait comprendre ! Si seulement il pouvait entrevoir la vérité !

William se montra perplexe et poli. Pourquoi le dévisageaient-elles ainsi, à croire qu'elles attendaient quelque chose de lui, alors qu'il ignorait ce qu'elles lui voulaient ?

L'aînée ouvrit la bouche, mais face à la totale incrédulité de William, elle ne sut par où commencer. Muette, elle lui tendit la coupelle, en guise d'explication.

Dans le doute, il ne la prit pas.

Ce fut Paul qui comprit. Il reconnut cette compassion terrible qui ne pouvait signifier qu'une seule chose, et il se leva.

« Mrs Bellman ? » dit-il.

Et toute l'histoire suivit. Les demoiselles Young racontaient tour à tour, de leurs voix flûtées et tremblantes, elles s'interrompaient, parlaient en même temps, mais l'ensemble restait cohérent. Une promenade par les sentiers – le vent qui se levait – quelles bourrasques, elles avaient failli emporter le chapeau de Susan – un raccourci pour rentrer – dans un tournant – quelque chose sur le bord du chemin – Mrs Bellman ! La pauvre Mrs Bellman ! – et les mûres – et cette coupelle blanche – regardez ! – elle est intacte, c'est un miracle.

William les vit annoncer la nouvelle à son oncle en spectateur. Il lui semblait que le monde avait pris un mauvais tournant : il ne tenait qu'à lui de faire un geste, de dire un mot pour le remettre sur les rails, mais il était tétanisé, sa langue paralysée, et pendant un moment il fut incapable de remettre les choses dans le bon sens.

Ce fut seulement quand l'aînée des demoiselles se tourna vers lui avec la coupelle, le prenant à témoin, que sa langue se remit à fonctionner.

« C'est vrai, acquiesça-t-il. Elle est intacte. »

Ce soir-là et les suivants, Paul garda son neveu sous son aile protectrice. Il céda devant le désir des demoiselles Young de se montrer utiles, et Will fut assuré d'être nourri, chauffé et d'avoir une chemise propre pour aller travailler. La tâche de Paul consistait à trouver de quoi lui occuper l'esprit. Ce n'était guère difficile. Il y avait des décisions à prendre : mardi ou mercredi, les obsèques ? Quels cantiques ? Il fallait écrire au frère de Dora, à Nether Wychwood, et à d'autres parents. Et puis il y avait les visites. Les chanteurs de la chorale, les ouvriers de la fabrique, les buveurs du Red Lion, les fileuses dont William avait réparé la barrière, des hommes avec qui il jouait aux cartes, des bouchers, des boulangers, des fabricants de bougies, et puis toutes leurs sœurs et leurs filles. Paul ne s'était jamais rendu compte qu'il y avait tant de jolies filles en ville. Existait-il quelqu'un que son neveu ne connût pas ? Cent mains se tendaient, cent bouches exprimaient leurs condoléances. Merci, répondait sans cesse William, c'est gentil.

Grâce à son oncle et à la bonne volonté des demoiselles Young et de tous les autres, il n'était jamais seul. Il allait se coucher avec le vague et lointain espoir que, pendant la nuit, le monde se remettrait à tourner droit. Il dormait de longues heures d'un sommeil sans fin, sans rêve, qui ne lui procurait nul bien-être, et lorsqu'il s'éveillait, il était atterré de constater que la tournure des choses ne s'était pas modifiée. Il se sentait plombé, triste. Un brouillard s'étendait entre lui et ses propres pensées, gazant cette interrogation non formulée, non réfléchie : dans combien de temps la situation va-t-elle revenir à la normale ?

Sa mère était morte : il avait vu son corps ; pourtant, cette information refusait de s'inscrire définitivement dans son esprit. Elle le traversait, le surprenant chaque fois lorsqu'il la croisait, et il avait un million de raisons de ne pas y ajouter foi. Sa mère, morte ? Mais regardez donc ! Ses vêtements étaient toujours là, et ses tasses, son chapeau du dimanche sur l'étagère au-dessus du portemanteau. Sa mère, morte ? Mais écoutez donc ! La porte du jardin ! À tout instant, elle pouvait entrer.

Le sentiment que tout cela n'était qu'une vaste plaisanterie demeurait en lui, et le matin des obsèques, il s'irrita que les choses en fussent arrivées là. Il mit son costume du dimanche, ses plus beaux souliers, sans cesser de croire que la prochaine personne à passer la porte serait sa mère en personne. *Si bien habillés un mercredi ? Quelle mouche vous a donc tous piqués ?* Tandis que la procession des hommes s'en allait à l'église, les demoiselles Young préparaient du thé, chez elles, pour que les femmes pussent accomplir leur deuil dans le confort. *Elle sera là quand je rentrerai*, se dit-il.

William avait chanté lors de nombreux enterrements. Il connaissait bien la messe des morts. Malgré cela, tout lui paraissait faux ce jour-là. Il se trouvait au premier rang des fidèles, et pas dans le chœur. L'église n'était plus l'église, mais une scène : le révérend Porritt jouait à se parodier lui-même, et le cercueil faisait un affreux accessoire. C'était déstabilisant. Quand le révérend prononça le nom de Dora

Bellman, d'un ton lugubre et lent, Will eut envie de lui mettre son poing dans la figure.

Au milieu d'un cantique, la voix de Will se lézarda.

Quelque chose s'agitait dans sa poitrine, qui gonflait douloureusement en lui, appuyait sur son cœur, lui comprimait les poumons.

Qu'avait-il donc ?

Après quelques croassements, il s'en tint à un faible murmure, et comme elle n'avait plus de guide, la congrégation s'égara de manière assez pitoyable.

Alors survint un nouveau désagrément. Il eut envie soudain de se gratter dans la nuque. Là où s'arrêtaient les cheveux, sous son col, au niveau d'une vertèbre placée tout en haut de la colonne, là où la moelle frémissait quand quelqu'un vous regardait par-derrière…

Will avait envie de se frotter le cou, de se retourner pour voir qui l'observait. *On ne se trémousse pas à l'église !* Il entendait la voix de sa mère prononcer ces mots. Aujourd'hui, c'était le pire jour pour lui désobéir. Il réprima son envie.

Comment diable se trouvait-il là, de toute manière ? Comment une telle chose – aussi stupide ! – avait-elle pu se produire ?

Il soupira, exaspéré, sa main tremblait d'envie de gratter sa nuque, mais la masse qui comprimait ses poumons et lui écrasait le cœur transforma son soupir en sanglot, et il sentit le bras de Paul lui ceindre les épaules. Il le soutenait toujours lorsqu'ils sortirent au grand air.

Au bord de la tombe, les doigts lucides du soleil de septembre pointaient vers le cercueil et la fosse. Comment cet objet funeste et le révérend Porritt avaient-ils pu lui paraître si irréels tout à l'heure ? Regardez-les maintenant…

La masse dans sa poitrine lui montait à présent jusque dans la gorge, et il ne pouvait déglutir. Sa mâchoire était scellée. Ses yeux écrasés…

Les groupes d'endeuillés se pressaient autour de la tombe : le frère de Dora et ses enfants, des cousins, des voisins et amis, des gens qui l'avaient aimée, admirée, d'autres qui avaient répandu des commérages, que certains avaient écoutés, et d'autres non.

Ce fut un mouvement imperceptible qui attira l'attention de William. Quelqu'un, derrière. Entrevu. Un instant – impression fugitive…

L'homme qui le regardait pendant la cérémonie à l'église ! Il le savait !

Will équilibra son poids sur l'autre jambe, s'inclina sur la gauche, pour essayer de mieux voir. Rien. L'inconnu avait sans doute bougé. Il se pencha petit à petit de l'autre côté. Entre deux personnes, apparaissait une épaule robuste. Était-ce lui ? Ou bien là-bas, l'ourlet d'une cape ? Mais dans tout ce noir, parmi tous ces visages en deuil, il était impossible de distinguer un homme d'un autre.

Paul, voyant dans ces oscillations un regain de faiblesse, resserra son étreinte.

La masse en son sein faisait trembler William. Il ne pouvait laisser ses bras tranquilles, et ses jambes vacillaient dangereusement. Il avait de la glace dans le ventre, une coulée de gel dans la colonne, sa cage thoracique était verrouillée, sa gorge bloquée, et il ne parvenait plus à respirer.

Ses paupières se fermèrent lentement.

Plus jamais rien ne sera comme avant, pensa-t-il.

Il rouvrit les yeux au soleil aveuglant, en larmes. Ne lui adressait-on pas un signe depuis l'autre côté de la fosse ? Un geste, semblait-il. Pour l'exhorter ? L'encourager ? Will cligna pour chasser ses larmes, puis il plissa les yeux. *Un bras levé*, se dit-il. Le large drapé d'une étoffe noire, des doigts écartés sortant d'une manche. Un scintillement. Ébloui, il dut baisser le regard, allant chercher le repos dans les ténèbres de la tombe. Il distingua pourtant dans sa vision périphérique le large mouvement d'une cape, qui assombrit le ciel, le soleil, les endeuillés, tout le monde, toute chose, jusqu'à William.

Plus tard. Par un accord tacite, ce furent ses amis de la manufacture qui s'occupèrent de lui ce soir-là. Will avait l'esprit vide, assombri, aussi ne voyait-il pas le bien que pourraient lui faire le cidre et le whisky. Heureusement, d'autres que lui savaient, et ils l'emmenèrent au Red Lion. Au bout de trois jours de repassage plein de compassion effectué par les demoiselles Young, il apprécia le réconfort plus rude des hommes de la fabrique. Il y avait un pichet de cidre sur la table, et, à peine vide, il se remplissait. Fred, de la boulangerie, passa pour le serrer dans ses bras et faillit le faire décoller du sol. « C'était une femme bien, ta mère. Je peux pas rester. Faut que je rentre. J'ai un petit à m'occuper, maintenant, tu sais. » Hamlin et Gambin, les experts du rasoir, vinrent tout spécialement lui serrer la main ; leurs paroles étaient inaudibles dans le brouhaha ambiant, mais le message était clair. Merci, dit Will. C'est gentil. Une bourrade brusque sur l'épaule : la main de cuir de Rudge lui transmit toute sa solide sympathie. Greg le

Muet lui témoigna une compassion délicate, ses doigts et ses tempes mimant des sentiments d'amitié qui touchèrent Will plus que tout autre. Certains s'en allaient, d'autres arrivaient et à chaque minute Poll, la tenancière du pub, remplissait le pichet de cidre, tapotant en même temps Will, comme un gentil chien errant recueilli qui serait devenu la mascotte du Red Lion. Dans le tumulte qui l'entourait, les hommes souriaient, riaient. À la commissure de ses lèvres, William sentait s'agiter un petit muscle. Des cris rauques éclatèrent, un buveur en accusait un autre d'exagération… Will écoutait ses congénères se pencher vers leurs camarades pour raconter à mi-voix les frasques improbables de femmes respectables. « C'est ma tournée, hein ! » fit Poll en lui ébouriffant les cheveux d'un geste maternel tandis qu'elle remplissait pour la énième fois le pichet.

Le courant était puissant. Will se laissa emporter.

Le cidre amena son esprit dans un lieu silencieux, loin du fracas. Lorsqu'il revint à la surface, il beuglait une chanson paillarde. Sa voix était éraillée, croassement rouillé.

Quelqu'un se pencha sur lui pour lui mettre un verre de whisky dans la main. « On va voir si ça répare ta voix. »

Il se sentait mou. Il avait quelques secondes de retard sur les autres. Il chercha ses mots, puis dit au fils du forgeron qui était autrefois son ami : « Luke ! Merci ! T'en prends pas un, toi ? »

Il fit la grimace. « Poll me fait plus crédit, maintenant. » Il avait le cheveu gras, plat, le teint jaune, les traits tendus. « Je peux pas lui en vouloir. » Il haussa les épaules. « Ça va, toi ? Je t'ai vu ce matin au cimetière, tu tournais de l'œil.

— Oh, tu étais là ?

— Je lui ai creusé sa tombe. Et je l'ai recouverte, bien comme il faut. » Grimace, les chicots noirs de ses gencives. « Enfin tu vois, quoi. J'ai fait du mieux que je pouvais. »

Que répondre ? « Merci. C'est gentil.

— C'était quelqu'un de bien, ta mère. » Son œil valide se perdit, dans les limbes où se trouvait désormais la mère de Will ou dans le néant. « Bon, je mets les bouts. Y a rien de pire que de regarder les autres boire quand on a soif, pas vrai ?

— Attends, je te paie un coup. » Will essaya de se lever en titubant.

« Pas besoin. » Luke entrouvrit sa veste, et Will y découvrit une bouteille. Un mauvais alcool bon marché.

« Ce truc-là va te tuer, tu sais ? »

Ultime salut, ponctué d'un sourire noirâtre. « Si c'est pas ça, ce sera autre chose ! »

Poll remplit le pichet de cidre. Rires. Un bras passé autour des épaules de Will. Des chants. Poll lui tapota le dos et remplit le pichet. Quelqu'un qu'il connaissait vaguement dit à Will : « Y va mieux, pas vrai, mon vieux ! » Des chants. Poll remplit le pichet et lui caressa l'épaule. Chants. Quelqu'un le secoua un peu pour voir s'il s'écroulait. Il tint. Rires. Chants. Poll remplit le pichet…

Tout était silencieux. Will ouvrit les yeux. Personne. Il était allongé sur le banc, le long de la fenêtre du Red Lion ; la couverture grise qu'on avait étendue sur lui avait glissé par terre, et il avait froid. Dehors, le ciel commençait à pâlir. Il mit pied à terre et se leva en grognant.

Une porte s'ouvrit. La tête de Poll apparut, des mèches de cheveux emmêlés dépassant de son bonnet de nuit. « Ça va ? »

Il hocha la tête.

« Tu t'en vas ? »

Second hochement de tête.

« Je vais récupérer ma couverture, alors. »

En la lui apportant, il l'embrassa. Elle retroussa sa chemise de nuit dans son petit lit. L'instant d'après, il était en elle, et quelques saillies plus tard, l'affaire était terminée.

« Prends un morceau de pain pour manger en chemin, dit-elle. Tu en trouveras sur l'étagère, au-dessus de la grosse barrique, derrière. »

Will suivit la haie pour rentrer chez lui. Il prit une bouchée de pain, la mâcha, l'avala. Affamé, il en prit une autre, puis une autre, et vomit tout dans le fossé. *Bien*, pensa-t-il. Il s'attendait à voir une masse vile cascader à la suite du jus de pomme fermenté, une substance sanglante et nauséabonde, un caillot en décomposition, bilieux et répugnant. Mais il n'y avait rien d'autre que ce flot doré de jus de fruit, et un peu de bave sucrée à recracher.

Puis il sentit autre chose remuer dans ses entrailles. Dur et douloureux. C'était ça. Il ouvrit de nouveau la bouche, mais seul un rot puissant jaillit.

Un freux perché dans un orme le regarda de travers.

Après avoir dormi une heure, William partit pour la manufacture. Il élimina le reste de l'alcool en suant au travail. Entre le fracas des machines et les cris des ouvriers, il n'y avait pas de place pour penser. Le jour suivant, il resta treize heures d'affilée à son bureau, immobile, à l'exception de ses doigts qui pianotaient de manière incessante sur le boulier, tandis qu'il rattrapait quantité de calculs en retard dans les registres.

La fabrique dégageait sa propre énergie, son propre rythme qui portaient celui qui s'y abandonnait. Comme la canette tirait le fil, la nécessité du labeur l'emportait en avant. Tel le rouage d'une machine ou la roue à aubes que faisait tourner la rivière, il assurait le nécessaire. Jamais il ne se fatiguait, hésitait rarement, et passait sans transition d'une tâche à une autre. Le sommeil lui venait sans mal : il ne se souvenait jamais d'avoir posé la tête sur l'oreiller, et dès que le soleil se levait, il était debout.

Il s'arrangeait pour que ses nuits fussent les plus courtes possible. Parfois il jouait aux cartes. Il gagnait un peu, perdait un peu. De temps à autre, il allait au Red Lion. Une fois ou deux, il resta après que tout le monde fut parti. « Ne va pas t'imaginer que ça pourrait devenir une habitude », le mit en garde Poll. Le dimanche matin, il chantait avec le chœur – sa voix était claire et pleine d'aisance – et l'après-midi il lui arrivait d'aller à la pêche avec Paul.

« Les demoiselles Young s'occupent-elles toujours de faire le ménage et la cuisine pour toi ?

— Oui.

— Mmmh. »

Il savait à quoi pensait son oncle. Les demoiselles Young entretenaient certains espoirs. Or, l'espoir avait cette fâcheuse tendance à se transformer en attentes.

« Je vais embaucher quelqu'un pour s'occuper de mon ménage et préparer mon dîner.

— Bonne idée. »

Au début de l'Avent, William cassa une théière. Il ne s'en servait pourtant pas et l'avait à peine touchée, néanmoins elle bascula et s'écrasa sur les dalles de pierre comme si un esprit vengeur emprisonné à l'intérieur n'avait pas trouvé de meilleur moyen pour s'enfuir. Il ramassa les tessons et les enterra. C'est alors qu'un gouffre s'ouvrit dans son cœur et qu'un affreux vertige s'empara de lui.

Ce n'était pas la première fois. Mais cette fois, c'était compréhensible : la théière de sa mère, un enterrement, tout lui rappelait cette absence à laquelle il préférait ne pas songer. Hélas, ces crises – le cœur qui sombrait, les nausées qui le prenaient, les ténèbres qui gagnaient en lui – surgissaient par intervalles. Il ne pouvait prédire quand elles viendraient. Un moment de flottement imprévu pouvait les déclencher, ou le battement entre deux tâches à effectuer ; ou encore un réveil trop matinal, lorsqu'il était seul dans le noir.

C'était difficile de mettre des mots dessus : parfois il vivait cela comme un grand vide, un néant éternel, universel. À force de regarder les autres – Paul, Ned, Fred et Jeannie –, il en vint à penser qu'il était le seul à voir tout cela. D'autres fois, son humeur sombre lui semblait être une masse ténébreuse, menaçante, au-dedans de lui-même, et c'était pire encore. Quelque chose de putride, de monstrueux empoisonnait son sang, ses pensées. Il en éprouvait de la honte, et il était content que personne d'autre ne pût le distinguer.

Il se souvenait avec perplexité d'un temps où le monde lui paraissait un lieu tout à fait bénin. Enfant, il était rarement malade, et ne restait guère alité ; il n'avait jamais eu le ventre vide ; partout où il allait, on l'avait toujours accueilli par le sourire et l'amitié ; ses efforts étaient récompensés, ses fautes souvent pardonnées. Même si c'était le genre de garçon à s'attirer des ennuis, il savait également s'en tirer en beauté. Tout ce qui avait pu naguère l'effrayer ou le blesser était demeuré en arrière, sombrant dans l'oubli avec l'enfance : à l'âge d'homme, il n'avait aucune raison d'avoir peur. Désormais, pourtant, une vaste main avait retiré le manteau de conte de fées qui drapait le monde devant lui, dévoilant l'abîme sous ses pieds.

Toutefois, il n'était pas sans défense. Il possédait trois armes : le sommeil, la boisson et le travail – la plus puissante des trois.

William avait toujours été assidu à la manufacture. Dorénavant, il remplissait chaque minute de la journée. Il vivait dans la peur de n'avoir rien pour s'occuper, recherchait les tâches qui pussent combler chaque moment, jusque dans les moindres recoins, et lorsqu'il finissait cinq minutes plus tôt que prévu, cela le rendait anxieux. Il composa une liste de petits travaux destinés à meubler ces dangereux déserts, en cas de besoin. Un jour où il accompagnait Paul à un rendez-vous chez un mercier d'Oxford, il s'arrêta dans Turl Street pour acheter un carnet relié en cuir de veau, dans le but exprès de mettre cette liste par écrit. Il ne le quitta plus : dans la journée, il était toujours sur son bureau ; lorsqu'il se déplaçait dans la fabrique ou partait en voyage, il était à portée de main dans sa poche. La nuit, il le posait sur sa table de chevet et le reprenait au réveil. Quand les griffes du monstre s'approchaient trop près de lui, le simple geste de toucher le cuir suffisait parfois à repousser le danger, le temps qu'il allât se réfugier dans le travail.

Ces crises survenaient de façon régulière, et il faisait de son mieux pour s'en protéger. Elles le laissaient le souffle court, le cœur battant à tout rompre, espérant que ce fût la dernière fois.

Vu de l'extérieur, trois mois après le décès de sa mère, William était redevenu le même qu'avant : énergique, souriant, plein de vie. Seul Paul, son observateur le plus proche, nota le changement qui s'était opéré en lui : peut-être travaillait-il un peu trop. Il l'encouragea à se reposer davantage, à lire au bord de la rivière, à rendre visite au frère de sa mère, à aller à la pêche. Mais William se prémunissait autant contre la solitude que contre les loisirs. En surface, il paraissait débordant d'activité. Au fond de lui, dans les tréfonds de son être auquel il n'avait pas accès lui-même, il avançait dans la vie tel un homme qui sait que le sol est miné, et qu'à tout moment un gouffre peut s'ouvrir sous ses pas.

&

L'oisillon possède un beau bec noir. À l'âge adulte, ce bec devient gris et rugueux. De plus, là où il s'insère sur la tête, il est bordé d'une excroissance verruqueuse et grêlée, proprement horrible – soyons honnête. D'aucuns prétendent qu'il s'agit là d'une vengeance magique inaboutie : le sort destiné à transformer le freux en statue de pierre ne toucha que son bec avant qu'il ne s'envolât à tire-d'aile. En réalité, il s'agit davantage d'une affaire de survie. L'outil neuf qui sort des forges a belle allure. Utilisez-le pendant quelques années pour fouiller la terre, briser des os, fracasser des créatures marines contre des rochers, vous verrez s'il reste longtemps agréable à regarder. Le joli bec du freux est parfaitement adapté à sa survie, mais très vite il devient laid.

Le corbeau freux est doué pour survivre. Ses lignées remontent loin dans le temps, ses ancêtres habitaient la planète bien avant les nôtres. Cela s'entend à sa voix : son cri est rude, râpeux, adapté à un univers ancien, qui existait avant l'invention de la flûte, du luth et de la viole. La Terre elle-même lui apprit à chanter avant que la musique fût inventée. Il imita le grondement profond des flots, l'éruption terrible des volcans, le craquement des glaciers et les grognements géologiques du monde qui se scindait dans la plus grande souffrance pour se recomposer. Après ça, il ne faut guère s'étonner que le chant du freux ne soit pas aussi mélodieux que celui du merle de nos jardins. (Mais si jamais vous en avez la possibilité, ouvrez donc vos oreilles pour écouter un ciel rempli de corbeaux. Ce n'est pas beau : c'est magnifique !)

Fort de ses longs siècles d'expérience, le freux est capable de voler à travers les averses les plus denses comme les vents les plus violents. Il danse avec les éclairs, et quand le tonnerre gronde, il est le premier à faire le fou. Il fuse, insouciant, dans les hauteurs pauvres en oxygène qui nappent le sommet des montagnes, et plane sans peur au-dessus des déserts. Peste, famine et champs de bataille lui sont familiers. Il a déjà tout vu et sait en tirer le meilleur. Car le corbeau freux se trouve bien partout. Il va où il veut et rentre chez lui quand ça lui chante. En riant.

Température, altitude, danger… Ce qui arrête les humains n'arrête pas le corbeau. Ses horizons sont plus vastes. Voilà pourquoi c'est lui qui accompagne les âmes défuntes à travers l'épais brouillard de mystère qui nous sépare de l'endroit où l'air n'est plus nécessaire, où la sécheresse importe peu. Après avoir déposé en ces lieux l'âme à laquelle votre corps a renoncé, il revient jusqu'à celui-ci en passant par d'autres mondes, en se régalant au passage de langues de licorne et de foie de dragon.

Il est beaucoup de noms collectifs désignant les freux. Dans certaines contrées, les gens parlent de *clameur* de freux.

13

Des mois s'étaient écoulés depuis la mort de Dora Bellman. Puis encore d'autres. Une année était passée, environ, quand, par un dimanche après-midi où il n'avait rien de prévu, William parcourut les onze kilomètres qui le séparaient de Nether Wychwood, où le frère de sa mère était fermier. En chemin il prépara un entretien programmé pour la semaine suivante avec le fournisseur des plaques de métal au sujet des livraisons : quelle objection allait-il lui opposer, et quel argument William lui imposerait-il pour couper court ? Lorsqu'il franchit la cour carrée de la ferme, il avait trouvé le moyen de présenter les choses au fournisseur d'une manière qui leur serait bénéfique à tous les deux. Bien.

Il avait fait le tour des bâtiments de pierre, et il était à table avec son oncle devant une assiette de pain, beurre et gâteau aux graines, quand la porte de la cuisine s'ouvrit tandis qu'un bruit de pas pressés résonnait. Un garçon de six ou sept ans entra en trombe, hors d'haleine : « Notre plus belle vache est tombée dans le fossé et on n'arrive pas à la sortir. Est-ce que Mr Geoffrey peut venir ? Tout de suite, s'il vous plaît, et je dois demander poliment mais être sûr qu'il vient. »

Will se leva en même temps que son oncle, et ils reposèrent sur l'assiette les tartines qu'ils avaient à peine touchées.

Le fossé était profond, avec trente centimètres d'eau noire au fond. La berge s'était effondrée, ce qui n'avait rien d'étonnant car elle était aux trois quarts composée de caillasse. Le peu de terre qu'il y avait était fine et sans saveur ; rien ne voulait y pousser pour retenir le sol. Une barrière avait été élevée – sans doute après un premier éboulement –, mais ce nouvel affaissement l'avait à moitié emportée avec lui.

La vache, coincée entre le flanc du fossé et les éboulis, agitait sa patte libre, gênant considérablement les efforts de ses sauveteurs.

Deux jeunes gens de l'âge de Will déblayaient autour de l'animal, mais ils devaient creuser à la main auprès d'elle. Un homme plus âgé, debout dans le fossé, lui caressait le flanc pour la calmer. Il était robuste mais la boue coupait sa silhouette, enfoncée jusqu'à mi-mollet. Ses cheveux blonds étaient plaqués par la sueur sur son visage. « On n'arrive pas à la bouger », dit-il. Difficile de savoir qui de cet homme ou de sa vache était le plus angoissé.

Will retira sa veste et descendit dans le trou. « Il faut la dégager suffisamment pour pouvoir passer quelque chose sous elle et la soulever, hein ?

— C'est la seule manière, je crois. »

Will se retourna vers le petit garçon. « Tu as une autre pelle ? » Et le gamin détala et lui rapporta une bêche.

Ils trimèrent. Au cours de la première heure, ils furent gênés par la bête qui ne cessait d'agiter sa patte, incapable de comprendre qu'on l'aidait. Ils l'attachèrent donc au moyen d'un harnais. L'animal se plaignit, mais la progression fut désormais plus rapide.

Will demanda ensuite au gamin de s'occuper de la barrière, d'en détacher les poteaux avec un marteau, tandis que les hommes, dans l'eau froide et boueuse, dégageaient la vache avec leurs outils, puis avec leurs mains quand ils furent sous elle, évacuant débris et cailloux. Ils travaillaient dans un silence ponctué de temps à autre par un gémissement, ou que rompait le voisin lorsqu'il se redressait en se tenant les reins avec une grimace, roulait des épaules et murmurait à sa bête : « Gigote pas comme ça, ma jolie. Ça va aller. Tu vas voir ça. »

Un groupe de garçons, sentant qu'il se passait quelque chose, apparut sur la berge, fasciné. « Reculez », leur ordonna-t-on, et cinq minutes plus tard encore : « Reculez ! » Mais la curiosité était la plus forte. Ils s'approchèrent le plus possible du bord, au point que le sol sous leurs pieds menaçât de s'effondrer, réduisant à néant tous les efforts des hommes.

Will fit à voix basse une suggestion à l'oreille du voisin, qui opina du chef. « Les gars. Allez voir ma femme. Dites-lui ce que je veux et elle vous donnera les outils. Vous allez enlever la porte de la cave de ses gonds et me la ramener ici dare-dare. »

Un travail ! Une porte à enlever de ses gonds ! Ils filèrent.

Au cours de la troisième heure, les hommes passèrent les poteaux de la barrière sous la vache, tandis qu'une porte solide arrivait à travers champs à l'horizontale, portée par une douzaine de petites jambes. Ils se mirent à six pour soulever la bête. Il était hors de question de la remonter dans son champ : la berge glisserait de nouveau. Alors ils la hissèrent de l'autre côté, puis mirent la porte en travers du fossé, comme un pont, et l'animal une fois remis sur ses pattes n'eut guère besoin d'encouragements pour traverser et retourner dans son pré.

« Tu vois, ma toute belle ? Je te l'avais pas dit ? »

La vache regarda autour d'elle, étonnée, puis se remit à brouter.

« Elle a l'air parfaitement bien », fit l'oncle de Will.

Les hommes soufflèrent et arquèrent le dos.

« Will, je te présente Thom Weston. Thom, mon neveu, Will.

— Enchanté. »

Ils étaient trop boueux pour échanger une poignée de main, et après l'épisode qu'ils venaient de vivre, c'était inutile.

« Vous venez à la maison ? » demanda Thom Weston en portant une main à sa bouche pour mimer l'acte de manger. C'était une invitation.

À la ferme, une femme courut à leur rencontre. Jolie, les yeux bleus encadrés de pattes-d'oie sympathiques, d'une blondeur que n'entachait pas le moindre cheveu blanc. Une belle femme inquiète. « Vous l'avez remontée ? »

Oui, oui, elle était sortie d'affaire, de retour dans son pré, et tout allait bien. Pas de dégâts, seulement du temps perdu et six hommes assoiffés. Oh, et voici

William Bellman, le neveu de Geoffrey, qui vient de Whittingford.

Elle sourit de soulagement, puis regarda Will. Elle avait une jolie bouche et les dents du bonheur. Ce qui la rendait d'autant plus séduisante.

« Rose ! appela-t-elle. Mets la table. Du pain et du beurre, et sors le jambon sec. Et le gâteau aux écorces d'orange ! »

À la cuisine, les hommes se débarrassèrent de leur chemise pour se sécher et retirèrent leurs bottes trempées. La femme de Thom remit des bûches dans l'âtre, et le maître de maison, qui tenait ses promesses, leur servit généreusement à boire.

« Vous ne retournez pas à Whittingford ce soir, Mr Bellman ? » demanda la femme de Thom en regardant les vêtements mouillés suspendus devant le feu. Quand il lui répondit que si, elle s'écria : « Rose ! Il y a ici un jeune homme trempé des pieds à la tête qui doit rentrer à Whittingford ce soir. Occupe-toi de ses bottes avant celles des autres. Voyons voir si on ne peut pas les faire sécher un peu avant son départ. »

Le cliquetis des couverts et des assiettes dans la pièce voisine s'arrêta net, et une jeune fille apparut dans l'embrasure de la porte. Cheveux blonds, yeux bleus, le portrait de sa mère.

« Et si on lui essayait les vêtements de grand-père ? Tu crois que cela lui irait, Rose ? »

La fille le jaugea. « Je pense que oui. » Elle le regarda dans les yeux. Son regard était franc et direct. « Ça ne vous dérange pas trop, les odeurs de naphtaline ?

— Ça ira. »

Elle partit chercher les vêtements.

« Je vous les rapporterai dimanche prochain », dit-il à Mrs Weston.

Dans la pièce voisine, la jeune fille se retourna vers lui et lui sourit. Elle aussi, elle avait les dents du bonheur.

Paul lui avait appris tout ce qu'il avait besoin de savoir sur la Compagnie des Indes en matière de tissu la veille, mais il était évident qu'il n'en avait rien retenu. Paul recommença.

« Très bien. Je comprends, maintenant, dit William en se remettant dans ses livres de comptes.

— Quelque chose ne va pas ?

— Non. »

Pourtant il n'était pas comme d'habitude, Paul s'en rendait compte. Quelque chose le perturbait. Pourquoi ne pas l'emmener à la pêche de nouveau ? Dans le calme d'un dimanche après-midi, peut-être son neveu lui confierait-il ce qui le contrariait. Mais lorsqu'il lui fit sa proposition, Will sembla très ennuyé. Il ne pouvait pas, il avait autre chose de prévu.

Très bien. Paul avait essayé. Quoi qu'il eût en tête, cela finirait bien par s'arranger. De toute façon, même avec seulement la moitié de son esprit disponible, William demeurait très efficace.

Will n'ouvrit pas son carnet de la semaine. Il n'y avait pas de minutes de battement à combler car Rose les remplissait toutes. Ses yeux, ses cheveux, ses dents – il pouvait rester une demi-heure à rêver de caresser ses dents du bout de la langue. Le reste relevait de son imagination. Elle était belle, de dos, de face, de profil. Après ce premier regard franc et direct, elle n'avait plus levé les yeux vers lui avant le moment des adieux. Ce n'était pas une façon de minauder : elle était trop occupée à remplir ses bottes de vieux riz pour absorber l'humidité, à couper du pain et du jambon, verser du thé, apporter du gâteau, faire les gros yeux à sa petite sœur, tancer ses frères qui essayaient de se voler mutuellement leur gâteau. Cependant il savait à cette manière qu'elle avait de ne pas le regarder qu'elle était contente qu'il la regardât.

En effet, glisser sa langue dans l'espace entre ses dents était aussi agréable qu'il l'imaginait.

« Chaque fois que tu souris et que je vois tes jolies dents du bonheur, j'ai une irrésistible envie de t'embrasser.

— Tu vas avoir du pain sur la planche alors, parce que je souris tout le temps ! » Et c'était vrai. Elle souriait d'ailleurs, en le disant. Il l'embrassa de nouveau.

Combien de dimanches s'étaient-ils écoulés à présent ? Trois en comptant le premier. Seulement deux semaines donc, et un nouveau monde s'ouvrait.

Dans un pré, sous un arbre, ils s'embrassèrent, s'enlacèrent, se caressèrent. Ses doigts à lui se frayèrent un chemin sous ses jupons, les siens à elle dans son caleçon. Déjà leurs caresses mutuelles leur apportaient l'extase, pourtant ils en voulaient davantage.

« J'ai envie… », dit-il, et elle ajouta : « Moi aussi. »

Hélas, il était lié à sa famille parce qu'il avait aidé son père à sortir la vache du fossé. Et cette femme si bonne, si prompte à mettre ses bottes à sécher. Les trahir ? C'était impensable. Il songea à cet homme si généreux qui tentait d'apaiser sa vache terrifiée en lui murmurant des paroles apaisantes. Non. C'était une famille heureuse, et William ne pouvait risquer d'attirer sur eux le malheur.

Mais, mais, mais. Ils ne pouvaient continuer comme ça. Bonheur, désastre, appelez cela comme vous voudrez, mais la chose finirait bien par se produire, tôt ou tard, ils ne pourraient se retenir indéfiniment. La situation était terrible. Ce fut le jeudi, dans le séchoir, que la solution lui apparut.

« Oncle Paul ! »

Paul se leva à demi, plein d'alarme, en voyant son neveu surgir ainsi. « Qu'y a-t-il ? » Il se préparait déjà à une mauvaise nouvelle : un brûlé, un noyé, un tissu calciné, déchiré, emporté par le vent.

« J'ai besoin d'un cheval. Je dois aller à Nether Wychwood.

— Maintenant ? Pourquoi ?

— Il y a une jeune fille que je dois épouser.

— À la minute ? Certainement pas. Assieds-toi. »

William ne s'assit pas. Sa main resta sur la poignée de la porte, prête à la refermer dès qu'il aurait obtenu l'autorisation de s'en aller. Toutefois, il répondit aux questions de son oncle. De quelle famille est-elle ? Et cette Rose, que fait-elle de ses journées ? Pourquoi est-ce elle que tu dois épouser ?

Ils se rendirent ensemble à Nether Wychwood. Paul vit que les Weston étaient des gens bien. Les Weston apprécièrent Paul. Will et Rose étaient assis sur le banc, timides, main dans la main. La date fut fixée à la quinzaine suivante.

14

L'espoir des demoiselles Young, qui ne s'était jamais matérialisé, se désagrégea. Lorsque Ned emmena William boire un dernier verre en célibataire au Red Lion, Poll lui ébouriffa les cheveux comme si elle caressait un bon chien. « C'est une gentille fille, c'est ça ? », et en apprenant la réponse : « Alors c'est bien. » Les fileuses le taquinaient sans cesse, jusqu'à le faire rougir, car quand il serait marié, elles ne le pourraient plus. Et partout où il allait à la manufacture, les hommes lui serraient la main, le félicitaient et lui donnaient des conseils sur un ton humoristique. Greg le Muet lui offrit deux figurines, un couple de jeunes mariés en paille tressée.

Dans la grand-rue, William rencontra Fred au bras de Jeannie. Elle était gironde comme une poule faisane, et lui à force de pain et de bonheur avait pris de l'embonpoint : « Bonne nouvelle, William ! C'est une douce manière de vivre ! »

« Et voici ce que dit Charles », annonça Paul. Il s'agissait d'une lettre de félicitations où il écrivait qu'il enverrait un cadeau de mariage à William et à sa jeune épouse : un tableau représentant Venise pour accrocher dans leur maison.

Plus tard sur le chemin du retour, à plus de minuit, à la veille de ses noces, William ne vit pas la forme couchée par terre le long d'un mur, dans le noir. Il s'en rendit seulement compte lorsque son pied buta et qu'il partit en avant, mains tendues pour se protéger. La masse qui l'avait fait trébucher s'étala, grogna, et il y eut un bruit de verre, de bouteille qui se renversait.

« Luke ? C'est toi ?

— C'est qui ?

— Will Bellman. »

La silhouette dans l'ombre chercha quelque chose à tâtons, il y eut un son cristallin à peine audible, suivi d'un murmure de satisfaction. Donc le flacon n'était pas cassé. Luke dégageait une forte odeur d'alcool, et William n'était pas certain qu'il l'eût reconnu, ni même qu'il sût que quelqu'un était là. Il posa la main sur son épaule et le secoua doucement – il était encore plus maigre que naguère, et plus petit aussi, si tant est que cela fût possible.

« Luke ? Ça va ? Qu'est-ce que tu fiches là ? »

Il y eut un long silence, au point que William se demanda s'il ne s'était pas rendormi. Mais Luke reprit ses esprits et dit :

« Je me souviens… » Les mots lui firent défaut et, de ses mains tremblantes, il se livra à une pantomime de fortune. Il cracha dans sa paume – enfin, c'est ce qu'il sembla à William –, et son index rejoignit son pouce avec une délicatesse d'ivrogne, d'un geste subtil et dépourvu de sens. Il articula quelques syllabes supplémentaires – catapultées, pour ainsi dire – et gloussa de plaisir.

William attendit mais il n'y eut aucune explication.

« Je me marie demain », lui apprit-il.

Rien ne montrait que Luke l'eût entendu. Au bout d'un second silence il se décida à repartir, mais la voix de Luke s'éleva de nouveau. « Tu te souviens ? Moi, je me souviens… »

William rentra chez lui passer sa dernière nuit seul.

« Je me marie demain, annonça-t-il à la maison en entrant. Je me marie demain », souffla-t-il à la chandelle. Il posa la tête sur l'oreiller et murmura : « Je me marie demain. » Puis, au moment de s'endormir, lui revint un souvenir de beuverie au Red Lion : *Je l'ai prise avec douceur.*

Mais cela ne le maintint pas éveillé. Il se mariait le lendemain.

15

William Bellman n'allait plus boire au Red Lion. Il ne jouait plus aux cartes derrière la salle de foulage. Il avait payé ses dettes, soldé son ardoise. Cette partie de sa vie était terminée. À vingt-six ans, il avait des revenus réguliers, une bonne santé, et il jouissait du respect et de l'amitié de ses congénères. Au bout de cinq ans de mariage, il avait découvert davantage de raisons d'aimer sa femme qu'il n'en avait en l'épousant et, lorsqu'ils se querellaient, les choses étaient rapides, efficaces, et ils se réconciliaient de bon cœur. Sa fille Dora était une enfant curieuse, solide, et elle apprenait vite ; quant à son bébé, qui selon la tradition des Bellman avait été baptisé Paul, il riait de tout et grandissait à vue d'œil.

La vie était bonne pour William Bellman. Même ceux qui ne le connaissaient pas et se contentaient de l'apercevoir dans la rue étaient frappés par l'impression qui se dégageait de lui : voilà un homme qui respirait la santé, le bonheur et la réussite ; même sa mise, de son chapeau jusqu'à ses bottes, semblait témoigner de la qualité de celui qui les portait.

William était conscient de sa bonne fortune, mais étant plus dans l'action que dans la contemplation, il vivait son bonheur plutôt que de le méditer.

D'autres n'avaient pas cette chance.

Un matin d'hiver, de très bonne heure on vint frapper à la porte du cottage. William ouvrit, laissant les flocons s'engouffrer. C'était Greg le Muet qui frissonnait, couvert de neige, une lueur d'urgence dans les yeux.

Que se passait-il ? Un incendie ? Un cambriolage ? Les machines avaient-elles été endommagées ? Il ne pouvait s'agir d'un mouvement de protestation chez les ouvriers : il l'aurait su. Des concurrents jaloux, peut-être…

William enfila ses vêtements par-dessus sa chemise de nuit et courut avec Greg le Muet jusqu'à la manufacture. Alors qu'il se dirigeait vers les bâtiments, son compagnon le tira par le bras. Pas par là. Il dessina un cercle en l'air : la roue à aubes.

Il n'y avait plus de différence entre le ciel et la terre. Un unique élément : la neige. Et les chênes, seuls objets qui ne fussent pas blancs. Haut placées dans les ramures, on distinguait des taches noires formées par des brindilles : les nids des freux de l'an passé. Quelques ouvriers attendaient là. Des travailleurs sans foyer qui dormaient à la fabrique, pelotonnés autour du poêle qui, pendant la moitié de la nuit, chauffait les plaques métalliques. Lorsqu'il gelait, ils allaient s'installer près des barriques destinées au foulage, s'accommodant de la puanteur pour profiter de la chaleur que dégageait la fermentation.

William se mêla à eux et considéra la roue à aubes. Quelque chose entravait son mouvement. Une branche, sans doute. Peut-être brisée par le poids de la neige. À moins qu'un tronc ne se fût échappé du stock de Farrah, roulant jusqu'à la rivière, avant d'être emporté pour venir ici se coincer dans la roue. Ou encore un misérable avait-il volé un tonneau de bière et, après l'avoir bu, s'en était débarrassé dans la Windrush de crainte d'être découvert.

Will retira son pardessus et sa veste. L'hésitation ne pouvait faire qu'empirer la situation. Il se glissa d'un seul coup dans l'eau et fronça les sourcils sous la morsure glaciale. Très vite, avant que le froid ne l'engourdît, il se dirigea vers la roue à aubes et examina la masse sombre à travers les flocons et éclaboussures, essayant de jauger sa longueur et sa position. Il devait la dégager du premier coup, avant que ses mains ne soient trop ankylosées. Il plongea le bras jusqu'à l'épaule, empoigna la chose et tira.

Rien ne bougea, ou presque. Une seconde secousse, et l'obstacle céda. Une main sortit de l'eau et cogna William sur la bouche. Un instant, il crut s'être frappé lui-même de son poing gelé par le froid. Il ramena le noyé vers le bord ; les autres l'attrapèrent, tandis que Greg l'aidait, lui, à sortir. Surgirent en même temps de l'eau glacée le vivant et le mort, ruisselants.

« Que se passe-t-il ? » Paul arrivait en courant, alerté par un messager. « Mon Dieu, qui est-ce ? Le savez-vous ? » Puis, d'une voix pleine d'urgence : « Ramenez William chez lui, vite, avant qu'il ne meure de froid. Séchez-le. Réchauffez-le. »

William sentit un feu s'allumer en lui. Il ne pouvait se mouvoir seul, il avait besoin de s'appuyer sur un homme de chaque côté, un bras passé autour de leurs épaules, et même ainsi il parvenait à peine à mettre un pied devant l'autre.

Derrière lui, on avait roulé le corps par terre.

« C'est un des gars à Smith. Vaudrait mieux envoyer quelqu'un à la forge pour informer ses frères.

— Ça les intéressera pas. Il a jamais été proche d'eux. Ni de qui que ce soit.

— Il devait être ivre mort et il est tombé dans la rivière. » Paul prit la parole : « Il était fossoyeur, n'est-ce pas ? Pauvre gars. »

William regarda par-dessus son épaule.

Sur la neige se détachait une tache vive. Des cheveux roux, lavés par la Windrush.

Un freux pressant, à la cime d'un arbre, croassa un message impavide que seul comprit le mort.

Rose déshabilla William, le frotta pour le sécher et l'enroula dans des couvertures. Elle ranima le feu. Fit bouillir de l'eau et lui donna à boire un grog au miel. Elle remit ensuite de l'eau à chauffer pour remplir la baignoire, où il s'assit, de l'eau jusqu'à la taille, tandis qu'elle lui versait seau après seau sur les épaules. Puis elle le sécha de nouveau, le vêtit de couches de vêtements qu'il n'imaginait pas posséder. Enfin elle approcha le fauteuil de l'âtre et l'y envoya s'asseoir.

D'abord, il eut très chaud, puis il eut très, très froid.

Le bébé dormait, mais Dora vint voir, intriguée par cette activité inhabituelle. Rose la gourmanda et la renvoya. Il entendit sa fille pleurer.

« Laisse-la venir », dit-il.

L'enfant grimpa sur ses genoux et, de ses doigts douloureux, il drapa la couverture autour d'elle.

Heureuse qu'il neigeât et que son père fût à la maison pendant la journée, Dora resta lovée contre lui sans bouger. Il sentait son souffle de plus en plus calme et régulier. Le poids de son corps contre son ventre et ses cuisses. Elle était chaude comme une petite caille.

Les paupières de William devenaient lourdes. Son corps était paralysé de lassitude, et alors qu'il glissait dans le sommeil, des souvenirs remontèrent à la surface de son esprit : Luke au Red Lion : *C'était quelqu'un de bien, ta mère*. Une autre fois, après minuit, dans la rue : *Tu te souviens ?*

Un sentiment de malaise le tira du sommeil en sursaut. Au moment où il ouvrit les yeux, il crut entrapercevoir une ombre fugitive. Quelque chose dehors avait un instant bloqué la lumière. Il l'avait vu, ou plutôt deviné. Une silhouette sombre qui le regardait. Il contempla la croisée, inquiet. Il n'y avait personne. Rien qu'un paysage blanc, d'où seuls se détachaient les chênes, déployant leurs noires ramures sur le ciel laiteux. Se lever pour aller regarder au-dehors signifiait réveiller Dora, et puis ses membres étaient encore engourdis de sommeil.

La petite fille bougea légèrement sur ses genoux.

Il baissa les yeux et rencontra son regard fixe et endormi. Elle éleva une main grave, et il sentit la caresse mystérieuse de ses doigts qui lui fermaient les paupières. Quelle enfant adorable ! Son cœur retrouva son rythme normal. Comme c'était bon d'avoir bien chaud. Il entendait le feu craquer dans l'âtre et humait les bonnes odeurs qui émanaient de la cuisine.

Il se renfonça dans les coussins et eut la certitude que, quels que fussent les maux et angoisses qui assaillaient les autres, lui, William Bellman, était immunisé.

Naguère il y avait des corbeaux freux dans les chênes près du cottage, il s'en souvint en s'endormant. Durant toute son enfance, ils l'avaient réveillé de leurs graillements. En hiver, les nids désertés restaient visibles, ainsi qu'ils l'étaient près de la roue à aubes ce matin-là. Mais à présent ils avaient disparu. Complètement.

On enterra Luke. Sa famille se moquait tellement de lui, vivant, qu'elle ne se soucia pas plus de lui dans la mort, si bien que Paul dut trouver un arrangement avec le révérend Porritt. « Il faut faire quelque chose pour ce pauvre garçon », décida-t-il. William étant alité car il avait pris froid après son bain glacial, Paul pensait qu'il serait le seul à assister à l'enterrement ; il eut la surprise de voir le jeune boulanger.

Quand tout fut fini, que le fossoyeur eut été inhumé dans sa tombe à lui, Paul et Fred Armstrong se serrèrent la main.

« On m'a dit que c'est William qui l'a sorti.

— Oui, c'est bien lui.

— Vous le direz à votre fils quand vous lui écrirez, en Italie ? »

La curiosité de Paul s'éveilla. « Se connaissaient-ils ? »

Fred hésita, se souvenant d'un jour précis, dans les champs. « Peut-être pas. Pas vraiment. Nous étions des mioches. »

16

« Je me demandais si nous n'aurions pas intérêt à placer quelques informateurs dans les tavernes qui bordent Stroud Road », proposa William.

Il aurait très bien pu utiliser une tournure plus directe : « Envoyons des espions », ou « Il faut découvrir ce que mijote la concurrence », mais non, il préférait user de précautions oratoires pour soumettre l'idée à son oncle.

Paul fut touché par les formes qu'il y mettait. Les deux hommes étaient désormais égaux en matière de flair, sur le plan de la connaissance et de la compréhension de leurs affaires, et ils le savaient. La propriété, c'était une autre histoire. Dans les rares cas où ils n'arrivaient pas à se mettre d'accord, c'était le droit de propriété qui l'emportait. « C'est vous le patron, mon oncle », disait William en levant les mains, avec le sourire. Mais Paul ne s'opposait guère aux idées de son neveu. À présent, quand son propre jugement différait du sien, il préférait s'en remettre à lui.

Neuf ans plus tôt, il en avait fait son adjoint, et au cours de ces neuf années la manufacture n'avait cessé de se développer. Les carnets étaient remplis de commandes. Les ouvriers étaient calmes, efficaces. Les profits ne cessaient d'augmenter. Ils investissaient dans de nouvelles machines, cherchaient des manières d'accroître la puissance, de la décupler. Il n'aurait jamais pu y arriver seul. Par conséquent, si William craignait que leurs concurrents de Stroud ne tentent quelque chose contre eux, il devait avoir raison.

« Sais-tu qui envoyer ?

— Oui, j'ai quelqu'un en tête.

— Alors vas-y. »

William jeta un coup d'œil à l'horloge. Il était cinq heures du soir. « Je m'en occuperai en rentrant chez moi. »

William était aussi heureux sur le plan personnel. Ils étaient loin, les jours où il travaillait tard le soir, plissant les yeux sur les registres jusqu'à ce qu'il fît trop noir pour y voir clair. Il vivait une autre vie à présent.

« Quels sont tes projets pour dimanche, Will ? Viens déjeuner avec Rose et les enfants. Ce serait bien qu'il y ait un peu d'animation dans la maison.

— D'accord. À demain. »

Paul aurait pu souhaiter avoir William pour fils. Il aurait pu considérer Dora et ses deux petits frères comme ses petits-enfants. Mais il se montrait raisonnable dans ses désirs. Plus sage que son père, il savait que jamais Charles ne se marierait ni ne reviendrait à Whittingford. Qu'importent les rumeurs qui parvenaient jusqu'à lui depuis l'Italie, il aimerait toujours son fils. Mieux valait que les commérages se propagent dans une langue étrangère, émanant de gens qui ne l'avaient pas connu enfant. Paul Bellman aimait son fils et son neveu, toutefois il admettait une chose au fond de lui : il était bien plus facile d'aimer William.

Après le dîner, Paul et Phillip sur les genoux, Dora contre lui, William joua en compagnie de ses enfants avec un casse-tête composé de trois morceaux de bois taillés qui, avec un peu d'adresse, pouvaient s'emboîter. Il déclenchait l'hilarité des garçons en se montrant d'une maladresse délibérée, en se trompant sans cesse.

Ce fut Rose qui alla ouvrir la porte. Une fillette de l'âge de Dora, hors d'haleine, apparut sous la pluie. « Ma mère demande est-ce que Mr William peut venir ?

— Tu es Mary, c'est bien ça ? La fille de Mrs Lane ? »

Rose alla chercher William. « On te demande. Chez ton oncle. » Elle lui apporta son pardessus en fronçant les sourcils. « Je me demande ce qui se passe. »

William ne semblait guère s'inquiéter.

Peut-être n'était-ce rien.

Dans la demeure de Paul, sa gouvernante était intarissable. Elle parlait trop vite, mélangeant tout. On avait fait quelque chose dès que possible, mais pourtant c'était trop tard, trop tard. Quand elle lui ouvrit la porte du bureau, et qu'il vit Paul, à sa table de travail, lui tournant le dos, William n'avait toujours rien compris.

« Qu'y a-t-il donc, mon oncle ? »

Un cri étranglé sortit de la bouche de Mrs Lane, et elle s'arrêta net. Will la dévisagea.

« Mais il est mort. Je viens de vous le dire. Il est mort ! »

Il secoua la tête, riant jaune. « Non, j'étais avec lui il y a deux heures. Il était en pleine forme.

— C'est vrai », acquiesça Mrs Lane. Deux heures plus tôt, Mr Bellman était revenu de la manufacture en parfaite santé. Et maintenant il était mort. Si paisiblement !

Elle tenta de le pousser dans le bureau, pour qu'il voie par lui-même, qu'il comprenne. Mais William refusait d'entrer.

« Mrs Meade va venir préparer l'enterrement, mais il faut le remonter là-haut. Vous croyez qu'on y arrivera ? Tous les deux ? »

Le dos de Paul était d'une parfaite immobilité. William s'apercevait bien à présent que sa position n'était pas naturelle. Son port ne résultait pas d'une force intérieure, de sa volonté. La gravité le maintenait dans un équilibre délicat, et la mort était arrivée avec une telle douceur qu'il ne s'était pas affaissé vers l'avant ou sur les côtés. Poser la main sur son épaule eût suffi à rompre le charme, et il fût tombé…

William chercha quelque chose pour se raccrocher, un pilier auquel s'appuyer. Il en trouva un : une liste de tâches.

« Je vais mander des hommes pour le déplacer. Je transmettrai la nouvelle à Mrs Meade et au vicaire. J'écrirai à Charles. »

C'était mieux. Le vertige diminuait.

« Vous avez l'air très pâle, Mrs Lane. Vous avez eu un choc. Je vais demander à la bonne de vous faire du thé. Asseyez-vous en attendant que les autres arrivent. »

Il quitta la pièce, puis fit volte-face pour revenir.

« Où est la clef ?

— Quelle clef ?

— Celle de la fabrique.

— Eh bien… dans sa poche, je suppose. »

Le regard de William se posa sur la veste de tweed de Paul. Il ne pouvait le toucher. C'était au-dessus de ses forces.

« La poche de son pardessus, dans l'armoire de l'entrée. »

Alors tout allait bien.

William pria la bonne de préparer du thé, puis il alla chercher la clef et partit.

Une bande de freux dépenaillés passa là-haut dans le ciel au-dessus de lui, riant et discutant de philosophie.

William commença par se rendre chez le secrétaire. Il réveilla Ned et son frère et les dépêcha chez son oncle. En apprenant la nouvelle, la mère de Ned proposa d'aller voir Mrs Meade, et il lui sut gré de sa gentillesse. Il laissa un message au presbytère pour que le révérend Porritt se rendît chez Paul Bellman dès son retour. Aussitôt après, il courut à la manufacture. Jamais il n'avait ouvert la grille auparavant ; cette nuit-là il le fit.

Dans le bureau de son oncle, il chercha l'adresse de son cousin et lui écrivit une lettre laconique qui l'informait de la situation. Il tira Greg le Muet de son lit à côté de l'âne, et lui remit l'enveloppe. « Emmène ça à Robbins. Elle doit partir tout de suite, ce soir même, sans délai. »

Puis il examina les graphiques et les listes accrochés au mur, les plannings des commandes et de la production pour les semaines suivantes. Il alla dans la pièce voisine et posa son agenda à côté de celui de son oncle. Bien entendu, toutes les tâches de Paul désormais lui incombaient. Il serait plus efficace d'adopter l'agenda de son oncle plutôt que de reporter sur le sien ce qu'il avait prévu. Il rajouta donc ce qu'il ne pouvait déléguer, gonflant l'emploi du temps initial de Paul, insérant son écriture rapide et irrégulière entre les lignes plus nettes.

Et le reste de ses attributions ? À qui allait-il les confier ? Il réfléchit très vite, établit la liste des hommes les plus importants pour lui, ceux qui le connaissaient le mieux, sur lesquels il pouvait compter. Il travaillait avec méthode, sans perdre des yeux son objectif. Qu'y avait-il de plus urgent ? Que pouvait-il remettre à plus tard ? Que devait-il annuler, reporter, reprogrammer ? Il composait des listes, prenait des notes et les disposait dans un ordre précis.

William perdit la notion du temps, l'esprit accaparé par l'incessant va-et-vient entre la vision globale nécessaire à la gestion d'une entreprise et les détails auxquels tout se résumait au bout du compte. Il était tellement absorbé que les heures étaient comme des minutes. L'avocat de son oncle devait être mis au courant sur-le-champ. William informerait en personne les fournisseurs et les clients de la manufacture afin de les rassurer, qu'ils sachent qu'il y avait quelqu'un à la barre, plutôt que de les laisser apprendre la nouvelle par hasard, ce qui les eût plongés dans l'incertitude. Le révérend : mieux valait que les obsèques aient lieu le mercredi. Inutile de préciser pourquoi. Était-il convenable d'organiser l'enterrement d'un homme de manière à ne pas perturber le travail d'une fabrique de textile ? Sans doute pas. Toutefois, pour un vicaire, un jour de semaine restait un jour de semaine. William ne voyait pas en quoi il était gênant d'organiser les funérailles de façon à causer le moins de troubles possible.

Greg le Muet revint. William lui remit la douzaine de lettres qu'il avait rédigées en son absence. « Celles-là, maintenant, Greg. Aussi vite que tu peux. »

William travaillait sans se rendre compte de son aisance en des circonstances aussi exigeantes. Son esprit passait avec facilité d'un détail à l'autre, il organisait, planifiait, décidait, informait, calculait, donnait ses ordres, hiérarchisait ses priorités.

Lorsqu'il sortit de cet état de concentration profonde, l'aube poignait. Il alla réveiller les dormeurs autour du poêle dans la salle de repassage et leur donna ses instructions. « Allez vous poster à la grille, et quand ces hommes arriveront, envoyez-les-moi sans attendre. » Et de citer Crace, Rudge et quelques autres.

À sept heures, tous se trouvaient rassemblés dans son bureau. William comprit à leur mine qu'ils savaient déjà. Il leur apprit le décès de son oncle, et ils lui présentèrent leurs condoléances. Tout cela était si inattendu ; Mr Paul était un homme bon ; les voies du Seigneur étaient impénétrables ; il avait pourtant l'air si bien hier…

Quand eut été dit tout ce qu'il y avait à dire, William leur expliqua que le travail de la manufacture devait être le moins perturbé possible par ce triste événement, et il indiqua à chacun comment assurer cette continuité. « Oui, ça devrait marcher », répondirent-ils l'un après l'autre.

« À présent, vous êtes mes hommes de confiance. J'ai besoin de vous pour que les mains restent occupées et que le travail se poursuive sans à-coups en cette période difficile. Il est naturel que les ouvriers s'inquiètent. Le changement inquiète toujours. Mais je sais qu'il n'y a pas de raison de douter ni de craindre quoi que ce soit. Votre tâche consiste à transmettre cela à vos hommes afin qu'ils en soient convaincus. Vous pensez que vous y parviendrez ? »

Ils le regardèrent. Il était fiable, confiant, droit dans ses bottes. Il était impossible d'imaginer que quelque chose allât de travers.

« Oui, Mr William, acquiescèrent-ils. Oui, Mr Bellman. »

17

Mercredi. Jour des obsèques. William était de mauvaise humeur. Depuis le décès, il avait passé la plus grande partie de son temps à la manufacture à organiser le travail, donner des ordres et résoudre des problèmes. Il avait dormi quelques heures à peine. Il y avait encore tant à faire.

En quoi consistait un enterrement ? S'asseoir, se lever, chanter, prier. Le premier imbécile venu pouvait s'en charger. Cent fois son cerveau efficace proposa d'envoyer quelqu'un à sa place mais, à son grand regret, il ne put aller au bout de son idée. Ce n'était pas possible. Quelqu'un devait diriger les funérailles, se montrer en public, être visible en tant que Mr Bellman, nouveau patron de la fabrique. Sans doute Charles n'avait-il pas encore reçu sa lettre, et même s'il avait réussi à être là à temps, sa présence n'eût pas eu le même effet. Cela ne pouvait être que Mr William, Bellman le neveu. Ce n'était pas pensable qu'il en fût autrement.

Après cinq heures de travail de bon matin à la manufacture, William courut chez lui se changer. Son bain refroidissait devant la cheminée car il l'attendait depuis une heure, et Rose était vexée, qui lui avait préparé son plus beau costume et repassé une chemise. Mais le jour d'un enterrement, on n'embêtait pas le principal endeuillé.

Il était presque prêt, et elle vint recommencer son nœud de cravate que ses doigts trop pressés avaient mal agencé. Il était tendu, son impatience palpable.

« Tu en fais trop. »

Elle le regarda de longs instants. Il pensait à autre chose, semblait à peine la voir.

« Reviens à la maison quand ce sera fini. Tu m'écoutes ?

— Bien sûr.

— Très bien. Alors vas-y, maintenant. Tu vas être en retard. »

Il était en retard – enfin presque. Des visages inquiets le cherchaient. « Le voilà ! » dit Mrs Lane, soulagée et mécontente. Il prit place dans l'alignement des endeuillés, et ils se mirent en marche vers l'église.

Pendant l'office, William se leva, s'assit, s'agenouilla de concert avec la congrégation, murmura amen quand il le fallait et chanta. Sa voix eut l'effet escompté, elle rassembla et organisa celles des ouvriers de la fabrique présents. William connaissait les cantiques par cœur, et tandis qu'il chantait, il réfléchissait.

Stroud… Les informations arrivaient. Les informateurs qu'il avait envoyés dans les tavernes étaient revenus lui raconter tout ce qu'ils avaient appris. Les patrons du textile de Stroud avaient de nouveau des commandes. Les hommes qu'ils avaient licenciés étaient désormais les bienvenus, et on leur proposait des salaires équivalents à ceux de chez Bellman. « Aussi, ils sont tentés de partir. En tout cas, ceux qui ont encore de la famille par là-bas. » William était déçu mais pas surpris. S'ils s'en allaient, cela signifiait qu'il perdrait de bons éléments.

La réponse la plus simple consistait à augmenter leurs salaires. Mais qu'est-ce qui empêcherait ses concurrents de Stroud de l'imiter ? Il était facile d'augmenter les rémunérations, et beaucoup plus difficile de les ramener ensuite à des proportions acceptables. Il devait bien y avoir une meilleure solution. Il en trouverait une.

À force de ne pas dormir et de trop travailler, des cernes étaient apparus, et la couleur de ses joues s'était estompée. Ses yeux étaient injectés de sang. Son air un peu absent pendant la cérémonie passa pour l'expression du deuil.

En sortant de l'église, un groupe se forma devant lui. Plongé dans ses pensées, il ne regardait pas où il allait et bouscula quelqu'un qui se retourna. Ce visage lui parut tout de suite familier. La tête penchée sur le côté, curieux, l'homme le dévisagea, franc, ironique, interrogateur. William ne parvenait pas à le remettre. C'était un peu déconcertant.

Chez son oncle, William but un verre ou deux avec des amis de Paul, des voisins et les ouvriers les plus âgés de la manufacture.

« Qui était cet homme aux obsèques ? demanda-t-il à Ned. Je l'ai reconnu, mais je n'arrive pas à me souvenir de son nom.

— À quoi ressemble-t-il ? »

William voulut le lui décrire, mais il était trop fatigué pour se rappeler ses traits.

« Il n'est pas là ? questionna Ned.

— Non.

— Vous fréquentiez davantage les amis de Mr Bellman que moi. Si vous ne le connaissez pas, sans doute que moi non plus.

— Vous avez raison. »

William fut l'un des premiers à partir. Il ne savait pas où il voulait aller, si bien que ses pieds, livrés à eux-mêmes, prirent de leur propre initiative la direction de la fabrique. Ils n'avaient rien promis à Rose, eux. L'activité s'était arrêtée pour l'après-midi, par respect pour Paul. C'était l'occasion d'aller s'occuper de ses papiers en toute tranquillité.

Voir les lieux déserts et silencieux était inhabituel. William était accoutumé au bruit des différentes machines, aux cris, à la roue à aubes, qui tous avaient leur propre rythme, leur propre ton, et se mêlaient en une cacophonie trop familière pour être importune. C'était étrange d'entendre les corbeaux crier là-haut dans le ciel en pleine semaine. Il distinguait le battement de son propre cœur, l'afflux du sang dans ses veines. En pénétrant dans son bureau, il crut voir quelque chose de noir perché sur son bureau, qui sembla s'élever et piquer sur lui.

William poussa un cri et leva les mains pour se protéger, mais la chose s'éloigna.

Ce n'était qu'un morceau de tissu. Une fenêtre ouverte, un courant d'air qu'il avait lui-même causé en ouvrant la porte, et un échantillon de belle laine noire de mérinos. Y était attachée une note de la main de son oncle : *Will – pour Portsmouth ? P.*

William avait déjà attrapé l'encrier, et sa plume touchait presque le papier pour répondre lorsqu'il réalisa que son oncle n'était plus.

J'ai déjà vu cet homme, songea-t-il. *À l'enterrement de ma mère.*

Il lui fallut s'agripper au dossier d'une chaise pour ne pas tomber.

Longtemps après, William quitta son bureau. Il n'avait pas touché à ses papiers. Il avait passé la fin de l'après-midi et le début de la soirée sans savoir ce qu'il faisait. Ses pensées étaient aussi embrouillées qu'un paquet de laine qu'on envoyait au filage. Sa poitrine débordait de la cacophonie des battements de son cœur, de sa respiration volatile, de coups de poignard urgents.

Quand il rentra chez lui, la lumière s'évanouissait, et le ciel semblait lourd de menaces indistinctes. Il aspirait à avoir des murs autour de lui, un toit au-dessus de sa tête, et à se réfugier dans les bras de Rose. Il évita de regarder les cimes feuillues des arbres qui bruissaient dans l'ombre et se sentit soulagé en arrivant à la porte de son cottage.

« William Bellman, mais où étais-tu passé ? Tu m'avais promis de rentrer à la maison, et tu es resté des heures à la manufacture. »

Rose se souciait trop du sommeil de ses enfants pour crier, au lieu de cela sa colère sifflait. « As-tu oublié que tu as un foyer ? As-tu pensé une seule fois à tes enfants ces jours derniers ? As-tu pensé une seule fois à moi ? Parce que nous, nous n'avons pensé qu'à toi, et voilà comment tu nous remercies ! »

Elle avait beau ne pas le regarder, les mains plongées dans l'évier, il vit briller des larmes sur ses joues.

Il observa la table. Elle était déjà débarrassée.

« Nous t'avons *attendu* ! Nous t'avons *attendu*, alors que les enfants avaient faim ! Nous t'avons attendu parce que tu étais à un enterrement et que nous voulions te *réconforter* ! »

William tomba à genoux dans un coin de la cuisine. Il porta les poings à ses yeux, comme ses enfants lorsqu'ils pleuraient, mais il ne pleura pas. Ses épaules tressautaient, la douleur dans sa poitrine monta, poignarda sa gorge, l'étrangla, pourtant il ne put verser une larme.

Il entendit qu'on reposait doucement les assiettes. L'instant d'après, Rose était à son côté, accroupie, se séchant les mains avec un torchon. Ses bras encore humides l'enlacèrent, et il sentit sa joue se poser contre sa tête.

« Excuse-moi. Le jour de l'enterrement… C'était un père pour toi, William. Pardon. »

Elle lui donna des morceaux de pain et du fromage. Elle découpa des prunes pour lui. Elle l'emmena se coucher et ils firent l'amour avec une ferveur soudaine. Puis ils s'endormirent instantanément dans les bras l'un de l'autre.

Le lendemain matin, William se glissa hors de son lit douillet avant l'aube pour se rendre à la manufacture.

Pas une heure de travail ne fut perdue. Il prit la suite de son oncle tout en continuant à mener à bien une partie de ses propres tâches. Ned le relaya beaucoup au bureau, tandis que Rudge, Crace et d'autres se chargeaient du reste. Il avait remarqué quelques hommes parmi les plus jeunes : fiables, intelligents, volontaires, et il leur montra qu'ils pourraient avoir leur chance. Il n'avait guère les moyens de les former comme il le voulait, faute de temps. Mais c'était un investissement. Dans quatre à six mois, il en récolterait les bénéfices lorsqu'ils occuperaient les postes qu'il envisageait pour eux. D'ailleurs qui eût pu les former hormis lui-même ? Il en manda d'autres dans son bureau, qu'il remercia. Les tire-au-flanc, les hommes sur lesquels on ne pouvait compter ni se fier. Si les manufactures de Stroud voulaient recruter, qu'elles commencent par embaucher ceux qu'il avait choisis pour elles…

Chaque jour il se rendait disponible pour ceux qui désiraient le voir. Il était capital que tout le monde sût qu'il y avait quelqu'un à la barre. La confiance était essentielle. Ainsi donc restait-il visible toute la journée durant. Il allait partout où l'on avait besoin de lui. Il répondait aux questions, les sérieuses comme les stupides, se montrait bref et concerné. Il parlait aux contremaîtres, aux tisserands, aux teinturiers, aux employés, aux porteurs, aux raseurs, aux fouleurs et aux fileuses. Jamais il ne passait devant Greg le Muet sans lui adresser un signe de tête, et, s'il était tout près, il flattait même les flancs de l'âne. Tout le monde devait savoir que la fabrique était entre de bonnes mains.

C'était seulement quand tout redevenait calme qu'il avait le temps de se pencher sur la paperasse, de procéder à ses calculs, de vérifier les commandes, de rédiger ses courriers. Et quand il avait terminé, restaient les finances personnelles de son oncle à gérer. Il régla de sa poche les petites dettes, s'assura que Mrs Lane avait tout ce dont elle avait besoin, paya le jardinier, et s'entretint avec le banquier.

« Combien de temps cela va-t-il encore durer ? demanda Rose à la fin d'une semaine où son mari avait travaillé dix-sept heures par jour. Tu vas t'épuiser.

— Cinq semaines, prédit-il.

— Tu crois ? C'est aussi précis que ça ? »

Il opina du chef. Il avait tout calculé.

Toutefois, lorsque cette période de stabilisation serait achevée, il avait d'autres projets en tête.

18

L'homme qui mit pied à terre dans la cour faisait un curieux spectacle avec ses vêtements étrangers et ses manières hésitantes. Depuis la fenêtre de son bureau, William le vit héler un des porteurs.

Il ne sait même pas où aller, songea-t-il.

Quelques minutes plus tard, Charles était en face de lui.

« Lorsque votre courrier m'est parvenu… je suis parti tout de suite. Bien trop tard, hélas. »

William lui présenta les condoléances de circonstance, que Charles accepta. « À mon tour je dois vous dire combien je comprends votre perte, répondit-il. Ces dernières années, vous étiez plus proche de votre oncle que je ne le fus jamais, bien qu'il fût mon père. » Ces mots furent prononcés sans rancœur aucune, simples faits établis.

William proposa à son cousin de s'asseoir, mais Charles refusa. Il était grand, droit, bien nourri ; ses muscles relevaient du loisir, pensa William : ses jambes étaient bonnes à gravir une colline pour mieux découvrir un paysage. Quand William ouvrit le registre pour lui présenter les bénéfices dégagés par la manufacture, Charles ne toucha même pas la page mais au contraire joignit ses douces mains blanches dans son dos. Il se pencha en avant pour montrer sa bonne volonté, mais sans réel intérêt. William lui indiqua telle et telle chose de ses mains calleuses, aux ongles un peu sales, lui expliquant en termes profanes ce qu'il avait accompli pour que la fabrique continuât de fonctionner.

« Oui, je vois », répondit Charles. Il ne put réprimer un léger tremblement dans sa voix. Ses yeux papillonnaient sur les colonnes de chiffres, le registre des commandes, et bien que son cousin eût usé d'un langage simple, il était manifeste qu'il n'y entendait goutte.

« Le problème, c'est que j'ai des engagements à Venise… »

Cela sonnait comme une déclaration soigneusement répétée, qu'il avait dû murmurer dans sa barbe tout au long du voyage depuis l'Italie. Cela devait lui paraître suffisant lorsqu'il se le disait dans sa tête, en voiture, à cheval, ou en mer. La formule magique qui résoudrait toutes ses difficultés. William pensa que c'était seulement à présent, en le prononçant enfin en situation réelle, qu'il entendait combien l'argument était faible.

Les deux cousins se regardèrent.

« Vous n'êtes pas obligé de rester si vous ne le voulez pas, répondit William. Tout est sous contrôle. Je peux vous tenir informé de l'évolution de la situation en Italie ou n'importe où ailleurs. Inutile de bouleverser votre existence.

— Non, bien sûr… du moment que cela vous convient à vous aussi. »

William acquiesça. « Je me verserai un salaire. » Il lui en présenta le montant. « Voilà les profits réalisés au cours de ces cinq dernières années. Je vous propose de partager moitié-moitié. J'aimerais les réinvestir davantage à l'avenir que nous ne l'avons fait jusqu'ici, mais j'agirai avec ma propre part des bénéfices, et j'empocherai les profits supplémentaires qui seront réalisés dans les années futures lorsqu'ils dépasseront le montant actuel. Je peux vous garantir un revenu annuel de… » Il griffonna un chiffre et donna le papier à Charles. « Qu'en pensez-vous ? »

La somme était beaucoup plus élevée que les mensualités versées par Paul à son fils. C'était bien davantage qu'il n'en avait besoin. Il pourrait vivre exactement comme bon lui semblait.

« Cela me paraît… »

Il tenta de se rappeler ce qu'eût dit son père, avec cet emploi judicieux et précis des termes de la finance et des affaires, mais il n'y parvint pas. Charles savait discuter de poésie, d'histoire, de mobilier Louis XV, et ce aussi bien en anglais, en italien qu'en français, mais l'anglais commercial nécessaire à la négociation lui était parfaitement étranger. Aussi hocha-t-il la tête.

Les cousins se serrèrent la main.

Charles retrouva ses couleurs naturelles. Il était sauvé. William l'avait sauvé.

Il attendit cinq minutes tandis que son cousin mettait leur accord par écrit. Débarrassé de la crainte de rester là, emprisonné pour le restant de ses jours, il portait à présent sur le bureau le regard d'un étranger sur le lieu de travail d'un autre, admirant le caractère industrieux de l'endroit sans rien y comprendre. En revanche, il était clair que William savait ce qu'il faisait. Par deux fois, on frappa à la porte pour lui poser une question incompréhensible et, chaque fois, il résolut l'affaire en quelques mots auxquels Charles n'entendait rien. En deux occasions, William prit des notes dans un petit carnet en cuir, puis sans l'ombre d'une hésitation revint à la rédaction de leur contrat.

Le seul objet que Charles toucha lors de son passage à la manufacture, ce fut le stylo qui lui permit de sceller leur accord. William signa à son tour, et ils se serrèrent de nouveau la main.

« Merci, ne put s'empêcher de dire Charles. Mais qu'est-ce que c'est ? »

Un dessin d'enfant au crayon de couleur apparaissait sur le carnet de William. Un âne. William sourit. « Ma fille s'amuse à dessiner dans mon carnet quand elle n'a rien d'autre sous la main. »

Charles montra davantage d'intérêt envers cet âne qu'envers quoi que ce soit d'autre depuis son arrivée. Il feuilleta le carnet et trouva d'autres esquisses ; une fleur, une barrière, un chat. « Quel âge a-t-elle ? voulut-il savoir. Suit-elle des cours ? »

William comprit soudain que son cousin était un homme du monde qui goûtait l'art de la conversation. Il n'avait pas l'habitude du travail, de l'horloge, de la nécessité de mesurer les heures qui restaient pour les diviser afin d'intégrer au sein de la journée toutes les tâches nécessaires.

« Passez donc à la maison, proposa-t-il. Venez ce soir dîner avec nous. Dora sera heureuse de vous dire quel âge elle a. Et si vous êtes très gentil, elle fera votre portrait. »

Une fois son cousin parti, William reprit son stylo et du papier avec une grande satisfaction. Depuis longtemps il portait en lui un projet qui lui tenait à cœur. Paul, qui comprenait quels investissements seraient inévitables, s'était montré trop prudent pour courir le risque. William s'était beaucoup documenté sur l'hydraulique. Il en connaissait les principes par cœur et en maîtrisait suffisamment les détails pour avoir déjà réalisé lui-même des esquisses préliminaires. Il avait balayé le terrain et cherché les experts en la matière. Si l'on embauchait l'homme qu'il fallait, alors le risque devenait négligeable – et il savait quel était cet homme. Tant qu'il n'avait pas discuté avec Charles, tout était en suspens, et il ne pouvait se lancer. Mais maintenant…

Il écrivit à l'ingénieur, se perdit dans le plaisir de tracer des croquis préparatoires. Plusieurs heures s'écoulèrent.

Il regarda la pendule. C'était l'heure du dîner. Il fallait rentrer.

D'un autre côté, c'était le moment idéal pour rendre visite à Turner et lui soumettre une proposition d'achat de terrain qu'il ne pourrait refuser.

19

Charles trouva la femme de son cousin charmante et efficace ; parfaite pour William. Les enfants étaient vivants, heureux et de nature curieuse. Il s'assit dans le petit salon, ce qui lui rappela son enfance. Sa grand-mère n'aimait pas qu'il se rendît chez son cousin, mais son père ne l'en avait jamais empêché. Des souvenirs de sa tante lui revinrent alors en mémoire, et il raconta de menues anecdotes à la famille de William.

Rose s'aperçut qu'il était surpris de susciter chez eux autant d'attention. « Vous nous en avez plus appris en quelques minutes que mon mari en plusieurs années, lui expliqua-t-elle. Resterez-vous dîner avec nous ? Dora vous montrera ses dessins pendant que je préparerai le repas. »

Il faisait encore jour, et l'air était tiède. Charles s'assit dans le jardin avec la jeune artiste en plein travail. Elle lui montra page après page des esquisses, qui se résumaient à quelques traits brisés, interrompus, avortés, incomplets, et pourtant Charles devinait qu'il s'agissait d'un oiseau.

Dora tournait les feuilles avec rapidité, froissant certaines au passage, insatisfaite.

« Attention. » Il l'arrêta. « Qu'est-ce que c'est ?

— Un corbeau. Il vient dans le jardin, par là-bas. Je le vois de ma fenêtre. »

Charles prit le carnet. Il y avait des erreurs. Personne n'avait appris à l'enfant à tenir son crayon correctement, et elle appuyait trop sur le papier. Elle dessinait les plumes de façon naïve. L'oiseau n'avait pas d'yeux. Toutefois, il s'agissait d'un corbeau, c'était évident. Les pattes accrochées sur la branche, l'angle qu'elles formaient, le poids et l'équilibre du corps, tout était là. Malgré le manque d'expérience, l'esquisse était d'une clarté convaincante.

« Là, j'ai raté, disait-elle, et puis là, et là. » Elle lui montra les faiblesses qu'il avait lui-même décelées. Qu'elle sût identifier ses propres défauts était prometteur. Elle avait l'œil.

Charles connaissait ses propres défauts. Il en demeurait un, majeur. Qui l'avait conduit à s'exiler, qui lui procurait de la joie, et qu'il ne pouvait se résoudre à haïr. Et puis il y avait les autres, les petits. Parmi eux, son échec à devenir un grand peintre. Un jour, on lui avait dit que le désir de bien faire était en soi un indicateur de talent. Il s'était aperçu que, dans son cas personnel, ce n'était pas vrai. Il n'était pas un artiste. Il aimait l'art, il savait le reconnaître, mais ses propres tentatives étaient vaines, quelle que fût la force de son désir. Fin observateur du monde, il était capable de se représenter l'œuvre qui l'exprimerait, hélas, il lui manquait le génie nécessaire. Au mieux, il eût été un bon professeur. Toutefois un homme de son rang n'enseignait pas à peindre aux petites filles. C'eût été proprement ridicule. Il ne lui restait donc qu'une option : devenir collectionneur. En achetant les toiles des autres, plus doués que lui, il les aidait à vivre, et par conséquent à continuer à peindre. Il vivait sa passion à distance, mais il était largement récompensé.

Peut-être Dora possédait-elle ce qui lui manquait. Elle n'avait pas de technique, ne savait pas forcément où elle allait, mais elle était observatrice, sa main était sûre, et elle n'avait pas peur du papier.

« Regarde. » Il prit le crayon et lui montra comment le tenir. « Ensuite, tu peux faire ça… et ça… »

Elle lui reprit le crayon et essaya à son tour.

« Je vois. Comme ça.

— Très bien. »

Soudain, attiré par son jumeau de papier, le vrai freux apparut, descendit se poser sans grâce et atterrit avec un certain aplomb. Charles fut ému et amusé de voir le visage de l'enfant si sérieux, tout entier absorbé dans la contemplation. Elle scrutait avec soin l'oiseau qui picorait la pelouse, sans craindre le voisinage humain.

Elle n'essaya pas de reproduire le corbeau, se contenta de l'examiner jusqu'à ce que celui-ci, sa curiosité assouvie, se mît à battre des ailes pour s'élever dans les airs. Alors, elle revint à sa feuille.

Le freux apparut de nouveau sur une page blanche. Charles vit qu'elle avait déjà assimilé la nouvelle technique pour tenir son crayon, et ses progrès étaient visibles dans le plus grand délié de ses traits. Quand elle fut au bout de ses capacités, elle inclina la tête, considéra son œuvre et dit : « C'est mieux, non ? Pour dessiner un oiseau, expliqua-t-elle en lui donnant la feuille, il faut commencer par bien le regarder. Et après, quand il s'est envolé, on l'a encore dans la tête.

— C'est en effet une excellente méthode.

— Est-ce que vous repartez demain pour l'Italie ?

— Oui. »

Elle se plaça face à lui et l'examina avec soin.

« Tu graves mes traits dans ta mémoire ?

— Avant que vous vous envoliez, acquiesça-t-elle. Voilà. Ça y est. »

20

Le matin de son départ, Charles avait rendez-vous avec l'avocat de son père.

« Je ne resterai pas en Angleterre. J'ai des engagements à l'étranger, lui annonça-t-il. William Bellman et moi-même nous sommes mis d'accord sur la manière dont la manufacture doit être gérée. »

Il donna une copie du contrat à l'homme de loi, qui se mit à lire. En arrivant au paragraphe qui concernait le salaire de William, il se lissa la barbe : « Salaire généreux. Mais bon, dit-il en jetant un coup d'œil à son client, c'est un homme capable. Il ne faudrait pas qu'un concurrent le débauche. »

Le cœur de Charles fit un bond dans sa poitrine. Cette idée ne lui était même pas venue à l'esprit.

L'avocat poursuivit sa lecture. « Partage égal des profits… » Il fronça les sourcils.

« Oui ?

— Inhabituel. »

Charles n'était guère en position de juger.

« Et votre cousin procédera lui-même aux futurs investissements, mais récupérera tout profit additionnel qui en résulterait. Peu orthodoxe… »

Charles réfléchissait à ce que cela signifierait si William partait travailler pour la concurrence. « C'est mon cousin. Il ne faut pas minimiser les liens familiaux. » Il souriait à demi pour lui-même. Son père n'aurait pas dit mieux.

L'avocat réfléchit. « Votre père avait une grande confiance en William Bellman. C'est évident quand on lit l'accord signé lorsqu'il l'avait pris comme adjoint. Bien entendu, si vous souhaitiez revenir sur ce partage des profits, il serait assez facile de revoir le contrat avec Mr Bellman. On dirait qu'il a été conclu à la hâte, et vous arriviez d'un long voyage, vous étiez sans aucun doute encore sous le choc de l'annonce de la mort de votre père. Quand votre esprit aura recouvré sa sérénité, si vous vouliez reprendre ce paragraphe, il serait alors possible d'exercer certaines pressions sur Mr Bellman pour renégocier… »

Exercer des pressions ? Sur William ? Charles l'arrêta net. Quoi qu'il arrive, il voulait être à Oxford à trois heures, où une voiture l'attendait pour l'emmener sur la côte afin de faire la traversée dès le lendemain.

« Ce contrat me convient à merveille. »

Le ton nouveau de Charles fit relever la tête à l'avocat.

« Bien… » C'était donc cela. Charles avait obtenu ce qu'il voulait par ce contrat. Et quoi que ce fût, il n'entendait pas le lâcher. Ainsi soit-il. En tout état de cause, il n'avait nulle intention de se battre avec William Bellman.

Alors qu'il se parlait à lui-même un peu plus tard, l'avocat s'aperçut qu'il tentait de se persuader qu'il avait agi au mieux des intérêts de son client. « De toute façon, cela ne se montera pas à grand-chose, non ? Les profits dépassant le taux actuel des bénéfices… » Il secoua la tête. La manufacture tournait déjà à plein régime. Quels profits supplémentaires pourrait-elle bien dégager ?

Charles fut prêt plus tôt que prévu. La voiture était là, pourquoi attendre ? Il était heureux de partir. Chez lui, c'était désormais en Italie. La personne qu'il aimait y vivait. Il ne regrettait rien de l'Angleterre, ni la fabrique ni la maison. Il était content de leur faire ses adieux. Cependant, c'était quand même bien étrange de se dire qu'il n'aurait plus jamais besoin de revenir.

Pour sortir de Whittingford, la voiture emprunta la route qui menait chez son cousin. Il n'avait guère vu William. Mais il comprenait que l'entreprise était entre de bonnes mains. Et que son cousin, avec Rose, était lui aussi entre de bonnes mains. William menait une existence admirable, même si, Dieu l'en préserve, Charles n'aurait pu vivre ainsi lui-même, ne fût-ce qu'un seul jour. Il avait pourtant connu là une heure de bonheur inattendu : à dessiner des corbeaux avec la fille de son cousin. Il songea avec nostalgie – cette pensée nouvelle fut pour lui un choc et, dans le même temps, lui apparut l'impossibilité de ce désir – qu'il eût pu être le père d'une fille telle que Dora, et passer ainsi des après-midi ensoleillés à lui apprendre à dessiner au jardin.

Au souvenir du corbeau freux qu'ils avaient croqué, il se tourna. Vers l'autre côté de la rivière, par-delà le champ et le bosquet de chênes au feuillage aussi épais que naguère, lorsqu'il avait dix ans. Il était une pierre qui avait décrit une courbe parfaite dans le ciel, reliant William et son lance-pierres à un jeune freux sur une branche. À l'époque, ce tir leur avait paru miraculeux. Et aujourd'hui encore… Fred était présent. Et Luke, qui était mort ; son père le lui avait écrit. C'était Luke qui avait déplié une aile et arraché au noir ces couleurs chatoyantes. Elles l'éblouissaient encore aujourd'hui, à tel point qu'il dut essuyer une larme.

Arrivé de bonne heure à Oxford, il eut le temps de se rendre sur Turl Street, pour y acheter des crayons et un carnet de dessin. Il prit les dispositions nécessaires pour les faire livrer à Dora, puis, dès que la voiture suivante fut prête, il partit pour la prochaine étape de son voyage.

21

William réfléchissait à ses concurrents de Stroud qui essayaient de lui ravir les ouvriers, tisserands, fouleurs, empaqueteurs, qu'il avait formés de manière qu'ils soient en tout point parfaits pour sa manufacture. Tout le monde croyait que la réponse, c'était l'argent, mais c'était une erreur. Pourquoi augmenter les salaires en échange du même travail ? Il n'avait pas envie d'être plus généreux sans contrepartie. L'argent exigeait davantage.

Et il avait une meilleure idée.

Par un beau matin, il se trouvait dans la cuisine quand le fils du boulanger vint lui livrer le pain. « Dis à ton père que je voudrais le voir, tu veux bien ? Il peut passer ici dans l'après-midi. »

À trois heures, Fred Armstrong arriva devant chez William.

Ils se serrèrent la main.

Jadis, Fred était familier de ce cottage. Enfants, Will et lui avaient mangé des pommes ici même sur la marche de l'entrée, avant qu'il ne partît étudier avec son cousin Bellman.

Mais à bien y songer à présent, alors qu'ils échangeaient cette poignée de main comme des étrangers, ce souvenir lui paraissait improbable. Devait-il l'appeler William ? Des années plus tôt, il leur arrivait de boire un verre ensemble au Red Lion. Et maintenant son ami d'enfance était directeur de la fabrique – un étranger. Peut-être devrait-il l'appeler Mr Bellman ?

Fred regarda les caisses qui s'entassaient autour de lui. « J'ai appris que vous déménagiez.

— C'est exact. Dès demain nous serons à Mill House.

— Et le pain, ça va ? Si jamais il y a un problème…

— Le pain est bon. J'en voudrais davantage. »

Debout, appuyé contre la table de la cuisine, William lui exposa son plan. Plusieurs centaines de petits pains livrés chaque matin à la manufacture, à une heure précise.

Fred était perplexe.

« Voilà combien je te paierai… » William griffonna la somme sur un morceau de papier. C'était une grosse somme, si importante que Fred écarquilla les yeux. « Cela fait un prix à l'unité de… » et il rajouta le montant à la pièce.

Puis il ôta son chapeau pour se gratter la tête.

« C'est impossible.

— Vraiment ?

— Ce n'est pas une question de prix. Je n'ai que deux employés, et il faudrait deux fours supplémentaires pour cuire cette quantité de pain.

— Assieds-toi », lui dit William en désignant une caisse.

Côte à côte, le directeur de la fabrique et le boulanger se penchèrent sur une série de chiffres. Quoi qu'ils aient été par le passé, à présent, ils étaient des hommes d'affaires. Ils calculèrent les économies réalisables sur le coût de la farine achetée en grosse quantité et rajoutèrent le prix de deux fours. De combien d'ouvriers supplémentaires avait besoin le boulanger ? Pour quels salaires ?

« Un de mes gars reçoit les ouvriers qui viennent chercher du travail à la manufacture. S'il y en a qui lui paraissent capables de travailler dans une boulangerie, il te les enverra. »

Ligne après ligne, chiffre après chiffre, la demande impossible prenait forme, depuis le prêt que William consentirait à Fred pour l'achat des deux fours jusqu'au retour temporaire de son père à la boulangerie, le temps de démarrer. Toutes les difficultés furent bientôt résolues, les obstacles aplanis. Enfin, les profits supplémentaires que dégagerait Fred : « … par semaine… », le crayon courait, « … par mois… », glissait, « … et par an… ». Le bouquet final.

Quand l'accord fut scellé d'une poignée de main, Fred avait retrouvé son ancienne familiarité avec William.

« Ton cousin Charles est venu à Whittingford il y a quelque temps ? » lança-t-il pour bavarder un peu avant de s'en aller.

William acquiesça.

« Quant à Luke… »

William inspectait une caisse et raya quelque chose sur une liste.

« C'est toi qui l'as retiré de la roue à aubes du moulin, si je me rappelle bien ? »

William hocha à peine la tête une fois encore, le regard ailleurs, montrant bien qu'il n'écoutait pas vraiment.

« Bien, si tu déménages demain, tu as du pain sur la planche. » Il savait ce que c'était. Lui aussi avait fort à faire.

Ils se serrèrent la main une nouvelle fois, et Fred rentra chez lui.

« C'est la seconde fleur que me fait Will Bellman depuis que je le connais, dit-il plus tard à Jeannie ce jour-là.

— Ah ? Quelle était la première ?

— Jamais je n'aurais osé te courtiser autrefois s'il ne m'en avait pas persuadé. Je n'étais pas très doué pour parler aux femmes, si tu te souviens bien. »

Jeannie se souvenait. Et tandis qu'elle se rappelait un jour, près de la rivière, ses jambes nues cachées dans les hautes herbes, son mari s'en remémorait un autre où un lance-pierres parfait avait projeté une pierre qui avait décrit un arc de cercle parfait dans les airs et atteint un oiseau noir parfait, dont le plumage scintillait de reflets violacés, bleus et améthyste.

« Il déménage demain avec sa famille pour s'installer dans la grande maison, apprit-il à son épouse. Charles, son cousin, n'a visiblement pas l'intention de reprendre la direction de la manufacture. » Au souper, ce souvenir était toujours présent en lui : « J'ai toujours su qu'il ferait son chemin, dans la vie, ce William Bellman. »

Dans une petite ville, un boulanger ne pouvait commander deux nouveaux fours sans que cela fît jaser. La rumeur se répandit. William allait fournir le petit déjeuner à ses employés. Le laitier livrerait également du lait. Ses concurrents ricanèrent. Bellman avait-il donc perdu la raison ?

Il prenait un risque, il le savait. Pouvait-on diminuer l'absentéisme et les maladies en fournissant à ses ouvriers chaque jour un petit pain et un verre de lait à quatre cents ouvriers et ouvrières ? Combien de familles avait-il convaincues de rester à Whittingford au lieu de repartir pour Stroud ?

Il n'était pas certain que cela fonctionnerait, mais dans la vie, rien n'était jamais certain. On passait son temps à jongler avec des probabilités, et les calculs de Bellman l'autorisaient à penser que son plan porterait ses fruits. Il fallait montrer un peu d'audace.

En fin de compte, il s'aperçut qu'il avait sous-estimé l'impact des petits pains et du lait. Moins d'absences, moins de maladies, une productivité accrue. Et il devenait de plus en plus facile d'embaucher. Les gens faisaient la queue pour être pris à la fabrique Bellman, et seuls ceux qu'il avait renvoyés furent tentés de retourner à Stroud.

Ce problème résolu, il put se concentrer sur la manière de décupler l'énergie nécessaire à la manufacture. Grâce au chemin de fer qui acheminait le charbon, à ses projets de barrage sur le champ de Turner, il allait pouvoir doubler ses ressources. L'ingénieur commençait lundi.

22

Phil tira jusqu'à la table le sac de feutre rouge tandis que Paul apportait l'autre sur son épaule, tel un voleur s'enfuyant avec son butin. Dora se chargea du grand saladier et leur mère du flacon. Quand tout fut prêt sur la table de la cuisine, Phil et Paul grimpèrent sur leur chaise. William dénoua les liens qui fermaient les sacs, et les garçons en prirent un chacun.

« À vos marques, prêts, partez ! »

Les pièces cascadèrent dans un grand cliquètement plein de clinquant, et les garçons poussèrent des hourrah ! aussi fort qu'ils pouvaient. Phil fouilla le fond de son sac au cas où un penny y serait resté coincé, mais il n'y avait rien ; Paul, lui, considérait le tas de pièces qui remplissait aux trois quarts le saladier. « Regardez, celui-là, il est tout noir », dit-il en agitant un sou du bout du doigt.

L'instant d'après, Dora entrait en scène. Consciente de ses responsabilités, veillant à ne pas perdre une seule goutte de vinaigre, elle renversa le lourd flacon. L'odeur piquante leur monta au nez, sauf Paul, qui s'y était préparé et se bouchait les narines.

« On peut remuer ? » demandèrent les garçons.

William lança un regard à Rose. En ces rituels hebdomadaires, il se montrait indulgent.

« Leurs mains sentiront le vinaigre toute la nuit et tout le jour suivant, dit-elle tout en sachant que cela rendait son mari heureux de voir ainsi ses enfants s'amuser. Bon, très bien. »

Alors les deux garçons plongèrent les mains dans le saladier et mélangèrent les pièces comme s'ils confectionnaient un pudding de Noël. Quand Paul jugea qu'elles avaient été suffisamment agitées, William rangea le saladier dans un coffre fermé à clef, et les garçons durent se laver trois fois les mains.

Mais ils eurent beau frotter et frotter encore, l'odeur persistait. Ils s'assoupirent avec l'acidité du vinaigre dans le nez, attendant avec hâte le lendemain où viendrait le meilleur moment. À leur réveil, l'odeur du vinaigre fut la première chose qui pénétra leur conscience, et ils sortirent d'un bond hors de leur lit, pleins d'impatience.

Même Dora, qui était plus grande et avait participé à ce rituel des centaines de fois, ne se lassait pas de voir le liquide noirci, turbide, couler à travers la passoire, laissant les pièces si étincelantes qu'on les eût crues neuves. Après les avoir rincées plusieurs fois, Rose chargeait Paul et Phil de les sécher, puis de les trier, sous la surveillance de Dora, qui rattrapait au passage celles qui tentaient de s'échapper.

Ce jour-là, William prit sa fille à part. « Quel âge as-tu, à présent, Dora ?

— J'ai dix ans. Et vous le savez bien !

— Quelle coïncidence ! J'ai justement besoin d'une assistante, cet après-midi, et il faut impérativement une personne de dix ans passés. »

Elle n'osait pas en croire ses oreilles. « Vous voulez que je vous aide à distribuer la paye ? »

D'habitude, c'était sa mère qui s'en occupait, mais Rose arrivait au terme de sa grossesse, et elle avait parfois besoin de se reposer l'après-midi. Aussi, à la grande déception de Paul et Phil, lorsque Susie et Meg portèrent la table dehors, sous le porche, Dora fut autorisée à aller s'asseoir derrière son père pour compter les pièces posées sur le plateau, tandis que William écrivait la somme remise auprès du nom de chaque ouvrier dans son registre.

Tout l'après-midi durant, elle compta – tant pour les fouleurs, tant pour les fileuses, ce gros tas pour ses préférés, Hamlin et Gambin, les raseurs – sans jamais commettre d'erreur, bien qu'elle dût aller vite et que les nombreux bavardages et plaisanteries manquassent de la distraire. Quand le dernier ouvrier eut été payé – Greg le Muet était toujours le dernier, il touchait un penny de plus pour son âne –, Dora se montra perplexe. Le compte devait tomber juste, or il restait un penny. Elle jeta un regard plein de doute à son père.

« Qui as-tu oublié ? l'interrogea-t-il.

— Personne ! Et il n'y a aucun ouvrier qui gagne un penny par semaine. »

Il embrassa son petit visage inquiet.

« Et la jeune fille qui compte les sous ? Ne mérite-t-elle pas un penny par semaine ? »

Elle le gourmanda pour lui avoir laissé croire qu'elle s'était trompée, ce qu'il accepta de bonne grâce, puis, ayant eu l'avantage, elle entreprit de négocier quelques pennies supplémentaires pour ceux qui avaient nettoyé les pièces. « Vous ne voudriez pas qu'ils aillent travailler pour une autre manufacture, père ?

— Ah non, je ne voudrais pas », acquiesça-t-il.

« Elle est dure en affaires, dit-il plus tard à Rose en riant, tandis qu'il délaçait les souliers de sa femme, trop serrés aux chevilles.

— Et moi ? À quoi ai-je droit ? J'ai apporté le flacon de vinaigre, rappelle-toi.

— Veux-tu un penny, toi aussi ? À ce rythme-là, je ne sais pas combien de temps on va pouvoir tenir avant la faillite. » Il fit semblant de fouiller dans ses poches.

« Pour moi, un baiser suffira. » Elle éclata de rire, révélant ses dents du bonheur.

« Tu en auras autant que tu voudras. C'est pas cher, hein ! »

Il se pencha sur son ventre rond et l'embrassa.

Puis il recommença.

« Je ne sais pas ce que je deviendrais sans toi, murmura-t-il plus tard dans la nuit tout en démêlant avec précaution ses cheveux sur l'oreiller.

— Mmmmh, acquiesça-t-elle d'un air endormi. Tu t'es lavé les mains ? Ça sent encore le vinaigre. »

Ils s'assoupirent, mais pas pour longtemps.

Rose s'éveilla en criant au milieu de la nuit et, quelques heures plus tard, le bébé était né. Une petite fille qu'on baptisa Lucy.

23

C'était une jolie toile. Peut-être plus que jolie. L'exécution était bonne. Le corbeau freux toisait le spectateur de son œil sombre, étincelant d'intelligence et de caractère, sur fond de paysage italien, mais qui rappelait à Charles la rivière Windrush. Fallait-il l'acheter ?

Il s'était écarté de ses circuits habituels. Il était venu à Turin parce que la maison qu'il considérait comme son foyer lui était désormais insupportable. Le jeune peintre qui l'avait partagée avec lui pendant un an et demi était parti. « Il faut que je me marie, avait-il expliqué. Il faut que je pense à mes parents. Ma vie n'est pas comme la tienne. » Charles avait pleuré. À quoi s'attendait-il donc ? Ce n'était pas la première fois. Et ce ne serait pas la dernière. Ils finissaient tous par se marier un jour. Mais la douleur cette fois était pire que d'habitude. Il avait nourri des espoirs irréalistes. Renoncer lui était insoutenable.

Il s'était donc mis à voyager, et il était arrivé à Turin, dans cette galerie où il regardait ce tableau qui lui rappelait un autre foyer qu'il n'avait pas davantage supporté.

Cette toile le ramenait à un jour de son enfance. Il était question d'un corbeau. D'un lance-pierres. Ses yeux furent un instant envahis de larmes en pensant à William, à son bonheur facile, sa simplicité, la manière dont sa vie s'était mise en ordre de la façon la plus naturelle qui fût. Il songea à Dora, la fille de son cousin. Au noir et à la couleur.

Il achèterait ce tableau pour Dora.

Il ravala ses larmes et se tourna vers le galeriste. Pouvait-il livrer la toile à son hôtel ? Dans la journée ? *Grazie*.

Quelques heures plus tard, le réceptionniste de l'hôtel prit le tableau et envoya un chasseur le porter dans la chambre du *signor* anglais. Il frappa à la porte. Comme personne ne répondait, il sortit la clef et entra. C'est ainsi que l'on trouva le corps de Charles.

Une lettre arriva d'Italie. Une lettre étrange, dans une langue étrange. William dut mander quelqu'un d'Oxford pour leur en traduire le contenu.

« Mais nous ignorions qu'il était malade, se récria Rose. Était-ce un accident ? De quoi est-il décédé ? »

Le traducteur fut pris d'une quinte de toux. « Ce courrier ne mentionne pas la cause. »

William le raccompagna vers la sortie.

« Mon cousin s'est-il donné la mort ? » demanda-t-il tout bas, arrivé à la porte.

L'Italien s'humecta les lèvres. « La formulation laisse en effet planer le doute. »

Charles leur avait écrit quelques fois depuis sa visite rapide suite au décès de son père. Rose sortit les lettres de son bureau et en lut des passages à voix haute. Charles avait publié des poèmes dans une revue, mais elle n'était guère renommée. Il avait visité une région très belle, en Italie, et décrivait les montagnes en détail. Il avait acheté une petite table française lors d'un voyage à Paris. La façon était hors pair, hélas le meuble n'allait pas à l'endroit où il envisageait de le mettre.

William n'aimait pas voir ces pages entre les mains de sa femme. Encre noire sur papier blanc. Un mort s'exprimait à travers la bouche de son épouse. Il ne trouva pas les mots pour le lui dire.

Elle posa la missive en laissant échapper un petit cri. « Oh, William ! Quand on y pense ! Il n'était pas plus vieux que toi ! »

Il avait trois semaines de plus, songea-t-il.

Il abandonna Rose à sa lecture et revint à son boulier.

Une semaine plus tard, une seconde lettre arriva. Cette fois, écrite en anglais. Les phrases étaient étranges : des termes de droit semés d'envolées lyriques qu'il fallait lire deux fois pour comprendre. Le fond était assez clair, toutefois.

Charles avait beau être riche, il avait vécu sans extravagance. Il appréciait le vin et les cigares avec modération ; il aimait beaucoup la peinture et les meubles, mais la maison qu'il avait louée était petite, et il l'avait décorée en conséquence. Hormis cela, son train de vie restait modeste.

Son mobilier revenait à un individu décrit comme « un ami peintre ». C'était un legs généreux mais sans rien de scandaleux.

L'argent, la manufacture et la maison revenaient à William.

Les tableaux, à Dora.

24

Une partie du cerveau de William comptait. Qu'il le voulût ou non, il comptait. Il ne pouvait s'en empêcher. Il avait trois semaines de moins que Charles. Vingt et un jours précisément. Ils avaient appris sa mort six jours après. Cela laissait quinze jours. William essayait de s'occuper, de se concentrer sur son travail pour oublier l'éternel boulier de son esprit, en vain.

Il comptait les jours, et le jour fatal arriva. J'ai l'âge de mon cousin le jour de sa mort. Comme c'était un dimanche, il ne pouvait s'immerger dans le bruit et l'activité de la fabrique pour se calmer les nerfs. Dans sa poitrine, quelque chose bondissait, cabriolait, ce qui ne faisait qu'accroître son angoisse.

« Rose ! »

Les enfants, qui jouaient à la balle, s'arrêtèrent. Paul se tourna vers Dora. Elle saurait s'il fallait s'alarmer ou pas : elle était grande.

Le cri se répéta, tel un grand rugissement cette fois : « ROSE ! »

Dora lâcha la balle. « Veillez bien sur Lucy », dit-elle à ses frères.

Paul et Phil prirent place autour d'elle, à la manière de sentinelles, et Dora courut vers la maison.

Elle repéra son père à ses cris : il gémissait, comme s'il souffrait, haletait sans raison sur le sol de son bureau. Livide, il s'agitait et tremblait telle une feuille.

« Maman n'est pas encore rentrée, dit-elle d'un ton hésitant. Et Mrs Lane est sortie.

— La cheminée ! » fit-il d'une voix chevrotante.

Elle regarda la cheminée. Les cendres de la veille étaient froides dans l'âtre.

« Écoute ! »

Dora écouta. Elle avait l'ouïe fine. Elle perçut le tic-tac de la pendule dans le couloir. Le glouglou lointain de la rivière. Le craquement du parquet quand elle se pencha en avant. Le mouvement de ses mèches autour de ses oreilles lorsqu'elle tourna la tête. Le souffle rapide de son père.

« Il n'y a rien, répondit-elle, et au même moment il glapit :

— Là ! »

Alors même qu'elle parlait, elle entendit quelque chose, noyant le bruit de sa voix. C'était doux et à peine perceptible, à la lisière du silence.

Elle s'approcha de la cheminée et tendit l'oreille.

Son père suffoquait, gagné par la panique ; elle mit un doigt sur ses lèvres pour qu'il se calmât, et il la dévisagea de ses yeux écarquillés.

Le bruit revint. Un mouvement assourdi accompagné cette fois d'une tombée de suie fine le fit frémir.

« Il y a un oiseau coincé dans le conduit. »

Il l'observait toujours.

« C'est tout. »

Il tenait à peine debout, mais elle l'aida à se redresser, l'amena dans le salon et l'installa dans le grand fauteuil, les pieds relevés. Puis elle alla chercher une couverture et le borda doucement. Elle posa la main sur son front et lissa ses cheveux en arrière.

« Voilà. Tout va bien, maintenant. »

Elle retourna dans le bureau, ferma la porte, grimpa sur une chaise pour ouvrir les fenêtres à guillotine. En attendant, elle joua avec le boulier, et ajouta à la liste des tâches notées dans le carnet de son père : « Donner un penny à Dora. »

Dans un tourbillon de suie poudreuse surgit une masse noire. Battements d'ailes désordonnés, collisions de plumes – paf ! – contre le plafond, le mur, la fenêtre. Un léger courant d'air lui balaya la joue et, miracle, l'oiseau étourdi s'enfuit par la croisée ouverte.

De fines volutes de poussière grise flottaient encore dans l'air. Dora sentit le goût âcre de la suie au fond de sa gorge, sur sa langue.

Et regardez-moi ça ! Comme c'était triste. Et comme c'était beau. L'oiseau avait laissé des images : impressions diffuses de plumage sur le mur et au plafond. Il y en avait une autre, fantomatique, sur une vitre. Elle remonta sur la chaise pour fermer la fenêtre. Examina les traces de tout près. Délicates reproductions précises des différentes parties de la plume : le rachis et les barbes. Elle avait sous les yeux l'empreinte calligraphique d'une plume. *Il ne faut pas que père voie ça.*

Les marques sur le plafond et les murs étaient hors de sa portée, mais elle essuya la vitre de sa manche, laissant une traînée noire sur son poignet.

Pauvre bête.

Sans espoir d'y voir quelque chose, elle contempla un moment le ciel. Rien.

Elle continua d'observer.

Quelques semaines plus tard, Dora regardait avec sa mère des tableaux venus d'Italie. Mary, la fille de Mrs Lane, l'amie de Dora, était à leurs côtés. Elle les aidait à transporter les œuvres dans les différentes pièces de la maison, une fois décidé l'endroit où on les accrocherait. Les jeunes filles en aimaient certaines, tandis que d'autres n'éveillaient guère d'intérêt chez elles. Ensemble elles en retirèrent une d'une caisse et la dégagèrent de son enveloppe protectrice.

« Oh ! » s'exclama Dora. Elle contemplait un corbeau freux au plumage chatoyant.

« Il te plaît, celui-là ? » Les goûts de sa fille surprenaient Rose.

« Il me regarde ! s'écria Dora, hilare. Vous voyez ? Je crois qu'il rit. »

Elle tint la toile de manière que sa mère et Mary pussent bien la contempler. Rose inclina la tête sur le côté, imitant sans s'en rendre compte l'oiseau, et sourit : « Je ne sais pas à quoi tu vois qu'il rit. Pas avec ce bec ! Eh bien, où allons-nous le mettre, celui-là ? »

L'expression de Dora changea. « Père n'aime pas les oiseaux.

— Ah bon ? »

Dora reprit le tissu qu'elle enveloppa autour du tableau avant de l'attacher avec une ficelle. « Je vais le cacher sous mon lit. Je le sortirai quand je serai grande, quand je serai mariée et que j'aurai ma propre maison. »

Rose, qui trouvait l'œuvre étrange, ne put qu'acquiescer.

25

La manufacture tournait bien. Les petits déjeuners avaient prouvé leur utilité. La productivité était en hausse. Grâce au charbon moins cher apporté par le nouveau chemin de fer, le séchage dépendait moins du temps : les nouvelles salles chauffées par des moteurs à vapeur fonctionnant au charbon rendaient le tissu plus doux, aussi se vendait-il plus cher. Et grâce au réservoir que William comptait construire sur le champ acheté à Turner, la productivité dépendrait moins à l'avenir des variations du niveau des eaux. Lorsqu'il pleuvrait peu, désormais, ils n'auraient qu'à ouvrir les vannes pour augmenter la puissance du flot. Réduire les variations imprévisibles de sa source d'énergie lui permettrait de mieux gérer la production et de garantir les dates de livraison de manière à rassurer les clients et à en amener de nouveaux… Oui, tout se passait exactement comme il le souhaitait.

De nouvelles commandes arrivaient sans cesse. Il put remplacer certains éléments des machines, usés et dépassés sur le plan technique, et mieux alimenter les cardeuses. Il avait consenti quelques prêts astucieux à d'autres fabriques. Aussi, lorsqu'elles se trouveraient en difficulté – ce qu'il escomptait –, il serait le premier à le savoir. Il songeait déjà à l'expansion de la manufacture Bellman.

On apprit un jour qu'un accident s'était produit à la ferme des parents de Rose. Un cheval qui transportait l'enfant de son frère avait rué. Le petit était tombé, mais n'avait rien eu à part quelques bleus. En revanche, sa grand-mère qui s'était précipitée pour l'aider avait reçu un coup de sabot. Elle gisait à présent inconsciente.

Rose pouvait-elle venir soigner sa mère ?

Mrs Lane accepta de prendre soin des enfants Bellman en l'absence de Rose, et celle-ci partit.

Au bout de six jours, elle envoya un message à William. Sa mère était morte.

Il partit tout de suite pour la ferme et prit place auprès de son beau-père et de ses beaux-frères aux obsèques, tandis que Rose et ses sœurs pleuraient à la maison.

Il était prévu que Rose et William rentrent à Whittingford le lendemain ; ils passeraient la nuit à la ferme. Rose avait veillé sa mère pendant six jours, elle l'avait pleurée pendant deux journées supplémentaires. Elle n'avait plus de larmes à verser. Brisée par le chagrin et la fatigue, le sommeil était le seul confort auquel elle aspirât – doublé de la présence de son époux bien-aimé. Elle souffla la bougie et se tourna vers lui. Il était allongé à côté d'elle, immobile et froid comme un étranger.

« Il y avait un homme aux obsèques, dit William dans l'obscurité, je ne sais pas qui c'était. »

Rose comprit qu'il attendait une réponse. « Était-il parmi ceux qui sont venus après l'enterrement ?

— Non. »

Dans ce cas, pourquoi lui en parlait-il ? Comment aurait-elle pu savoir, alors qu'elle n'avait pas assisté à la cérémonie ? Les hommes, eux, étaient présents. Pourquoi ne pas leur poser la question ? Elle ne dit rien de tout cela. « Mon frère saura qui c'est, je pense », répondit-elle.

Il y avait de la dureté dans sa voix. Elle se le pardonna aussitôt, et puisqu'elle était de nature généreuse, elle pardonna également à William cette question inconsidérée.

Elle passa un bras autour de lui, en quête de réconfort. « Qu'as-tu éprouvé quand tu as perdu ta mère ? » Si elle parvenait à lui rappeler son propre chagrin, peut-être saurait-il alors l'aider.

« Il y était aussi. À l'enterrement de ma mère. »

Elle détecta dans son ton une note qu'elle connaissait bien : il était déterminé, tendu telle une arbalète. Elle sentit son cœur se recroqueviller. Il n'y avait rien à attendre de lui cette nuit-là.

« Il était tout en noir. »

Dans l'ombre elle fronça les sourcils. « Bien sûr qu'il était en noir, William. Comme deux douzaines de personnes. »

Rose retira son bras. Il ne s'était même pas aperçu de sa main posée sur son torse, ne l'avait pas prise dans la sienne, ne s'était pas tourné pour la serrer dans ses bras.

S'il refusait de la consoler, alors autant dormir. Il lui fallait au moins ça.

Elle lui tourna le dos et posa la tête sur l'oreiller.

« Il était aussi aux obsèques de Paul. »

Elle ne répondit pas. Le sommeil était proche.

« On doit pouvoir trouver qui c'est. Qui connaissait ta mère, la mienne et l'oncle Paul ? Il ne doit pas y avoir tant de gens qui les aient tous fréquentés. »

Rose avait les paupières lourdes. Les muscles de son cou et de ses épaules se détendirent. Sa mâchoire aussi.

William était de plus en plus nerveux. Il remontait les draps, les baissait. Il avait trop chaud et voulut ouvrir la croisée. À présent, il se plaignait du courant d'air.

Rose soupira. « De quoi avait-il l'air, cet homme ? »

Elle écouta vaguement William essayer de décrire cette personne si particulière, qui semblait en même temps refuser de se laisser définir en quelques mots.

Il parut à Rose qu'en réalité il était incapable de lui dire à quoi il ressemblait. « Était-il plus grand ou plus petit que toi ? questionna-t-elle avec lassitude. Glabre ou barbu ? De quelle couleur étaient ses cheveux, son teint ? »

Les informations étaient pauvres. Il mesurait environ la taille de William. Qu'il fût glabre ou barbu, William savait bien qu'il aurait dû s'en souvenir, or, fait inexplicable, cela lui échappait. Cependant il était brun, aucun doute là-dessus.

Je devrais réussir à dormir, pensa-t-elle. *Si seulement il se taisait !*

Elle connaissait assez son mari pour savoir qu'il y avait un problème, et qu'il n'aurait de cesse de le régler. Hélas, sa description était si vague. Cela pouvait correspondre à n'importe qui. Elle avait perdu sa mère, et tout ce qu'elle voulait, c'était dormir.

« Je pense que ça doit être mon oncle Jack.

— Comment est-il ? Décris-le-moi.

— Environ ta taille. Brun. Il portait la barbe autrefois. Mais aujourd'hui, je n'en suis pas sûre.

— Comment ton oncle Jack pourrait-il connaître mon oncle Paul ?

— Je crois qu'il a vécu à Whittingford dans sa jeunesse.

— Ah ! C'est ainsi qu'il aurait connu ma mère.

— C'est très probable. »

Il paraissait déjà mieux. Il se retourna une fois de plus dans son lit, adoptant une position une bonne fois pour toutes. Enfin ! *À présent, il va dormir*, songea-t-elle.

Il s'assoupit en effet.

Rose attendait de sombrer dans le même réconfort. En vain. Sa mère était morte, et elle était allongée dans un lit étranger, avec un étranger qui se trouvait être son mari. Elle était trop épuisée pour dormir – et trop malheureuse pour pleurer.

26

En ouvrant son courrier un matin au petit déjeuner, Rose fronça les sourcils.

« Un problème ?

— Mon oncle est mort. »

La cuillère de William resta suspendue au-dessus du porridge. « Lequel ?

— Oncle Jack. »

William ne s'attarda pas sur le sentiment de satisfaction qui jaillit en lui. « Quand a lieu l'enterrement ?

— Jeudi. Mais ne te sens pas obligé. Tu es trop occupé avec cette histoire de réservoir. Je n'ai pas vu mon oncle depuis l'enfance ; personne ne dira rien. »

William avala son porridge. « Je peux prendre une demi-journée pour y aller. »

Jouissant de la supériorité des vivants sur les morts, il se sentait plutôt impatient d'assister aux obsèques. L'animosité qu'il ressentait envers cet homme auquel il n'avait jamais parlé s'effaçait à présent qu'il était mort, et il partit pour Upper Wychwood Church l'esprit léger, ce qui ne lui arrivait jamais d'habitude.

À la porte de l'église, quelqu'un semblait l'attendre. C'était l'homme en noir. William sentit la stupéfaction l'envahir. L'homme regardait dans sa direction, et on lisait dans ses yeux une lueur d'amusement que William jugea inconvenante vu les circonstances. Il semblait se divertir de sa surprise, comme s'il connaissait son erreur et qu'il l'avait attendu exprès pour s'en réjouir.

William fut horrifié de le voir s'approcher, peut-être pour le saluer. À l'instant où il s'attendait à ce que l'inconnu ouvrît la bouche – « Voilà justement celui que j'attendais ! », ces mots semblaient écrits sur son visage –, d'autres endeuillés arrivèrent à l'église. L'homme en noir dut reculer pour les laisser passer, et il fut emporté par le flot, Dieu sait comment, mais pas avant d'avoir lancé un geste amical à William, pour lui dire en quelque sorte : *À une autre fois ! Il n'y a pas d'urgence !*

Ceux qui auraient remarqué ce geste l'auraient qualifié d'amical et de bien intentionné.

William était hors de lui.

&

Il existe une histoire bien plus ancienne, celle de deux corbeaux – qui ne sont jamais qu'une sorte de gros freux –, compagnons et conseillers du grand dieu du Nord. Le premier s'appelait Huginn, ce qui en ce lieu et cette époque signifiait Pensée, l'autre, Muninn, qui voulait dire Mémoire. Ils vivaient dans un frêne magique, à la croisée des mondes où bien des univers se rejoignent, et depuis ses ramures ils s'envolaient, désinvoltes, d'un monde à l'autre afin de glaner des informations pour Odin. Les autres créatures ne pouvaient ainsi franchir les frontières, mais Pensée et Mémoire, eux, passaient de l'un à l'autre à leur guise, puis ils s'en revenaient en riant.

Pensée et Mémoire eurent de nombreux descendants, tous dotés de grandes facultés intellectuelles qui leur permirent d'accumuler et de transmettre beaucoup de connaissances léguées par leurs ancêtres.

Les freux qui vivaient dans le chêne de Will Bellman étaient issus de cette lignée. Le jeune oiseau qui tomba, frappé par la pierre, était l'un de leurs arrière-arrière-arrière – etc. – petits-enfants.

Will Bellman était âgé de dix ans et quatre jours quand les corbeaux freux honorèrent leur mort. Ils quittèrent ce lieu dangereux et jamais ne revinrent.

L'arbre est toujours là. Vous pouvez même aller le contempler – oui, aujourd'hui, à notre époque –, mais vous ne verrez aucun freux dans les ramures. Ils se souviennent toujours de ce qui se passa. Les corbeaux sont faits de pensée et de mémoire. Ils savent tout et n'oublient rien.

Puisque nous en sommes au chapitre des corbeaux, on leur donne parfois le nom de *méchanceté*. C'est une énigme pour Pensée et Mémoire.

27

« Splendide ! »

Bellman, l'ingénieur et le directeur des travaux regardaient l'eau qui remplissait peu à peu le réservoir. À l'arrivée, elle écumait, éclaboussait, surprise d'être détournée de son cours initial. À l'autre bout, elle était plus calme, tranquille, domestique. C'était une vision magnifique. Des milliers de litres d'eau en réserve pour les futures sécheresses permettraient au moulin de continuer d'être productif quel que fût le niveau de la rivière. C'était une assurance contre l'incertitude, le hasard, la malchance.

Un garçon arriva de la manufacture, hors d'haleine.

« Cela devra attendre, répondit Bellman. Je suis occupé. »

Vingt minutes plus tard, le garçon revint, la bouche pleine d'excuses. « Mrs Bellman insiste pour que vous veniez tout de suite. Elle m'a dit de pas revenir sans vous. »

William fronça les sourcils. Il voulait plus que tout rester contempler ce spectacle. C'était un rêve qu'il nourrissait depuis de nombreuses années. Dès le premier jour, lorsqu'il avait rencontré le maître du moulin et s'était attardé longuement à regarder la roue à aubes tourner, dès lors il avait eu cette vision. Et à présent, son rêve prenait corps.

Mais Rose avait besoin de lui. Sachant ce qui se passait ce jour-là, elle ne l'eût pas envoyé chercher sans une excellente raison.

Dès qu'il entra dans la demeure, il sentit une âcre odeur de brûlé et fit la grimace.

Avant qu'il eût le temps d'en localiser la source, sa femme descendit les marches quatre à quatre, dans un état second. Ses cheveux s'échappaient de ses barrettes et se répandaient, sauvages, autour de son visage ; elle était livide, crispée.

« Dieu merci tu es là ! s'écria une Rose étrange d'une voix étrange. Lucy a la fièvre.

— As-tu mandé le docteur ?

— Il vient de partir. Elle doit rester isolée, expliqua-t-elle avec indignation. Il faut empêcher les autres d'aller la voir. » Jusque-là, elle était demeurée maîtresse d'elle-même, mais soudain, elle fondit en larmes. « Oh, William ! Nous avons coupé ses cheveux et je les ai jetés au feu. »

C'était donc ça, l'horrible odeur.

Elle essuya ses larmes d'un geste de colère, et il tenta de la consoler. « Ils repousseront. Où est-elle ? »

Quand il sut que même lui ne pouvait avoir de contact avec son enfant, Bellman posa une échelle contre le mur et grimpa jusqu'à la fenêtre de la nursery. À l'intérieur, Mrs Lane, qui s'était proposée de veiller sur la petite pour que Rose pût s'occuper des autres enfants, était penchée sur le berceau.

Il tapota la vitre de ses ongles, et Mrs Lane se retourna.

L'enfant qu'il découvrit n'était pas sa Lucy. La blancheur de son crâne le prit par surprise, et elle lui sembla plus maigre, mais bien sûr ce n'était pas possible : il l'avait vue la veille. Son désir de croire au bonheur était encore assez fort pour qu'elle regardât son père en anticipant le plaisir à venir, mais quand elle comprit qu'il n'entrerait pas, ne viendrait pas mettre un terme à la douleur dans sa tête, son petit visage se chiffonna, et elle se remit à hurler.

Ses sanglots étaient forts et vigoureux. Rose et lui avaient conçu des enfants robustes, au cœur solide, aux poumons puissants. Elle s'en tirerait. C'était une bonne petite fille.

Il redescendit de l'échelle, se forçant à s'arracher à ses yeux implorants.

Rose frissonna. « Je ne peux pas supporter de savoir qu'elle souffre ainsi. Je dois aller la voir.

— Faisons comme le docteur a dit. Lucy est une petite fille en pleine santé. Mrs Lane est une bonne garde-malade. Tout ira bien.

— Tu crois ? »

Il prit ses mains dans les siennes et la regarda d'un air calme, posé, jusqu'à ce qu'il sentît en elle l'apaisement.

« Oui, dit-elle en poussant un profond soupir accompagné d'un demi-sourire. Bien sûr, tout ira bien. »

Le docteur Sanderson revint le soir même. Il examina sa patiente et s'entretint avec Mrs Lane. Puis il alla voir Rose et William dans le salon.

« J'ai fait tout ce qui était possible. Je suis navré, je ne puis plus rien à présent. Mais il vous reste encore la prière. »

N'y tenant plus, Rose monta voir son enfant.

William était abasourdi. Il avait toujours pensé que Sanderson était un bon médecin. C'était le plus réputé de Whittingford. Il manda aussitôt un autre docteur, mais lui revint ce message : il y avait de nombreux autres patients atteints des fièvres, et il serait occupé toute la nuit. Il ne pourrait passer avant le matin.

William lisait cette réponse quand la fille de la gouvernante entra. Elle avait pleuré et s'efforçait de retenir ses larmes. « Mrs Bellman dit qu'elle n'en a plus pour longtemps. Il est temps de prier. »

Il acquiesça d'un geste sec et alla avec elle au chevet de la malade. « Pourquoi n'a-t-elle pas envoyé Susie ou Meg pour m'en informer ?

— Elles sont parties, monsieur. Elles ont peur des fièvres. »

William était à peine entré dans la chambre qu'il procédait à un interrogatoire minutieux de Mrs Lane. Avait-elle fait ceci, cela, combien de fois, combien de temps… « Je ne veux pas dire que vous ayez raté quoi que ce soit, bien au contraire, je suis convaincu que vous avez procédé en tout point comme il fallait. Je veux juste savoir dans les moindres détails comment se déroule le traitement. »

Ses questions exprimaient son angoisse, et Mrs Lane se sentit obligée d'y répondre tout en s'occupant de la petite mourante.

« William ! le tança Rose à mi-voix, et puisque cela n'avait aucun effet, elle répéta : William ! »

Il se tourna vers elle, surpris.

« Tout ce qui reste en notre pouvoir à présent, c'est de l'aider à partir. Cesse de distraire Mrs Lane et agenouille-toi près de moi. Prions pour sa vie éternelle. »

Jamais il n'avait entendu sa femme parler avec une telle autorité, aussi s'agenouilla-t-il à son côté.

Pendant tout ce temps, il regardait l'enfant. Ce n'était plus sa Lucy. La fièvre avait mangé ses chairs. Ne subsistait qu'une créature maigre, pâle, aux yeux cernés, secouée de convulsions, totalement indifférente à leur présence. Il examina tout en détail.

Sa femme non plus ne la quittait pas des yeux, constata-t-il. Mais ses prunelles ne se contentaient pas de regarder. Elle cillait à peine, elle était bien au-delà de l'observation. Il comprit que quelque chose se passait à l'intensité de ce regard inflexible, sans parvenir à savoir quoi.

La petite fille mourut.

William – déboussolé – se leva et quitta la pièce. Dans le salon, il faisait les cent pas. Il était comme possédé par une agitation insupportable. Il ne pouvait se débarrasser du sentiment qu'il fallait faire quelque chose. Lucy était partie, ne cessait-il de penser, il devait donc aller la chercher. Elle ne pouvait pas être partie si loin que cela dans le temps puisqu'il y avait seulement une heure qu'elle était morte. Qu'on selle son cheval sur-le-champ ! Cent fois, il dut s'empêcher de courir à l'étable, cent fois, ses jambes faillirent en prendre la direction. Et quand ce n'était pas l'étable, voilà ce qui lui traversait l'esprit : Lucy était cassée. Quelque chose en elle s'était détraqué, qu'il fallait réparer. Il avait consulté l'expert, en vain. Il devait s'en occuper lui-même. Il n'avait jamais échoué.

Qu'étaient devenus ses outils ? Je vais vite la remettre en route, et elle sera comme neuve.

Elle est morte, ne cessait-il de se répéter en parallèle, pourtant son cerveau continuait de s'abuser. Tout est réparable. Quand on casse quelque chose, on le reconstruit. Impossible n'est pas Bellman. S'il existe un moyen pour que le soleil brille la nuit, faites confiance au jeune Will pour le découvrir.

Alors il allait et venait à la recherche de cette solution. Il n'en trouva pas, pourtant il s'obstina jusqu'à l'aube – lorsqu'un nouveau problème se présenta. Paul et Phillip étaient malades.

À présent, il pouvait passer à l'action.

Il partit à bride abattue consulter les docteurs d'Oxford. Il revint avec du salpêtre, du borax, de l'acétate d'ammonium et du nitrate d'argent. Il sortit des brosses en poil de chameau d'un rouleau de papier. De l'huile de citron et de persimmon. Un baume cireux qui donnait à tout un parfum de clou de girofle. Il expliqua à Rose et Mrs Lane comment les mélanger, les mesurer et appliquer les onguents obtenus.

« Rasez-leur entièrement la tête, les instruisit-il. Lucy n'a pas été rasée d'assez près. La tête doit être maintenue en hauteur, enveloppée dans de la soie imbibée d'huile de citron. Les pieds doivent être réchauffés par des applications de pommade aux clous de girofle et recouverts de linges tièdes et humides. Pas de sangsue, pas de saignée. On ne peut leur donner que de la tisane d'orge perlé et de l'eau de riz pendant les trois premiers jours. Ensuite, du bouillon de viande et du poulet, qui doit être enfermé dans un bocal et bouilli. Ils doivent uriner toutes les six heures et aller à la selle toutes les vingt-quatre heures. Chaque soir, il faut frotter les ulcères à la gorge avec du nitrate d'argent… »

Il notait tout. Faisait des listes, des emplois du temps dans son carnet. Inscrivait chaque selle et urine. Rien ne se produisait dans la chambre des malades sans qu'il le rapportât.

Au début, les garçons furent déconcertés par la maladie. Ils regardaient leur père, debout, qui écrivait dans son carnet, séparés par un mur de douleur, alors qu'il aurait pu franchir ce mur et les libérer. Ils luttèrent, se recroquevillèrent, à l'agonie.

William scrutait ses notes à la recherche d'un modèle, d'une progression. Hésitant, il modifiait les heures, les dosages. Allaient-ils mieux à présent ? Était-il encore trop tôt pour en juger ?

Quand il n'était pas au chevet de ses fils, il allait d'une pièce à l'autre. Quelles étaient les affaires de Lucy ? Avec quoi jouait-elle ? Quelle couverture utilisait-elle ? Sur quel coussin se reposait-elle ?

« Qu'on les brûle ! »

Ils allumèrent un bûcher dans le jardin, qui ne s'éteignit plus, car on trouvait toujours un nouvel objet à y jeter. Les vêtements des garçons. Leurs livres. Leurs matelas. Et ce qu'il portait, lui, quand il les serrait dans ses bras ? Qu'on le brûle ! Et Rose, que portait-elle ? Chaque pièce de la maison fut explorée ; cette poupée, ce chapeau, ce ruban : « Qu'on les brûle ! Qu'on brûle tout ! »

Dans la chambre de ses fils, il tira des boîtes de sous un lit. Enfouis sous des livres, des jouets, des balles, précieux attirail de petits garçons, deux lance-pierres rudimentaires. Il jeta tout par la fenêtre au jardinier ébahi, qui alimentait le bûcher.

« QU'ON LES BRÛLE ! »

Tremblant, il s'accrocha à la croisée, reprenant son souffle. Lorsqu'il put de nouveau respirer, il retourna dans la chambre des malades et reprit son carnet.

D'abord, il fallait observer. C'était seulement en observant qu'on pouvait comprendre. Et c'était seulement lorsqu'on comprenait qu'on pouvait intervenir. La maladie était un mécanisme comme un autre. Un examen minutieux permettait toujours d'élucider un fonctionnement. Ce n'était qu'une question de temps.

William alla enterrer Lucy. Le service fut court ; il le fallait : les morts étaient trop nombreux. L'inconnu vêtu de noir s'inclina par compassion, mais William le vit à peine. Il rentra chez lui pour apprendre que ses fils étaient morts à quelques minutes d'intervalle.

Rose, qui priait à leur chevet, leva vers lui des yeux brillants, et sa gorge lui parut gonflée.

« Mon amour, lui dit-il, tu es malade.

— Il vaudrait mieux que tu ailles chercher les ciseaux, alors. »

Elle détacha ses cheveux. Sortit les ciseaux de leur étui de cuir et coupa. Puis elle jeta tout dans le feu et alla se mettre au lit.

Le lendemain, William laissa Rose aux bons soins de Mrs Lane pour se rendre à l'enterrement de ses fils. Ce fut une cérémonie bien étrange. Les morts étaient nombreux. Le service n'était pas exclusivement consacré à Paul et Phillip, mais honorait aussi la mémoire d'autres personnes, dont William avait entendu parler ou qu'il connaissait. Tous devaient être enterrés le jour même, car le lendemain, d'autres suivraient. Les endeuillés ne se pressaient guère : les gens étaient eux-mêmes malades, ou bien ils veillaient sur des malades, ou encore ils craignaient la contamination. Les hommes qui se levaient, s'asseyaient, priaient – il n'y avait pas de cantiques car il n'y avait pas de chœur, et personne n'avait le cœur à chanter –, se recueillaient chacun de leur côté, séparément, celui-là pour sa femme, celui-là pour son frère, cet autre pour son enfant. Ils ne s'apportaient aucun réconfort mutuel, car chacun économisait ses forces. *Il y en a qui vont se faire des fortunes à vendre du crêpe noir*, se dit William, lugubre.

Il se perdait dans des calculs compliqués. Comment mesurer le deuil ? Compter, évaluer, peser le chagrin ? Il avait joui d'une bonne fortune par le passé, il était le premier à le reconnaître. Il l'ignorait, mais il y avait un prix à payer. Et à présent, il passait à la caisse. Quelque part, calcula-t-il, un esprit de justice équitable verrait que les comptes étaient à présent – quoi ? à l'équilibre ? – et lui prodiguerait de nouveau la bonne fortune. De sombres calculs se déroulaient sur le boulier de son cœur : Lucy était perdue, ses deux fils aussi. Cela faisait trois. Il avait toujours sa femme et sa fille. Il ne semblait pas déraisonnable d'envisager qu'il pût les garder auprès de lui. Un marché à soixante-quarante. C'était généreux pour l'autre partie. Soixante-quarante. Ça ne se refusait pas. Les chiffres pouvaient apporter du réconfort.

Au cimetière, William ne fut pas surpris de retrouver l'homme en noir. Malgré ses curieux habits de deuil, il ne paraissait pas affligé. Il ne ressemblait pas à quelqu'un dont la femme est à l'agonie. Il n'avait pas l'air hagard de celui qui vient de rester des jours entiers au chevet de son enfant mourant. Alors pourquoi était-il venu ? Pour William ? Leurs regards se croisèrent avec l'intimité de ceux qui se connaissent bien. C'en était trop pour William qui, ce jour-là, n'avait pas la force d'affronter un homme si sûr de lui. Il lui adressa un signe de tête. L'autre lui répondit par une expression de triste sollicitude.

Soixante-quarante ?

Connaître son adversaire, voilà le secret d'une négociation fructueuse. Et si celle-ci n'aboutissait à rien ? William sentait le sol instable sous ses pieds.

Quand une stratégie échoue, il faut en essayer une autre. Il y a toujours un moyen.

Il inspira profondément. Se reprit.

Il retourna au chevet de Rose, se remit à enrouler autour de son crâne un linge frais, à lui appliquer du nitrate d'argent, à lui donner des cuillerées de bouillon, des bains de pieds tièdes, à mélanger l'aloès et les sels… Il apprenait à connaître la maladie. Il observait. Comprenait. Intervenait. Il trouverait un moyen.

William ne se couchait plus et ne dormait guère. Parfois, au chevet de Rose, entre deux crises de convulsions, il somnolait dans son fauteuil. Soudain, quelque chose vint interrompre sa rêverie, et il regarda autour de lui, en quête d'un signe. Tout était à l'identique dans la pièce. Rien n'avait changé.

Puis il comprit : une odeur âcre provenait du couloir. Quelque part dans la maison, on brûlait des cheveux.

Il se leva, rempli d'alarme, et courut voir Dora.

Vêtue d'une chemise de nuit blanche, elle se tenait devant l'âtre de sa chambre. Un bon petit feu brûlait, qu'elle avait dû allumer elle-même. Les ciseaux tranchaient dans sa longue chevelure sombre, et les boucles tombaient une à une dans les flammes.

« Je vous ai réveillé ? L'odeur est tellement épouvantable. Dois-je m'allonger dans mon lit ou serait-il plus commode que j'aille dans la chambre des garçons ? Tous les médicaments y sont encore. »

Il lui prit les ciseaux des mains. Son joli visage avait une allure singulière. Rasé d'un côté, la gorge et le cou rouges. « Inutile de les couper. Ça ne change rien.

— Oh, à présent que j'ai commencé. Autant finir. »

Il termina pour elle et jeta les mèches dans le feu en pleurant. Quand il se retourna face à elle, il vit que son regard était clair. Elle lui adressa un pauvre sourire navré.

28

Le jour des obsèques de Rose, la présence de l'inconnu en noir n'aida guère William. Il fut agacé de le voir faire un pas en retrait par courtoisie à son arrivée à l'église, puis, plus tard, de le retrouver au bord de la tombe. Il regardait autour de lui avec un plaisir visible, comme s'il assistait à un pique-nique par un après-midi d'été.

Alors que le vicaire prononçait les dernières paroles qui permettraient à Rose de reposer en paix, l'inconnu sembla disparaître, ce qui soulagea William, mais au moment où on lui remit la pelle pour jeter la première poignée de terre sur le cercueil, il l'aperçut de nouveau. *Que je sois pendu s'il n'essaie pas de se faufiler à côté de Ned ! De l'autre côté de la fosse. Quel culot !* Il contemplait maintenant la scène à la manière d'un spectacle, monté pour le divertir. Du harcèlement, voilà ce que c'était !

William eût voulu lui faire face, en finir avec lui, mais ce n'était pas le jour. Il préféra ne plus lui prêter attention. Alors, à croire que l'autre lisait dans ses pensées, il se tourna vers lui. Lui adressa même un signe de tête, un simple bonjour, puis un autre en direction de la barrière, montrant qu'il voulait échanger quelques mots. William prit la pelletée de terre, prêt à la jeter à la face satisfaite de ce misérable. Mais l'homme en noir s'éclipsa promptement et disparut, laissant Ned seul, stupéfait.

William jeta la terre au fond de la tombe et s'en fut en hâte.

Et voilà. Il venait d'enterrer sa femme. Ainsi que trois de ses enfants. Son devoir à présent était de rentrer chez lui pour veiller sur les derniers instants de la seule famille qui lui restait.

« Elle ne reconnaît plus personne », lui apprit Mrs Lane à la porte de la chambre.

Rien ne pouvait plus le surprendre dorénavant. Tout se passait comme les fois précédentes. Il parla à Dora et constata qu'en effet elle ne le reconnaissait pas ; de temps à autre, Mrs Lane appliquait sur son front un linge frais ; elle ne lui murmurait plus ces mots doux que la malade n'entendait plus. Les minutes s'allongeaient, et il mesurait l'espace vide de chaque seconde qui défilait. Mrs Lane priait. Il murmura amen.

Ni l'un ni l'autre n'entretenait plus l'espoir qui les avait terrassés les premières fois. Il y avait encore en eux une part de rébellion, mais très affaiblie. L'ombre du père qu'il était naguère enrageait toujours de voir son enfant s'en aller, mais il se sentait telle une demeure déserte où une mouche fulmine contre une vitre. Il se traînait désormais sous le joug de la mort.

Quant à Dora, il était normal qu'elle se fût ainsi métamorphosée. Cheveux rasés, peau livide tendue sur l'arête de son nez, yeux cernés : la créature qui gisait dans ce lit n'avait rien à voir avec la jeune fille bouclée, aux joues roses, qu'elle était deux semaines plus tôt. Ses yeux s'étaient révulsés, sa respiration était rauque, douloureuse. Elle appartenait déjà à un autre royaume.

Bellman était préparé. Il reconnaissait chacun des stades de la maladie ; chaque moment lui indiquait quelle serait la suite. De minute en minute, d'heure en heure, il était resté là, les pieds plantés sur le sol blanchi à la chaux, à observer le trépas de ses enfants. Il connaissait si bien le processus qu'il pouvait prévoir chaque étape de la progression du mal. À présent, un grand essoufflement, prédisait-il, et la moribonde présentait un grand essoufflement. Maintenant, début des convulsions, et les convulsions suivaient. La mort l'avait si bien formé qu'il eût pu diriger les travaux à sa place. Il était une sorte de chef d'orchestre, familier de chaque mouvement, chaque rythme, des arpèges et des cadences, des mélodies.

Il se pencha pour évaluer l'état de Dora. La mort était encore au loin. À dix heures. Sans doute douze.

« Pourquoi n'allez-vous pas prendre un peu de repos ? lui suggéra Mrs Lane. Vous avez l'air épuisé. »

Il quitta la chambre et retourna dans la sienne. La robe de Rose était toujours posée au bout du lit, là où elle l'avait laissée lorsqu'elle s'était alitée pour mourir. Elle était d'une étoffe épaisse qui gardait la forme rebondie de ses seins même lorsqu'elle ne la portait pas. Il la saisit, le tissu s'étira, et la poitrine de Rose exhala son dernier soupir. Il se retourna. Il ne pouvait plus dormir là. Il ne pouvait plus dormir nulle part.

Il se rendit au Red Lion.

Poll l'accueillit en lui versant une chope de cidre sans évoquer ni le passé ni le présent. Il s'assit sans bruit et but verre sur verre. Avec méthode. Sans en espérer quoi que ce fût. Le cidre brouilla peu à peu les aspérités les plus aiguës de son chagrin, sans diminuer la peur qu'engendrait son désespoir.

À un certain degré d'ivresse, William comprit bien des choses qui lui échappaient jusqu'alors. Le monde, l'univers et Dieu, s'il existait, étaient ligués contre l'humanité. En considérant la situation depuis ce nouveau point de vue, il découvrit que la bonne fortune dont il jouissait auparavant n'était qu'une plaisanterie cruelle : pousser un homme à croire qu'il a de la chance pour mieux précipiter sa chute. Il réalisa ensuite combien il était insignifiant, et la vanité de ses efforts pour maîtriser son destin. Lui, William Bellman, maître de la manufacture, il n'était rien. Durant toutes ces années il avait cru en son propre pouvoir, sans jamais déceler la présence de ce puissant rival qui pouvait le briser en un jour, si l'envie lui en prenait. Son bonheur et sa réussite, qu'il croyait solides, fruits de ses efforts, de son talent, s'étaient révélés aussi fragiles qu'un pissenlit monté en graines ; il suffisait que ce concurrent invisible ouvrît la bouche pour exhaler son souffle, et tout s'égaillait. Comment était-il possible qu'il ne l'eût jamais su ? Lui qui savait tout ? Comment avait-il pu être ainsi maintenu dans l'ignorance toutes ces années ?

Il but. La clarté de sa pensée sur ce nouveau sujet l'éblouissait, mais sa tête ployait de plus en plus, jusqu'à ce qu'elle reposât sur ses bras posés sur la table et qu'il se mît à ronfler.

Poll le secoua pour le réveiller. Elle l'aida à se relever et le reconduisit à la porte. « Rentre chez toi, William Bellman. Ce n'est pas l'endroit rêvé, mais c'est le seul où tu puisses aller. Allez, va. »

Dehors, la nuit était tombée. Il ne savait pas s'il faisait froid car l'alcool isolait son corps et le remplissait d'un frisson de chaleur artificiel. Il partit en titubant dans l'obscurité. Il ne savait pas où il allait, mais il posait un pied devant l'autre, car s'il restait immobile la douleur eût été encore plus lourde sur ses épaules. Il avait vécu toute sa vie d'adulte avec un objectif. Chaque minute tendait vers un but. Maintenant, il cherchait ce que cela pourrait bien être. Il n'avait rien à faire chez lui. Tout ce qui pouvait être tenté l'avait été. Il était superflu. On ne voulait pas de lui à la fabrique. Sa présence tragique était une ombre néfaste pour les ouvriers. Ils le craignaient, car ils craignaient la tragédie qui s'était abattue sur sa famille. Alors, où aller ?

Une partie du cerveau de William Bellman se consacrait de manière automatique à la résolution des problèmes. Il n'eût pu dire si cela résultait de l'habitude, d'un entraînement, ou si c'était naturel chez lui. Le mécanisme était efficace, et il n'avait jamais besoin de le mettre en action car il se déclenchait tout seul selon le besoin. En réalité, il était si rapide qu'il fournissait souvent la solution avant que William eût même identifié le problème. Il était telle une horloge, toujours en mouvement à l'arrière de sa tête, tandis que le lobe frontal s'occupait de l'immédiat, du superficiel, du quotidien. Ce soir-là, William observa que la machine de son cerveau passait en revue différentes options pour gérer ses relations avec un concurrent.

Première possibilité : conclure un accord. Voilà pour vous, voilà pour moi, et chacun emporte ce qu'il veut… Il avait essayé, et ça n'avait pas marché. Deuxième possibilité : vendre. Mais il s'agissait de Dora. Aussi, même si son concurrent semblait prêt à acheter – jusqu'ici, il n'avait fait que détruire et piller –, Bellman ne pouvait vendre. C'était donc une impasse. Troisième possibilité : garder profil bas, rester modeste, en espérant que le concurrent vous trouve trop insignifiant pour vous juger inquiétant. Trop tard. Son rival l'avait déjà repéré. Que lui restait-il ? Quatrième possibilité : collaborer. Mais comment diable cela eût-il été possible ? Il l'ignorait. Retour à la première possibilité. Conclure un accord. Il avait déjà essayé…

Son esprit trimait, trimait sans relâche. Ses propositions devenaient de plus en plus désespérées : il saboterait les machines de l'adversaire ! Casserait les prix pour le couler ! Il embaucherait des voyous pour mettre le feu à ses locaux, débaucherait ses meilleurs travailleurs, ferait courir le bruit que sa production était défectueuse ! Idées ridicules, étant donné l'adversaire. Plus ses idées déraisonnaient, plus il se sentait étranger à lui-même. Jamais il ne se serait cru capable d'envisager des mesures aussi perverses, aussi désespérées. Il n'était pas celui qu'il croyait être. Il était trop épuisé pour arrêter le mécanisme dans sa tête, d'ailleurs, il ne savait même pas comment s'y prendre. Il n'avait jamais eu à l'envisager jusque-là.

Comment pourrait-il vivre avec cette machine dans le cerveau, tendue dans l'effort incessant de résoudre l'insoluble ?

Conclure un accord, vendre, se dissimuler, collaborer.

Tout ça allait le rendre fou. Cela commençait déjà.

Pourquoi sa raison refusait-elle d'admettre qu'il n'y avait plus rien à tenter et qu'il avait perdu ?

Et soudain, il se retrouva là. Près du vieux cottage où il avait grandi. Malgré les ténèbres des champs, la maison formait un rectangle plus sombre et le vieux chêne déployait ses ramures noires à travers le ciel. Il s'approcha.

Voilà un nouveau projet : comment arrêter la machine dans sa tête ?

Il s'immobilisa au pied de l'arbre. C'était le bon endroit. Il le sentait. Il avait l'esprit clair, parfaitement calme.

Cette branche était assez solide et à la bonne hauteur. Il pouvait grimper par l'autre côté, avancer dessus, s'asseoir pour se préparer et, une fois prêt, se laisser glisser, plonger vers sa fin. Il voyait la scène, repassa tout dans sa tête, chercha les erreurs de son plan, procéda à quelques changements mineurs… Parfait.

Tout ce qu'il lui fallait, c'était une corde – et il savait où en prendre une. On faisait descendre les cercueils dans leur tombe au moyen de cordes et, comme ils étaient fort nombreux ces temps-ci – deux ou trois chaque jour –, on ne les rangeait plus, mais on les laissait pendre à un crochet à mi-chemin de l'escalier qui menait à la crypte. Il les avait vues. Il n'y avait aucun risque de vol. Aucun brigand n'eût voulu d'une corde qui servait à enterrer les morts.

William Bellman reprit le chemin du cimetière. Enfin un objectif réaliste ! Il se sentait déjà mieux.

Éclairé d'un mince rayon de lune, le ciel était moins ténébreux, et se détachaient les silhouettes noires des ifs du cimetière. Il avançait lentement, trébuchait lorsqu'il s'écartait de l'allée pour mordre sur l'herbe inégale. Il trouva la corde et, en s'en retournant vers la sortie du cimetière, il passa près de la tombe fraîchement creusée de Rose.

Il ralentit, s'arrêta.

Il n'était pas seul. À quelque distance, l'homme en noir était appuyé contre une vieille pierre tombale. Il ne faisait rien, contemplait seulement avec patience la ligne des arbres dégagée sur fond de ciel sombre.

Si brise il y avait, elle tomba. L'air était immobile.

L'homme donnait l'impression d'avoir attendu longtemps, pourtant il ne semblait pas pressé. Il paraissait même avoir tout le temps du monde.

Il se tourna vers William avec dans les yeux une curiosité bienveillante.

« Je suis navré pour cet après-midi, dit-il d'une voix ordinaire et sans malice. J'aurais pu mieux agir, je l'admets.

— Mais qui diable êtes-vous ?

— Un ami. » Il observa la réaction de William de ses petits yeux brillants.

« Un ami ? Nous n'avons pas été présentés. »

L'homme en noir inclina la tête et réfléchit. « C'est exact. Pourtant, mes intentions sont bonnes. Je pensais que nous pourrions avoir une petite conversation. »

William replaça la corde posée sur son épaule, afin de poursuivre son chemin.

« Parler ne vous soulagerait-il pas ? suggéra l'inconnu.

— Ah, c'est donc ça ! Je reste causer avec vous, et au matin, on retrouve mon corps ici, dans le cimetière ! C'est bien ça ? »

Les yeux de l'homme s'attardèrent un moment sur la corde. Puis, pleins de douceur et d'ironie, ils se posèrent sur William.

Il sait, songea celui-ci.

Mais il eut un geste comme pour repousser cette idée.

« Non, non, non. Je crois que vous m'avez mal compris. Je suis venu vous aider – ou plutôt vous demander de m'aider. Cela revient au même. Je vous en prie, posez ceci et asseyez-vous », dit-il en désignant la corde.

Plein de lassitude, William laissa choir son fardeau et se recroquevilla sur une pierre tombale, non loin de celle de Rose.

« Regardez ça, Mr Bellman. » Il leva un bras enroulé dans une cape et d'un ample mouvement désigna le cimetière.

« Dites-moi ce que vous voyez.

— Ce que je vois ? »

Entre eux, des tombes. Les plus anciennes étaient ornées de statues, de plaques, d'anges, de croix, d'urnes. Les plus récentes n'étaient encore que terre retournée. Sur la sépulture de Rose luisaient des fleurs blanches. Des fosses fraîchement creusées attendaient qu'on y déposât un cercueil demain, après-demain. Dans l'une reposerait Dora.

La colère explosa en lui, alimentée par l'alcool. « Ce que je vois ? Je vais vous dire, moi, ce que je vois ! Je vois ma femme. Je vois mes trois enfants. Ils sont morts ! Et puis cette tombe, là-bas, froide, vide, qui attend ma dernière fille, encore à l'agonie. Je vois la misère, je vois la souffrance, je vois le désespoir. La futilité de tout ce que j'ai fait et ferai jamais ! Je ne vois que des raisons pour en finir ici et maintenant et qu'on n'en parle plus ! À jamais ! »

William s'effondra sur la tombe. Il se mit en boule, s'arracha les cheveux, le visage si crispé qu'il semblait que sa peau voulût se détacher de son crâne. Il attendait que la douleur le submergeât, qu'elle l'emportât pour le déposer en un autre lieu, mais cela n'arriva pas. La souffrance demeura, intacte, infinie, insoutenable et tellement présente. Il mourait d'envie de fuir, mais tout ce qui parvint à s'échapper, ce fut un cri, sentiment expulsé, hurlement, mugissement. Ce qui déclencha dans son crâne une vibration apaisante. Qui finit hélas par disparaître. Peut-être l'homme était-il parti maintenant. Peut-être n'avait-il d'ailleurs jamais été là. Pouvait-il désormais revenir à son projet ? Il leva les yeux.

Toujours là. Debout, les mains jointes dans le dos, le torse bombé, imperturbable.

Il jeta un coup d'œil à William. « C'est bien. C'est bien », dit-il pour l'encourager.

Bellman fronça les sourcils. Était-il fou ?

« Oui. Ce sont les premiers temps. Nous n'avons pas le même point de vue sur les choses, vous savez.

— Je suppose que non. » La voix de William était faible tant il avait hurlé.

« En effet. Ce que je vois, ici, devant moi (il inspira profondément, comme s'il tirait sur un cigare exotique très cher, puis expira avec délice), c'est une opportunité. »

William le dévisagea. Cet homme avait perdu l'esprit. Soudain, une sonnerie retentit dans la tête de Bellman.

Qu'était-ce donc ?

Conclure un accord, vendre, se dissimuler, collaborer.

Collaborer !

Il pensa à Dora.

Il opina du chef. « Marché conclu. »

29

L'air froid du petit matin pénétra ses narines. Pause. De l'air plus chaud, aux relents d'alcool, sortit de sa bouche.

Était-il éveillé ? Cela ressemblait à un réveil. Par conséquent, il s'était assoupi.

Avec la lenteur de Lazare, il recouvra ses esprits. Il avait mal à la tête. Sa poitrine était douloureuse, comme si ses poumons s'étaient battus toute la nuit. Il était allongé sur une surface dure et froide, et quelque chose d'humide et de rugueux frottait contre sa joue. Il ouvrit un œil. Ah ! Le cimetière. Une pierre tombale pour lit, une corde enroulée en guise d'oreiller. Il y avait une nouvelle tombe, toute proche. Celle de Rose.

Il ferma les paupières pour réfléchir. Il s'était rendu à l'enterrement de sa femme. Puis au Red Lion. Il avait trop bu. Et puis ? Des souvenirs plumeux effleurèrent sa conscience…

… pour de nouveau disparaître.

Toutefois une pensée très claire et urgente s'engouffra dans sa tête.

Dora !

Avec une précipitation pleine de gaucherie, il se redressa, se mit debout.

Il devait rentrer chez lui.

Sans un regard pour la corde abandonnée derrière lui, il partit, l'esprit tout entier occupé par son enfant et la manière dont il pourrait la sauver. Car elle vivrait. Il en était sûr à présent. Elle vivrait ! Et – bien qu'il n'y pensât pas – lui aussi.

Quand Bellman entra dans la chambre, Mrs Lane ne fit aucun commentaire sur l'empreinte de la corde sur sa joue, ni l'odeur d'alcool et de tombe qu'il dégageait, elle se contenta de lui ouvrir la porte. On pouvait tout pardonner à un homme en de telles circonstances.

Il semblait que ce soient les derniers moments : Dora était prise de convulsions terribles. Cette fois, Bellman ne flancha pas ni ne s'arracha les cheveux. Ses yeux ne balayèrent pas la pièce à la recherche d'un remède miracle. Il resta planté là, impavide, immobile comme une pierre tombale.

Débuta la période suivante où le souffle devenait de plus en plus court. Mrs Lane replia les bras de la jeune fille sur sa poitrine et s'agenouilla près du lit en murmurant un Pater.

Bellman l'imita. Sa voix était calme, sans hésitation.

Quand ils arrivèrent au bout de la prière, le souffle de la vie dansait encore sur les lèvres de l'enfant. Légèrement perturbée, Mrs Lane recommença la prière. « Notre Père… »

À amen, la jeune fille respirait encore.

Mrs Lane fut prise d'un vague embarras. Elle jeta un regard incertain à Bellman et fut frappée par son calme.

« Vous n'avez pas l'impression, Mr Bellman, qu'elle respire mieux ?

— En effet. »

Ils se penchèrent sur l'enfant, scrutèrent son visage blême. Mrs Lane lui souleva une paupière, puis elle lui prit les mains, les décroisa et entreprit de les réchauffer entre les siennes. « Dieu ait pitié », commença-t-elle, mais, saisie par la surprise, elle ne put continuer.

Dora avait toujours le souffle court, mais il était de plus en plus régulier. Petit à petit, ses mains se réchauffaient. Sa pâleur extrême, elle aussi, cédait un peu le pas à la couleur. L'attention de Mrs Lane cessa de se concentrer sur l'âme de la jeune fille, pour revenir à son corps. Environ une heure après la crise, Dora sembla remuer. Elle ne s'éveilla pas, mais elle paraissait désormais plus proche du sommeil que du coma.

Bellman ne bougea pas. Il semblait ne plus voir ni entendre. Il regardait sa fille sans ciller, mais il n'était pas certain qu'il la vît vraiment.

Après que Sanderson eut été appelé, qu'il eut secoué la tête de stupéfaction devant ce miracle, Bellman s'autorisa enfin un peu de repos. Il jeta la robe de Rose par terre, se coucha tout habillé et sombra aussitôt dans un profond sommeil.

La nuit précédente. Une poignée de main – ou l'équivalent – échangée au-dessus d'une tombe, dans le noir, avec un homme qu'il distinguait à peine. Aujourd'hui. Sa fille revenue d'entre les morts.

Pas la moindre étincelle de lumière ne présida à la métamorphose de l'esprit de William Bellman au cours de son sommeil.

Une ère s'achevait. Une autre allait débuter.

DEUXIÈME PARTIE

SOCRATE : *Supposons que chaque esprit contienne une volière d'oiseaux de toutes sortes, les uns allant par bandes à part des autres, d'autres en petits groupes, et d'autres isolés, volant comme ils vont parmi tous.*
THÉÉTÈTE : *Fort bien. Mais ensuite ?*

Platon, *Théétète*

1

À onze heures moins cinq, Bellman entra dans la chambre de sa fille, et Mrs Lane se leva pour s'en aller.

« Le gong ? demanda-t-elle.

— Comme vous voudrez. »

Elle descendit retrouver sa fille, Mary, à la cuisine.

« Ce sera quoi, aujourd'hui, maman ?

— Ce qu'on veut.

— On pourrait tirer un coup de pistolet devant la fenêtre de la cuisine ? »

Sa mère fronça les sourcils. « Mary, on ne fait pas ça pour s'amuser. Qu'avons-nous essayé ces derniers jours ? Les casseroles hier, et le gong mardi. Et lundi ?

— Le piano ?

— Il ne peut nous demander de trouver chaque jour une idée nouvelle. Je jetterais les assiettes à dessert dans l'escalier si cela pouvait être utile – juste ciel, c'est l'heure ! »

Elles se précipitèrent à la salle de réception et soulevèrent le capot du piano à queue. Mrs Lane s'assit, affichant une futilité triste ; sa fille, à côté d'elle, pleine de joie. Elles levèrent les mains, et sur le coup de onze heures, leurs vingt doigts s'abattirent ensemble sur le clavier.

« Voilà ! s'exclama Mary, satisfaite. Si elle n'entend pas ça, alors elle ne peut rien entendre ! »

À l'étage, montre en main, Bellman scrutait le visage de Dora tandis que la cacophonie vibratoire des cordes de l'instrument se réverbérait à travers la demeure.

Il nota deux mots dans son carnet. *Aucune réaction.*

« Patience », conseilla Sanderson quand Bellman lui montra les résultats des tests quotidiens. La respiration de la jeune fille était faible, lente et constante. Son pouls était faible, lent et constant. Elle ne voyait rien, n'entendait rien, était plongée la plupart du temps dans ce qui paraissait être un sommeil profond, et quand ses yeux s'entrouvraient, elle ne semblait pas y voir davantage qu'un chaton nouveau-né. Ses cheveux ne voulaient pas repousser, et chaque jour Mrs Lane et Mary trouvaient de nouveaux cils épars sur ses joues blanches. Suspendue dans les limbes, elle n'était pas morte, mais elle ne vivait pas non plus.

« Elle a frôlé la limite, dit Sanderson. Son état est stable, il faut en savoir gré. »

Bellman avait eu son miracle ; il n'était pas réaliste d'en attendre un autre. Les fièvres avaient ravagé la ville et la famille Bellman, elles avaient failli emporter Dora puis, à l'instant de lui ôter la vie, elles avaient reflué. Dans les décombres des ruines, Bellman ne se demandait pas pourquoi on lui avait accordé cette faveur. Il se contentait de la contempler, en état de choc.

Il passait tout son temps auprès de son enfant et n'allait plus à la manufacture. Sept jours plus tard, un petit garçon vint apporter un message. Tout allait bien, mais le chef comptable devait-il venir faire son rapport à Mr Bellman ?

Ce soir-là, Mary mena Ned dans le bureau. Crace l'accompagnait. La pièce était gelée ; le feu allumé par la jeune fille n'avait pas eu le temps de chasser les froidures accumulées en un mois d'inactivité. Crace n'était jamais venu à Mill House, Ned en de rares occasions. Pleins de curiosité et de compassion, ils attendirent en silence, les yeux fixés sur le plancher, les angles des corniches et autres détails insignifiants. Ils étaient si tendus que, quand la porte s'ouvrit enfin, ils sursautèrent. Peut-être n'était-ce pas sans raison, car Bellman avait changé, bien que sa transformation fût intérieure. Ils se sentirent déconcertés en le voyant, car quelque chose en lui avait désormais disparu.

Ils lui présentèrent leurs condoléances comme le voulait l'usage. Ned savait que leurs visages exprimeraient le reste ; les mots ne pouvaient dire ce qu'ils ressentaient ; toute la ville avait souffert, mais peu avaient été aussi éprouvés que lui. Ce qui était arrivé à Mill House dépassait la mesure… Toutefois Bellman ne semblait pas les voir ni guère les entendre. Ned jeta un regard à Crace, lui aussi perplexe.

« Asseyez-vous », fit Bellman avec un geste vague. Il tourna sa chaise de bureau vers la pièce, comme s'il s'apprêtait à s'y installer, mais resta debout. Avait-il oublié comment s'asseoir ? Devaient-ils attendre ou se lancer ?

Au bout d'un moment de silence, Ned s'éclaircit la voix. « Peut-être qu'on peut vous faire notre rapport sur le dernier mois ? »

Bellman porta la main à son menton et frotta sa barbe naissante. Ils y virent une invitation et commencèrent. Les événements dramatiques qui avaient ravagé la ville avaient pesé sur les employés de la fabrique. Malgré les troubles, la moitié des commandes avaient été assurées comme prévu. Pour les autres, les bonnes relations avec les drapiers avaient permis dans chaque cas de renégocier les délais de livraison. Il y avait eu peu d'annulations. L'un dans l'autre, la situation était moins mauvaise qu'on n'eût pu le craindre.

Bellman s'assit alors sur sa chaise. Rien ne montrait qu'il écoutât.

Ned se tourna vers Crace, et celui-ci poursuivit : « Pour ce qui est des problèmes techniques… » Il décrivit succinctement les difficultés qui s'étaient présentées, expliqua les mesures qu'ils avaient prises, et pourquoi ils avaient agi ainsi.

Bellman avait les yeux fixés sur ses mains, croisées sur ses genoux.

« On a gardé la trace écrite de tout ce qu'on a fait, comme ça vous pourrez voir tout ça quand… »

Ned présenta une liasse de feuilles mais, puisque son patron ne montrait aucun désir de la prendre, il se leva pour la déposer sur le bureau. Ayant désormais hâte de conclure cet entretien malaisé, Crace se leva lui aussi.

« Et Dora ? » demanda Ned. C'était une tentative supplémentaire pour entrer en contact avec cet homme qu'il considérait aussi comme son ami. « Sa santé s'améliore, j'espère ? »

Bellman leva alors les yeux vers lui. La question avait éveillé en lui quelque chose de sombre, mais il ne répondit pas.

Crace proposa que Ned et lui vinssent deux fois par semaine au rapport. Il acquiesça vaguement, et les deux hommes prirent congé.

En retournant à la manufacture, ils méditèrent sur la tragédie qu'ils laissaient derrière eux et sur leur propre chagrin. Ils passèrent devant le Red Lion où, cinq mois plus tôt, Crace avait célébré ses noces, puis l'église où il avait enterré sa femme. Chacun suivait le fil de ses pensées, sachant assez bien ce qui traversait l'esprit de l'autre. Quand la fabrique fut en vue, ce moment d'intimité toucha à sa fin, et Ned déclara : « Il ne t'a pas présenté ses condoléances. »

Crace haussa les épaules. « Ça n'apporte pas grand-chose, les condoléances. Il ne te les a pas présentées à toi non plus.

— Ma mère était âgée. Son heure était venue. Elle le savait, et moi aussi. » Ned ne pouvait lui offrir ses excuses à la place de Bellman, alors il dit : « C'est un homme brisé. »

L'allure de Crace ne s'altéra pas, il ne leva pas les yeux. « On est tous brisés, Ned », commenta-t-il d'un ton lugubre. Puis, avec l'esquisse d'un sourire pour rendre moins âpre sa réflexion : « Allez. Y en a qui ont les moyens d'être brisés. Nous, on a un loyer à payer. »

Les journées de Bellman étaient tout entières occupées par les soins prodigués à son enfant. Outre les baumes, huiles et médicaments, sur la table de chevet il y avait toutes sortes de listes : rythme cardiaque, longueur du souffle, température. Il était obsédé par l'évolution de sa pâleur ; il observait son teint, dans l'espoir que ses joues retrouvent leur couleur, tel un marin scrutant l'horizon à la recherche d'une terre. Il était sans cesse préoccupé par sa température : avait-elle trop chaud ? Trop froid ? Était-elle dans un courant d'air ? Il ouvrait puis fermait les fenêtres, demandait des couvertures supplémentaires qu'il faisait ensuite replier. Chemise de nuit, moufles, manchons étaient ajoutés, puis retirés. Toute la journée durant, Mrs Lane et Mary étaient présentes et l'aidaient. La nuit, il demeurait seul pour veiller sur sa fille.

Après lui avoir pris le pouls et la température une dernière fois à minuit, il s'asseyait dans un fauteuil, dans l'angle de la chambre, où il somnolait jusqu'à ce qu'il plongeât dans un sommeil profond. Plus tard dans la nuit, l'obscurité se levait, et il oscillait sur un rivage inconnu, gris, entre veille et sommeil. Dans cet endroit, d'étranges idées fantasques se formaient dans son esprit, alors dans l'ombre il cherchait son carnet et son crayon, ouvrait une page nouvelle et se mettait à écrire avec une aisance prolifique. Ses notes étaient-elles intelligibles ? Pourrait-il même les relire à la lumière du jour ? Ce genre de questions ne se posait pas car ces écrits appartenaient à un autre monde, lointain, sans rapport, étranger. Puis s'opérait un nouveau changement ; sommeillant à demi, il repoussait son carnet et s'enfonçait dans l'oubli. Lorsqu'il s'éveillait au matin, il était aussitôt happé par ses graphiques, les nouvelles mesures à prendre, avec l'impression fugitive d'avoir rêvé à des choses vagues et sans importance. Et puis peut-être aussi le souvenir impalpable de cette nuit dans le cimetière, si ténu qu'il ne parvenait pas à retenir son attention.

Pendant des semaines, Bellman rechercha des modèles dans toutes les données récoltées. Il guettait désespérément une progression, mais ses espoirs de père se heurtaient à son exactitude comptable : au mieux, on pouvait dire que l'état de Dora était stable. Et puis, un jeudi, survint un changement. Tout à coup, la condition de la jeune fille s'améliora. En lui prenant la main, Bellman sentit que sa peau était moins cireuse. Mary tomba d'accord avec lui. Mrs Lane leur conseilla la prudence, toutefois, elle jugea elle aussi que Dora avait le teint moins pâle.

Le lendemain, elle ouvrit les yeux et, pour la première fois, il apparut de manière évidente qu'elle reconnaissait son père.

« Regardez, dit Bellman à Sanderson en lui montrant son carnet, son pouls est plus fort et plus régulier. Sa respiration est plus ample. Elle avale davantage de bouillon. Il est temps de lui donner quelque chose de plus roboratif, vous ne pensez pas ? Elle tourne les yeux vers moi. »

Le docteur ne put nier le changement. Les progrès. L'enfant était consciente. Pourtant, il ne pouvait la voir sans ressentir un profond malaise. Elle était pâle, émaciée, muette, avait perdu sa musculature, sa chevelure, et ne réagissait ni au bruit, ni au toucher, ni même à la voix humaine… C'était une encyclopédie de symptômes : on eût pu composer un manuel complet à partir de Dora, un véritable cas d'école pour l'Université. Malgré tous ces problèmes, le père se réjouissait de ses graphiques, et la domestique se lamentait de ne pas pouvoir coiffer la jeune fille de manière à dissimuler son alopécie. Son apparence – bien qu'il n'osât pas le dire – était le cadet de ses soucis. Les fièvres avaient certes gâté sa peau, sa chevelure, mais elles avaient eu de bien pires conséquences. Il craignait avant tout qu'elle n'eût perdu l'esprit.

En ville, les fièvres avaient atteint leur niveau le plus élevé, puis elles avaient reflué.

Tout le monde avait perdu un être cher. Certains leur famille entière.

Les gens se souvenaient. Ils pleuraient, s'affligeaient. Entre-temps, ils étaient contents de constater que les poireaux et la rhubarbe poussaient bien cette année-là, enviaient le bonnet de la cousine du voisin, se délectaient de l'odeur du rôti de porc, le dimanche dans la cuisine. Certains s'attardaient sur la beauté d'une lune pâle, derrière les branches des ormes en haut du coteau. D'autres prenaient plaisir aux commérages.

Tout le monde connaissait Bellman et la tragédie qui l'avait frappé, aussi faisait-il l'objet de bien des bavardages. Mary ne savait pas tenir sa langue, mais elle ne voulait de mal à personne. Voisins, employés, marchands, tous ceux à qui elle parlait ajoutaient leur grain de sel à l'histoire : Dora Bellman n'était plus qu'un squelette. Elle bougeait à peine dans son lit, plus morte que vive. Elle était aveugle, sourde, muette. Son corps subsistait mais son âme s'était envolée. Elle avait perdu la tête. Le menuisier qui avait surélevé le lit de l'invalide, de manière qu'elle pût voir dehors, racontait qu'elle restait assise dans son lit, que ses cheveux bruns n'étaient plus qu'un vague duvet.

« On dirait pas que c'est une fille. Plutôt un épouvantail, ou bien un pantin pour effrayer les enfants. »

Et son esprit s'était-il égaré ?

Non. Le menuisier ne le pensait pas. Mais ce n'était pas ce que racontait la jeune fille qui s'occupait d'elle.

Et l'on cancanait sur Bellman. Ses sourcils froncés et son regard sombre ; sa vigueur disparue ; quand par hasard on le croisait par la grand-rue, il ne se découvrait plus, aucun signe de la tête ou du chapeau comme autrefois, quand il dispensait sa bonne humeur avec largesse.

Les tombes de la famille n'étaient pas entretenues, et Bellman ne se rendait plus à l'église.

« Il est trop occupé avec sa fille », disaient les braves gens, et pendant un moment on lui pardonna sa négligence.

« Il n'est toujours pas revenu à la manufacture ? » demandait-on.

Eh non.

Il n'allait pas non plus au Red Lion.

« Il ne fait rien d'autre que s'agiter autour de son pauvre épouvantail de fille », concluaient les bonnes gens. Ils étaient remplis de pitié pour les pertes qu'il avait subies. Ils admiraient son dévouement paternel. Seulement, d'un autre côté, c'était Mr Bellman de la fabrique. Sa place était là-bas, non ? Cette situation ne pouvait durer. Si ?

2

Les cheveux de Dora ne repoussaient pas. Ni ses cils. En revanche, sa chair revenait adoucir les contours de ses os, et la nuance de couleur devenait chaque jour un peu plus vive sur ses joues. Son souffle s'allongeait. Son pouls était plus fort. Il était désormais évident que ses prunelles suivaient les mouvements de façon raisonnée et, un jour, Mary eut la surprise d'entendre une voix de vieillard enroué demander de l'eau au miel : c'était Dora. Elle l'embrassa et s'écria à pleins poumons pour que Mr Bellman l'entendît :

« Tu es revenue ! »

Bellman pleura.

Pendant trois mois, il n'avait pensé qu'à sa fille. Il avait lâché les rênes de sa vie pour prendre en main celle de Dora. À présent qu'elle était hors de danger, que sa santé revenait, il était temps de retourner vers le monde.

Mary nettoya la fenêtre du bureau et la laissa ouverte pour aérer cette pièce si longtemps inutilisée. Elle sortit le tapis pour le battre dehors, passa de la cire sur les meubles. Elle fourbit les chenets de cuivre de la cheminée, fit bouffer les coussins du fauteuil et remplit l'encrier.

À dix heures, Bellman vint s'asseoir à son bureau. Il poussa un grand soupir pour chasser de ses poumons le vieil air rance et le remplacer par la fraîcheur d'avril. Il caressa avec satisfaction le bureau débarrassé de tout objet. Les jours étaient là, qui attendaient son retour pour s'éveiller. L'avenir existait. Il n'avait qu'à tendre la main pour le faire advenir.

Il sortit de sa poche son carnet de cuir. Tourna les feuilles de températures, de mesures de temps, de pouls. Il en avait fini, maintenant. Il les rangea sous la bande élastique qui lui permettait de séparer les pages mortes de la veille de celles d'aujourd'hui et du lendemain.

Et ces pages-là ? Une écriture malhabile, pressée, dont les lignes montaient et descendaient, celle du dessous remontant parfois sur celle du dessus. Ah oui, il se souvenait. Un père doit bien s'occuper pour tuer le temps aux heures les plus sombres tandis qu'il veille son enfant. De vagues idées, rien de plus. Histoire de distraire un esprit nerveux autour de minuit.

Un mot attira son attention alors qu'il s'y penchait de plus près.

À voir à quel point il était absorbé par sa lecture, un spectateur eût pu en conclure que Bellman trouvait davantage d'intérêt à ces vieilles notes qu'il ne l'escomptait. Il tournait les pages lentement, observait avec minutie ces écrits nocturnes pour ne rater aucun détail. Une fois ou deux il revint en arrière. Fit de brèves annotations ici et là.

Les choses auxquelles un homme ne pense pas peuvent incuber dans sa tête sans qu'il en ait conscience. Une idée, totalement indifférente aux souffrances humaines de William, s'était implantée en lui, s'était nourrie de lui, s'abreuvant de son sang à son insu. À présent qu'il était disposé à lui consacrer son esprit conscient, le succube s'apprêtait à naître.

Sa lecture achevée, son regard se perdit un moment dans le vague tandis qu'il rassemblait ses esprits, puis il revint à son carnet et écrivit sans hésitation une heure d'affilée. Objectifs, emplois du temps, listes, coûts, plans, obstacles, stratégies. Après avoir inscrit le point final, il posa son stylo, agita sa page en l'air pour que l'encre séchât plus vite, et sourit tel un homme qui met la main dans sa poche à la recherche d'un penny et qui en retire la poule aux œufs d'or.

« Quelle idée fabuleuse ! s'exclama-t-il. Quelle glorieuse opportunité ! »

Ce mot résonnait dans son esprit. Il évoquait l'odeur de la terre fraîchement retournée dans le cimetière. Il savait bien qu'il devrait rechercher l'homme en noir pour lui présenter un contrat en bonne et due forme. Il ne pousserait pas les négociations. Ce ne serait pas juste. Cette idée était si extraordinaire, et l'autre la lui avait offerte avec une telle générosité, qu'il eût été grossier de discuter trop longuement des termes du contrat. Découvrir ce qu'il voulait, discuter un peu pour la forme – les affaires sont les affaires, il faut respecter cela – mais, dans le fond, il voulait donner à cet homme ce qu'il souhaitait. Il avait les moyens de sa prodigalité ; le champ des possibles était immense.

Restait à le trouver. Cela soulevait quelques difficultés. Il avait dû lui dire à un moment ou un autre qu'il s'appelait Black, même si Bellman ne s'en souvenait plus très bien. Néanmoins, son apparence était singulière, n'est-ce pas ? Un jour, quand il aurait le temps, il y réfléchirait pendant quelques minutes, cela suffirait, et le visage de l'homme remonterait du fond de sa mémoire en douceur. Ensuite, il suffirait de demander autour de lui. Bien sûr, il avait déjà essayé d'identifier Black, mais c'était une autre histoire. Il fallait bien admettre qu'il ne s'était pas montré très méthodique dans ses recherches. Ne s'était pas adressé aux bonnes personnes. Cet échec ne signifiait rien. Quand il s'y mettrait pour de bon, les résultats seraient là. Comme toujours.

Le moment venu.

Bellman reprit son stylo pour rédiger un addendum – *Trouver Black* –, mais la plume avait séché. Sa main flotta entre la page et l'encrier, hésitante. Avait-il raté quelque chose ? Aurait-il dû prendre en compte d'autres éléments ? Il réfléchit dix secondes, quinze. S'aperçut que ses pensées entraient dans des territoires peu familiers, non cartographiés. Il fronça les sourcils. Il avait vu cela trop souvent chez les autres : ils se noyaient dans leurs propres doutes. Malgré un objectif solide, au seuil de la réussite, ils hésitaient, réfléchissaient, s'agitaient sur des questions futiles, et en raison de tout ce temps perdu, le projet s'effondrait. Il était essentiel de conserver une vision d'ensemble. Les détails finissaient toujours par se régler d'eux-mêmes avec le temps.

Bellman n'écrivit rien de plus. C'était inutile. Il n'était pas près d'oublier cela.

Il se frotta les mains d'anticipation à la pensée de cette nouvelle aventure et songea avec appétit à son déjeuner à venir.

« Tu as entendu tout le boucan qu'on a fait ? demanda Mary à Dora lorsqu'elles furent de nouveau seules. Le piano et le gong et les casseroles ? »

Dora secoua la tête. « Tout ce que j'ai entendu, c'étaient les freux. Je les ai longuement écoutés. Et puis je me suis réveillée. » Elle réfléchit un instant. « Ne dis rien à mon père. »

3

Un mardi, au début de mai, William Bellman revint à la manufacture. Au bruit des machines, il entendit que tout allait bien. Subsistait un certain malaise : à la manière dont ils le regardaient, les gens le trouvaient changé, c'était évident. Mais lui aussi se trouvait changé. Il fit un tour avec Crace, serrant la main aux travailleurs les plus âgés, inclinant la tête, reçut mille et une informations en même temps et posa quelques questions courtes et précises. Il repartit de bonne heure.

Il passa le mercredi à son bureau avec Ned. Comptes, commandes, ordres d'achat. Tout était en règle. Il repartit de bonne heure.

Le jeudi, il dressa un bilan méthodique et rigoureux de l'état de la fabrique, et conclut que tout se déroulait à merveille sans lui. Il envoya Mary porter un message et, un quart d'heure plus tard, Ned et Crace étaient devant lui, dans son bureau. Il leur exposa avec précision ce qu'il attendait d'eux, et ils convinrent que ce n'était pas plus que ce qu'ils avaient déjà effectué au cours des semaines écoulées. Il leur demanda dans quelle mesure ils avaient besoin de lui pour régler certains problèmes. Ils mentionnèrent une chose ou deux, puis Bellman en ajouta d'autres à son tour, et ils tombèrent d'accord. En dehors de cela, ils pensaient pouvoir s'en tirer seuls.

« Bien », conclut-il.

De quoi retournait-il ? se demandaient Ned et Crace. Alors même que Bellman revenait, tout aussi en forme qu'auparavant, après s'être remis des tragédies qui l'avaient frappé, il semblait se préparer à partir.

« Combien de temps dureront ces nouveaux arrangements ? interrogea Ned. Si cela doit être plus d'un mois ou deux, alors cela vaudrait la peine de former l'un des employés du bureau pour qu'il me décharge de certaines responsabilités.

— Bien entendu, répondit Bellman. Cette nouvelle organisation sera définitive. »

L'information avait trop de poids pour qu'ils l'intègrent tout de suite.

Crace, bien que déconcerté, parvint néanmoins à poser une autre question : « Mais alors, qui va diriger la manufacture ? avant d'être complètement désarçonné par la réponse de Bellman :

— Vous deux. »

Ned était abasourdi. La fabrique sans Bellman ? Crace et lui à la direction des opérations ? Impensable ! Il prit une profonde inspiration, sous le choc, mais à mesure que ses poumons se remplissaient, il se sentait lui-même grandir. Était-ce à ce point impensable ? Seul Bellman pouvait avoir une idée pareille, cependant, à bien y réfléchir…

Il expira.

C'était faisable.

Pendant une semaine, William Bellman fut très actif à la manufacture. Assis dans son bureau, il voyait défiler les contremaîtres et employés pour discuter de leur avenir, des changements de fortune qui les attendaient. Il avait insisté pour que ce soient Ned et Crace qui mènent les entretiens. Il se contentait de superviser, il était là au cas où ses nouveaux directeurs aient une question à lui poser, pour donner son opinion lorsqu'elle était sollicitée. Au début, les deux hommes se retenaient, s'attendant à un passage de témoin ; très vite, ils comprirent ce que voulait leur patron : c'était désormais à eux de prendre les décisions. Ils s'entretenaient avec les candidats, faisaient leur choix, puis jetaient un regard à William Bellman. Un petit signe de tête suffisait. Ils en savaient autant que lui.

Au cours des semaines suivantes, Bellman passa de moins en moins de temps à la manufacture. Sa présence suffisait à rassurer tout le monde tandis que s'effectuait la transmission. Ce qui était évident pour lui le devint peu à peu pour tous : le génie de Bellman était inscrit dans le système, la routine, les habitudes. Tel un horloger qui a pesé, nettoyé, évalué tous les ressorts et engrenages d'un mécanisme, il pouvait confier à d'autres la nécessité de remonter chaque jour l'horloge. Il n'avait pas besoin d'être là, et petit à petit il se retira.

Six mois après que la fièvre eut ravagé la ville, la fabrique tournait toute seule.

Quand le silence envahissait la demeure, quand on soufflait les bougies, que la dernière marche cessait de craquer, Dora se hissait en position assise dans son lit et disposait autour d'elle les coussins, compagnons de fortune. Fini, les histoires. Mary et sa mère dormaient. Enfin il n'y avait plus personne pour prendre sa température, s'enquérir de son appétit, la peser, la mesurer ni scruter son état de santé. Alors seulement elle était libre de se rappeler.

En sondant les ténèbres de sa chambre, elle ressuscitait le passé. Le bruit, les couleurs, les mouvements de scènes d'une vie perdue se reproduisaient dans le noir, et plus elle s'adonnait à cette pratique, plus ses souvenirs s'animaient. Congédier ainsi le présent pour rappeler le passé ne lui demandait aucun effort.

Elle commençait toujours par cette première scène : le jeudi soir, son père arrivait avec les sacs de feutre rouge sous les acclamations de ses frères. Elle voyait les pennies cascader en tintant dans le saladier, soupesait le poids du pichet, sentait l'odeur du vinaigre qui éclaboussait les pièces. Les petites mains de Phil gardaient cette odeur piquante toute la nuit, nonobstant le nombre de fois où il les avait frottées.

Après les pièces, toutes sortes de ressouvenances pouvaient lui revenir, aussi vives et éclatantes que le jour où les choses s'étaient produites. Un jour, puis un autre, encore un autre, et elle se remémorait chacun avec une telle fraîcheur, une telle vigueur qu'ils étaient à peine moins vrais et réels que la vie elle-même. Ses yeux s'attardaient sur les visages, les expressions, elle retrouvait les regards aimants de sa mère, elle faisait rire ses petits frères, reniflait l'odeur de bébé douce et rance de sa petite sœur. Ces nuits de souvenir étaient si vivantes en elle qu'elles passaient à toute vitesse. C'étaient les journées qui étaient devenues longues et mornes.

Quand le ciel commençait à pâlir, qu'elle le voyait à travers les rideaux, elle sortait de sa rêverie. Elle se tortillait pour redescendre en position allongée et elle fermait les yeux. Quand Mary lui apportait du thé, peu de temps après, elle tournait la tête pour l'examiner.

« Mouais, disait-elle sans se laisser impressionner. Tu n'as pas l'air très reposée.

— Peux-tu ouvrir les rideaux, s'il te plaît ? lui demandait alors Dora. Les freux seront bientôt là. »

&

Les corbeaux freux ne sont pas difficiles à nourrir. Ils aiment les insectes, les mammifères (morts, de préférence), les glands, les crustacés, les fruits, les œufs. Ils ont tout de même un petit faible pour les vers de terre et les larves de cousins blanches et juteuses. Mais au fond, ils sont heureux de se remplir la panse avec tout ce qui leur tombe sous le bec.

La pauvre mésange bleue perd si vite sa chaleur qu'elle passe presque sa vie entière à chercher de la nourriture. De même, le guillemot, dont les ailes sont si peu efficaces en dehors de l'eau, mange toute la journée pour faire des réserves afin de pouvoir s'élever dans les airs. Par contraste, le freux, créature suprême, n'a besoin que de deux heures par jour pour se sustenter et consacre le reste de son temps aux loisirs.

Et quels sont-ils ?

1. Il raconte des blagues et propage des commérages.
2. Il met au point des outils pratiques qu'il jette ensuite.

3. Il apprend des langues étrangères. Il sait imiter la voix humaine, le bruit d'une grue de bûcheron, du verre qui se brise. Quand il veut s'amuser, il sait appeler votre chien – en imitant votre façon de siffler.

4. Il aime la poésie et la philosophie.

5. Il est expert dans l'histoire des freux.

6. Il connaît mieux la géologie que vous – mais comme ces connaissances se sont transmises de génération en génération, il appelle cela l'histoire familiale.

7. Il a des connaissances sérieuses en mythologie, en magie et en sorcellerie.

8. Il éprouve une véritable passion pour les rituels.

Par essence, l'avantage de posséder la clef du garde-manger du monde est que cela lui laisse le temps de penser, la capacité cérébrale de se souvenir – et la sagesse de rire.

En latin, le nom du freux est *Corvus frugilegus*, ce qui signifie « ramasseur de fruits », en raison de son efficacité extraordinaire à subvenir à ses besoins nutritionnels.

4

Dans une vaste demeure de campagne, aux environs d'Oxford, un riche mercier du nom de Critchlow, assis près du feu dans un fauteuil au haut dossier, ouvrit une lettre avec un coupe-papier d'argent. Il n'avait pas grandi dans le luxe, aussi en savourait-il chaque plaisir bien plus qu'un prince ou un comte.

Ce courrier venait d'un homme qu'il connaissait seulement de réputation : William Bellman. Le message n'était pas long : après les politesses d'usage, il allait droit au but. Ce qui coïncidait avec ce qu'il avait entendu dire au sujet de Bellman. Un homme très énergique, qui savait parfaitement ce qu'il voulait et agissait en conséquence sans perdre de temps.

« Que raconte-t-on à propos de William Bellman ? demanda-t-il à son épouse.

— Le fabricant de tissu de Whittingford ? » Elle inclina la tête. « Je crois qu'il a perdu un enfant au cours de la dernière épidémie. À moins que ce ne soit sa femme… Que veut-il ?

— De l'argent.

— N'est-il pas déjà riche ? De plus, nous n'avons jamais été présentés.

— Le fait qu'un homme préfère travailler plutôt que de fréquenter les salons n'est pas une raison valable pour ne pas miser sur lui. Bien au contraire. »

La curiosité de Critchlow était piquée au vif. Il répondit à Bellman par une invitation.

Vingt-quatre heures plus tard, auprès du même âtre, William Bellman exposait son plan au mercier. Il lui expliqua son idée, son budget (bâtiment, stock, coût du travail, entrepôts), le temps de la mise en place, la gamme des produits vendus, la demande, la chaîne d'approvisionnement.

« Tout cela me paraît très bien pensé, déclara le mercier. Et les profits ? »

Bellman lui donna une feuille de papier sur laquelle étaient inscrits des chiffres. « Les prospectives pour les trois premières années. »

En réalité, ses prospectives étaient bien plus élevées. Et lui paraissaient tout à fait cohérentes. Seulement, c'était un homme d'affaires assez avisé pour savoir que des promesses de gains trop élevées mettraient aussitôt sur ses gardes un investisseur prudent. Mieux valait donc avancer des résultats moins ambitieux, certes alléchants, mais vraisemblables. Aussi avait-il diminué ses estimations.

Critchlow prit le papier. En voyant la somme affichée, il releva les sourcils. « Vous êtes certain de ces chiffres ?

— Un entrepreneur sensé n'est jamais sûr de rien. Une estimation est toujours hasardeuse. Une estimation prudente l'est moins. Mais la mort ne passe jamais de mode. »

Le mercier se frotta la bouche et regarda de nouveau la feuille. L'estimation d'un homme tel que William Bellman devait bien valoir quelque chose.

« De combien avez-vous besoin ? »

Bellman nota le chiffre. « J'avance moi-même un quart de la somme. J'ai besoin des trois autres quarts.

— À qui en avez-vous parlé ? »

William Bellman cita les noms des autres investisseurs avec qui il avait pris rendez-vous. Critchlow acquiesça. Il les connaissait, c'étaient des gens fiables.

« Votre idée me plaît. Laissez-moi y réfléchir un peu.

— Jusqu'à demain ?

— Vous ne perdez pas de temps, n'est-ce pas ? Disons demain. »

William Bellman reprit son chiffrage et s'en alla. Le mercier se rassit dans son fauteuil près de l'âtre et regarda les flammes.

La mort ne passe jamais de mode, songea-t-il.

Le même entretien se répéta par deux fois. On offrait à William Bellman une eau-de-vie ou un whisky ; il s'asseyait près d'un feu crépitant ; exposait son projet ; donnait à lire une série de chiffres. Aucun des entretiens ne dura plus d'une heure.

Il rentra chez lui en songeant qu'il n'aurait pas longtemps à attendre. Il ne se trompait pas.

Aucun des merciers n'avait jamais investi autant d'argent dans une seule entreprise. Aucun ne s'était jamais décidé aussi rapidement ni avec une telle confiance. William Bellman ne mettait-il pas lui-même un quart de la somme ? Fort bien, fort bien.

Trois hommes assis auprès du feu se versèrent un autre verre d'eau-de-vie – ou de whisky – puis se renfoncèrent dans leur fauteuil avec un sourire de satisfaction. Ils étaient riches, et allaient le devenir plus encore.

Au matin, William Bellman reçut trois lettres. Oui. Oui. Et oui.

Parfait.

Il voyait se dessiner l'avenir. Il saurait le faire advenir. Et il se mit à l'œuvre.

5

Tout d'abord, le terrain. Une étape difficile. Puis des avocats pour convaincre les petits commerçants installés là d'aller transporter ailleurs leurs maigres affaires. Dans le même temps, des architectes et des dessinateurs travaillaient sur les plans.

« Cinq étages, leur expliqua Bellman, l'essentiel est la lumière. Au centre du toit, il doit y avoir une grande verrière octogonale. Elle permettra de voir le ciel et laissera une colonne de lumière transpercer tous les étages en leur milieu pour qu'ils ne soient pas seulement éclairés par les fenêtres des façades.

— Hmmm, répondit l'architecte en se lissant la barbe. On pourrait aussi…

— Et puis un atrium. En tout point comme je vous l'ai décrit. Sinon, comment voulez-vous que mes couturières cousent ? Et que mes clients voient les détails de la façon sur une paire de gants noirs à quatre heures par un après-midi de novembre ? »

L'architecte lui présenta les plans d'un bâtiment : il n'y avait pas d'atrium. « Ce n'est guère pratique, voulut-il le convaincre. Il y fera trop chaud l'été.

Et songez au prix de la maintenance ! D'ailleurs ne serait-ce pas risqué ? »

William Bellman dessina lui-même l'atrium sur son carnet, puis il arracha la page pour la donner à l'architecte.

« Allez chez Chance à Birmingham pour la verrière. Prenez ces hommes pour l'installation, ajouta-t-il en griffonnant des noms sur une autre page qu'il arracha à son tour. Ils ont l'habitude du système "ridge and furrow". Il existe un mécanisme pour remonter la verrière l'été, afin de laisser sortir l'air chaud. Et si vous ne savez pas comment vous y prendre, je sous-traiterai le toit tout entier auprès de Paxton. »

L'architecte réalisa de nouveaux plans en conformité avec ce que voulait William Bellman.

La collaboration d'un maître d'œuvre se révélait nécessaire. L'architecte connaissait l'homme de la situation.

« Venez, je vous emmène le voir. »

Le bureau était aussi confortable qu'une salle de réception. L'homme était bien en chair, jovial, les boutons de son gilet brillaient, et il serra la main de Bellman avec confiance. Ce dernier, quant à lui, réprima une grimace : des ongles trop propres, une paume douce qui sentait bon le savon. Il resta dix minutes avant de prendre congé.

« Ce n'est pas l'homme de la situation. Il n'a pas la voix adéquate pour parler aux ouvriers. Si on veut faire les choses bien, on ne peut se contenter de rester auprès de sa cheminée. Il faut aller sur le terrain.

— Avec tous mes respects, monsieur, répliqua l'architecte, Bensen travaille avec une équipe d'intermédiaires très expérimentés et il possède à fond son métier. Il vous faut quelqu'un qui ait autant de talent et d'expérience que vous, qui vous décharge de la responsabilité de la construction pour que vous puissiez vous occuper en toute liberté des autres aspects de votre entreprise. »

Bellman secoua la tête. Ce n'était pas ce qu'il cherchait.

J'ai besoin d'un homme plus jeune, songea-t-il. *Qui mette la main à la pâte. Qui soit plus proche des ouvriers. Du travail.* Il se renseigna et il dénicha un dénommé Fox.

Ils se rencontrèrent dans un square, tout près d'un chantier de construction bruyant. Fox portait de lourdes bottes, il avait les ongles noirs et, quand il s'adressait à ses hommes, on eût dit qu'il était des leurs. Il rappelait à Bellman ce qu'il était lui-même plus jeune : un garçon talentueux, avide de grands projets. Il fit à Fox une offre très simple : il le paierait moins que le gros homme aux mains douces – beaucoup moins –, mais le contrat serait lucratif, inscrit dans la durée, et il y gagnerait quelque chose d'encore plus précieux : une réputation.

« Je travaillerai nuit et jour », promit-il, et Bellman le crut. Ce projet lui conférerait une stature, ils le savaient tous les deux. Ils se serrèrent la main, satisfaits.

Ensemble, Bellman et Fox rendirent visite à des tailleurs de pierre, des maçons et des charpentiers. Fox parlait le même langage qu'eux – « Mon père était maçon à Exeter » ; Bellman écoutait et observait. Ensuite Fox se taisait et Bellman posait des questions sur les matériaux, les prix hors taxes, le coût du transport. Fox le voyait noter des sommes dans le carnet qu'il transportait toujours au fond de sa poche, négocier des réductions, s'engager à écrire aux carrières de pierre et aux marchands de bois. Parfois, lorsqu'ils sortaient de chez un partenaire potentiel en secouant la tête de concert devant le peu de maîtrise que l'artisan avait de son métier, Fox disait : « Il a un apprenti qui m'a l'air intéressant. Vous avez remarqué son travail ? C'était très bien. Ce garçon serait un bon élément…

— Débauchez-le », ordonnait Bellman, et Fox se mettait en devoir de recruter le jeune ouvrier.

L'entreprise ne nécessitait pas seulement la construction d'un bâtiment de pierre, mais aussi d'une entité légale que des pages et des pages de jargon inintelligible devaient calfeutrer et rendre parfaitement étanche. Bellman passa de longues heures dans des cabinets d'avocats, penché sur la paperasse, à essayer de comprendre des contrats d'une complexité byzantine. Il arrivait à ce genre de rendez-vous avec des questions sensées et il écoutait les réponses qu'on lui donnait avec une intelligence tout à fait hors du commun. Ses instructions étaient précises, dictées dans le langage même du droit. Les avocats étaient impressionnés par sa subtilité et ses capacités de décision, et il semblait maîtriser les notions de propriété, de responsabilité et de prérogatives dans leurs différents aspects.

Le financement constituait le troisième volet de cette aventure commerciale. La majestueuse entrée de la banque Westminster & City était impressionnante. Il avait fallu une demi-carrière de marbre d'Italie pour paver le sol, recouvrir les murs, élever les colonnes sculptées, martelées, afin de créer un sentiment intimidant de grandeur, de richesse, de dureté. Rares étaient ceux qui pénétraient en ces lieux sans frémir au fond d'eux-mêmes : des dames respectables s'enquéraient de la position de leur compte d'une voix tremblante telles des écolières, et les baronnets venant retirer de l'argent adoptaient une démarche grotesque. Jusqu'aux vicaires les plus honnêtes qui réprimaient une toux nerveuse. Impossible de ne pas penser que, quelque part entre ces murs, des douzaines d'employés en costume œuvraient tels des anges penchés sur leurs registres, prenant bonne note en caractères noirs des sages économies comme des imprudences financières de chacun, gardant la trace de la moindre transaction en guinées, shillings et pence, jusqu'au Jugement dernier. Non, le hall d'entrée de Westminster & City n'était pas un endroit confortable. Même chez les plus économes, les plus prudents, l'âme ne pouvait s'empêcher de frissonner.

Frissonner était une chose tout à fait étrangère au caractère de William Bellman. Il grimpa les marches quatre à quatre et entra sans guère plus d'effroi qu'une abeille pénétrant dans l'autre cathédrale de Westminster pour aller se poser sur l'autel. Par le plus grand des hasards, Mr Anson, l'un des directeurs de la banque, passait par là au moment où Bellman entra, et il remarqua son indifférence à la grandeur des lieux. Il ne put s'empêcher de regarder cet homme imposant et ombrageux, dont transparaissaient la force et l'énergie. Il le vit passer devant l'accueil où un client ordinaire eût demandé un rendez-vous, préférant observer les personnes présentes. Dès qu'il aperçut Mr Anson, il vint vers lui d'un pas décidé, se présenta et lui exposa en quelques mots ce qu'il voulait. « Pouvez-vous m'aider ? »

Anson n'avait guère l'habitude d'être accosté de façon si informelle, mais quelque chose dans les manières et le port de Bellman lui fit penser qu'il ne perdrait pas son temps à l'écouter, et très vite il accepta de le recevoir.

Dans son cabinet particulier, il laissa Bellman lui expliquer les tenants et les aboutissants financiers de son projet. Il sollicitait un prêt important. Il avait le capital nécessaire pour payer la construction de son magasin, mais il avait besoin de fonds pour acheter ses stocks. Anson étudia les chiffres que lui présentait Bellman.

« Vous avez donc besoin d'un prêt, et les comptes du magasin seront ici. Vous aurez peut-être aussi besoin d'ouvrir un compte personnel.

— Deux.

— Deux comptes personnels ? Pour vous seul ? »

Bellman opina du chef sans le moindre commentaire.

Eh bien, c'était inhabituel, mais il n'y avait rien qui s'y opposât sur le plan légal ou administratif. Anson regarda les prospectives calculées par son client. Excès d'optimisme, songea-t-il, mais s'il parvenait à faire ne serait-ce que la moitié des profits escomptés, il pourrait largement rembourser son prêt. Les perspectives étaient engageantes. Il n'y avait rien qui l'empêchât de conclure un accord le jour même. De plus il avait l'intuition que, si cet homme n'obtenait pas ce qu'il voulait tout de suite, il reprendrait ses projets et ébauches pour aller les présenter dans une autre banque.

« Je suis heureux de pouvoir vous aider », dit Anson en tendant la main. Bellman la saisit avec fermeté, et à peine l'avait-il lâchée qu'il se levait et tournait les talons pour repartir.

Anson le raccompagna dans le hall. Ils se serrèrent encore la main, et le banquier regarda s'éloigner ce nouveau client sur les dalles de marbre du même pas assuré et volontaire qu'à son arrivée, nullement intimidé par l'immense voûte au-dessus de sa tête ni par la grandeur des lieux. *Comme c'est étonnant*, pensa-t-il. *Voilà un homme pour qui une banque n'est rien de plus qu'un lieu où déposer son argent. Si les pence étaient des gouttes de pluie, alors Westminster & City ne serait qu'un réservoir. Vaste, coûteux, tout en marbre, mais rien d'autre qu'une citerne de luxe.*

En reprenant le couloir menant au bureau d'un collègue chez qui il avait déposé des papiers le matin même, il se félicita. Si l'entreprise de Bellman fonctionnait aussi bien qu'il l'escomptait, alors Anson venait de réaliser le plus beau coup de sa carrière – et en moins de trois quarts d'heure.

6

Par une pluvieuse journée de février, sous un ciel fort nuageux, Bellman examinait le futur emplacement de son magasin. Les échoppes minables d'hier avaient été rasées et le sol de Londres fracturé par cent bêches pour creuser ce vaste cratère. Aucun ouvrier ne travaillait ce jour-là : impossible par un temps pareil. Des flaques profondes tapissaient le fond de l'excavation, et la pluie continue battait si fort, avec une telle insistance que les éclaboussures volaient en tous sens. L'eau plaquait les cheveux de Bellman sur son crâne et assombrissait son manteau, lui donnant une couleur indistincte. L'humidité s'immisçait par les coutures de ses chaussures. Tout être humain ou animal disposant d'un abri s'était empressé de s'y réfugier, si bien que Bellman était plongé dans une contemplation solitaire – à l'exception d'un freux perché au sommet d'un toit, indifférent à l'averse, qui toisait l'homme et le site d'un regard indifférent.

L'atmosphère était sombre, sauf pour Bellman. Un autre homme, poète, à l'esprit plus fantaisiste, eût peut-être distingué là une plaie béante à la surface de la terre, la tombe d'un géant, une fosse commune pour mille corps, mais lui y voyait autre chose. Il y lisait l'avenir : il ne contemplait pas un trou mais un palais. Le plus grand magasin de pompes funèbres de tout Londres.

Il connaissait mieux que personne le bâtiment à venir car c'était son enfant. Devant lui, l'air humide se solidifia, se transformant en bloc massif de cinq étages, aussi haut que profond. Les strictes rangées de croisées symétriques empruntaient leur chatoiement à la pluie et, entre elles, les nuées caligineuses s'agrégeaient avec docilité pour former des pilastres surmontés de chapiteaux corinthiens. L'esprit de Bellman fit surgir de nulle part des corniches, des corbeaux, linteaux, meneaux, et il étudia tous ces détails avec la même attention que si le bâtiment existait bel et bien. Son regard balaya toute la longueur des fenêtres du rez-de-chaussée, qui reflétaient une frise noir et argent, et il s'arrêta sur la grande entrée au centre de la façade. Quelques marches, la double porte de chêne décorée d'un heurtoir d'ornement en cuivre, comme la plaque qui recouvrait le seuil. Ouverte, cette porte pourrait laisser passer deux hommes, l'un juché sur les épaules de l'autre. Au-dessus se déploierait un auvent, qui servirait de porche, d'abri en cas de mauvais temps, de lieu où s'arrêter pour secouer et refermer son parapluie, ou tout simplement reprendre son souffle avant d'entrer pour les nerveux, les hésitants.

Le regard de Bellman monta vers l'auvent, et il plissa les yeux. À l'avant se trouverait un nom en grosses lettres très travaillées et dorées à la feuille. Le nom du magasin. Il scrutait, perplexe, cet endroit à près de trois mètres de hauteur, au centre de son projet, mais rien n'apparaissait si ce n'était l'air humide, brouillé.

Comment appeler son magasin ?

Il l'ignorait.

Il n'avait pas négligé cet aspect de la question, loin de là. En fait, il avait consulté Critchlow et ses autres associés à ce sujet dès le début, mais aucun n'avait souhaité donner son patronyme. Ces hommes avaient marié leurs filles à de respectables gentlemen désargentés, à présent ils espéraient marier leurs petites-filles avec des messieurs d'encore plus noble extraction. Pour réussir ce genre d'entreprises, les richesses extraites de leurs activités commerciales devaient taire leurs origines, car tout le monde sait bien que plus il s'éloigne du labeur, plus l'or est pur. Il fallait donner à penser que la fortune d'un homme émanait de sa noble nature de manière aussi naturelle et spontanée qu'une source d'eau claire jaillit de la roche.

« Non, avaient-ils tous répondu, que le magasin porte le nom de Bellman. »

Alors, pourquoi hésitait-il ? Il n'avait en réalité aucun scrupule à le baptiser ainsi. Pas un instant il n'avait envisagé que sa fille pût faire un grand mariage. Et ce n'était pas la modestie qui le retenait. Dans sa tête, cette affaire de nom n'était pas réglée, or cette journée où la pluie interdisait la poursuite de toute activité pour ne laisser qu'un halo humide paraissait aussi appropriée qu'une autre pour régler cela.

Debout, seul devant le mirage de son grand magasin, Bellman se prit alors à penser à l'homme en noir, qu'il avait baptisé Black.

Il n'y avait rien d'étonnant à ce qu'il eût négligé depuis si longtemps la question de Black. Bellman travaillait sur ce projet depuis un an. Il l'avait mené du stade d'idée à celui de réalité économique, puis il lui avait donné une existence légale. Le processus juridique avait nécessité des discussions longues et délicates qui l'avaient accaparé pendant des mois ; l'achat du terrain ne s'était pas fait sans mal ; les architectes s'entêtaient à ne pas comprendre ce qu'il voulait – Dieu du ciel, il avait pratiquement dû dessiner les plans lui-même ; il avait fallu engager des maîtres d'œuvre, entreprendre d'autres négociations, préparer d'autres contrats… Nuit après nuit, il était resté assis à son bureau à chercher des solutions à des problèmes que d'autres jugeaient insolubles. Pendant tout ce temps, il n'avait guère songé à Black, ce qui franchement n'avait rien de surprenant. L'agenda de Bellman était plein. Chaque heure de la journée, du matin au soir, était occupée, et c'était ainsi sur des semaines et des semaines. Il allait de réunion en réunion, de décision en décision, trouvant à peine le temps de souffler. Il prenait ses repas pendant ses rendez-vous ou bien en regardant ses papiers posés sur la table. Il réservait les petits soucis pour les moments où il se brossait les dents ou s'habillait le matin. Son bain lui donnait l'occasion de s'isoler pour réfléchir aux ennuis plus épineux qu'il pouvait ainsi mettre à plat dans la vapeur d'eau.

Quand émergeait un problème qu'il ne pouvait diviser en sous-problèmes susceptibles d'être réglés les uns après les autres pour parvenir à une solution d'ensemble, Bellman avait l'habitude de le rejeter dans la catégorie « perte de temps ». L'une des premières clefs de la réussite, d'après lui, consistait à savoir différencier les difficultés qu'on pouvait résoudre soi-même de celles qui échappaient à votre contrôle. Beaucoup de gens, avait-il remarqué, passaient une grande partie de leur temps à se préoccuper de choses qu'ils ne pouvaient changer. S'ils avaient appliqué toute leur énergie à des domaines où ils avaient une influence réelle, comme leur vie eût été différente ! Il préconisait donc de se concentrer sur les champs d'action où l'on était certain d'obtenir des résultats. Chaque minute de la journée de Bellman était par conséquent consacrée à la poursuite d'un avantage quelconque, et depuis des mois il doutait que penser à Black pût lui être profitable, aussi l'avait-il rangé dans la catégorie « perte de temps », dont il n'avait plus bougé.

À présent, l'idée de Black prenait corps. Dès que le temps s'améliorerait, les travaux de construction pourraient redémarrer. Bien entendu, le problème de Black devenait plus pressant. Que le souvenir de leur rencontre demeurât si brumeux dans son esprit embarrassait Bellman. La transparence était une notion capitale dans le domaine des affaires. Qu'attendait Black de lui ? Et réciproquement, que pouvait espérer Bellman de Black ? Il éprouva de nouveau ce sentiment d'obligation qui le hantait. C'était Black qui avait identifié cet énorme gisement potentiel et il avait partagé sa découverte avec Bellman ; il était essentiel qu'il reçût son dû en échange. À quel accord avaient-ils donc abouti ?

Il ferma les yeux et réfléchit.

« Pourcentage… marmonna-t-il. Partage des responsabilités… Dividendes… »

Il tendit l'oreille pour essayer de déceler les échos du passé, des bribes de la conversation qu'ils avaient dû avoir, du marché qu'ils avaient conclu. Rien ne vint.

Il ne restait plus qu'une solution. Il devait trouver le moyen de démontrer à Black qu'il ne l'avait pas oublié. Ce serait une manière de l'inviter à venir réclamer sa part, où qu'il fût. Ce serait la preuve – enfin, pas devant un tribunal, bien sûr, rien d'aussi extrême – que lui, William Bellman, n'avait nulle intention de spolier Black du bénéfice qui lui revenait de droit dans cette affaire.

Le magasin s'appellerait donc Bellman & Black.

Il ouvrit les yeux sur son empire imaginaire et découvrit l'endroit exact sur l'auvent surplombant l'entrée où apparaîtraient deux immenses B.

Mais oui, c'était ça !

« Hé ! »

Un grand cri brisa la rêverie de Bellman. Il se découvrit perdu au milieu de ses propres pensées, et il lui fallut un moment pour reprendre ses esprits. Il était loin de la réalité : les cinq étages de pierre et de verre se désagrégèrent sous la pluie, et ce fut avec un peu d'étonnement qu'il se retrouva devant un gouffre béant. Une créature en sortit alors en rampant, luisante de pluie, gluante de boue, et Bellman fit un pas en arrière en réprimant un glapissement.

« Regardez-moi ça ! » s'exclama la créature qui se révéla donc être un homme. Celui-ci se releva et tendit à Bellman une sorte de pierre. On entendait à sa manière de parler qu'il était cultivé et avait dû fréquenter les meilleures écoles, toutefois son apparence et son comportement étaient si étranges que Bellman se demanda s'il n'était pas fou. Puis il vit qu'il se tenait bien droit, sans gesticuler, et que la lueur dans ses yeux était enthousiaste, pas démente, alors il fut un peu rassuré. Il jeta un coup d'œil à l'objet que lui présentait l'inconnu.

« C'est une pierre.

— Ah ! C'est là que vous vous trompez ! »

Il essuya la boue. « Vous voyez ces marques ? Elles ont été laissées par un outil humain. »

Il s'agissait de traces d'abrasion que William Bellman avait prises pour de simples stries.

« Et alors ?

— Alors la pierre n'a pas été entièrement taillée. Elle possédait déjà une forme du même ordre, et ces marques montrent juste qu'on a accentué cette forme. Vous voyez ce nodule dans la pierre qui donne l'idée de la forme ? »

L'inconnu se montrait bavard. Il revenait d'Égypte, se disait archéologue – « Je déterre le passé, expliqua-t-il –, et il était à Londres pour quelques mois avant de retourner là-bas. Quand j'ai vu ce trou, il m'a tout dc suite fait penser à un site de fouilles et je n'ai pu résister à l'envie de descendre l'inspecter. Il y avait des ouvriers partout, mais aujourd'hui grâce à la pluie j'ai la chance qu'il n'y ait personne.

— Heureux de savoir que cette averse profite à quelqu'un. Chaque jour de retard dans la construction me coûte une fortune. Il vaut quelque chose, votre caillou ?

— Comment cela ?

— Je parle d'argent. Que vous donnerait un musée en échange ? Ou un collectionneur ?

— Un musée ? Mais rien du tout ! Nous sommes à Londres, pas en Égypte ! J'ignore pourquoi le passé de l'Égypte a de la valeur alors que celui de Londres n'en a pas, mais c'est ainsi.

— La réponse est facile. À Londres, c'est l'avenir qui compte.

— Et quel est l'avenir de cet emplacement ?

— Le grand magasin Bellman & Black. Un immense espace consacré aux articles funéraires.

— Vous êtes Mr Black ? »

Bellman sentit son cœur bondir dans sa poitrine. « Je suis Mr Bellman.

— Eh bien, Mr Bellman, votre commerce devrait être florissant. La mort touche chacun d'entre nous. C'est l'avenir, non ? Le mien. Le vôtre. Celui de tout le monde. »

Le jeune homme suivit des yeux un freux qui décrivit une courbe avant de plonger, luisant de pluie, à travers l'espace où devait s'élever le grand magasin.

« Autrefois, on laissait les morts sur des tables de pierre pour que les corbeaux viennent nettoyer la chair du squelette. Vous le saviez ? C'était il y a très longtemps. Bien avant nos croix, nos flèches et nos livres de prières. Avant tout cela… (il décrivit une grande courbe de la main, englobant l'excavation, Regent Street, Londres et Dieu sait quoi). Peut-être que les ancêtres de ce freux, là-bas (l'oiseau fusa, battit des ailes et fondit avec précision sur un caillou qui attendait qu'on le fît basculer dans la fosse), se sont repus des miens. Ou des vôtres, après tout. » Malgré la pluie battante, il lut le dégoût sur le visage de Bellman. « À chaque époque ses habitudes, non ? Qui sait ce qui viendra ensuite ? En Italie, m'a-t-on raconté, ils brûlent les morts. » Il secoua la tête et sourit à Bellman. « Brisons là. Mon père doit se demander où je suis passé. »

Il prit congé.

Bellman venait-il de croiser un simple d'esprit ? Avait-il vraiment prononcé les mots qu'il avait cru entendre ? Cela paraissait à peine croyable. Un homme sort de la boue en rampant et racontant des inepties au sujet des corbeaux… Il s'agissait tout au moins d'un excentrique.

Bellman était trempé. La pluie avait pénétré son pardessus fibre après fibre, puis son veston, sa chemise, ses sous-vêtements. Il avait la peau moite.

Il retourna la pierre dans sa main. Était-ce bien cela, le nodule dont parlait le jeune homme ? Cette espèce de boule dans le caillou, avec au centre une sorte de point brillant ? On eût cru à un petit œil luisant qui le regardait. Curieux, il essuya ce qui restait de boue. Là devaient se trouver les marques de taille… Des plumes ? Oui, il y avait là comme une aile, là aussi. L'averse toujours drue rendait la pierre iridescente. Sur le noir apparurent des reflets violets, bleutés, verts.

Quelle horrible chose !

Un frisson le parcourut, et il jeta la pierre au loin dans la fosse. Elle décrivit une courbe, parabole gracieuse qui évoqua en lui un autre souvenir d'un temps révolu.

En tombant, elle dérangea un oiseau. Tel un haillon, la créature s'éleva dans les nuées, le premier battement de ses ailes puissantes lui fit traverser l'espace des livraisons, jusqu'au rayon des parapluies, au rez-de-chaussée, au deuxième coup d'ailes il grimpa au premier étage parmi les manteaux et chapeaux. Il monta ensuite dans les bureaux, l'atelier des couturières, puis sortit du bâtiment par la verrière de l'atrium.

Bellman se détourna, pris de nausées, n'aspirant qu'à un feu et à sa table de travail.

« Bellman & Black », annonça-t-il ce soir-là au Russell, le club de Mayfair où il retrouvait régulièrement ses associés.

« Splendide ! déclara Critchlow. Il n'est jamais mauvais de mentionner deux noms dans la dénomination d'une compagnie. Cela confère une impression de solidité. De sécurité. Deux têtes valent mieux qu'une, ce genre de choses. »

Le deuxième mercier opina du chef. « Et le choix des noms est judicieux, avec ça. Quelle est la première chose qui vient à l'esprit des personnes endeuillées ? Le noir ! Et lorsqu'ils penseront au noir, ils auront déjà parcouru la moitié du chemin qui les mènera vers nous ! »

Le troisième sourit. « Cela sonne bien, ne pensez-vous pas ? C'est musical. Comme si ces deux noms étaient faits l'un pour l'autre. Je suis enchanté. Messieurs, dit-il en portant un toast, buvons au succès de Bellman & Black ! »

Bellman leva son verre lui aussi, y trempa les lèvres, mais ne resta pas assez longtemps pour le finir. Il avait les pieds mouillés et du travail à terminer.

7

Il faudrait quinze mois pour achever le grand magasin : douze pour construire le bâtiment et trois pour l'installation intérieure. Bellman avait suffisamment vu Fox à l'œuvre pour savoir qu'il pouvait lui confier la direction des opérations pendant plusieurs semaines d'affilée. Cela l'arrangeait. Lui laissait les mains libres pour s'occuper du reste.

Bellman avait développé la manufacture, mais malgré tout celle-ci ne pouvait lui fournir toutes les étoffes dont il avait besoin pour approvisionner un grand magasin de la taille de Bellman & Black. Aussi parcourait-il des centaines de kilomètres à cheval ou dans des voitures cahoteuses.

En Écosse, il examina des tweeds et des cachemires d'un noir charbonneux. Sur les quais de Portsmouth et de Southampton il ouvrit des caisses de soieries étrangères, tâta des plis onduleux, déploya un rouleau pour juger du poids, du drapé, de l'opacité. Il se rendit à Spitalfields, puis jusqu'à Norwich à la recherche du crêpe le plus terne et le plus mat qui existât. Il visita des fabriques de textile au pays de Galles, dans le Lancashire, le Yorkshire, arpenta sans relâche le pays en quête de soieries, de mérinos, de grenadine, de bombasin, barèges, barathéa, parramatta.

« Montrez-moi ce que vous avez en noir », annonçait-il en arrivant. Il examinait toujours le noir en premier. Cela lui vidait le regard et l'esprit des sensations passagères, nettoyait son palais visuel en quelque sorte. Il avait l'œil expert pour déceler une touche de vert dans celui-ci, de bleu dans celui-là, de violet dans cet autre. Rien de gênant d'un point de vue commercial : il fallait des noirs seyant à chaque teint, un pour les blondes, un autre pour les brunes, un troisième pour les rousses… De temps à autre, il parvenait à dénicher ce qu'il appelait un vrai noir. C'était difficile. La plupart des gens ne faisaient pas la différence, mais Bellman se perdait quelques instants dans les profondeurs de l'étoffe avant de commander tout ce que la manufacture pouvait produire.

Si les noirs lui convenaient, il demandait à voir ce que les fabricants de tissus pouvaient fournir pour le demi-deuil et le quart de deuil. Chaque visite le plongeait donc d'abord dans le grand deuil, puis il passait aux tons de gris, du plus foncé au plus pâle, pour terminer par les mauves et les puce réservés au quart de deuil.

Bellman devenait étranger à la couleur. Quand il regardait par la vitre de sa voiture entre deux visites, il se prenait à trouver le vert vif de l'herbe à la limite de la décence, et l'azur d'un ciel d'été lui paraissait vulgaire. À l'inverse, il éprouvait de la tendresse devant un paysage couvert de novembre où il décelait d'infinies nuances de gravité, quant au ciel de minuit, jamais aucune étoffe ne pourrait rivaliser avec une telle perfection – bien qu'il cherchât tous azimuts celle qui pût l'approcher.

Il ne cessait d'envoyer à Mrs Lane des colis d'échantillons avec des instructions détaillées. « Ces douze carrés de tissu doivent être coupés en deux, puis une moitié sera accrochée à une fenêtre orientée au sud et l'autre rangée dans un tiroir à l'abri de la lumière ; au bout d'un mois il faudra les rassembler pour mesurer le degré de la décoloration. » Ou bien : « Une moitié devra être lavée, séchée et repassée cinquante fois, puis comparée à l'autre pour jauger du degré d'usure. » Mrs Lane répondait en grommelant qu'elle était déjà bien assez occupée entre Dora et la maison. Aussi Bellman embaucha-t-il une jeune fille qui considéra comme une aubaine d'être payée pour laver des morceaux d'étoffe sur une planche en frottant bien fort avec du savon, pour recommencer dès que le tissu était sec.

Il y avait un vieux teinturier dans le Nord dont les noirs avaient une réputation hors pair. Il devait bientôt prendre sa retraite et n'avait pas de fils à qui transmettre ses secrets de fabrication. Bellman lui proposa une belle somme pour qu'il lui racontât tout. Le teinturier accepta, mais quand son visiteur se présenta, les habitudes d'une vie prirent le pas chez le vieil homme qui refusa de parler.

Bellman agita sa bourse sous son nez pour le décider, mais le teinturier secoua la tête.

« À quoi me servirait cet argent à présent, hein ? Je suis trop vieux, je n'aurais pas le temps de le dépenser. »

Tout cela en vain ! Puis Bellman eut une idée.

« Alors je vous offre vos funérailles. Six chevaux, deux pleureuses, et une statue d'ange sur votre tombe. »

L'homme lui raconta tout ce qu'il désirait savoir. « *Haematoxylum campechianum*, c'est-à-dire le bois de campêche. On en trouve partout mais, selon mon expérience, le meilleur provient d'un certain marchand au Mexique… »

Bellman repartit aussitôt vers la côte sud où il rencontra le capitaine d'un navire à destination de l'Amérique du Sud.

« Il y a un homme au Yucatán, expliqua-t-il. Je veux acheter toute sa production de bois de campêche. Je veux l'exclusivité. Vous me rapporterez la cargaison et veillerez à ce qu'elle ne soit pas mêlée à d'autres. » Il nota un chiffre sur un papier. « Voilà ce que je vous paierai. Et voilà pour le Mexicain. »

Le capitaine lut la somme. « Vous allez faire de lui un homme riche.

— Nous deviendrons tous des hommes riches. »

L'activité de Bellman ne se limitait pas aux étoffes et au bois de campêche. À Whitby, il vit des jeunes gens descendre le long de falaises périlleuses pour en extraire du schiste noir. Ils martelaient les filons, suspendus au-dessus des vagues. Après être allé sur le rivage, Bellman retourna en ville où il rendit visite à plusieurs ateliers, sélectionna les meilleurs, leur demanda d'embaucher des apprentis et des assistants et leur passa commande de bagues, de broches, de colliers, de pendentifs, boucles d'oreilles et d'ornements pour les cheveux. Il lança des ordres d'achat pour des milliers de perles : lisses ou à facettes, sculptées, polies, de toutes formes et de toutes tailles, qui seraient cousues sur des robes, des chapeaux, des manches, des sacs, où elles accrocheraient la lumière et poudreraient le deuil de leur scintillement sombre. Le noir se devait d'être insondable dans la première phase du deuil, mais après, pourquoi ne brillerait-il pas comme les autres couleurs ?

Au cours des semaines et des mois qui suivirent, Bellman découvrit l'extrême diversité des lieux de travail. Il y avait l'atelier du chapelier, du cordonnier, la fabrique de parapluie au plafond bas. À Londres, il négocia avec un relieur le prix de livres et de journaux de tous les tons de noir et de gris, en cuir et en lin, dans lesquels les endeuillés pourraient écrire en termes pieux le récit de leur vision divine des derniers jours de l'être aimé pour la postérité. Il grimpa des escaliers pour se rendre dans des pièces parfaitement préservées de l'humidité où toutes sortes de papiers de poids, de qualités, de tailles différents étaient exposés pour lui, tous bordés d'une bande noire allant d'un peu plus d'un centimètre d'épaisseur à quelques millimètres. Il passa la commande la plus importante que la fabrique eût jamais reçue, afin que d'innombrables veuves – qui ne l'étaient pas encore – et leurs enfants pussent informer leurs relations de décès qui ne s'étaient pas produits pour l'instant. Parmi les relents d'huile et d'encre, il se salit les doigts en manipulant une presse d'imprimerie. « Productivité ? demanda-t-il. Maintenance ? » Le fond du problème était le suivant : pourrait-il livrer du papier à en-tête à Londres dans un délai de quelques heures après en avoir reçu la demande ? Quand il obtint la réponse qu'il attendait, il commanda une presse.

« Sept mois d'attente ? C'est trop long. »

Il graissa la patte au fabricant pour qu'il s'occupât de lui avant les autres.

Maintenant, les cercueils. Bellman caressa du bout des doigts des planches lisses et ouvragées chez une douzaine d'ébénistes différents. Quelle quantité de chêne avez-vous en stock ? D'aulne ? D'acajou ? Où les faites-vous sécher ? Pendant combien de temps ? Dans les entrepôts, il examina le grain du bois, chercha les nœuds, les fibres torses et autres irrégularités. Quand il eut trouvé le meilleur fournisseur dans un rayon de cent cinquante kilomètres autour de Londres, il signa des contrats. « Je paie le meilleur prix, mais vous ne vendez à personne d'autre. Personne, compris ? »

Bellman se consacra ensuite au catalogue. Il mit une annonce à l'école des beaux-arts pour recruter des artistes capables de l'illustrer, et une série de jeunes gens se présentèrent à son bureau avec leur portfolio. Il examina des esquisses de ruines antiques, de fragments d'architecture et de statues classiques à la poitrine dénudée et aux bras absents. Il cherchait ceux qui sauraient transmettre beaucoup d'informations dans un petit espace avec détails et clarté. Ensuite, il n'y avait plus qu'à déterminer lequel était le plus fiable et travaillait le plus vite.

Bellman recruta trois étudiants. Ils passèrent désormais leurs soirées et leurs dimanches après-midi à dessiner en détail plus de deux cents modèles différents de cercueils et d'ornements funéraires. Certains étaient garnis de plomb ou de métal ; avec poignée et écusson de cuivre ou d'argent, simple ou ornementé ; matelassé de soie, de velours ou de satin, brodé ou uni ; le couvercle agrémenté de plaques gravées de lis, de lierre ou d'un ouroboros.

Deux sœurs grisonnantes aux longs doigts et aux sourires énigmatiques rédigèrent les abondantes légendes qui accompagnaient les dessins. Dans une section à part du catalogue, certains motifs étaient reproduits avec de délicats ajustements et ajouts afin de pouvoir s'adapter aux cercueils d'enfants. Les deux sœurs se surpassèrent ; leur sourire lorsqu'elles rendirent leur travail parut encore plus mystérieux. Bellman fit imprimer les illustrations et les textes sur du papier de la meilleure qualité, relié sous forme de catalogues qui en eux-mêmes constituaient des merveilles d'une grave beauté.

Les prix furent imprimés sur une feuille à part, glissée dans un repli de la troisième de couverture, comme un détail secondaire.

Parfois, Bellman se surprenait lui-même.

Pourtant je suis capable de dormir n'importe où ! songea-t-il en se retournant une nouvelle fois et en arrangeant les draps qui l'enveloppaient comme un suaire.

Et c'était vrai. Au cours de ses longs voyages, il s'arrêtait la nuit dans des auberges en bord de route où il s'allongeait sur de grossières paillasses pour s'assoupir aussi confortablement qu'un chien de salon sur un coussin de soie. Dans ses appartements de Londres, les noctambules en goguette ne le réveillaient jamais. Même dans une voiture qui le transportait sur une route de campagne pierreuse et pleine d'ornières, il lui suffisait de fermer les yeux pour sombrer dans le sommeil, laissant son cerveau éreinté se reposer un peu.

Il n'y avait qu'à Whittingford, dans son propre lit, qu'il ne parvenait pas à dormir.

Il avait pour habitude de se coucher sur le flanc gauche. Naguère, cela signifiait qu'il tournait le dos à Rose. La nuit, il entendait son souffle. Parfois, lorsqu'elle se rapprochait pour avoir chaud, sa main le tirait doucement de ses rêves. Maintenant qu'elle n'était plus, l'espace derrière lui était plein de son absence.

Il avait bien essayé de dormir sur le flanc droit ou sur le dos, et même de l'autre côté du lit. Il l'avait déplacé dans une autre pièce, remplacé par un nouveau. Il avait changé de chambre. Rien n'y faisait. Le bois lui caressait le dos, les draps l'enlaçaient, le moindre courant d'air était tel son souffle.

Mais le sommeil se refusait à lui. Il se leva pour aller regarder dehors. Le ciel était presque noir, toutefois un rayon de lune illuminait le clocher de l'église. C'est par une telle nuit qu'il s'était retrouvé au cimetière à parler avec Black, environné des formes sombres des ifs et des tombes vides fraîchement creusées. L'une d'elles aurait dû être celle de Dora, songea-t-il.

Tant qu'il arpentait le pays par la route ou le chemin de fer, à Londres un jour, à cent cinquante kilomètres le lendemain, il lui était facile de maîtriser son esprit, mais à Whittingford, avec ce clocher qui transperçait la lune, les pensées qu'il préférait laisser de côté avaient une fâcheuse tendance à sortir de leur réserve.

Il avait passé un marché avec Black, et Dora avait survécu.

La possibilité qu'il y eût un lien entre ces deux événements le troublait. Durant la guérison de sa fille, il avait été plongé dans une grande détresse, et l'activité de son cerveau n'avait rien de rationnel. Il le reconnut lui-même plus tard. Ensuite, le soulagement qu'il avait éprouvé ne lui avait guère laissé le temps de réfléchir. Puis il y avait eu Bellman & Black, qui occupait toute sa tête.

Par des nuits comme celle-là, certaines choses auxquelles il eût peut-être dû réfléchir auparavant revenaient le tourmenter. Il avait conclu un accord avec Black, et sa fille, à l'agonie, lui était revenue. À présent qu'il s'occupait de la mort en professionnel, il aimait à penser qu'il bénéficiait de certains avantages, et au beau milieu de ses réflexions nocturnes, son esprit conclut que la survie de son enfant en faisait partie. Pourtant, il suffisait de la regarder – sa fragilité, sa difficulté à se déplacer d'une pièce à l'autre en s'appuyant sur sa canne, la mantille de dentelle qu'elle portait pour couvrir son crâne blanc – pour songer que la mort ne l'avait pas complètement abandonnée, mais qu'elle la guettait toujours en attendant son heure.

En quoi consistait donc ce marché ? Il avait plus d'une fois essayé de se rappeler ce qu'il avait accepté, mais peut-être que, s'il n'en avait aucun souvenir, c'était parce qu'il n'avait rien conclu ? Et si on lui avait offert cet avantage sans contrepartie ? Dans ce cas, on pouvait le lui retirer à tout instant. Sans contrat, il ne pouvait savoir ce que l'on attendait de lui…

Bellman se détourna de la fenêtre et tira le rideau. Il n'aimait pas que les rayons de lune pénètrent chez lui, mettant en lumière ce qui lui était cher, pointant du doigt son trésor. Mieux valait cacher son amour pour sa fille, le draper de ténèbres plutôt que de le montrer au grand jour. Peut-être valait-il mieux qu'il se tînt à l'écart. Tel l'oiseau qui attire les prédateurs loin de son nid en s'envolant à tire-d'aile avec ostentation, il protégerait Dora en s'éloignant. Plus Bellman & Black prospérerait, plus elle serait en sécurité.

8

Bellman ne perdait pas de vue les travaux de construction. Entre ses voyages dans le Nord, le Sud, l'Est et l'Ouest, il se rendait à Londres pour vérifier la progression du chantier.

Il avait un bureau sur place, tout près du futur grand magasin, et de sa fenêtre il le voyait s'élever, pierre par pierre, depuis le sol. Il y faisait passer des entretiens au personnel dirigeant. Il avait trouvé le bras droit idéal, un dénommé Verney. Celui-ci avait les mêmes mains blanches et douces que le premier maître d'œuvre rencontré par Bellman sur les conseils de son architecte et dont il avait refusé les services. Lorsque Verney effectuait des calculs, ses mains grassouillettes s'adonnaient à une sorte de ballet véloce, le bout de ses doigts rebondissant les uns contre les autres en une ahurissante séance de prestidigitation, jusqu'à ce que, aboutissant au résultat, il frottât ses paumes avant de noter le résultat avec méticulosité. Une telle affectation n'avait rien de gênant chez un homme qui s'occupait de chiffres, aussi Bellman l'avait-il embauché et commencé à le payer aussitôt, bien qu'il y eût encore peu de travail.

Aujourd'hui, il avait rendez-vous avec Fox. Il le voyait souvent lorsqu'il était à Londres afin de discuter des tâches à venir, du calendrier, des problèmes posés. Les portes constituaient pour l'instant leur souci principal.

Une minute avant l'heure de l'entretien, Bellman vit Fox quitter le chantier. Il marchait d'un pas énergique, copié sans qu'il s'en rendît compte sur celui de son employeur.

« Entrez ! Comment les choses avancent-elles ? Serez-vous prêt pour le 15 mai ? »

Bellman entamait toujours la conversation ainsi.

« Tout sera prêt pour le 15 mai, soyez-en assuré. Les plans pour le portail de chêne sont entre les mains de Mr Deakin. Il a confié cette tâche à son meilleur ouvrier. Le reste de l'équipe s'occupe des portes latérales et de celles du fond. »

Bellman hocha la tête. « C'est des portes intérieures que je souhaite vous parler aujourd'hui. Je veux que vous envisagiez le magasin comme un théâtre. Les clients ne doivent pas être distraits par ce qui se passe en coulisses. Vous avez noté qu'il faut tapisser les couloirs de liège ?

— Oui, le liège est déjà dans l'entrepôt. Doit-on aussi recouvrir les portes de l'autre côté ? Nous n'avions pas décidé de ça.

— Ce sera plus efficace que du feutre. Procédons ainsi. Mais il y a plus que le bruit à prendre en considération. Les rayons doivent être réapprovisionnés dans la plus grande discrétion possible. Le personnel doit entrer et sortir comme s'il était invisible. Les huisseries qui séparent la partie accueillant les clients du magasin et les espaces réservés au personnel doivent donc être indécelables, comme s'il s'agissait de panneaux dans les cloisons. Je pense que les bords de chaque porte doivent être dissimulés dans le relief du mur pour qu'il paraisse d'un seul tenant.

— Et les poignées ? »

Bellman hocha la tête. « Un loquet en forme de boule qui fonctionnera de part et d'autre selon la pression. Nos employés devront être invisibles et silencieux. »

Fox acquiesça et nota ces instructions dans le carnet relié en cuir de veau qu'il avait acheté chez le même fournisseur que Bellman. Quant à son crayon, c'est son employeur qui le lui avait donné.

« Considérez que c'est fait.

— Vous êtes bien certain que tout sera prêt pour le 15 mai ? »

Fox sourit. « Tout sera même prêt pour le 14, si vous le souhaitez. »

Bellman le dévisagea. « C'est vrai ? »

Le maître d'œuvre avait parlé sans réfléchir. Ce n'était là qu'une plaisanterie. Seulement il avait oublié que Bellman n'avait aucun sens de l'humour. Et comme il était jeune, ambitieux, qu'il aimait les défis, il ne put s'empêcher de répondre : « Bien sûr que oui. »

Après le déjeuner, ils montèrent en voiture et se rendirent à une demi-heure de là, dans un atelier riche d'odeurs de cèdre et de pin, au sol tapissé de copeaux tels des cheveux de bébé, qui craquaient sous leurs souliers. Au mur étaient suspendues des rangées de ciseaux à bois et de gouges, ordonnés avec beaucoup de soin. L'ébéniste aux cheveux immaculés, presque rasés, était penché sur son ouvrage avec une grande concentration.

« C'est le meilleur de Londres », murmura Fox, puis à voix plus haute, car l'homme relevait la tête et s'apprêtait à venir vers eux : « Mr Geoffroys. Voici Mr Bellman. Il vient voir où en sont les choses. »

Mr Geoffroys remit la gouge à sa place.

« Deux des plus gros morceaux sont achevés. » D'un geste, il les invita à aller vers le fond de l'atelier, où deux formes étaient inclinées contre le mur. Plus grands qu'un homme, deux B étaient posés l'un à côté de l'autre, identiques.

Bellman et Fox en caressèrent les formes élaborées, admirèrent la douceur des courbures, la grâce des ornements, la finesse des jointures.

« Une fois plaquées, les jointures seront invisibles, expliqua Geoffroys à Bellman. Et voyez ceci, ces éléments s'emboîteront pour constituer une guirlande », dit-il en montrant des lianes de lierre et de lis sculptés.

Bellman n'aurait pu être satisfait davantage. C'était de la belle ouvrage, les lettres étaient majestueuses, et une fois recouvertes d'argent, elles seraient encore plus impressionnantes ; la guirlande de fleurs serait magnifique.

« Cela semble presque achevé… Que reste-t-il à faire ?

— Le "et".

— Le quoi ? demanda Bellman, perplexe.

— "Et". L'esperluette, comme je crois que ça s'appelle. Venez voir. »

Ils retournèrent à l'atelier. Le bloc de bois sur lequel travaillait Mr Geoffroys était fixé dans un étau. Grossièrement taillé sur les bords et à la base, il portait des marques légères au crayon et commençait à prendre forme au sommet. L'ébéniste choisit une gouge et l'appliqua sur le bois. Debout sur une plate-forme pour être à la bonne hauteur, son poids oscillait d'un pied sur l'autre, et il transmettait sa puissance à l'outil avec une pleine maîtrise. Le mouvement ne venait pas du bras mais de tout le corps, semblait-il, et le copeau tomba, comme un ruban de beurre. Il répéta le même mouvement plusieurs fois avec des changements subtils, et la courbure apparut.

L'esperluette. Le signe qui symbolisait l'entente commerciale. La figure qui liait les deux B. Les coordonnait. Les attachait.

Un accès de doute soudain et inattendu pénétra la pensée de Bellman. Il inclina la tête sur le côté et regarda de nouveau. Était-ce vraiment ce qu'il fallait ?

« Vous ne croyez pas que ça va être trop… »

Fox s'alarma. « Trop… quoi ? »

Mr Geoffroys s'arrêta, et les deux hommes se tournèrent vers Bellman.

Que se passait-il donc ? Bellman eut soudain la bouche sèche et se sentit étouffer. Avait-il trop chaud ?

Puisque son patron se taisait, Fox rompit le silence. « Si cela ne vous convient pas, on peut recommencer. Voyons voir… » Il avait sur lui les dessins originaux. Il les déplia et les mit à plat. Puis il les compara avec les esquisses et mesures transmises à l'ébéniste. « Tout a été fait suivant les plans – l'esperluette est de la même taille que les lettres –, mais bien sûr, maintenant que vous les voyez à taille réelle, cela peut vous paraître hors de proportion… Pour l'instant, ce n'est pas terminé, aussi semblent-elles massives, impression qui sera allégée quand tout sera terminé. Et le plaquage en argent les fera paraître plus aériennes. Moins, euh… de bois.

— En effet. Moins… Oui. »

Instant d'hésitation. Mr Geoffroys regarda Fox, qui regarda Bellman, qui regarda l'esperluette se détachant peu à peu du bloc de chêne.

Achevées, elles sembleraient moins massives. Argentées, elles seraient plus aériennes.

Bellman porta la main à sa gorge et tenta avec difficulté de déglutir.

« Bien sûr, si ça vous gêne, on peut toujours recommencer. On pourrait même peut-être récupérer une partie de ce qui a déjà été fabriqué…

— Non. Continuez. Tout va bien. »

Ils prirent la direction de la sortie.

« Donc tout sera prêt en milieu de semaine prochaine ? » demanda Fox à Geoffroys.

Celui-ci hocha la tête tout en ajoutant quelques mots que Bellman ne comprit pas.

« Déposez-nous devant une auberge, ordonna Bellman à son cocher.

— C'est la poussière, renchérit Fox. Ça assèche terriblement la gorge. Vous n'avez pas entendu ce que Geoffroys a dit, à la fin ?

— Comment ? Non.

— Il vous a lancé : “Au revoir, Mr Black.” C'est drôle, non ? Je suppose que ça doit souvent vous arriver. »

À l'auberge, puis sur le chemin du retour, Fox trouva son compagnon étrangement silencieux. Il semblait broyer du noir, comme s'il était face à un problème tout à fait insoluble. Cela ne lui ressemblait guère d'être ainsi absent, indécis, plongé dans la confusion. Son énergie et sa détermination, si caractéristiques, semblaient s'être envolées, et l'expression de son visage était méconnaissable. Qu'était-ce au juste ? De la peur ? De l'angoisse ? Du désespoir ?

« Tout va bien ? » hasarda Fox.

Bellman ne répondit pas. Le regard dans le vague, il donnait l'impression d'être à des lieues de là, aussi Fox fut-il très étonné quand il reprit soudain la parole.

« J'ai eu une conversation avec un gars, un jour. Il y a quelques années de cela, maintenant. Je le connaissais à peine, nous n'avions jamais été présentés. C'est lui qui m'a mis sur le coup. L'industrie du deuil. Il a senti les possibilités, en quelque sorte. »

Il croisa le regard de Fox qui répondit : « Et puis ? »

Bellman fronça les sourcils, se gratta la tête. « Cela soulève quelques questions, n'est-ce pas ? Si jamais il revenait pour demander…

— Sa part du gâteau ?

— Par exemple. »

Fox réfléchit. Il n'était pas avocat, mais il avait signé quelques contrats. « Il s'agit juste d'une conversation, c'est bien ça ? Ce n'était pas un rendez-vous de travail ?

— Non ! Pas du tout ! Notre rencontre était un pur hasard.

— Il n'a pas posé ses conditions, ses exigences ? Ne vous a rien demandé de signer ? »

Bellman secoua la tête.

« Alors il n'a rien sur quoi s'appuyer, n'est-ce pas ?

— Vous croyez ?

— Bien entendu ! Avoir une idée, c'est une chose, mais la mettre en pratique, c'en est une autre. Qu'a-t-il fait pour vous depuis ?

— Rien. Je ne l'ai jamais revu.

— Alors c'est parfait. Un avocat vous sortirait d'affaire en un tour de main. Qui peut dire que ce n'était pas votre idée de toute façon ? Vous étiez déjà dans l'industrie. Vous aviez les contacts nécessaires. Les capitaux. C'est vous qui avez fourni tout le travail. »

Bellman esquissa une grimace. « Mais c'était son idée…

— Des idées ! J'en ai cent par jour. Elles ne valent rien tant que personne n'y investit son temps et son énergie. » Un détail le frappa. « Votre conversation a-t-elle eu lieu devant témoins ?

— Il n'y avait pas âme qui vive.

— Alors n'y pensez plus. Si jamais il revient en mendiant quelque chose, vous lui offrirez un bon dîner et une bouteille d'eau-de-vie ou vous l'enverrez se faire pendre ailleurs, suivant son degré d'amabilité. S'il veut vous traîner devant un tribunal, eh bien, qu'il essaie ! Qu'est-ce qui vous empêchera de nier que cette discussion ait jamais eu lieu ? »

Bellman était à moitié convaincu. « Je viens de vous en parler.

— Je ne comprends pas un traître mot de ce que vous me dites depuis dix minutes », repartit-il en lui lançant un clin d'œil.

De retour sur Regent Street, la voiture ralentit et, quand la portière s'ouvrit sur le fracas du chantier de construction, Bellman se sentit ragaillardi. Il bondit au-dehors avec sa vigueur habituelle et frappa bruyamment dans ses mains.

« Très bien. Combien avons-nous de menuisiers aujourd'hui sur place ? Vingt ? Allons voir à quoi ressemble cet acajou. »

Très bien, songea Fox. *Il a déjà oublié. Passons à la suite.*

9

Cette nuit-là, à trois heures du matin, une esperluette s'enroula à la manière d'une corde autour du cou de Bellman, elle décrivit un nœud solide et serra jusqu'à lui couper le souffle. Quand il ouvrit les yeux dans la chambre londonienne où il avait l'habitude de dormir, il suffoquait et son cœur battait comme s'il allait mourir dans la minute.

Envoyez-le se faire pendre ailleurs... Niez que la discussion ait jamais eu lieu... Dieu du ciel, comment avait-il pu entretenir de telles pensées ? Et si jamais Black l'entendait ? S'il découvrait que Bellman avait envisagé de rompre leur partenariat ?

D'ailleurs, quel genre d'association avaient-ils conclu ? Black était de son côté, n'est-ce pas ? Sans quoi il eût partagé son idée avec un autre. Ils avaient un accord, il en était convaincu. Bellman était l'homme d'action ; c'est lui qui arpentait le monde, écrivait les courriers, menait les réunions, engageait les sous-traitants, négociait les prix, payait les factures ; plus tard, ce serait lui qui engagerait les couturières et les vendeuses, recruterait les employés, mettrait en place l'organisation, conclurait les contrats avec les fournisseurs et se chargerait de veiller sur le fonctionnement du magasin au jour le jour.

Black… comment l'expliquer ? Black n'avait pas à participer à ces tâches, Fox avait raison sur ce point. Il n'avait pas investi d'argent. Il semblait satisfait de la manière dont Bellman procédait. Quand on examinait la situation d'un œil objectif, il était difficile de discerner en quoi consistait son rôle dans l'affaire, il l'admettait lui-même. Pourtant, c'était son idée à lui au départ, et elle était bigrement bonne. Les merciers n'avaient pas hésité un instant à s'associer avec Bellman. Il n'avait pas eu d'arguments à déployer pour persuader la banque de lui prêter une grosse somme.

Il fronça les sourcils. Ses souvenirs de cette nuit dans le cimetière refusaient de remonter à la surface, mais il en conservait l'impression très forte que Black n'était pas le genre d'homme dont on pouvait se débarrasser avec une bouteille de whisky. Le simple fait d'imaginer la scène – « Mon ami, vous m'avez rendu un grand service ! Tenez, laissez-moi vous offrir cette bouteille pour vous exprimer ma gratitude ! » – le mettait mal à l'aise. Quant à l'idée de se retrouver devant un tribunal pour dénier à Black ses droits… Il voyait son regard se durcir, le fixer de manière implacable depuis le banc des accusés. Il traversait le temps, l'espace, les murs de la chambre où il dormait, le clouant de peur à son matelas. Il était tout à la fois aimable et jovial, mais ne dégageait-il pas de la puissance ? Voire une aura de menace ?

Alors que voulait Black ?

Bellman se leva. Il allait rédiger un contrat ici, maintenant, sur-le-champ. Lorsque Black reviendrait

– car il reviendrait –, il pourrait ouvrir un tiroir, sortir les papiers et lui dire : « Où étiez-vous passé depuis tout ce temps, mon ami ? Mieux vaut tard que jamais, hein ? Ce contrat vous attend depuis si longtemps, et j'ai fait de vous un homme riche. » Cela devrait suffire.

Il s'assit à son bureau en chemise de nuit et se mit à écrire. C'était un contrat standard, et Dieu sait qu'il en avait rédigé et signé suffisamment pour savoir de quoi il s'agissait. Il pouvait laisser un espace pour le pourcentage, qu'il remplirait plus tard, une fois ses calculs effectués, car l'essentiel était de bien définir les termes et les conditions.

Pour une raison inconnue, au bout de quelques lignes, il s'aperçut que tout cela ne le satisfaisait guère. Une fois couchés sur le papier, les mots lui parurent inadéquats, n'exprimant pas ce qu'il voulait. Dépourvus de leur solidité habituelle.

Peut-être devrait-il consulter un avocat pour superviser l'ensemble…

Cependant l'idée d'exposer ses difficultés devant un homme de loi l'arrêta. Tout cela s'était conclu en vérité d'une manière insolite. La situation en soi était peu orthodoxe. Quand il avait présenté les choses à Fox, il avait gazé certains détails, sans explications. Un avocat ne s'en contenterait pas. Il serait mal à l'aise, réfléchit-il en faisant la grimace.

Il relut ce qu'il avait écrit puis déchira la feuille et jeta les morceaux à la corbeille. Il trouverait une meilleure manière d'exprimer les choses. Il s'en occuperait demain, lorsqu'il serait plus frais.

10

Pendant plus de douze mois, jusqu'à cent hommes avaient travaillé chaque jour à la construction du grand monstre de Bellman. Le squelette s'était élevé du sol pierre après pierre, gigantesque. Les vitriers qui manipulaient avec grand soin d'énormes plaques de verre comblèrent les orbites vides de la créature en lui donnant des yeux. Le long des os du bâtiment partaient des artères destinées au transport de l'essence vitale de l'entreprise : l'argent. À chaque caisse, des boîtes contenant des espèces sonnantes et trébuchantes pourraient être placées à l'intérieur d'une niche creusée dans le mur. Une fois la porte refermée, un système pneumatique transporterait en hâte le paiement jusqu'à la comptabilité, où un caissier émettrait un reçu qu'il renverrait de la même manière au client. Ainsi, le personnel du magasin pourrait continuer à prodiguer aux endeuillés empathie et réconfort, activités qui, selon Bellman, étaient en contradiction avec le maniement de l'argent. Un second réseau de veines transporterait le gaz qui illuminerait l'ensemble des lieux. Par-dessus l'ossature et les artères, les menuisiers poseraient une peau de panneaux d'acajou.

Bellman voyait déjà tout cela et il était satisfait.

Vint le jour de l'emménagement. Ces nouveaux travailleurs devaient donner au magasin son caractère commercial : approvisionner les étages ouverts à la clientèle en comptoirs, étagères, placards, tiroirs, vitrines et étals ; au deuxième étage, meubler les bureaux de tables et de placards ; au troisième, l'atelier de couture ; dans les combles, préparer les minuscules chambres des couturières ; au sous-sol, installer des étagères et des postes de travail pour redistribuer les objets, une zone de réception et de stockage pour les marchandises, ainsi que les bureaux nécessaires.

Le même jour, l'activité se déroulait aussi à l'extérieur. Une petite foule de badauds s'était rassemblée pour assister au spectacle. Tous les regards étaient braqués sur l'auvent qui protégeait l'entrée principale. Il y avait dans l'air une attente, comme si l'on inaugurait une statue ou un monument – non qu'il y eût de véritable surprise à venir, car dans la partie haute des fenêtres étaient déjà inscrits les noms Bellman & Black.

À plus de cinq mètres en l'air, trois hommes arpentaient l'auvent. Un autre leur faisait de grands gestes depuis le sol en criant : « Plus haut ! Plus haut ! Encore ! Stop ! Vers moi ! Stop ! », tandis qu'au moyen d'une poulie on hissait une forme massive, lourde, matelassée et si bien enveloppée dans une armature qu'on devinait à peine sa véritable forme. Elle oscillait doucement au bout d'une corde, sans peur de la hauteur ni de la proximité des vitres. En contrebas, des hommes maniaient la poulie ; en haut, des bras se tendaient pour saisir l'objet et l'amener là où il devait trouver sa place, sur le bord. Une deuxième forme enveloppée fut hissée dans les airs, puis une troisième. Une longue installation commença alors. On dénoua des cordes, on retira des couches protectrices, puis on fit disparaître tout emballage.

Bellman avait mal à la nuque à force de garder la tête relevée. Il se sentait barbouillé et brossa quelques brins de paille sur son manteau.

À son côté, Fox continuait de s'égosiller : « À gauche ! Encore. Stop ! »

Puis il lui donna un léger coup de coude : « Alors, qu'est-ce que vous en dites ? Ça vous convient ? »

Bellman regarda. Les ouvriers, petits à côté des objets qu'ils maintenaient, s'étaient approchés du bord pour donner une meilleure vision d'ensemble. Enfin. Son initiale et celle de Black, reliées par les boucles sinueuses et enlacées de l'esperluette. Les caractères argentés scintillaient dans le soleil, et la foule se prit à applaudir.

Plus légers, lui avait-on dit. Moins massifs.

Cette fois, il était préparé.

« Oui, répondit-il à Fox d'un ton sec. C'est bien. »

Certains des badauds se détournaient à présent de l'auvent pour le regarder, lui.

« C'est Mr Bellman, entendit-il dire. En personne. »

Une autre voix dans la foule interrogea : « Et Mr Black ? Où est-il ? »

Bellman fit un signe brusque aux ouvriers perchés sur l'auvent en guise de remerciements, et il s'éclipsa vers l'entrée du magasin.

« Vous ne voulez pas assister à la mise en place des guirlandes ? » demanda Fox en lui courant après.

Derrière les ouvriers attendaient des caisses. Il en avait vérifié le contenu le matin même. Elles étaient remplies d'éléments floraux argentés, de lis et de lierre.

« Je vous laisse vous en occuper. Je reviendrai quand ce sera fini. »

Mais il était très occupé ce jour-là et n'en eut pas le temps. Il ne pouvait être partout à la fois. Non que cela eût une quelconque importance. Ses hommes connaissaient leur métier, et Fox était là. De toute façon, il y aurait toujours le lendemain.

11

Les ouvriers grimpaient sur des échelles pour installer l'éclairage au gaz. Ils plantaient des clous sans la moindre pitié pour les tympans. Ils ponçaient et retouchaient la peinture là où une croisée mal posée avait fui. Ils déplacèrent les matelas du sous-sol jusqu'aux combles, pour que les couturières pussent se reposer. Accroupis sur les marches, ils marquaient les endroits où devaient prendre place les fixations des tapis dans les escaliers. Hommes, outils, matériaux, tout était dispersé alentour et nul ne parvenait à retrouver son ciseau là où il l'avait laissé. Fox était partout à la fois, il acquiesçait, vérifiait, désignait les choses à reprendre.

Il ne restait plus que deux semaines avant l'ouverture du grand magasin. Or il y avait encore mille choses à faire, et toutes devaient être menées à bien en même temps.

Pour ajouter au chaos, il y avait désormais des femmes dans la place. Ce jour-là se déroulaient les entretiens de recrutement des couturières. Elles entraient par les portes latérales et pénétraient dans un lieu où résonnaient coups de marteau, fracas en tout genre, cris, mesures, transports, jurons. L'air était saturé d'odeurs de peinture et de vernis. Les jeunes femmes remontaient avec soin leurs jupons pour se prémunir de la sciure et de la peinture. Un nombre d'obstacles extraordinaire entravait leur chemin – tapis roulés, planches, moulures –, mais les ouvriers étaient toujours prêts à les aider à franchir ce chaos en les soulevant par la taille. Ceux qui transportaient les matelas lançaient des œillades aux filles – le plus doux pour toi, ma jolie –, mais la plupart étaient trop occupés pour prendre le temps de flirter.

L'une d'entre elles, aussi belle et bien faite que les autres, paraissait pâle et hésitante. Le bruit, la brutalité du lieu semblaient l'effaroucher, et le courage lui manqua. Voyant qu'il lui faudrait traverser une immense salle remplie d'hommes, elle paraissait prête à tourner les talons, quand un menuisier, bon et paternel, vint lui parler.

« C'est par là, mademoiselle. La porte du fond. »

Elle le remercia tout en regrettant en secret sa gentillesse, car elle se sentait désormais obligée de poursuivre.

« Ils vont pas vous manger, vous savez ! » ajouta-t-il, et elle le remercia de l'ombre d'un sourire.

Au cœur de ce tumulte, de ces flirts, Bellman. Il arpentait son magasin, sombre silhouette en costume noir, et partout où il allait, son influence se déplaçait avec lui. Les hommes autour de lui trimaient dur, sans les bavardages et plaisanteries qui avaient cours ailleurs. Même les nouvelles venues sentaient combien l'atmosphère changeait à son approche. Elles ne pouvaient s'empêcher de le regarder, et leurs prunelles étaient pleines d'un mélange d'admiration et d'alarme.

Il traversa l'étage, disparut au travers d'un mur d'acajou – ou du moins, à ce qu'il semblait –, et la jeune femme au teint pâle se retourna vers l'ouvrier serviable.

« C'est Mr Black ?

— Mr Bellman, mon petit. On ne connaît Mr Black ni d'Ève ni d'Adam. »

Elle se dirigea vers les bureaux où avaient lieu les entretiens. Celui des employés subalternes – qui ne contenait pas encore de mobilier – servait de salle d'attente. Il n'y avait là aucun homme, qu'une femme aux lèvres pincées qui demandait son nom à chaque nouvelle arrivante puis vérifiait sur une liste. Les couturières tentaient de se redonner contenance. Leurs doigts agiles ramenaient des mèches folles sous leur chapeau. L'affaire était sérieuse. Bellman & Black payait bien.

Puis une porte s'ouvrit à l'autre bout de la pièce, et les murmures cessèrent quand apparut une femme plus âgée à la coiffure extrêmement sobre. Elle était vêtue de manière fort terne, d'un noir profond qu'aucun accessoire ne venait relever, en dehors du soin extrême de sa mise, et toutes les couturières comprirent ce qu'on attendait d'elles.

Sa collègue lui tendit la liste des noms, et elle appela la première. L'une des jeunes femmes leva la main.

« Voulez-vous me suivre ? »

La porte se referma sur elles. Les entretiens avaient commencé.

Bellman emprunta l'escalier de service menant au deuxième étage. Le couloir sentait la peinture fraîche, et il prit garde de ne pas toucher les murs. Comme dans le reste du magasin, rien n'était achevé : son bureau était bien là, il l'avait déjà utilisé mais ne lui avait pas encore trouvé le bon emplacement ; des boîtes de fournitures étaient empilées dans un coin ; un large tableau de liège reposait contre un mur ; sur des objets rectangulaires emballés dans du papier et liés par une ficelle – des tableaux à accrocher aux murs ? – était inscrite la mention FRAGILE.

Des volets avaient été installés en hâte la veille au soir. Bellman les ferma aux trois quarts. Dans la pénombre, il fit glisser le panneau de liège de trente centimètres sur le côté. Ses doigts palpèrent la cloison d'acajou, derrière, s'arrêtèrent sur un crochet à tableau et tirèrent. Un morceau céda sans difficulté.

Bellman appliqua un œil sur le petit trou. La table avait été disposée de manière qu'il pût voir de profil l'excellente miss Chalcraft, sa couturière en chef, et de face les jeunes femmes qu'elle auditionnait.

« Où avez-vous travaillé jusqu'ici ? demanda miss Chalcraft. Combien de temps avez-vous conservé cette place ? Pouvez-vous me montrer un échantillon de votre travail ? »

L'entretien se poursuivait, et Bellman sortit son carnet de sa poche. *Couturière n° 1*, écrivit-il. Il écouta ses réponses, observa ses manières, son allure, et lui décerna un sept concernant ses aptitudes générales pour ce travail. Il avait tracé plusieurs colonnes. Il ne remplit pas la troisième, qui concernait les capacités techniques. Miss Chalcraft était seule juge de cela. La quatrième colonne était celle qui nécessitait le plus de réflexion. Le chiffre qu'il y inscrirait devrait refléter des notions bien plus impalpables. En effet, les couturières ne demeureraient pas toujours enfermées dans leur atelier. Parfois elles iraient travailler chez les clients pour prendre des mesures et confectionner des toilettes sur place afin de rhabiller en quelques jours toute une famille ainsi que le personnel de maison. Les jeunes femmes qui représenteraient Bellman & Black en pareilles circonstances devraient posséder certaines qualités, ce qu'il appelait déjà la touche Bellman & Black. Toutes les candidates n'étaient pas capables de mesurer une poitrine vibrante de chagrin, et draper de crêpe une dame en détresse nécessitait une tendre discrétion. Le talent requis pour mener à bien ce genre de tâches était difficile à définir, cependant Bellman était sûr de le reconnaître quand il le verrait. C'est pourquoi miss Chalcraft avait pour instruction de poser certaines questions plus personnelles afin de l'aider à mettre en évidence ce facteur capital. Voilà ce que devait indiquer la quatrième colonne, et la Couturière n° 1 ne le possédait pas. Il inscrivit donc un simple zéro.

Bellman était prompt à juger. Il n'hésitait jamais. Une jeune femme en suivait une autre, et il notait des chiffres dans des colonnes. Tandis qu'il les observait ainsi, son esprit listait d'autres problèmes : le vitrier que Fox avait renvoyé après qu'il eut brisé une pièce de verre fort onéreuse avait volé les outils d'un autre – enfin, selon les dires du second. L'homme qu'ils avaient engagé pour s'occuper de la logistique n'était pas venu travailler ce jour-là. Que se passait-il donc ? Oui, le bâtiment était à peu près sous contrôle à présent, c'était le personnel…

Quelque chose attira son attention dans le cabinet d'entretiens.

La Couturière n° 9 parlait.

« … si soudain. Je ne m'y attendais pas. Tout allait bien et puis… »

Sa main s'éleva en un geste implorant, comme pour rappeler quelqu'un ou retenir quelque chose qui lui échappait. Elle ignorait qu'il l'observait, pourtant c'est vers lui que sa main s'était tendue, et Bellman eut l'impression curieuse que la jeune femme essayait de l'atteindre. Son visage était plein de désir, à croire que la personne disparue pouvait encore lui être rendue. Ses doigts se refermèrent sur le vide. Suivit un moment de silence. Puis elle reposa la main sur ses genoux, ferma les yeux et, quand elle les rouvrit, son regard triste semblait réconcilié avec l'absence.

L'excellente miss Chalcraft fit une pause pleine de tact lui témoignant sa sympathie avant de lui demander : « Pouvez-vous me montrer un échantillon de votre travail ? »

Les deux femmes se penchèrent sur ce que la Couturière n° 9 avait apporté.

Bellman inscrivit ses notes et décida de s'entretenir avec l'ouvrier qui prétendait qu'on lui avait volé ses outils. S'il l'interrogeait lui-même, il n'oserait pas mentir. Lorsqu'il regarda de nouveau dans le cabinet, la Couturière n° 10 s'asseyait.

Après une première série de douze entretiens, Bellman entra à son tour dans la pièce, comme prévu. Il s'entretint avec miss Chalcraft et s'aperçut qu'ils étaient du même avis. Ils passèrent en revue les jeunes femmes dans leur ordre d'arrivée. Certaines furent tout de suite éliminées ; miss Chalcraft barra leur nom avec fermeté. D'autres furent aussitôt engagées. « Oui ? demandait-il. – Oui », répondait-elle. Leur nom était alors coché, et la décision favorable était rendue. Parfois, ils débattaient, évaluaient, comparaient, et en moins d'une minute le nom de la candidate était rayé ou adopté.

« Numéro neuf, annonça miss Chalcraft. Je lui ai mis cinq en général. Elle n'a pas l'expérience d'une grande maison comme Bellman & Black. »

Bellman lui avait donné la même note.

« Et son ouvrage ?

— Très propre. Mais pourra-t-elle travailler à la vitesse requise ?...»

Le stylo de miss Chalcraft s'apprêtait à barrer son nom.

Bellman s'aperçut alors qu'il n'avait rien noté dans la quatrième colonne au sujet de sa capacité à se rendre chez les clients avec cette qualité d'empathie qui n'a pas besoin de mots. Cette présence réconfortante – ou du moins qui n'aggraverait pas le chagrin des endeuillés. Il essaya de se remémorer ses traits – figure poupine ? boucles brunes, peut-être ? – mais ne le put.

Ce dont il se souvenait en revanche, c'était de cette main levée, son effroi, et sa capacité à recouvrer sa tranquillité d'âme.

« Nous la prendrons à l'essai. »

L'excellente miss Chalcraft ne manifesta aucune surprise. C'était lui, le patron. Elle la cocha sur la droite de la page.

12

C'était Fox le responsable. Bellman voulait que le magasin fût prêt le 15, et le jeune homme, incapable de résister au défi, le lui avait promis pour le 14. D'où cette journée inutile, vide.

Bellman n'était pas bien. Il le sentait déjà avant même de se réveiller. À présent devant sa glace, il faisait mousser le savon avec son blaireau tout en examinant les poils noirs qui apparaissaient sur son visage. Il garnit son menton d'une barbe de neige et prit son rasoir. Que lui arrivait-il donc ?

Les préparatifs étaient terminés. Demain, Bellman & Black serait aux mains de son personnel. Son rôle de chef des travaux était achevé – sa vie de directeur de grand magasin n'avait pas encore commencé. Son existence était en suspens, et dans cet entre-deux il se sentait mal à l'aise. Il aurait voulu être à demain, lorsqu'un peu avant huit heures les portes s'ouvriraient pour laisser entrer le flot des employés, des empaqueteurs, des vendeurs, des porteurs, des portiers, des coursiers, des cochers, des couturières, des ouvriers de la maintenance et des chefs de rayon. Demain, il serait au cœur de l'action. Toute la journée, il répondrait à des questions et résoudrait les crises imprévues qui surgiraient dans le magasin. Il serait totalement absorbé. Mais ce serait demain…

Le problème était aujourd'hui.

Aucune difficulté à aplanir aujourd'hui. Tout était prêt, en ordre, parfait. Les planches étaient clouées, les verrous huilés, les uniformes repassés.

Tout allait bien pour Fox. Que ferait-il aujourd'hui ? Il fêterait sans aucun doute l'achèvement de son travail. Il serait avec ses amis. Sa famille, peut-être. Bellman supposait qu'il en avait une.

Il croisa son propre regard dans la glace et y décela quelque chose de troublant. Il se détourna aussitôt.

Qu'avait-il donc oublié ? La gêne qu'il ressentait avait exactement ce poids, cette densité. Pourtant il n'était pas du genre à oublier quoi que ce fût.

Une fleur rouge s'épanouit sur la mousse blanche près de son nez. Il avait éraflé un bouton. Diantre.

Il prit son petit déjeuner. Écrivit des lettres inutiles.

Dora était à Londres pour une brève visite mais il ne voulait pas la déranger : le voyage de la veille avait dû la fatiguer.

Il feuilleta son carnet. Toutes les listes des semaines récentes. Chaque entrée était cochée. Cela le rassura presque. Pourtant il était nerveux : ce n'était pas un jour à passer derrière un bureau.

Quand il sut que Dora était levée, il se rendit au salon. « Je suis désolé d'avoir été si occupé ces temps derniers.

— Vous êtes occupé depuis que je suis née, père. J'en ai tout à fait l'habitude.

— Je serai aussi occupé dans les jours à venir. Plus que jamais.

— Naturellement. »

Elle regardait aux jumelles dans les ramées du square d'en face. Il eût été agréable de rester là un moment, à converser, mais il ignorait quoi dire à sa fille. À présent que le commerce de la mort l'occupait ainsi, il ne savait plus parler d'autre chose.

Sous un ciel de mai couvert, il alla déjeuner au restaurant. Lut un journal. Les loisirs. Qu'y trouvaient donc les gens ? Cela le mettait mal à l'aise.

À cinq heures, il n'y tint plus. Il se rendit au magasin, inséra la lourde clef dans la serrure et la tourna. Le mécanisme souple lui apporta de la satisfaction et parvint même à calmer un peu son irritation. La porte s'ouvrit dans un lourd mouvement, sous les yeux des passants curieux, et Bellman entra.

Tout était calme. Silencieux. Les fenêtres obturées du rez-de-chaussée diffusaient un crépuscule prématuré, et il se rendit sous la verrière, au centre du magasin, où tombait la lumière au travers des étages. Il était venu là cent fois déjà pour surveiller les travaux, discuter de telle ou telle chose, pour signer des contrats, résoudre un problème, une dispute. Il y avait toujours le fracas des outils, des voix, de l'industrie humaine. Chaque fois il avait un but précis en tête qui lui faisait voir le magasin par petits morceaux. Mais aujourd'hui, seul dans le silence, il prenait possession de son domaine.

Il grimpa l'escalier. Il avait déjà caressé les rampes lisses, vérifié que la couleur des tapis correspondait bien à l'échantillon. Ce soir, il n'avait plus qu'à se délecter de ces détails, s'émerveiller de constater combien ils reflétaient en tout point ce qu'il voulait.

Il poursuivit son tour. De temps à autre, il hochait la tête, satisfait. Là il y avait les vitrines à bijoux ; ici les tiroirs à gants ; là des bustes encore nus qui bientôt se pareraient de capes, de cols, d'étoles de fourrure ; là un espalier où comparer les tissus ; là les comptoirs, avec une niche dans le mur pour les paiements en espèces et un carnet de commandes dans un tiroir… Là prendraient place les parapluies et là les souliers… Tout était parfaitement prêt – ce qui rendait d'autant plus étrange ce sentiment qu'il éprouvait d'avoir oublié quelque chose.

Il grimpa un nouvel étage. Il laissait à présent la partie publique derrière lui. Terminés, les panneaux d'acajou. Terminés, les hauts plafonds et les grandes croisées. Bienvenue dans les coulisses. Au royaume du papier, de l'encrier, de l'argent. Dans une pièce se situait le centre du système de paiement pneumatique. À chaque arrivée de tuyau, un bureau ; sur chaque bureau, de l'encre, du buvard, des reçus vierges.

La salle réservée aux employés, presque vide lorsque miss Chalcraft y avait fait passer les entretiens aux couturières, était à présent meublée. Il s'assit devant l'un des pupitres. Son œil fut attiré par le petit trou qui lui servait à observer. Indécelable.

Assis à la place où elle se trouvait ce jour-là, Bellman leva la main en direction de l'œilleton, imitant la couturière, et il étudia son bras, ses doigts. Un geste pour saisir… quoi ? Sa main se referma sur le vide. Elle retomba sur ses genoux, inerte. Il secoua la tête, perplexe, et répéta le geste, comme s'il s'agissait d'un mécanisme dont il n'avait pas encore pris la mesure. Au bout de plusieurs tentatives, il chassa cette idée et quitta la pièce.

Son bureau n'attendait plus que lui. Il était bien plus grand que nécessaire. Afin d'impressionner, disait l'architecte. Bellman avait haussé les épaules. Il n'avait jamais eu besoin d'un grand bureau pour impressionner les gens ; il ne s'était jamais lui-même laissé impressionner par la taille d'une pièce. Peut-être diviserait-il la surface. De là, il regarda dans l'antichambre où travaillerait son secrétaire, autorisant ou pas l'accès auprès de Bellman. La troisième pièce en enfilade ne contenait rien d'autre qu'un coffre qui occupait un tiers de l'espace. Sa taille non plus n'impressionnait pas son propriétaire, pas tant qu'il était vide. Il composa le code, ouvrit la porte, la referma.

Il monta à l'étage supérieur. Il s'éloignait de plus en plus de l'espace public. Pénétrait de plus en plus profond dans les entrailles de Bellman & Black. Au troisième étage s'étendait le domaine des couturières. L'architecte avait tenté de l'en dissuader – pourquoi gâcher une telle vue sur la ville en l'abandonnant aux couturières ? –, mais Bellman avait insisté. Les jeunes femmes qui fabriquaient les vêtements avaient besoin du moindre rayon de soleil pour coudre. Chaque mètre gagné en hauteur en valait le prix. « Un coin du deuxième étage, voilà tout ce dont j'ai besoin, avait-il déclaré. Un éclairage au gaz suffit pour compter l'argent. »

Bellman était très satisfait de l'espace réservé aux couturières. Il sourit tout seul et se rappela ce jour, six mois plus tôt, où il avait interrogé miss Chalcraft sur tous les aspects de ce métier. Elle l'avait amené voir des couturières en plein travail. Il avait manié l'aiguille, le dé à coudre, les ciseaux et le fil.

Il avait appris à le passer dans le chas de l'aiguille et, lorsqu'il y était enfin arrivé – c'était cent fois plus difficile qu'il ne l'escomptait –, avait cousu quelques points dans des chutes de tissus, d'abord auprès d'une fenêtre, puis dans l'ombre. L'excellente miss Chalcraft n'avait pu dissimuler sa stupéfaction.

« Comment pourrais-je comprendre autrement de quoi vos couturières auront besoin, miss Chalcraft ? avait-il répondu. Je leur donnerai de grandes fenêtres car il est encore plus difficile de coudre une étoffe noire que colorée quand la lumière vient à manquer. Et je leur accorderai du temps et de l'espace pour se lever et se dégourdir les membres pour qu'elles n'aient pas besoin de feindre de manquer de fil ou d'avoir perdu leur aiguille quand elles auront mal au cou ou au dos à force d'être penchées sur leur ouvrage. Ainsi, elles auront envie de demeurer chez Bellman & Black, car nous comprenons ce qui facilite leur travail et ce qui le rend plus ardu ; quant à nous, nous perdrons moins de temps et d'aiguilles. »

Bellman imaginait une couturière – sans s'apercevoir qu'en fait il s'agissait de la Couturière n° 9 – arrivant le lendemain pour la première fois sur son lieu de travail et s'émerveillant de constater comme tout avait été disposé de manière précise et commode. La lumière coulait à flots sur le banc que des accoudoirs de bois inclinés divisaient en postes de travail. Chacun de ces postes possédait un crochet où placer les ciseaux, de petits trous pour ranger les aiguilles, le fil, les dés à coudre, ainsi que des tiroirs pour les cordons et rubans.

Bien. Il acquiesça en souriant.

Cela le rassérénait de constater combien la réalité approchait l'image qu'il avait eue en tête pendant ces longs mois. Toutes ces idées qui n'existaient que dans son imagination s'étaient à présent incarnées. C'était là la preuve même que sa mémoire fonctionnait. Il tenta de se rassurer ainsi. Essaya de mettre de côté son sentiment de malaise.

Il gravit encore un étage. Autour du puits de lumière étaient disposées les chambres des couturières. Il pénétra au hasard dans l'une d'elles. Elles étaient toutes identiques. Petites chambres mansardées sous les corniches, avec une minuscule croisée. Contre le mur se trouvait un lit avec un matelas peu épais. Derrière la porte, une patère où suspendre une robe noire. Un coffre. Un broc et une bassine. Était-ce suffisant ?

Il se représenta la couturière dans sa chambre. Telle une marionnette docile, la Couturière n° 9 se lava le visage devant la bassine. Elle détacha ses cheveux. Étaient-ils bruns ? Bouclés ? Maintenant, oui. Elle s'assit sur le lit, retira ses souliers et s'allongea.

Oui, cette chambre lui suffirait.

La Couturière n° 9 était toujours étendue sur son lit, comme si elle attendait qu'il lui demandât de se lever, de se déshabiller et de suspendre sa robe au crochet derrière la porte. Elle scrutait son visage, attentive. Sous sa robe se dissimulaient des formes attirantes – qu'il inventa. Elle le regardait tendrement, lèvres entrouvertes, prête à s'adresser à lui, à l'inviter à…

Mais soudain, sans crier gare, elle leva la main vers lui, désespérée, peut-être pour tenter de saisir ce qu'elle avait perdu, à jamais hors d'atteinte. Ses yeux s'emplirent de larmes, et son joli visage fut défiguré par le chagrin.

Bellman sortit et referma la porte sur la Couturière nº 9.

Une porte discrète sur le palier du troisième étage s'ouvrait sur le dernier escalier. Les marches de bois brut s'élevaient, escarpées, vers un espace qui servait d'une part à abriter le mécanisme hydraulique permettant de soulever la verrière, et d'autre part à donner accès au toit pour la maintenance. Bellman y grimpa, déverrouilla la porte de service et poussa le battant. Des éclats de pluie s'écrasèrent sur son visage relevé lorsqu'il monta sur le toit. Au centre, le vaste octogone transparent. Il s'accroupit au bord pour admirer la manière dont les plaques de verre étaient enchâssées dans les sillons et arêtes de la grille. L'ensemble avait été conçu avec soin. L'averse pouvait pianoter autant qu'elle voulait, elle ne passerait pas. Sous le dôme, un puits vertical de plusieurs dizaines de mètres, mais à cette heure il demeurait invisible sous la réverbération de la verrière. Nulle indication du gouffre, seul le chatoiement volatile des gouttes d'eau apparaissait sur le miroir de la nuit.

Bellman scrutait la pluie, au-delà quelques étoiles scintillaient entre les nuages. De satisfaction, il aspira une grande bouffée puis expira.

Par une belle journée, lui avait dit Fox, on voyait jusqu'à Greenwich à l'est, et Richmond à l'ouest. Pour l'heure, on distinguait à peine Clerkenwell et Kensington. Il plissa les yeux, intrigué, et sortit sa montre. Huit heures déjà ! Rien de surprenant. Qu'était-il arrivé au temps ? Il voyait néanmoins s'élever Primrose Hill au nord, et au sud il entrapercevait les contours de la nouvelle Chambre des lords. Il savait qu'au-delà la cité se poursuivait.

Comme Londres était immense. Les maisons, les commerces, la population s'étendaient à plusieurs kilomètres à la ronde. Or il n'était pas âme qui vive dans cette ville, aussi loin que portât le regard, qui n'aurait à un moment besoin des services de Bellman & Black. Et Bellman de scruter l'horizon en pivotant lentement sur lui-même. Des oiseaux fusaient, fondaient dans le noir, et au-dessous d'eux des rues se dessinaient, bordées de constructions, dans toutes les directions, majestueuses, modestes, miséreuses. Dans l'un de ces bâtiments, disons à Richmond, un homme éternuait, en cet instant. Dans le même temps à Mayfair, un autre frissonnait. À Spitalfields, une huître gâtée glissait dans un gosier tandis qu'à Bloomsbury quelqu'un se versait le verre qui lui serait fatal et… c'était sans fin. Tout irait bien. Malades aujourd'hui, morts demain, et mardi Bellman & Black ouvrirait ses portes aux endeuillés. C'était une entreprise qui ne pouvait échouer.

Et c'était lui, William Bellman, qui avait créé cette belle mécanique. Elle lui appartenait. Dès le lendemain, le personnel serait le charbon qui alimenterait sa chaudière, l'eau de sa roue à aubes, et dès que les clients s'y presseraient, la machine se mettrait à extraire de l'argent de leurs poches, elle leur allégerait la conscience aussi bien que le porte-monnaie, car le processus consistait à échanger des guinées contre du réconfort. Il l'avait créé. C'était son grand magasin, Bellman…

Ses mains se mirent à trembler. Il avait oublié quelque chose. Jamais de sa vie il n'avait éprouvé pareille certitude ! Une plume remuait dans son ventre, turbulence dans sa poitrine : il était sur le point de se rappeler…

La pluie battait plus fort dans son dos. Il sentit l'humidité froide et pénétrante s'étendre depuis ses épaules, et c'est alors qu'il se souvint d'un endroit, au sol, juste en face du bâtiment, où un jour il s'était attardé un moment, un an plus tôt. Il construisait alors dans sa tête une architecture d'air et d'eau.

Il s'agissait d'une pierre, n'est-ce pas ?

D'un oiseau ? Au chatoiement violet, vert, bleu ?

Enfoui ! Sous les fondations du magasin !

Un freux s'était élevé du fond du trou sur ses ailes alourdies de pluie à travers les étages de son magasin ; il l'avait vu ce jour-là.

Soudain, le bâtiment où il se trouvait lui parut aussi immatériel que la brume. Il lui sembla qu'il était suspendu en hauteur au-dessus du sol, et que seuls la pluie et l'air le retenaient.

Londres plongea, tournoyant autour de lui. Bellman porta les mains à son visage tandis que la ville explosait comme un miroir aux éclats fusant de toutes parts, la crête des toits prenant une direction abrupte, tandis que le sol se dérobait sous ses pieds et qu'il tombait avec lui dans une chute vertigineuse. Par peur de la corniche, de la verrière, il se recroquevilla sur le sol. Cherchant désespérément une main à saisir, ses doigts glissèrent sur le plomb mouillé et plat tandis que tout le bâtiment se mettait à tourner autour de lui. Il ferma les yeux très fort, en vain : la chute était imminente. Il n'y avait plus ni haut ni bas, seule l'avalanche, et en s'affaissant il vomit, tandis que le monde tanguait violemment autour de lui. Il tombait, tombait, et sa chute n'avait plus de fin.

Le ciel était noir.
Il pleuvait toujours.

Bellman entendit des gémissements, et il comprit que c'étaient les siens.

Il y avait un oiseau, un oiseau noir ancien, enseveli sous les fondations de son grand magasin.

Ses doigts étaient douloureux à force de se retenir, et il fondit en larmes.

Vint un moment dans la nuit où il comprit qu'il ne pouvait rester ainsi. Il était malade. Il lui faudrait démissionner. Il irait voir ses associés et leur dirait qu'il leur fallait recruter un nouveau directeur.

Il remua une main hésitante. Un pied. Il rampa le long du toit jusqu'à l'ouverture. Descendit les marches de bois en tremblant, en pleurant, envahi tour à tour de bouffées de chaleur et de frissons. Il songea avec envie aux lits dans les chambres des couturières, mais non, il devait d'abord aller présenter sa démission. Des lames de ténèbres l'assaillirent dans les escaliers et lui donnèrent de nouveau le vertige. Plus d'une fois il s'effondra et dut se retenir à la rampe avant de se persuader de se relever pour avancer. Revenir au rez-de-chaussée fut aussi ardu que de descendre une montagne et, lorsqu'il ouvrit la porte donnant sur Regent Street, nul n'aurait pu reconnaître en lui l'homme qui était entré là quelques heures plus tôt.

13

Même à cette heure, il y avait encore des passants sur Regent Street. Ils partaient travailler de très bonne heure, ou rentraient chez eux au terme d'une longue nuit, ou bien encore appartenaient-ils à cette catégorie sans emploi ni foyer pour qui toutes les heures du jour et de la nuit offrent le même inconfort. On rangeait Bellman dans cette dernière catégorie. Tête nue, trempé jusqu'aux os, dégageant une odeur nauséabonde, il marchait comme s'il craignait que le trottoir ne s'effondrât sous ses pieds, et de temps en temps il s'appuyait contre un mur en fermant les paupières. Les gens pressaient le pas autour de lui, faisaient de larges détours, évitaient de le regarder dans les yeux.

Pendant une heure, Bellman arpenta d'un pas incertain une ville qu'il ne connaissait pas. Il avait conscience qu'on le jugeait, savait que sa respiration irrégulière et ses vêtements trempés lui donnaient l'air excentrique, si ce n'est mauvais genre, mais son esprit était tellement embrumé qu'il n'en avait cure. Non ! Car il était à un tournant de sa vie ! Il était arrivé au stade où il avait tout ! Tout et plus encore ! Et il allait renoncer à tout !

Pourquoi cette urgence à fuir ce qu'il avait mis tant d'acharnement à construire ? Il n'aurait su le dire. Mais il y était résolu et il tiendrait parole, car bien qu'elle fût peu claire, sa motivation était puissante.

Au coin d'une rue, il vit une silhouette familière descendre d'un fiacre. Black !

Il s'arrêta net.

Il n'était pas surpris le moins du monde. C'était dans la nature de cet homme d'apparaître aux moments les plus insolites. Dans les périodes ordinaires, il gardait ses distances et puis, quand la crise survenait, il arrivait. Un peu étrange, certes, mais Black était ainsi.

Pourquoi ne pas lui dire tout de suite ? Il n'y aurait pas de bon moment pour cela. À l'idée de se débarrasser du magasin et de tout ce que cela signifiait, il ressentit un profond soulagement.

Black tourna dans une rue adjacente, et Bellman l'y suivit. Il dut presser le pas car l'autre se déplaçait à vive allure. Plus d'une fois, il crut l'avoir perdu dans le dédale d'allées et de passages, mais chaque fois il l'apercevait de nouveau : une queue-de-pie disparaissant à un croisement, le mouvement aristocratique de son chapeau à demi dissimulé dans l'ombre.

Malgré tous ses efforts Bellman ne parvenait pas à gagner du terrain, et Black lui échappait toujours. Au bout de dix minutes, il se mit à douter. Était-ce bien lui qu'il avait vu ? Il aurait dû l'avoir rattrapé à présent. Les yeux fixés sur une ruelle vide, il sortit son mouchoir pour s'essuyer le front. Il frissonnait. Il s'aperçut qu'il ne savait plus où il était. Les rues étaient étroites, patibulaires, mal éclairées. De part et d'autre les portes sombres de certains bâtiments étaient entrouvertes, et il n'était guère difficile d'imaginer quels brigands pouvaient s'y dissimuler. Il se rendit compte soudain de ce qu'il représentait pour tous ces filous, à errer ainsi dans la nuit. Un monsieur d'âge mûr, hors d'haleine, grelottant, dans une partie de Londres qu'il ne connaissait pas. On lui avait rapporté des histoires d'hommes comme lui, qui s'étaient perdus ou bien avaient été attirés dans les ruelles sombres, et qui en étaient ressortis plus tard avec une bosse de la taille d'un œuf sur la tête, sans leur montre de gousset, leur portefeuille ou leurs souliers. Et il y avait plus grave encore. Et Black ? Il n'était nulle part.

Redoutant le pire, Bellman poussa un soupir et se força à avancer, lentement, jusqu'au croisement suivant. Et là, à sa grande stupéfaction, il vit Black. Comment se tromper avec un profil pareil ! Il discutait avec quelqu'un, une jeune fille ou une femme.

« Black ! »

L'homme ne sembla pas l'entendre.

« Hé ! Black ! »

L'instant d'après, il avait disparu – il avait dû entrer par cette porte, juste derrière lui, songea Bellman –, et la femme avançait dans sa direction.

Elle a eu le temps de lui parler, à mon tour maintenant ! se dit-il, et il se prépara à écarter l'inconnue. Mais alors qu'ils se rapprochaient, elle ne tenta pas de s'adresser à lui, ne le regarda même pas, jusqu'à ce qu'ils se retrouvent face à face et doivent effectuer un pas de côté pour ne pas se heurter. Leurs yeux se croisèrent, et la surprise se peignit sur le visage de la jeune femme.

C'était elle, la Couturière n° 9.

Bellman prit sur lui pour recouvrer le contrôle de lui-même, pour calmer le désespoir qu'il portait tel un masque sur la figure.

« Black ! s'entendit-il dire. Je connais cet homme ! » Mais sa voix arrivait à ses oreilles comme si elle venait de très loin, et avec un temps de retard. Il se sentit vaciller.

La jeune femme l'examina. « Mr Bellman ? »

Il ne sut que répondre. Comment expliquer cette sensation que quelque chose en lui s'était défait, qu'un petit élément, capital, s'était détaché et errait quelque part, et que tant qu'il ne l'aurait pas localisé et remis en place, il ne serait plus jamais le même ?

Il voulut parler, en vain, et posa une main alourdie sur l'épaule de la jeune femme pour ne pas tomber.

Il avait conscience de ce contact – malgré son gant de cuir, malgré sa veste de serge –, et aussi du poids qu'il lui faisait porter. Elle le soutint et, un instant, ils chancelèrent ; puis il eut une impression de flottement, d'effondrement et enfin, les dalles sous ses pieds, l'épaule sur laquelle il s'appuyait, ses propres os, tout sembla se dissoudre, et il fut happé par un trou noir.

Lorsqu'il reprit connaissance, il était assis dans une pièce au plafond bas, sur l'unique chaise. Il n'y avait pas de feu dans la cheminée. Pas de bois non plus. Une tasse apparut devant lui et il but : de l'eau au miel.

« Cet homme. Black… commença-t-il.

— Je ne comprends pas ce que vous voulez dire. Qui cherchez-vous ?

— Black. » Il fronça les sourcils. Comment le lui présenter ? Son associé ? Un inconnu ? Un ami ?

« Black ? De Bellman & Black ? » Elle le regarda, nerveuse et perplexe. « Et vous croyez qu'il se trouve ici ?

— Je l'ai vu. Il vous a parlé. »

Elle s'apprêtait à secouer la tête, mais se reprit, car elle ne souhaitait pas contrarier son patron.

« Là, insista-t-il, tout à l'heure, dans la rue… »

Elle se mordit la lèvre et leva les yeux vers lui.

Un frisson secoua Bellman.

« Votre manteau est trempé, murmura-t-elle. Vous avez froid. Je peux vous accompagner jusqu'à la rue principale où vous pourrez héler un fiacre. »

Il acquiesça, se leva, mais la pièce se mit à tourner autour de lui, alors il se laissa retomber sur la chaise.

« Il n'y a rien à faire, dit-elle pour elle-même. Vous devez dormir ici. »

Elle lui retira tant bien que mal son manteau dégoulinant et ouvrit une porte dans le mur. Un lit y était dissimulé, comme une armoire. Il s'écroula, le visage un instant appuyé contre son sein, puis sur un oreiller, et il s'endormit.

Il se réveilla quelques heures plus tard. La lumière commençait à poindre dans la pièce. Il s'assit. Le lit était ferme. Il posa les pieds par terre, et le sol lui parut solide. Il fit quelques pas. Les murs ne se mirent ni à tanguer, ni chanceler, ni vaciller.

La Couturière n° 9 dormait sur la chaise. Il passa près d'elle sur la pointe des pieds, déposa quelques pièces sur la table sans qu'elle s'éveillât. Sur sa peau, des traces de sel : elle avait pleuré, et ses boucles brunes étaient humides sous sa joue.

Pour sortir, il longea un berceau. Vide.

Dans sa chambre à lui, Bellman retira ses habits trempés et les suspendit au dos d'une chaise. Il faudrait du temps pour qu'ils sèchent. Alors, son cerveau ralenti, ramolli, extirpa machinalement un élément qu'il mit en lumière.

Il ne possédait qu'un seul costume noir.

Sur son visage se peignit un sourire, ou était-ce une grimace. Il avait l'intention de se faire couper un second costume noir. Voilà ce qu'il avait oublié ! Voilà ce qui l'avait taraudé pendant toute la journée de la veille !

Dieu du ciel !

Un sanglot s'échappa de sa poitrine, qui eût pu être un rire.

Jamais Bellman n'avait été aussi heureux de se mettre au lit, et il plongea aussitôt dans un sommeil profond.

En se réveillant pour la seconde fois ce matin-là, William Bellman bondit hors de son lit et demanda qu'on lui préparât un bain.

Il ne prit pas la peine de s'arrêter pour réfléchir à ses angoisses de la veille, au fait qu'il s'était écroulé sur le toit, à la traque de Black à travers les ruelles, ni à sa décision de renoncer à son magasin. Il se souvenait seulement qu'il avait été pris de vertiges, d'un peu de fatigue mais à présent il se sentait si ragaillardi qu'il se félicita lui-même pour sa constitution solide.

Parmi les mille choses qu'il avait prévues ce jour-là, il trouverait bien le temps nécessaire pour qu'on prît ses mesures afin de lui confectionner un nouveau costume. Avec trente-cinq couturières à son service, cela ne serait guère difficile.

&

Par une belle journée d'été, les freux planent par deux sur les courants ascendants, grimpant sans mal à des hauteurs sidérantes où ils ne sont plus – pour les humains désespérément terrestres – que de simples points noirs dans les cieux. Alors, ils s'écartent exprès du courant et ils retombent, tel Icare, vers la terre, pirouettant et tournant sur eux-mêmes. Et puis, au moment où votre cœur bat la chamade car dans une seconde ils vont s'écraser au sol, ils déploient leurs ailes, remontent sur la brise, et se laissent de nouveau porter vers le ciel – pour recommencer leur cascade.

Il n'y a pas d'objectif à cela. Ils jouent avec la gravité, ils fanfaronnent, s'amusent à imiter les humains.

À entendre leurs éclats de rire célestes, il n'est rien au monde de plus drôle que d'être un freux feignant de ne pas savoir voler.

Il existe d'innombrables noms pour qualifier les freux. Dans certaines contrées, on parle de *parlement* de freux.

14

Regent Street était animée. Les bonnes d'enfant passaient avec leur charge nichée dans un élégant landau noir. Des jeunes femmes trottaient au côté de leur mère tout en l'écoutant, tandis qu'elles dévoraient des yeux les vitrines, avides de bonnets, de souliers et de gants. Des messieurs de tout âge allaient ici et là d'un pas affairé, filant à travers la chaussée au milieu des véhicules. Les vendeurs des rues s'époumonaient pour écouler leur marchandise, jaugeant d'un œil professionnel les passants. Même les enfants, agrippés aux mains d'adultes bien plus grands qu'eux, examinaient certaines devantures en traînant les pieds : on voyait en effet des sucres d'orge aussi longs que des cannes, et chez le marchand de tabac, un automate ressemblant à un singe fumait un cigare en exhalant de la vraie fumée. Les gens flânaient, trottaient, se hâtaient, leurs chemins s'entrecroisaient les uns les autres, indifférents ou impatients. Ils étaient pressés, ils avaient tout le temps devant eux. Quelqu'un descendit sur la chaussée, les voitures virèrent, les cochers jurèrent, crièrent gare…

Seule une portion de la rue était plongée dans le calme, le silence : il s'agissait du trottoir qui longeait Bellman & Black. Fait étrange, la foule y était plus dense que partout ailleurs.

Le magasin n'était pas encore ouvert, mais la veille, derrière des rideaux, on avait disposé les vitrines, et ce matin, à huit heures, les voiles noirs étaient tombés pour dévoiler les tentations que Bellman & Black offrait au monde.

Chaque vitrine tendue de longueurs de soie grise théâtrales mettait en scène une nature morte artistique. Étaient ainsi présentées une composition de gants et d'éventails, une autre d'urnes et d'anges. Une disposition élaborée mettait en valeur du matériel de bureau, une douzaine d'encriers d'ébène. Il y avait des chapeaux ornés de voilettes, percés d'épingles de jais. Partout, des flots d'étoffes, de toutes les sortes imaginables : coton, lin, laine, soieries ; barathéa, laine peignée, crêpe, chacun apportant sa touche individuelle dans cette harmonie de noirs. Une vitrine fort observée montrait des pierres tombales, des plaques en mémoire de nombreux colonels, épouses bien-aimées, sœurs et chers enfants. Toutefois, la plus admirée était sans doute la plus simple : une fleur aux pétales de rubans allant du blanc au noir en passant par l'argile, le gris perle, le gris argent, le gris tourterelle, chinchilla, souris, acier, ardoise, anthracite, plus de cinquante nuances de gris au point qu'il n'y eût plus de nom pour les distinguer. Tout le monde comprenait le message : chez Bellman & Black, tous les degrés de chagrin trouveraient leur consolation.

Au-devant de chaque vitrine, en plein milieu, était placé un carton blanc bordé de noir de quinze centimètres sur vingt, telle une carte d'invitation à un bal :

Bellman & Black
Mardi 15 mai
Ouverture à 11 heures, fermeture à 19 heures

Il était seulement neuf heures. Sur le trottoir, une foule épaisse contemplait, bouche bée, les parures de deuil et autres objets funéraires ainsi mis en valeur. Loin d'être ternes, les noirs et les gris étaient disposés avec un tel art que c'en était fascinant. Ceux qui arrivaient commençaient par regarder, comme les autres, puis à leur tour ils se laissaient hypnotiser par ce spectacle. Le public était ensorcelé, les conversations devenaient murmures, puis s'arrêtaient complètement, cédant la place à un silence recueilli. La mort, le deuil, le souvenir vendus avec de tels égards faisaient battre plus fort les cœurs les plus solides et réfléchir les esprits.

Impossible de ne pas songer au jour où chacun aurait besoin de semblables services. La question en suspens demeurait : quand ? Et pour qui ? Certains avaient déjà une petite idée de la réponse ; ils commençaient à procéder à des choix et calculaient les coûts.

Les vitrines de Bellman & Black rappelaient à chacun ce qu'il redoutait le plus, et en même temps, elles lui montraient qu'il pourrait trouver là une source de consolation. La tristesse et le deuil nous frappent tous autant que nous sommes, mais l'on peut honorer nos chers disparus en leur offrant d'élégants adieux, coiffé d'un chapeau orné d'une épingle de jais, ce qui apporte tout de même quelque réconfort…

Certains s'appuyaient lourdement sur leur canne, ou sentaient percer cette douleur dans le dos qui leur causait tant de souci. Ceux-là savaient qu'ils ne seraient pas clients de Bellman & Black en personne, mais qu'ils contribueraient au succès du magasin avant longtemps. Ils examinaient les pierres tombales et remplaçaient les noms fictifs par le leur.

Un bruit de sabots fit s'écarter la foule devant un attelage qui approchait de l'entrée principale. C'était un bel équipage, et une vague de curiosité vint rompre le ravissement inquiet de la foule. Le cocher en uniforme mit pied à terre et courut ouvrir la porte à une jeune fille vêtue d'une robe grise au col et aux poignets élégants. Ensemble, avec beaucoup de soin, ils aidèrent à sortir une seconde passagère : une minuscule silhouette voûtée enveloppée de soie noire. Était-ce une enfant ? Elle avait certes la taille d'une enfant, mais aussi la lenteur, la raideur d'une vieillarde. Son voile était si épais qu'elle ne devait rien voir, pourtant elle leva la tête pour contempler les initiales d'argent situées sur l'auvent de l'entrée, avant qu'on l'emmenât, pas à pas, vers le portail.

Une haie d'honneur se dessina pour laisser passer ce couple singulier. Muettes, les deux femmes ne semblaient pas prêter attention aux regards braqués sur elles qui suivaient leur progression. Tous les spectateurs pensaient la même chose sans le dire, attendant qu'un autre prît la parole.

Ce fut un garçon qui prononça ces mots :

« Ce n'est pas encore ouvert. Onze heures, c'est marqué », déclara-t-il en désignant la carte.

Puis on entendit un bruit de clef qui tournait dans la lourde serrure, la porte s'entrouvrit, et les deux femmes furent avalées à l'intérieur.

La clef cliqueta de nouveau.

Dans la foule, certains murmurèrent, se tournèrent les uns vers les autres, ébahis.

L'enfant qui avait pris la parole colla son œil sur la serrure, en vain.

« Onze heures, répéta-t-il. C'est ce qui est marqué sur l'invitation. »

À l'intérieur régnait une agitation fébrile de gens et d'objets. Des pieds agiles portaient des messages ; des bras solides transportaient de lourdes charges ; des esprits ordonnés comptaient et notaient des chiffres ; des doigts habiles disposaient avec art des marchandises. On ouvrait des caisses, on déballait leur contenu. Puis, plus vite que l'éclair, tout était emporté et rangé avec soin, la caisse vide disparaissait comme par magie, une autre lui succédait, et ainsi de suite dans chaque rayon.

Parmi toutes ces choses que l'on acheminait en tous sens, un convoi sortait du lot. Assise, Dora progressait lentement à travers le grand magasin dans une chaise à porteurs. Bellman voulait qu'elle vît l'intégralité de son empire. On lui présenta les chefs de rayon, elle leur serra la main, et bien qu'elle ne dît mot, son sourire exprimait quelque chose comme : *Oui, je sais, je suis un peu étrange. N'y prêtez pas attention.*

Partout son père avait quelque chose à lui montrer : les uniformes des différents membres du personnel, les commandes qui venaient d'arriver, les finitions architecturales, il avait tout imaginé jusqu'au moindre détail, il l'avait fait exister et le mettait à présent à ses pieds : les gants d'Italie, les soies chinoises, le jais de Whitby, les cols de Paris. Elle admirait, acquiesçait, formulait des compliments.

D'étage en étage, Bellman menait la procession composée de Dora, de sa chaise, de ses porteurs et de Mary. Lorsqu'il lui eut montré tous les rayons de l'espace consacré à la vente, il l'emmena visiter les bureaux, la comptabilité, ses propres quartiers. Puis ils gagnèrent le fief des couturières. Là encore, Dora se sentit observée du coin de l'œil, elle comprit qu'on échangeait des regards dans son dos. De nouveau, elle admira ce qu'on lui disait d'admirer, acquiesça quand elle devait acquiescer. *Ne faites pas attention à moi*, déclaraient ses yeux aux jeunes femmes qui ne pouvaient s'empêcher de la considérer. *Réjouissez-vous de vos belles boucles, de vos membres souples, des courbes amples sous votre robe. Jouissez de votre bonne fortune.*

L'escalier était trop étroit pour laisser passer la chaise jusqu'au sommet du bâtiment. Un des porteurs pourrait-il la monter dans ses bras ? Elle fut soulagée que ce ne fût pas possible. Toutefois, elle n'était pas encore libérée. Oh, non ! Restait le sous-sol à explorer. On lui montra le hall d'expédition, la cantine, les cuisines situées sur le côté du magasin, dont les fenêtres s'ouvraient sur une fosse étroite, permettant aux odeurs de s'échapper par une grille située à hauteur de la chaussée. « Oh ! s'exclama Dora.

— Et ce n'est pas terminé ! » se récria son père.

Au niveau de la rue, tout au fond à côté de l'entrée des livraisons, un grand portail s'ouvrait sur un garage. Le *brougham* Bellman & Black avait fière allure. C'était une gracieuse voiture noire aux portes décorées des initiales d'argent. Des chevaux noirs attendaient dans une écurie tout près de là, si bien qu'à tout moment deux couturières et un cocher pouvaient être envoyés dans un rayon de cent trente kilomètres autour de Londres.

Bellman ouvrit la porte pour qu'elle pût admirer l'intérieur. Avec des airs de conspirateur, il lui montra un compartiment sous les sièges. Dans l'ombre, il paraissait vide, et Dora resta coite avant de s'apercevoir qu'il était rempli de tissu, du crêpe le plus noir qui existât, capable d'absorber la lumière au point qu'il semblât fait de ténèbres.

« Et ça ! » s'écria son père en ouvrant une mallette portative d'un grand geste. À l'intérieur se trouvaient cent petits compartiments remplis d'objets : ciseaux, mètre de couture, aiguilles, bobines de fil, dé d'argent.

« C'est Bellman & Black en miniature ! s'émerveilla-t-elle.

— En deux jours seulement, nos couturières mobiles peuvent réaliser l'essentiel de la garde-robe de deuil pour une famille ; en quatre jours, elles sauront aussi confectionner les tenues de soirée. Donne-leur une semaine, et tout le personnel de la maison sera vêtu de noir, jusqu'à la petite fille qui allume le feu dans les cheminées le matin. »

À court de mots, elle se contenta d'acquiescer avec lassitude.

« Il y a mieux : lorsqu'il parcourra les rues de Londres, notre *brougham* laissera une excellente impression. Tout le monde se retournera pour le regarder. Quand il traversera la ville pour se rendre dans les meilleures maisons, on ne manquera pas de le remarquer. Tout Londres sera au courant que le comte de Ceci ou la marquise de Cela fait appel aux services de Bellman & Black. Cela nous rapportera davantage de clientèle que cent ou mille publicités. Alors, qu'en dis-tu, hein ? »

Les mots se pressaient sur ses lèvres et, tendu, il attendait son verdict avec une volonté obsessionnelle. Ses yeux brillaient, son visage pâle luisait. Elle ne reconnaissait plus son père austère et taciturne. Il était tout entier possédé par Bellman & Black.

Dora était médusée devant son œuvre. Elle était aussi troublée. Bien sûr, c'était très beau, mais d'une puissance glaçante. Dans un journal, quelqu'un avait qualifié le grand magasin de « cathédrale ». Elle comprenait ce que voulait dire l'auteur. Seulement elle avait vu autre chose se dessiner sous l'activité fébrile, l'agitation, la précipitation. Elle sentait une présence silencieuse, qui attendait son heure. Mais qu'attendait-elle ? L'idée de mausolée lui traversa l'esprit ; elle la repoussa.

Ses yeux se posèrent de nouveau sur la mallette de couturière. Elle y prit le dé d'argent et l'amena dans la lumière. Même cet objet était gravé aux initiales du double B.

« C'est tout à fait surprenant. Vous n'avez rien oublié, père. Pas même un dé à coudre ! »

On ramena Dora au rez-de-chaussée dans sa chaise à porteurs. Bellman guidait la marche. Il ne cessait de se retourner vers sa fille pour l'informer de telle ou telle chose au sujet de son vaste projet. Elle écoutait à moitié, se laissant aller à ses propres réflexions, jusqu'à ce qu'une pensée la frappât, une idée curieuse mais assez intéressante pour qu'elle se permît d'interrompre son père.

« Père, vous ne m'avez jamais dit qui était Black ? »

Ce nom sur ses lèvres ! Il aurait dû l'anticiper.

« Personne ! se récria-t-il un instant trop tard en écarquillant les yeux. Ce n'est absolument personne ! »

Onze heures moins une minute.

Les portiers étaient telles des sentinelles devant les portes du paradis. Mr Dent et Mr Heywood lissèrent leurs impeccables revers gris et se postèrent derrière leur comptoir. Les vendeuses prirent place avec grâce, bien droites, les mains jointes, dociles comme des enfants à l'école du dimanche. Dans les étages, tous les crayons étaient taillés, les aiguilles prêtes à coudre. Sourires, toux et autres manifestations de nervosité n'avaient plus cours. Partout régnaient le calme et la solennité.

Au premier étage, aux trois quarts dissimulé derrière une colonne, Bellman attendait, les yeux rivés sur la porte principale, en contrebas. Quand les horloges sonnèrent onze heures, qu'on ouvrit la porte, un cœur cent fois plus puissant que le sien se mit à battre dans sa poitrine. Le cœur de Bellman & Black.

Ils entrèrent. Curieux, pieux, peureux, prêts à l'achat, pleins d'effroi, de désir, de surprise, ils entrèrent ; et les premiers, qu'ils l'eussent voulu ou non, furent emportés dans les profondeurs du magasin, poussés par la simple force du flot. Ça grouillait, s'ébahissait ; éblouis par la beauté, par la grandeur des lieux, les gens oubliaient ce pour quoi ils étaient venus au départ – la plupart s'étaient inventé de menus prétextes afin de ne pas passer à leurs propres yeux pour de simples visiteurs. Ils ne pouvaient s'en empêcher : devant la gloire majestueuse de leur environnement, ils tombaient dans une sorte de voluptueux ravissement. Femmes et hommes, jeunes et vieux, endeuillés ou pas, tous se pressaient, chuchotaient, béaient, s'émerveillaient.

Bien que la foule fût intimidée, il ne fallut pas longtemps avant qu'un hardi gaillard procédât à une acquisition. Un mètre de galon large de deux centimètres et demi pour garnir les manches usées d'un pardessus d'hiver.

Ce n'était pas l'article le moins cher chez Bellman & Black, mais c'était certes modeste. Qu'importe.

Au deuxième étage, un caissier qui tripotait ses manchettes sauta au plafond quand la première cartouche pneumatique remplie de pièces arriva en vrombissant dans sa niche. D'une main tremblante, il rédigea un ticket, compta la monnaie et renvoya la cartouche vers l'étage commercial du magasin. Aussitôt en arriva une deuxième.

C'était parti !

À présent, les cartouches pneumatiques volaient en tous sens, les pièces crépitaient dans les tiroirs-caisses, on mesurait les tissus, on comptait les objets, on empaquetait, on nouait du ruban, on prenait des commandes en traçant d'élégantes calligraphies et – mais oui ! – on versait des larmes, on tentait de consoler et l'on acceptait d'être ainsi réconforté.

Bellman & Black grouillait de vie, d'argent, de mort.

C'était une réussite.

William Bellman prit une profonde inspiration. Il ne sourit pas – à l'étage commercial de Bellman & Black ? Et puis quoi encore ! – mais sentit bien un sourire en lui. Il éprouvait au bout des doigts un picotement de puissance, et le sol sous ses pieds lui paraissait solide.

Avec discrétion, il quitta sa cachette, se glissa parmi la foule et se fondit dans le décor.

Dans son bureau, un mur avait été recouvert de liège. Dessus, s'étalait une grande feuille de papier. Pour l'instant, elle était encore vierge, ou presque, avec seulement deux lignes, une abscisse et une ordonnée, qui se coupaient en bas à gauche. Sur la ligne horizontale, les noms des mois s'égrenaient. À la verticale, des chiffres étaient indiqués.

Bellman se rappela ses premières prospectives jetées sur son carnet noir. Calcul du taux de remplacement, évaluation des profits. Tout cela paraissait fort prometteur, bien qu'il eût obtenu ce résultat d'une manière grossière et artificielle. Ensuite, les chiffres – diminués quelque peu – qu'il avait annoncés à Critchlow et aux autres, pour les persuader d'investir. Tout cela remontait à loin déjà. Aujourd'hui, il en savait infiniment plus sur ce commerce. Il était capable de dire combien de mètres de mérinos noir étaient vendus chaque année à travers le pays, à Londres, dans la minuscule boutique sise deux rues plus loin. Il pouvait décortiquer le prix d'un cercueil et vous expliquer comment produire pour moins cher en conservant la même qualité. Il anticipait déjà le chiffre d'affaires de Bellman & Black pour le premier mois en se fondant sur des données précises. Ce chiffre, il s'en félicitait lui-même, correspondait exactement à ce qu'il avait déjà évalué deux ans plus tôt.

Sur son graphique, il avait l'intention de noter en bleu ses prospectives pour le mois à venir, et en noir les chiffres réels. Il prit donc son stylo bleu et avisa un point. À la dernière seconde, sa main remonta légèrement, et il traça une croix juste un peu plus haut.

Était-ce son sixième sens qui avait haussé sa main ? Son instinct ? Appelez cela comme vous voudrez. Bellman savait.

15

À mesure que les années s'écoulaient, Dora trouvait moins de réconfort dans ces nuits consacrées à se remémorer le passé. Il lui arrivait encore de s'y adonner, mais peu à peu le processus avait perdu son efficacité. Cela venait en partie du fait, pensait-elle, qu'à force de les ranimer ses souvenirs s'étaient usés jusqu'à la corde. Comme les pièces qu'ils nettoyaient en famille autrefois, leur relief s'était effacé.

Il y avait toutefois d'autres raisons à cela. Elle changeait. Ce qui l'intéressait, enfant, ne lui disait plus rien maintenant qu'elle était jeune fille. Lorsqu'elle songeait à sa mère désormais, ce qui lui manquait par-dessus tout c'étaient de nouvelles conversations. Elle se mit à parler de Rose avec Mrs Lane, et ses souvenirs à elle, même moins personnels, devinrent pour Dora aussi précieux que les siens, car ils lui transmettaient la vision d'une adulte.

Puis advint une autre raison de ne plus se réfugier dans le passé.

En cherchant quelque chose sous le lit de Dora, Mary, toute décoiffée, extirpa un tableau.

« Mais qu'est-ce que c'est donc ? »

Dora essuya la poussière. « Mon corbeau ! »

Les après-midi passés à dessiner dans le jardin n'appartenaient pas au répertoire habituel de ses souvenirs car n'y apparaissaient ni sa mère ni ses frères et sœur. Tout lui revint soudain avec une fraîcheur intacte.

« Il m'a appris à tenir mon crayon correctement. »

Mary et Dora fouillèrent tous les placards de la maison jusqu'à ce qu'elles retrouvent les cahiers de dessin de la jeune fille. Ensuite, elles en tournèrent les pages pendant un après-midi entier. Une esquisse, entre autres, retint longtemps leur attention. Quelques semaines avant l'épidémie, Dora s'était lancée pour la première fois dans l'autoportrait.

« Je ressemblais vraiment à ça ?

— À peu près, oui. On ne peut pas dire le contraire. Mais tu étais plus jolie. »

Dora pensait différemment. Ce portrait manquait d'assurance. Les traits étaient rigides. Toutefois les yeux lui plaisaient. Elle s'y reconnaissait.

« J'ai l'air plongée dans une réflexion profonde.

— Tu as encore cet air-là. Tu l'as toujours eu. »

Cette nuit-là, plutôt que de ranimer ses souvenirs, Dora s'assit devant son miroir. Elle détacha la dentelle qui lui couvrait la tête et, à la lumière de la bougie, elle étudia son nouveau visage. Elle ressemblait à un épouvantail. Ses traits paraissaient comprimés dans la partie inférieure de sa figure, comme ceux d'un bébé. Ses oreilles étaient protubérantes, elles se détachaient de la courbure supérieure en un affreux simulacre de boucles, désormais manquantes. L'étroitesse de son front était compensée – était-ce le mot juste ? – par l'absence de cheveux, et son regard était d'autant plus frappant qu'elle n'avait plus ni cils ni sourcils, toutefois rien de tout cela ne suffisait à la rendre plaisante aux yeux de quiconque. C'était pourtant un visage intéressant. La peau de son crâne était douce au toucher et, dessous, les os formaient un paysage qui auparavant demeurait invisible sous sa chevelure. Du regard elle en étudia les courbures, y décela des creux, des crêtes, des plaines, tout un monde d'os. Elle se tournait d'un côté, de l'autre. Une veine bleue coulait, comme une rivière, au-dessus d'une oreille. Elle passa la main derrière, pour étudier au toucher ce qu'elle ne pouvait voir.

Une excitation puissante s'empara d'elle lorsqu'elle reprit son crayon. Elle traça quelques traits, abandonna, recommença ailleurs sur la page, renonça de nouveau. À chaque échec, elle se lançait dans une nouvelle tentative. Elle modifiait son angle de vue, captait la forme, inclinait la tête sur le côté et procédait à une autre esquisse rapide. Elle changea la bougie et continua de dessiner jusqu'à l'aube : son crâne, ses os, l'arête du nez, du menton, des lèvres, les courbes du cartilage, des narines, des pommettes, des tempes, plans, angles, lumière, ombre. Elle dessinait avec aussi peu d'émotion personnelle que s'il s'agissait d'un paysage, quelque chose qui fût très loin d'elle, tel le squelette de la planète où elle vivait.

Enfin, elle réussit à produire quelque chose qui la satisfaisait. C'était brut, aussi laid et grotesque qu'elle-même, et cela lui évoquait par-dessus tout un oisillon sortant de l'œuf, sans plumes, la peau fine comme du papier, tout en os et ventre creux.

Au dernier coup de crayon, elle poursuivit la ligne du nez pour en faire un petit bec, et elle en fut ravie.

16

L'ouverture de Bellman & Black créa une vague d'énergie qui emporta Bellman avec elle. Il travaillait dix-huit heures par jour, sept jours par semaine, pourtant il n'était jamais fatigué. Son emploi du temps était des plus dynamiques, il effectuait le tour du magasin à dix heures, à quatorze heures puis à dix-huit heures, allant des sous-sols jusqu'aux ateliers du dernier étage, tout en distribuant un mot à l'oreille d'Untel, un encouragement ici, voire en prêtant main-forte quand la masse de travail était trop importante. Il avait des rendez-vous quotidiens (avec les chefs de rayon, Verney et le chef de la comptabilité) et bihebdomadaires (avec Edmonds des expéditions, Stallybrook des livraisons et miss Chalcraft). Trois cent trente-sept personnes travaillaient chez Bellman & Black, et avant la fin du mois il connaissait le nom de chacune, depuis Verney, son secrétaire et bras droit, jusqu'à Molly qui faisait la plonge à la cantine. La Couturière n° 9 s'appelait Lizzie, ce qu'il nota parmi le reste. Avec une énergie prodigieuse, il faisait de chaque instant une action, un but, un accomplissement.

Il avait des rendez-vous avec des gens de l'extérieur : Anson de la banque Westminster & City lui rendait visite de temps à autre, parfois il s'agissait d'un avocat ou d'un mercier qui venait parler affaires dans l'après-midi. Il acheta une paire de fauteuils en cuir profonds et confortables pour l'occasion, qu'il plaça de part et d'autre de la cheminée dans son bureau. Mais il n'appréciait guère leur moelleux, car les visiteurs se sentaient bien, se détendaient et, une fois le travail terminé, ils restaient là à parler de choses et d'autres tandis que la fumée de leur cigare s'élevait, langoureuse, vers le plafond. Il tentait poliment de les décourager de s'attarder.

Après la fermeture du magasin et le dimanche, il s'occupait de ses papiers. Courrier, comptes, rapports. Il traitait tout, méthodique et rapide, se fixait des listes de tâches dans son carnet en cuir et barrait d'un trait ferme chaque chose lorsqu'elle était accomplie. À présent, il commandait ses carnets par demi-douzaines ; dès que l'un était terminé, il le laissait choir au fond d'un tiroir et en prenait un autre sur l'étagère, appuyant bien sur la couverture pour continuer sans perdre une seconde.

Comment s'y prenait-il ? En regardant la pendule. La toilette, l'habillage et le petit déjeuner qui chez un autre occupaient une heure, Bellman les accomplissait en trente-cinq minutes. Le directeur d'un autre grand magasin de Londres passait chaque jour une heure avec son secrétaire, mais Bellman, lui, n'avait besoin que d'un quart d'heure. Il disait « Bonjour », et « Comment allez-vous ? », et son esprit mettait ces quelques secondes vides à profit pour noter, réfléchir, programmer.

Quand le magasin fermait ses portes et qu'il pouvait enfin s'occuper de ses papiers, il jetait un coup d'œil à l'heure. La somme de travail qu'il avait l'intention d'abattre aurait pris une demi-journée à un autre, mais quand il regardait de nouveau l'horloge, la tâche terminée, une heure seulement s'était écoulée. Ceux qui connaissaient ses capacités s'en émerveillaient.

« Ne laissez jamais le temps être votre maître, confiait-il à Verney quand il lui posait des questions. Si vous voulez faire quelque chose, faites-le. Le temps s'adaptera. »

Cependant, ce qu'il ressentait vraiment dans les tréfonds de lui-même, c'était qu'il avait découvert la clef de la chronométrie. Il pouvait ouvrir la boîte du temps quand il le voulait et peser sur la pendule afin de ralentir son mouvement. Il savait disséquer les heures, y dénicher les minutes qui risquaient d'être perdues et se les approprier.

Des années auparavant à la manufacture, quelqu'un avait déclaré que, s'il existait un moyen pour que le soleil brillât la nuit, Bellman le trouverait. Les employés du magasin auraient pu dire la même chose : cela n'était pas aussi impossible que c'en avait l'air.

Verney tentait d'imiter son patron. Hélas, à sa montre, une minute restait une minute ; il ne parvenait jamais à en tirer une seconde de plus.

Quand Bellman prenait du retard – par la faute d'une tierce personne, évidemment –, l'après-midi, il redoublait d'efforts pour le rattraper. Si c'était nécessaire, il travaillait le soir tard, prenant sur son sommeil pour mener ses tâches à bien. Il allait toujours se coucher vainqueur. Jamais il ne se sentait fatigué, bien qu'il le fût quand même car il s'endormait parfois à son bureau. Au bout de la troisième ou quatrième fois, il résolut de prendre ses dispositions.

Fox était en Écosse, mais dès qu'il reçut sa lettre il revint à Londres. Il retrouva la même poignée de main vigoureuse, le même bref salut.

« Vous allez bien ? Parfait », dit Bellman sans lui laisser la possibilité de répondre ni de lui raconter combien les maisons étaient belles à Édimbourg et le temps d'une douceur étonnante. Ils en vinrent aussitôt à l'essentiel.

« Divisez-moi cet espace. » Bellman savait ce qu'il voulait. « Jusqu'ici, vous voyez ? Et élevez une cloison.

— C'est possible. » Fox fronça les sourcils. « Vous serez à l'étroit. Vous pourriez gagner un peu de place sur le bureau de votre secrétaire. Cela demanderait davantage de travail, mais vous jouiriez d'un plus grand confort… »

Fox se rendait compte qu'il parlait vite, sans s'arrêter entre ses phrases. Les vieilles habitudes lui étaient instantanément revenues. Et dire que, pendant deux ans, il avait vécu comme ça au jour le jour, au rythme de Bellman !

Une fois sa mission terminée auprès de lui, il avait passé deux semaines à s'étonner de la lenteur du reste du monde. Vingt à trente fois par jour, on comprenait ce que voulait quelqu'un dès la première phrase, mais il fallait attendre patiemment que l'autre à force de circonvolutions eût épuisé son stock de mots et de secondes. Il répondait par quelques paroles laconiques, et les gens le dévisageaient. Le sens était sorti tout d'un coup, à la vitesse d'une balle ; étourdi par la détonation, l'interlocuteur lui demandait alors de répéter. Cela mettait sa patience à rude épreuve, il pensait ne jamais pouvoir s'y accoutumer, pourtant, très vite il s'était réadapté à ce rythme plus lent et avant longtemps il s'était même mis à l'apprécier. Il redécouvrit les laps de temps entre les mots, les tâches, les pensées, et ils se révélèrent étonnamment fructueux. Il avait rencontré une jeune femme. Il songea qu'il pourrait l'épouser.

« Un peu d'espace ? À quoi bon ? Tout ce dont j'ai besoin, c'est d'un lit, ici contre le mur, et d'un placard, là, pour y ranger quelques affaires.

— Une penderie, peut-être ?

— Une patère derrière la porte suffira. »

Fox songea à la chambre qu'il venait de construire dans la grande maison en stuc blanc de son client actuel, combien elle était vaste, le lit majestueux, et les œuvres d'art, le mobilier, les miroirs…

« Ce sera loin d'être spacieux. En réalité… » Il arpenta la zone que Bellman avait délimitée. « Oui. Ce seront plus ou moins les mêmes dimensions que les chambres des couturières, à l'étage. »

Il lui sembla alors que Bellman s'arrêtait un bref instant. Puis : « Quand cela peut-il être fait ?

— Si vous vous contentez vraiment d'une pièce aussi modeste, une journée suffira.

— Une nuit ?

— Pourquoi pas ?

— Ce soir ? »

Comment ai-je pu tenir ? Fox se stupéfiait lui-même. Pendant deux ans, il avait vécu à cette allure, tambour battant. Cela lui paraissait si naturel alors. Une manière d'avancer. De se construire lui-même. Aujourd'hui, il avait toutes sortes de projets devant lui, assez de travail pour des années, pour toute une vie. Voilà ce que Bellman & Black lui avait apporté.

Il sourit. « Je m'en occupe. »

Le lendemain, quand Bellman arriva dans son bureau, il le trouva rétréci, et derrière la nouvelle cloison d'assemblage à rainure et languette, une chambre de couturière avec un lit étroit contre le mur et un placard. Il y pénétra, et l'émotion l'envahit, mais il ne s'arrêta pas pour y réfléchir. Il avait des choses à traiter.

« Entrez ! lança-t-il sans lever les yeux de la lettre dont il rédigeait le brouillon.

— Sir, miss Chalcraft m'a envoyée… » La voix était hésitante, féminine, familière.

Il leva les yeux. C'était elle.

« … pour votre costume.

— Vous êtes Lizzie, c'est bien ça ?

— Oui, sir. Dois-je le pendre quelque part ? » Elle regarda autour d'elle, mais il n'y avait rien où accrocher le costume.

Elle rougit. Songeait-elle à cette nuit dans les ruelles ? Cette nuit étrange où ils s'étaient rencontrés, où il avait dormi dans son lit à elle, puis s'était éclipsé aux premières lueurs du jour, sans rien dire. Cela ne datait que de trois semaines, mais il avait tout oublié, comme si l'épisode remontait à un lointain passé. À présent, cela remplissait la pièce.

« Derrière cette porte. Il y a une patère. »

Fut-elle surprise de découvrir une chambre qui ressemblait à la sienne, en tout cas elle n'en laissa rien paraître. Les joues rouges, elle lui murmura un au revoir et quitta les lieux aussi discrètement qu'elle était venue.

Bellman revint à sa lettre et pendant une seconde ou deux il ne sut plus ce qu'il voulait écrire. Il n'était pas allé au bout de cette histoire avec Black. La prochaine fois qu'il la verrait, il lui demanderait de nouveau. Puis il retrouva le fil, et sa plume se posa sur le papier.

Le premier mois se terminait. Avec Verney, ils avaient compté et recompté la recette du jour, séparant les pièces pour les ranger selon leur montant dans le sac de feutre rouge approprié. Chaque penny était répertorié. Les chiffres tombaient juste. Après le départ de Verney, il rangea l'argent dans le coffre-fort et, se souriant à lui-même, il prit sa plume pour la tremper dans l'encre noire. Il l'appliqua sur le papier bien au-dessus de la cible qu'il avait établie sur le graphique quatre semaines plus tôt, à la hauteur des ventes réalisées. L'encre fraîche luisait tel un œil noir, et Bellman sourit de contentement.

À présent, le mois suivant. D'ordinaire, dans le commerce de détail, on s'attendait à ce que la nouveauté gonflât les profits de manière artificielle. Le deuxième mois devait être beaucoup moins élevé que le premier. Mais le négoce des articles funéraires suivait ses propres lois, et en cela comme en beaucoup d'autres domaines il était l'exception qui confirmait la règle. Les gens éprouvaient par nature une certaine répugnance à l'idée de faire confectionner leur garde-robe de deuil à l'avance, pour la conserver ensuite chez eux en attendant le jour où elle servirait. Cela revenait à ouvrir sa porte à la mort pour l'inviter à entrer chez vous et à contempler votre famille. Bien sûr, certaines personnes venues visiter le magasin le jour de l'ouverture étaient seulement poussées par la curiosité et n'avaient effectué aucun achat. Toutes les transactions qui avaient eu lieu en ce premier mois relevaient par conséquent d'un besoin réel. Les chiffres étaient donc fiables et reflétaient le nombre de morts véritables qui avaient endeuillé le monde au-delà des portes de Bellman & Black. Ils formaient un bon indicateur des tendances futures. Alors, quelles seraient les prospectives pour le mois suivant ?

La perle d'encre noire était sèche maintenant, de plus Bellman en avait retiré tout ce qui l'intéressait et elle ne comptait plus. Il trempa une plume propre dans l'encre bleue pour dresser les perspectives du mois à venir. Le métal approcha le papier, s'éleva un peu et se posa dessus, juste un peu plus haut qu'il ne l'escomptait.

Encore ! Il regarda l'encrier. Qui lui lança un clin d'œil. Après tout, pourquoi pas ?

Cet objectif désormais défini, il devait tout mettre en œuvre pour l'atteindre. Il prit son carnet et l'ouvrit. Les gants d'Espagne ne se vendaient guère : il devait voir Drewer pour en diminuer le prix et commander d'autres gants italiens ; il devait découvrir pourquoi le velours couleur poudre avait un tel succès ; il devait…

Son regard tomba sur une tâche qu'il s'était fixée la veille. *Pinceaux.*

Dora !

Il était censé se rendre à Whittingford le lendemain. Une fois par mois, avait-il promis. Un aller-retour. Elle lui avait écrit pour lui demander de lui rapporter des pinceaux particuliers, très fins, qu'elle ne parvenait pas à trouver à Oxford. Bellman songea à tout ce qui l'attendait. Ce n'était pas le meilleur moment pour s'absenter, même une nuit. Il lui écrirait afin de le lui expliquer. Un coursier irait lui chercher les pinceaux dès le lendemain ; puis il les lui ferait parvenir. Il pourrait même envoyer le *brougham* les livrer, on ne sait jamais. Il se rendrait là-bas quand il aurait le temps et resterait davantage. *Écrire à Dora*, ajouta-t-il dans la liste.

Autrefois, des années auparavant, en ouvrant un carnet tel que celui-là, il avait trouvé ces mots, de son écriture d'enfant : *Embrasser Dora*. Comme il eût aimé qu'elle fût là en cet instant pour pouvoir l'embrasser !

Mais il perdait de précieuses minutes. Il avait tant à accomplir !

Il sélectionna une demi-douzaine de tâches administratives et s'installa à son bureau. Il était huit heures moins vingt. Voyons, pourrait-il terminer avant… neuf heures ? Non : il n'avait pas besoin de si longtemps. Neuf heures moins le quart. Cela suffirait.

Il se mit au travail.

Au sommet du magasin, la verrière contemplait dans l'indifférence le ciel nocturne comme le puits qui s'ouvrait sous elle. Regarder en haut ou en bas donnait le vertige, si bien que les couturières l'évitaient lorsqu'elles circulaient sur la passerelle menant à la pièce où le soir elles pouvaient se retrouver afin de chauffer du lait ou de l'eau sur le petit fourneau.

« Et Mr Black, demandait Lily, on ne le voit jamais ? »

C'était un petit format, tout en jambes et en coudes, mais ce qui la distinguait vraiment des autres, c'est qu'elle était nouvelle. Bien sûr, d'une certaine manière, elles l'étaient toutes, mais Lily était la dernière embauchée, elle remplaçait une couturière qui ne s'était jamais présentée. Son arrivée était lourde de sens car les autres, en lui racontant les mille et un usages des lieux, avaient le sentiment de faire déjà partie de la maison.

« Le voir ? Qu'est-ce que tu racontes ? Tu n'as pas encore vu Mr Black ? commença à la railler sa voisine, Sally.

— Jamais. »

Sally éclata de rire. « Bien sûr que si, tu l'as vu. Aujourd'hui même ! »

Lily fronça les sourcils. « C'est pas vrai.

— Mais il t'a parlé ! »

Lily secoua la tête. « C'était Mr Bellman.

— Non, c'était Mr Black. » Certaines filles gloussèrent, d'autres hochèrent gravement la tête en guise de soutien à Sally. Lily passa en revue ses collègues afin de déterminer qui avait raison.

Une fille se pencha en avant. « Mr Bellman et Mr Black se ressemblent comme deux aiguilles dans ta boîte à couture.

— Des jumeaux ? » Lily était stupéfaite.

Susan, une jeune femme plus âgée qui avait la réputation d'en savoir bien plus long que les autres, répondit par la négative. « Arrêtez de la faire marcher. Lily, réfléchis un peu. Comment deux hommes pourraient-ils être jumeaux alors qu'ils ne portent pas le même nom ? Seuls des frères peuvent être jumeaux. Non, Mr Black, c'est un associé dormant. »

Les filles échangèrent des coups d'œil remplis d'incertitude. Un associé dormant ? Mais qu'est-ce que c'était donc ?

Quand Susan eut suffisamment joui de sa supériorité, elle les renseigna : « Ça veut dire qu'il a investi dans le magasin, donné de l'argent pour le faire tourner, et que maintenant il laisse Mr Bellman le diriger mais qu'il touche sa part des profits.

— Eh ben, conclut Lily, on en apprend tous les jours. »

Appuyée contre le chambranle de la porte, Lizzie écoutait la conversation, à moitié endormie, tout en regardant à travers la verrière.

Un associé dormant. Quelle étrange expression. Une image lui vint à l'esprit : Mr Bellman et Mr Black allongés tête-bêche dans un lit étroit comme le sien, vêtus de chemises de nuit identiques, telles deux aiguilles. Elle sourit.

La première fois qu'elle l'avait vu, elle avait pris Mr Bellman pour Mr Black.

Puis elle se souvint que Mr Bellman lui avait parlé de Mr Black la nuit où elle l'avait rencontré dans Back Lane… Il semblait croire qu'elle connaissait Mr Black ! Mais il était malade, et les gens disent des choses étranges lorsqu'ils ont la fièvre.

Au-delà du plafond de verre, là-haut dans le ciel noir, une étoile disparut un instant, avant de réapparaître. Un oiseau survolait sans doute le magasin dans l'obscurité.

17

Dora commença par ouvrir le paquet car elle savait déjà ce que contenait la lettre. Son père ne viendrait pas, il était trop occupé.

C'étaient exactement les pinceaux qu'elle désirait. La boutique d'articles pour artistes de Broad Street à Oxford lui fournissait la plupart de ce qu'elle voulait, mais ces brosses très fines – à peine une demi-douzaine de poils de chèvre – étaient difficiles à trouver, or pour le détail des plumes, rien d'autre ne convenait. Elle avait pourtant essayé d'improviser. Rob Armstrong, le fils de Fred, le boulanger, passait en général livrer le pain après le petit déjeuner à la manufacture, or il avait les cheveux les plus raides et les plus épais de la région. Il avait accepté – malgré son embarras – d'en sacrifier quelques-uns pour qu'elle tentât son expérience. Elle les avait alors collés sur un vieux pinceau, attachés avec du fil, taillés à la bonne longueur, puis elle avait tenté de peindre. Le résultat était risible. Les cheveux humains ne prenaient pas la couleur comme il le fallait, ils n'étaient pas assez souples, de plus la colle et le fil ne suffisaient pas pour les maintenir en place.

Ils étaient tombés l'un après l'autre dans la peinture ou dans l'eau ; l'un d'eux avait même séché sur la toile. Dora la donna à Rob, afin de le remercier de sa contribution – il s'agissait d'une grive dont elle était en tout point satisfaite à l'exception des plumes. Il toucha l'aile du bout du doigt, sentit son morceau de cheveu et éclata de rire.

Dorénavant, avec ces nouvelles brosses, elle ferait beaucoup mieux. Elle se leva pour se rendre à son atelier, puis se souvint de la lettre.

Elle la lut.

Exactement ce qu'elle supposait. Il ne viendrait pas.

En toute sincérité, elle ne pouvait prétendre être déçue. Elle ne s'attendait pas à sa venue, et à la vérité leurs échanges étaient assez limités. Auparavant, quand sa mère, ses frères et sa sœur étaient en vie, la maison était remplie de paroles, mais à présent qu'il ne restait plus qu'elle et son père, elle n'avait plus grand-chose à lui raconter, et lui non plus d'ailleurs. En sa présence, elle ne pouvait exprimer ce qu'elle avait en tête – il n'aimait pas qu'on lui rappelât le passé et n'appréciait guère qu'on y pensât – ni faire ce qui l'intéressait. Elle devait mettre de côté ses jumelles, sa peinture ainsi que la distraction et le réconfort qu'elles lui procuraient. L'un dans l'autre – et elle pesait bien ses mots –, elle n'était pas déçue qu'il ne vînt pas.

Elle rassembla son matériel rapidement car elle avait hâte de s'immerger pendant quelques heures dans le plaisir de peindre. Cela l'arrachait à elle-même. Pendant qu'elle essayait de reproduire sur le papier un certain effet, elle oubliait ainsi son chagrin, son deuil. Se souvenir était important – et pendant les premières années, elle n'aspirait à rien d'autre –, mais désormais c'était l'oubli qui la soulageait. Oublier la tristesse, oublier le passé, ce qui n'était plus… Et pour cela il lui fallait une occupation qui captât toute son attention ; or elle pouvait compter sur la peinture.

L'esprit de son père s'arrêtait-il parfois de travailler ? Jamais il ne lisait un livre. Pas pour le plaisir. Aucun roman, aucun recueil de poèmes. Il n'aimait pas particulièrement la musique, malgré sa belle voix. Ne rêvait-il donc pas ? se demandait-elle. Ne laissait-il pas son esprit folâtrer, le surprendre par ce qu'il découvrait ?

Elle supposait qu'il trouvait dans le travail le moyen de se fuir lui-même. Or, comme il travaillait de manière incessante, cela signifiait-il qu'il n'était jamais lui-même ?

C'était une pensée terrible, et la plupart des jeunes filles s'en fussent détournées, mais Dora avait l'habitude des pensées terribles. Quand votre mère est morte, que vos frères et votre sœur sont morts, que votre superbe chevelure a disparu, si bien que jamais personne ne voudra vous épouser, alors la peur n'a plus d'emprise sur vous. Dora était en permanence habitée de terribles pensées, et elles ne l'effrayaient plus. Elle retourna celle-ci dans sa tête, l'examina avec soin, avec curiosité, sous tous les angles. Il était clair à ses yeux qu'on pouvait étouffer la conscience de soi à force de se concentrer sur des graphiques, des listes, des calculs. Perdre ses repères en passant des périodes trop longues sur un unique projet aux dépens du repos, de l'amitié, de la contemplation paisible des mystères de la vie. Était-il possible qu'un homme s'y adonnât si longtemps qu'il finît par rompre toutes ses amarres ? Qu'il fût perdu corps et biens pour lui-même ? N'était-ce pas justement là ce qui arrivait à son père ?

Peut-être que oui, peut-être son père avait-il définitivement perdu tout sens de lui-même.

La liste des chagrins de Dora était déjà si longue que, par comparaison, y ajouter celui-là n'était pas si grave.

Elle voyait venir le jour où elle serait polie avec son père, aussi aimable qu'auparavant, mais où elle attendrait moins de lui. Leurs relations seraient plus simples, plus superficielles. Nul ne serait déçu.

Tout était prêt. Dora prit ses jumelles et s'installa sur sa chaise de jardin. Un accenteur mouchet allait et venait entre un arbre et le sol, où Mary avait répandu des miettes. La main de la jeune fille se déplaçait rapidement sur la page, reproduisant l'équilibre de la tête de l'oiseau, la posture de son corps, l'angle de ses pattes. Elle travaillait vite, avec bonheur et concentration.

Quand elle eut achevé, l'après-midi tirait à sa fin. Bientôt les freux seraient de retour.

Elle attendit pour voir passer leur vaste groupe, croassant et riant avec leur gaieté habituelle. Grâce à ses jumelles, elle les observait de près et admirait l'aisance, la volonté de leur vol. En tordant un peu son corps, elle les suivit lorsqu'ils passèrent au-dessus d'elle, jusqu'à ce qu'ils ne soient plus qu'un ensemble de points gris indistincts, avant d'enfin disparaître dans une blancheur diffuse au-delà de son champ de vision. Elle continua un moment à regarder dans cette direction.

« Mais où allez-vous donc ? » murmura-t-elle.

Elle rassembla son matériel de dessin et le rangea dans son sac avec ses jumelles. Sa besace en bandoulière, sa chaise pliante sous le bras, sa canne dans l'autre main, elle revint à petits pas saccadés jusqu'à la maison.

18

« Ma femme dit qu'elle voit plus souvent Mr Black que Mr Bellman. Elle commence même à se demander si Mr Bellman existe et m'accuse de l'avoir inventé. »

Bellman dévisagea le mercier – c'était Critchlow – qui tenait un de ses cigares dans la main et un verre de son whisky dans l'autre.

« C'est l'une de ses petites plaisanteries », expliqua-t-il gentiment en voyant la tête de son associé.

Certes Bellman ne sortait guère. Les occasions étaient pourtant nombreuses : chaque jour se déversaient toutes sortes d'invitations à des bals, des dîners, des soirées, ici, partout, mais il était trop occupé. Il était déjà assez fastidieux de devoir arpenter le magasin trois fois par jour sans être en outre pris dans les rets de la conversation. Affichant un air de circonstance, il allait voir ce qu'il souhaitait, vérifier ce qu'il voulait, évitant de croiser les regards. D'une manière qui seyait au directeur d'un grand magasin, il présentait ses condoléances en balayant l'espace du regard, de façon à y inclure chacun sans favoriser personne.

Il lui était hélas impossible d'éviter tout contact. Souvent, les rencontres étaient le seul moyen de conclure des affaires, quelque inefficaces qu'elles fussent, et il avait plus d'une fois signé des contrats dans une loge de théâtre. Il assistait à peine à la première partie : en général il s'y déversait beaucoup de sentiments, entrecoupés d'explosions d'émotions, et il observait le public qui regardait la scène, le visage crispé. À l'entracte, il aboutissait à un accord avec son partenaire, et ils se serraient la main. Quand la seconde partie du spectacle commençait, il demandait qu'on l'excusât et s'éclipsait.

Une fois par mois, Bellman retrouvait ses associés chez Russell, sur Piccadilly. Il arrivait alors qu'ils étaient déjà là, sirotant leur deuxième verre. Il leur présentait son rapport sur l'état de leurs affaires, ils lui posaient des questions, faisaient des commentaires et, lorsqu'ils étaient satisfaits de la situation, que la conversation dérivait vers des sujets plus généraux, Bellman se levait, remettait son pardessus et prenait congé.

« Pas le temps pour un second ? lui demandait-on, mais une fois réglés les aspects professionnels, il ne s'accordait même pas le temps de finir son premier verre.

— J'ai du travail ! » répliquait-il, et cela ne dérangeait guère ses associés. Mieux valait que leurs investissements fussent aux mains d'un homme comme Bellman plutôt que de quelqu'un qui s'attarderait au coin du feu pour boire un whisky. Les profits parlaient d'eux-mêmes.

Ces rendez-vous de travail étaient les seules sorties mondaines auxquelles Bellman consentît. Nonobstant c'était un riche veuf, beau et encore dans la fleur de l'âge, aussi était-il bien naturel que les femmes s'intéressent à lui. Et parce qu'il refusait toutes les invitations, sa valeur ne faisait que croître à leurs yeux. Il y avait des filles et des sœurs cadettes à marier, or si l'une d'entre elles ne lui mettait pas très vite le grappin dessus, une jolie veuve entrant dans le demi-deuil s'en chargerait.

Ses associés étaient mieux placés que personne pour lui mettre la pression.

« Vous savez comment sont les femmes, déclara Critchlow en faisant la grimace. Parfois elles ne supportent pas qu'on leur dise non. » Il était assis dans un fauteuil, dans le bureau de Bellman, et n'avait pas l'air de vouloir s'en aller. Son hôte comprit que, même si la situation leur était pénible à tous les deux, le mercier ne partirait pas tant que Bellman n'aurait pas accepté l'invitation.

« Ce ne sera rien de très formel. La famille et quelques amis proches. Vous serez de retour chez vous à vingt-trois heures. »

Bellman songea qu'il pourrait peut-être éluder la question en l'amenant sur un autre sujet. En effet, le chirurgien de la reine avait acquis un terrain dans l'idée d'ouvrir un crématorium et il avait persuadé quelques hommes fortunés de constituer avec lui une société pour la promotion de la crémation.

« Cela ne prendra jamais, répondit Critchlow. Vous pouvez me croire. Comment le Seigneur pourrait-il faire se relever les morts au jour du Jugement dernier si nous sommes réduits en cendres ? Voilà ce que pensent les gens. Ils ne se demandent jamais comment ils pourront se relever lorsqu'ils auront été rongés par les vers et que leurs os seront poussière. Mais ça, c'est un autre problème. Non, croyez-moi, Bellman. Il faudra plus que quelques cimetières surpeuplés pour que les Anglais changent d'avis au sujet de la crémation. Nous ne sommes pas des païens, dans ce pays. »

La stratégie de Bellman se révéla inefficace. Son associé se leva pour prendre congé, mais à la dernière minute il se retourna.

« Je dirai donc à Emily que vous serez des nôtres », dit-il comme si l'invitation avait été acceptée, et avant que Bellman eût pu protester, Critchlow avait filé et il était trop tard pour revenir en arrière.

À cette soirée – car c'en était bien une, malgré la promesse d'un petit souper en famille –, Bellman fut assommé par la débauche des couleurs. De l'entrée jaune aux rideaux émeraude de la salle à manger, en passant par la robe saphir de son hôtesse et les verres rouges sur la table, les couleurs l'éblouissaient. Au bout de dix minutes il en eut mal à la tête. Il se montra pourtant aimable. Il n'avait pas oublié cela, même s'il lui fallait à présent déployer de gros efforts alors qu'autrefois tout cela lui venait de manière si naturelle. Les mets étaient élégants, élaborés, innombrables : il perdit tout appétit dès qu'il les vit apparaître, et il écouta poliment les conversations qui se déroulaient autour de lui en souriant. Il ouvrait la bouche pour dire exactement ce qu'on attendait de lui. Il sut se rendre agréable de cent façons tout en montrant une réserve marquée.

« J'ai une fille », confia-t-il, mais quand il reçut des invitations pour Dora à venir danser, prendre le thé, jouer – ces dames étaient bien conscientes d'avoir aussi des fils à marier –, il secoua la tête avec grâce. « Elle n'a pas l'énergie suffisante pour supporter la vie à Londres. Elle mène une existence retirée à la campagne, au calme.

— Racontez-nous, Mr Bellman – voilà la raison pour laquelle nous souhaitions tant vous rencontrer, afin que vous éclaircissiez ce mystère qui fait jaser tout Londres –, qui est le mystérieux Mr Black ? »

La jeune femme, un peu plus loin sur la table, lui sourit de ses lèvres roses, découvrant ses dents blanches, et ses yeux bleus s'éclairèrent d'une joie polissonne. Sa carnation était différente, pourtant elle lui rappela celle de Dora, autrefois, et il réalisa que sa fille aurait dû devenir semblable à cette jeune femme rieuse, heureuse d'avoir trouvé un époux, vêtue de soie bleue, et qui s'amusait entourée de ses amis.

« Oui ! reprirent en chœur les autres convives. Qui est Black ? Nous sommes si impatients de savoir ! »

Tous les visages souriants se tournèrent alors vers lui, pleins de curiosité.

« Black ? Black n'est qu'un mot qui va bien avec Bellman. »

Les dames se montrèrent ravies, comme s'il avait manifesté de l'esprit ou de la délicatesse.

« Ce n'est donc qu'un mot ! s'exclama Mrs Critchlow. Je suis heureuse d'enfin le savoir !

— Une assonance ! suggéra un invité.

— Une allitération ! rectifia un autre.

— Tout un poème ! »

La table entière éclata de rire. Y compris Bellman. Puis la conversation passa à autre chose.

Après la soirée, tandis qu'elle se coiffait pour la nuit, Mrs Critchlow ne parvenait pas à se convaincre elle-même que ce dîner fût une réussite. Il aurait dû marquer le début d'une amitié. Elle souhaitait que Bellman devînt un habitué de sa table. Elle voulait à tout prix lui trouver une épouse, et que celle-ci fût de sa famille, de ses amies, ou tout au moins pût lui être utile… Ce souper aurait dû servir de prélude à quelque chose, mais lorsque son invité avait pris congé, à l'instant même où elle s'apprêtait à lui dire : « Aurons-nous l'honneur de vous revoir bientôt, Mr Bellman ? », elle avait été incapable de prononcer le moindre mot – et d'un regard, il l'avait remerciée de son silence.

« Est-il en deuil ? demanda-t-elle à son mari. Je n'ai pas osé poser la question.

— Je l'ignore.

— Il y a quatre ans que son épouse est décédée, n'est-ce pas ?

— À peu près, oui.

— Peut-être alors porte-t-il le deuil d'un autre parent ?

— Il est toujours vêtu de noir quand je le vois, très chère. Il est ainsi habillé pour travailler, et comme il est toujours au magasin, s'y rend ou bien y retourne, je n'ai jamais eu l'occasion de le voir en d'autres circonstances. »

Elle tressa ses cheveux. « Il n'a guère apprécié que nous riions du nom de son magasin. »

Pour toute réponse, elle entendit des ronflements.

Mrs Critchlow accepta les compliments de ses rivales pour avoir su enfin débusquer Bellman, mais c'était une victoire vaine. Elle répéta cent fois son rapport sur cette soirée à celles et ceux qui n'étaient pas là. Ce qu'avait dit Bellman, ce qu'il avait fait, ce qu'il avait mangé.

« Le charme personnifié », s'entendait-elle répéter.

Et plus elle racontait son histoire, plus elle avait le sentiment de décrire un fantôme, une chimère, un personnage échappé d'un rêve. Il avait bien l'apparence extérieure d'un homme, sa masse, sa solidité, mais il y avait en lui quelque chose d'insaisissable, ce qui ne laissait d'être exaspérant. Elle ne pouvait s'empêcher de songer que l'essence de cet homme était ailleurs.

« Alors… y aurait-il une femme, selon vous ? » osa interroger à voix haute une de ses amies.

Était-ce là la solution ? Une amante secrète détenait-elle la clef du cœur de William Bellman ? Entretenait-il une liaison passionnée avec une femme qui n'était pas libre de l'épouser ? À moins que son cœur ne fût épris de quelqu'un qui ne l'aimait pas ? Elle se posait la question comme tout le reste de Londres. À moins que la défunte Mrs Bellman ne vécût encore dans le cœur de son mari, interdisant l'accès à toute nouvelle venue ?

L'épouse du mercier examina ces théories en espérant que son intuition l'aiderait à se souvenir d'un geste, d'un commentaire ou d'une expression qui soudain illuminerait la situation et lui livrerait le fin mot de l'histoire. Hélas, son intuition restait muette.

Chez Bellman & Black, on se posait aussi des questions. Les couturières échangeaient des commérages loin des oreilles de miss Chalcraft, inventant toutes sortes d'histoires de plus en plus rocambolesques au sujet de leur patron et de ses femmes. Les vendeuses partageaient leur ragoût de mouton à la cantine en dissertant sur la séduction qu'il exerçait. Des rumeurs couraient au sujet d'une veuve qui s'attardait lorsqu'elle vaquait à ses emplettes et semblait guetter le maître des lieux. On racontait que Bellman envoyait un garçon en éclaireur avant de faire son tour du magasin et, s'il arrivait qu'elle fût encore là, il attendait son départ. On disait beaucoup d'autres choses, ridicules pour la plupart. Tout le monde s'accordait à le trouver viril et impressionnant ; il était inévitable que les jeunes filles jugent romantiques son air ténébreux et son regard intense. Cependant, d'autres préféraient les blonds, et toutes étaient d'accord que le sourire et l'humour gagnaient facilement le cœur d'une femme. Hélas, malgré leurs élans, à la lumière du jour, lorsqu'elles se trouvaient devant Bellman en chair et en os, toute idée de flirt et de rêve d'amour s'évaporait.

Et la Couturière nº 9 ? Quand Lizzie pendait sa robe au crochet derrière la porte, le soir, elle songeait au même crochet dans les appartements de Bellman, et lorsqu'elle se mettait au lit, elle l'imaginait se couchant dans sa petite chambre derrière son bureau. Elle avait ses propres raisons de vouloir oublier la nuit où il était apparu soudain dans son ancien quartier. Mr Bellman ne manifestait aucun souvenir de cet épisode ; sans cet argent qu'il lui avait laissé – trop tard pour qu'elle emmenât son enfant consulter un docteur, d'ailleurs cela n'eût sans doute pas fait grande différence, pas longtemps –, elle se fût presque demandé si elle n'avait pas rêvé. Il se comportait comme si cela n'était jamais arrivé, ce qui arrangeait la jeune femme. En dehors de cela, elle ne songeait pas à Mr Bellman. Ses pensées nocturnes la menaient ailleurs : vers le jeune homme qui l'avait abandonnée, le bébé qu'elle avait perdu. Parfois les souvenirs qui lui revenaient étaient heureux, parfois ils ne l'étaient pas. Dans un cas comme dans l'autre elle pleurait, mais pas longtemps : son travail était fatigant, et elle ne pouvait lutter contre le sommeil.

19

La fin de la journée suivait un schéma bien établi. Là-haut, les couturières travaillaient tant qu'il y avait assez de lumière : plus tard l'été, tandis qu'elles s'arrêtaient plus tôt l'hiver. Les ventes cessaient à sept heures pile. Étant donné la nature du chagrin, sentiment étranger à la notion du temps, ce n'était pas une mince affaire – c'était même tout un art. À partir de six heures et demie les consolatrices – des jeunes femmes employées pour leur délicatesse, leur empathie et leur capacité à prendre les expressions de circonstance – se retiraient les unes après les autres, laissant conclure les transactions par d'autres qui excellaient à la vente. À sept heures moins le quart, sans qu'apparût le moindre changement dans leurs manières, ces vendeuses poussaient les indécis à choisir. Lorsqu'à sept heures moins cinq le deuil brouillait encore la clairvoyance des clients, Mr Heywood en personne entrait en scène.

« Prenez votre temps, madame », disait-il. Et puis : « Une sage décision vaut toujours mieux qu'une solution hâtive. » Après tout – un geste délicat soulignait cet élément implicite –, une heure de plus ou de moins ne change rien face à l'éternité qui nous attend tous. Mr Dixon n'autorisait pas qu'on pressât les endeuillés, il pouvait attendre indéfiniment qu'ils prennent leur décision – pourtant, une minute avant sept heures, celle-ci tombait toujours, en général en faveur de l'objet le plus coûteux.

À sept heures précises, Pentworth fermait les portes derrière le dernier client avec une gravité qui exprimait ses condoléances d'une manière très personnelle, puis il tournait la grande clef dans la serrure.

Enfin, consolatrices et vendeuses pouvaient soupirer de soulagement car les clients n'étaient plus là. Elles frottaient leurs pieds endoloris, fermaient leurs yeux fatigués et, les mains sur les hanches, étiraient le dos, lasses d'attraper, d'apporter, de transporter toutes sortes d'objets. Les langues ne se déliaient pas. La règle qui bannissait rires et commérages demeurait en vigueur après la fermeture et s'appliquait dans un périmètre de cinq cents mètres autour du magasin, si bien que les échanges de nature personnelle se pratiquaient par le regard ou en chuchotant, loin des oreilles des responsables d'étage. Quoi qu'il en fût, ce moment de détente ne durait guère, car venait alors ce qui était sans doute l'heure la plus active de la journée.

Balais, cire, plumeaux sortaient des armoires invisibles, et s'ensuivait un ménage furieux. On nettoyait les comptoirs, on repliait de manière impeccable des mètres de tissu et de ruban, on balayait les escaliers, on frottait les parquets, on astiquait miroirs et vitrines… Quand tout était terminé, les jeunes femmes se mettaient en ligne pour l'inspection près de la porte de service. « Pas un cheveu ne doit dépasser », leur répétait-on sans cesse. Aussi prenaient-elles chacune leur tour devant la glace, se rattachaient les unes les autres leurs mèches folles, et quand le magasin était parfaitement en ordre, qu'elles étaient elles-mêmes parfaitement en ordre, alors la porte de service s'ouvrait, et elles sortaient.

En comptant leurs pas, un, deux, trois…

Au bout de cinq cents mètres (en arrivant près du tabac de Regent Street côté ouest, du petit restaurant côté est ou, sur Oxford Street, aux abords de Marcham ou Greenway, suivant votre direction), elles atteignaient le seuil où elles pouvaient recommencer à vivre. Au-delà de cette limite, joie, délice, délectation étaient autorisés ; après avoir été contenu tout le jour, le rire pouvait déformer leur bouche, et les mains jointes avec discrétion depuis huit heures du matin étaient libres de leurs mouvements. Aucun des clients de Susannah, à l'angélique compassion, ne l'eût reconnue lorsqu'elle se pliait de rire, pleurant presque d'hilarité en entendant l'histoire vulgaire que lui racontait un employé de la réserve. Même le lugubre Mr Pentworth – qui fût facilement passé pour le portier du paradis – devenait un bonhomme sympathique lorsqu'il retrouvait ses fils au King William. Rentrer du travail : quel bonheur !

William Bellman ne rentrait pas chez lui. Il y avait vécu si peu de temps la première année qu'au bout du compte il avait décidé de louer sa maison. Quand la demeure voisine avait été à vendre, il l'avait achetée pour la louer également ; il était désormais propriétaire de quatre maisons à Londres, pourtant il préférait continuer à vivre au magasin, à dormir dans le lit étroit de sa petite chambre adossée à son bureau, et debout dans une baignoire de métal il la remplissait au moyen d'un broc pour se laver. C'était plus simple que de rentrer chez lui. D'ailleurs il était chez lui.

Ce soir-là, il voulait revoir le contrat passé avec Reynolds, de Gloucester ; il avait l'impression que celui-ci réalisait sur la matière première des économies qui ne se répercutaient pas en aval. Et les quelques minutes consacrées aux ventes de jais seraient bien employées. Il enverrait un représentant à Whitby la semaine prochaine, et il serait intéressant de savoir comment s'écoulaient les différents modèles. Il consacra ainsi une demi-heure sur de menues tâches de cette sorte ; songea à d'autres qu'il valait mieux liquider tout de suite plutôt que d'attendre le lendemain, ce qui lui rappela que…

Lorsqu'il regarda la pendule, il constata avec cette surprise familière qu'il était plus de vingt et une heures.

La nuit, Bellman & Black sécrétait sa propre atmosphère. C'était une grosse bête endormie. En se renfonçant dans son fauteuil, il sentit un battement, et il lui sembla que c'était le battement de Bellman & Black, bien qu'il sût que c'était son sang qui pulsait dans ses veines. Bellman & Black était une extension de son propre corps. Il signait d'une main une commande, et son entrepôt se remplissait ; il donnait un ordre à voix haute, et cet ordre était exécuté ; il commandait ses ateliers, ses manufactures, ses usines en tout point comme ses jambes et ses bras. Il était le cœur et le cerveau de cette vaste entreprise. Elle lui appartenait. Et réciproquement.

Il céda à la tentation et alluma une lanterne pour aller s'aventurer dans l'ombre du magasin. Sa création était inerte, pourtant il l'habitait tel le moi du songe qui respirait à travers un corps endormi. Il alla de comptoir en comptoir, ouvrant des tiroirs, feuilletant des carnets de commandes. Il vérifia les stocks, remit droit un mannequin, rangea une étagère. Dans les profondeurs caverneuses du centre des expéditions, sa lanterne illumina de longues tables vides. Il posa la main en guise d'approbation sur le papier brun, la ficelle et les étiquettes, prêtes à servir dès le lendemain matin. Un seul paquet n'avait pas été envoyé. Il fronça les sourcils et prit note de l'adresse. Affaire à suivre.

À l'étage administratif, il se pencha sur les comptes de la journée comme un maître d'école sur les devoirs, observant les taches d'encre et l'écriture. Il gravit encore un étage, arriva dans la salle de travail des couturières où il dénombra les paires de ciseaux, examina les coutures des vêtements prêts pour le lendemain et compta le nombre de points au centimètre sur un ourlet confectionné par une nouvelle employée.

Sa supervision nocturne du travail du magasin fut interrompue par un bruit.

Des voix. En haut, dans leurs chambres, les couturières chantaient.

Il sourit en les écoutant.

Il regarda sa montre : presque vingt-trois heures. Elles étaient sorties au café-concert, sans doute, et venaient de rentrer.

Il tendit l'oreille pour mieux entendre. De douces voix lui apportèrent une mélodie tendre et agréable, mais il ne put comprendre les paroles. Cette chanson venait de loin, songea-t-il. Il lui semblait la connaître…

Comment était-ce, déjà ?

Il retrouva le fil… *De fraîches fontaines*, c'était bien ça ? La-la-la, la-la-la, et *Des heures heureuses*, da-da-di-da, *Ta voix m'appelle*…

C'était une chanson de filles. Les hommes préféraient les mélodies plus rythmées qu'on accompagnait en tapant du poing sur les tables et que l'on reprenait en chœur avec une ardeur virile. Une soirée à la taverne débutait souvent par des chansons populaires, elles devenaient paillardes à mesure que la nuit avançait. Parfois, aux heures creuses, les buveurs les plus endurcis, jeunes et vieux, troquaient les airs grivois contre des mélodies sentimentales. Et à la fin de la nuit, de leurs voix rauques et vacillantes, ils reprenaient des chansons comme celle-ci : pleines de tendresse et d'espoir. Autrefois il connaissait cette chanson, mais inutile de se mentir : il en avait oublié les paroles. Il poursuivit sa tournée en fredonnant cet air, et quand les jeunes femmes arrivèrent au bout et qu'elles recommencèrent au début, il demeura dans l'atelier de couture à les écouter. Leurs lits étaient à quelques centimètres au-dessus de sa tête. Il se souvint – avec surprise – que lui aussi, naguère, avait été un bon chanteur.

Les voix se turent. Il y eut quelques bribes de conversations étouffées, puis le silence.

Tout était parfait dans l'atelier. Bellman laissa une note pour complimenter miss Chalcraft, sa ronde était terminée.

La chanson, bien sûr, ne reviendrait pas.

Il eut envie…

Mais de quoi avait-il envie ?

Il l'ignorait. Enfin, en dehors de son lit.

En se lavant le visage, puis en se déshabillant, Bellman continua de fredonner la mélodie. Il se coucha, souffla sa bougie et se cala le dos bien en sécurité contre la cloison. Dans la seconde qui séparait la veille du sommeil il désira par-dessus tout que des bras tendres se referment autour de lui, qu'une femme se pelotonne contre lui. Le visage de Lizzie erra à la lisière de ses pensées. Puis il fut englouti dans les ténèbres.

Les fraîches fontaines et les heures heureuses reçurent bon accueil dans l'esprit de Bellman où elles s'installèrent de manière définitive. Dans les moments de concentration profonde, de contentement et de fatigue, quelques bribes de la chanson s'échappaient de ses lèvres, et il remplissait les blancs par des « la-la-la » et autres paroles inventées. Dans les mois qui suivirent, cette chanson devint la compagne tranquille et modeste de ses heures solitaires. Une fois ou deux, il s'imagina vivre une autre vie, où il serait devenu chanteur. Il se tenait debout au premier étage, comme sur une scène, et chantait de manière que sa voix résonnât à travers le théâtre désert du magasin. Les mannequins l'écoutaient, l'air suspendus à ses lèvres, mais quand la dernière note s'effaçait, ils n'applaudissaient pas.

Dans le silence qui s'ensuivait, il se demandait jusqu'où portait sa voix. Avait-il réveillé les couturières, deux étages plus haut ? Il s'autorisa même à imaginer un chœur de minuit : lui et les couturières, leurs voix s'élevant ensemble pour chanter, puis il se dit que tout cela était ridicule, et il évacua cette pensée.

20

Dans une ruelle étroite de Holborn, un aubergiste se retourna dans son lit froid et crasseux un matin pour s'apercevoir que son épouse était morte pendant la nuit. Ses voisins l'entendirent pleurer et accoururent à son chevet pour le découvrir, blafard, entouré de ses huit enfants médusés. « Que dois-je faire ? » demanda-t-il à la femme de son voisin. « Allez donc voir chez Bellman & Black, ils savent tout ça », répondit-elle.

Une mère et un père de Richmond apprirent que leur fils avait été victime d'un accident de cheval, et dans les minutes qui suivirent on leur rapporta son corps sans vie. Plus tard, ils pleureraient et prieraient ensemble, mais dans les premiers moments, leurs esprits manifestèrent des réactions différentes. Le père était tétanisé. Il n'entendait ni ne voyait plus rien. Son épouse se jeta dans les nécessités domestiques. *Il faut bien que quelqu'un annule le dîner*, songea-t-elle. *Que quelqu'un s'enquière de savoir ce qu'est devenu le cheval.* Mais avant de procéder à cela, avant que la douleur prît tout à fait possession d'elle, elle alla chercher de l'encre et du papier. « Il vaudrait mieux que je mande les gens de Bellman & Black », déclara-t-elle.

Une jeune veuve de Clapham ouvrit sa penderie et passa la main sur ses robes de crêpe. Deux ans exactement que son époux était décédé. C'était un homme bon. Beau. Deux ans… même si certaines nuits il lui semblait que c'était arrivé hier. Elle ne regretterait pas le noir. Le gris était plus élégant. Plus digne. Elle se souvint de cette teinte particulière qui faisait ressortir le bleu de ses yeux et flattait le blond de sa chevelure. Il y en aurait sûrement chez Bellman & Black.

Les puissants comme les humbles, les riches comme les pauvres, tous étaient égaux face à la mort : tous essuyaient leurs larmes et songeaient à Bellman & Black. Le coffre-fort dans la petite pièce derrière le bureau de Bellman se remplissait, tout comme les comptes ouverts chez Westminster & City. Les merciers marièrent leurs filles, leurs petites-filles, et les invités à ces fêtes étanchèrent leur soif avec faste grâce aux économies dépensées par les endeuillés. Tout allait bien.

Bellman était un homme satisfait. La masse des salaires à verser augmentait de mois en mois car il ne cessait d'engager de nouveaux employés pour faire face à la demande. La cantine préparait de plus en plus de repas pour nourrir le personnel qui réalisait les ventes. Un ballet constant de livreurs venait approvisionner les réserves afin de remettre en rayon les objets qui sortaient par la porte principale. La réussite se mesurait de toutes sortes de façons, depuis les commandes de ficelle et de papier d'emballage jusqu'aux notes des cordonniers qui réparaient les semelles des porteurs, dont les souliers s'usaient à force de monter et descendre pour aller d'un client à l'autre et livrer les paquets empilés entre leurs bras. Tout se rejoignait à la fin du mois lorsque Bellman prenait connaissance des rapports mensuels, vérifiait les chiffres et notait la progression réelle des ventes sur son graphique. Au fil des ans, la courbe ne cessait d'augmenter. Quant aux prévisions notées dans son carnet au tout début, comme celles qu'il avait présentées à ses futurs associés, diminuées pour ne pas paraître trop sûr de lui... Mazette ! Les profits étaient sept fois plus élevés qu'il ne l'avait envisagé ! Sept fois !

Bellman riait de bon cœur. Il avait toutes les raisons d'être satisfait.

Il n'oubliait pas Black. À une époque, se souvenait-il, penser à lui l'angoissait. Plus maintenant. Leur partenariat était certes peu orthodoxe, mais il fonctionnait. Le deuxième compte, celui de Black, était de mieux en mieux garni, et ce dernier pouvait tout retirer d'un coup si l'envie lui en prenait. Or il y avait là une belle somme ! Black avait-il seulement conscience de la réussite de Bellman & Black ? Bellman s'interrogeait. Suivait-il l'entreprise de loin, attendant son heure, content de voir prospérer cette affaire ? Peut-être passait-il parfois devant le magasin et regardait-il les vitrines ? Peut-être entrait-il pour flâner dans les rayons, à la manière d'un client ordinaire ?

Bellman se plaisait à l'imaginer servi par une des vendeuses, tout en conservant son identité secrète.

Pourtant il songeait parfois que cela n'était pas possible. Sans doute était-il à l'étranger. En voyage, probablement. En Europe ou en Amérique. Comment savoir quelle vie menait cet homme ? Quelque aventure intrépide, l'exploration des confins du globe… Cela ne l'eût guère surpris car Black n'était pas du genre à accepter les limites. Dans ce cas, ce serait une formidable surprise pour lui, le jour où il remettrait les pieds au pays, que de découvrir en se promenant à travers Londres que son idée, semée quelques années plus tôt, avait germé pour donner naissance à ce fabuleux grand magasin. Avec quelle joie il s'en viendrait voir Bellman ! Quelle journée ce serait ! Bellman l'attendait avec une hâte indicible.

On frapperait à la porte, Verney lui dirait : « Il y a là quelqu'un qui souhaiterait vous voir, monsieur », et Black entrerait, en chair et en os. Tels de vieux amis, ils se donneraient l'accolade, les bras de Black l'enserreraient, Bellman lui donnerait une tape dans le dos, et ils se sentiraient tout de suite à l'aise, comme des frères ! Il mettrait son travail de côté, quelle qu'en fût l'importance, et dirait à Verney – il voyait déjà la stupéfaction se peindre sur ses traits : « Qu'on ne me dérange sous aucun prétexte ! Même si c'est Critchlow en personne ! » Ensuite ils s'assiéraient tous les deux de chaque côté du feu, un verre de la meilleure eau-de-vie à la main, et Black lui raconterait toutes sortes de choses. Où il était allé, ce qu'il avait fait. Un grand nombre des questions qui avaient intrigué Bellman deviendraient claires. « Je suppose que vous avez dû vous interroger à mon sujet ! » dirait-il, et Bellman lui répondrait en allumant un cigare : « Je savais bien que vous reviendriez un jour, tôt ou tard, mon vieux. Je n'en ai jamais douté ! »

Bellman expliquerait à son associé tout ce qui concernait leur entreprise, comment il s'y était pris pour qu'elle prospérât ainsi, et Black l'approuverait en tout point. « Je savais que vous étiez l'homme de la situation, Bellman, mon ami. » Oui. Il lui montrerait les graphiques, tournerait les pages des livres de comptes, lui présenterait les relevés bancaires du compte qu'il lui avait ouvert. Quelle satisfaction il éprouverait alors !

Deux hommes dont la fortune était assurée, discutant de leurs affaires au coin du feu – oui, cela se passerait ainsi ! –, jusqu'à ce que la conversation dérive loin du commerce, pour gagner en hauteur, alors ils aborderaient des matières plus profondes, des débats philosophiques, des problèmes universels… Il était des dimensions de la vie pour lesquelles Bellman n'avait pas de mots, à la lisière des pages des dictionnaires, mais Black en savait sûrement long sur ces domaines. C'était un homme d'une singulière influence. Travailler à ses côtés avait déjà assuré à Bellman et sa fille une protection qui s'étendait bien au-delà des aspects matériels. Il avait cent questions à poser à Black, qui lui répondrait avec patience, par des mots simples – des mots qui en diraient long –, et Bellman suspendu à ses lèvres apprendrait des choses merveilleuses et admirables, dont il n'avait jamais rêvé, et qui revêtaient la plus grande importance.

Quelle conversation ce serait ! Lorsqu'ils arriveraient au bout, quand la lune serait haute dans le ciel et que s'éteindraient les étoiles, tout Londres dormirait tandis que ces deux grands hommes d'affaires, assis dans ce bureau, sonderaient les mystères de ce monde… Camaraderie. Compréhension. Compagnie dont se féliciter. Comme il avait hâte de revoir Black !

Ce jour viendrait. C'était entre les mains de Black ; Bellman n'y pouvait absolument rien, quelque intense qu'en fût son désir.

En attendant, restait Bellman & Black. Du travail à accomplir. Le sentimentalisme ne mettait pas de beurre dans les épinards.

Bellman se détourna de ses rêves et revint à ses calculs. Et tandis qu'il occupait sa conscience en de méticuleuses additions, soustractions, multiplications, il avait chaud au cœur en songeant qu'il y avait beaucoup à dire sur le fait d'avoir à ses côtés un ami tel que Black.

&

Le corbeau freux ne connaît guère de prédateurs. Il est trop gros, trop fort, trop bien organisé et surtout trop intelligent pour n'être guère plus qu'un repas d'exception chez les hiboux et les aigles. Les humains sont parfois une menace pour lui – et pas seulement les garçons armés de lance-pierres.

Il est une vieille berceuse que les mères anglaises chantent à leurs bébés en les faisant sauter sur leurs genoux. Elle dit ceci :

Chantez une chanson à six pence, une poignée d'orge,
Vingt et quatre oiseaux de jais cuits dans une tourte,
Quand on découpa cette tourte, les oiseaux chantèrent,
Quel plus noble plat, dites-moi, présenter à un roi ?

Les oiseaux noirs en question sont des freux, et vous devez penser qu'avec deux douzaines d'oiseaux il s'agit d'une très grosse tourte, pourtant vous seriez loin de la vérité. La chair d'un freux adulte est amère. Cela ne vous plairait guère. Le seul freux comestible (si vous n'êtes pas trop regardant), c'est l'oisillon. Il ne sait pas encore voler et reste perché sur sa branche, à l'extérieur du nid, à observer le monde qui sera bientôt le sien. Les jeunes sont les seuls susceptibles d'être mangés, et chacun ne possède que deux morceaux de viande, un par cuisse, de la taille du bout de votre pouce – piètre récompense après les avoir chassés, plumés et cuisinés. D'où le roi de la comptine, pour qui cette tourte d'un nouveau genre vaut la peine puisqu'il a à son service un bataillon de gardes-chasse armés et de cuisiniers en tabliers.

Cela dit, la faim est un moteur puissant et il fallait bien que vos ancêtres mangent. On peut supposer qu'en temps de disette il y avait des gens suffisamment patients pour débusquer un oisillon et tirer une flèche pour l'arracher à son chêne.

Vous pouvez bien froncer le nez à la perspective de manger du freux. Lui en revanche se délecterait à l'idée de vous dévorer. Si la chance se présentait à lui – au bord du chemin, sur un champ de bataille, quand la mer se retire –, il serait heureux de se rougir le bec au contact de votre chair. Bien avant les églises, les croix et les cercueils, c'était un rituel de déposer les morts sur des tables de pierre pour en faire nettoyer les ossements.

Voilà où je veux en venir : autrefois un corbeau freux mangea votre ancêtre, et autrefois votre ancêtre mangea du freux. Les humains mangent les freux : les freux mangent les humains. Leurs chairs se mêlent. Grâce à cette ingestion mutuelle, les protéines de la chair humaine se transforment en plumes noir de jais, et les protéines de la chair de freux deviennent peau humaine.

Il existe un lien de parenté intime entre les freux et les humains. Ces derniers, avec leur capacité hors pair à oublier, sont surpris d'apprendre qu'ils sont si proches de ces oiseaux. Les freux, qui possèdent une meilleure mémoire, savent parfaitement qu'ils sont nos cousins à plumes.

Il existe beaucoup de noms désignant une volée de freux. Dans certaines contrées, les gens parlent d'un *bâtiment* de freux.

21

Bellman & Black était le joyau de l'empire financier de Bellman, mais ce n'était pas son seul atout. D'abord, Bellman possédait encore la manufacture familiale de Whittingford. Chaque semaine il recevait le rapport de Ned et lui répondait – douze à quinze pages – en lui donnant des instructions, des conseils, lui demandant des précisions. Il y avait maintenant une seconde fabrique : il l'avait achetée six mois plus tôt à un très bon prix après que le propriétaire eut fait faillite. Ce dernier avait commis l'erreur de trop se reposer sur un seul client ; il y avait eu défaut de paiement. C'était une faute rudimentaire, et Bellman – qui avait eu la présence d'esprit des années plus tôt de lui consentir un prêt très avantageux –, premier informé de sa situation financière, en avait profité. Il avait envoyé le bras droit de Ned restructurer la manufacture selon les principes en vigueur à Whittingford et, passé une période initiale de turbulences – personne n'aime le changement –, la situation s'était apaisée et l'affaire commençait déjà à dégager des bénéfices.

Bellman possédait également une douzaine de maisons dans les meilleurs quartiers de Londres : les loyers lui rapportaient une jolie somme, et leur valeur immobilière ne cessait d'augmenter. Hélas, elles ne se géraient pas toutes seules. Il fallait trouver des locataires, encaisser des loyers, réparer les toits… Il avait engagé des gens pour s'en occuper à sa place, mais comme il était William Bellman, il aimait savoir ce qui se pratiquait en son nom.

Par ailleurs, Bellman surveillait de très près ses investissements. Beaucoup de jeunes entrepreneurs le sollicitaient pour qu'il leur avançât des capitaux dans le but de développer une innovation dans le secteur des pompes funèbres. Mais ses fonds s'accompagnaient d'un droit de regard. Si le raisonnement comportait une erreur, Bellman la décelait. Il se familiarisa avec des secteurs très éloignés du sien, identifia les facteurs fondamentaux, universels qui causaient le succès ou l'échec ; il évaluait les spécificités de chaque nouvelle entreprise, et jamais il n'investissait sans bien informer ses partenaires qu'il escomptait participer à la direction de l'affaire. Il avait la main légère, mais cela faisait toute la différence. À Westminster & City, Anson en vint à le considérer comme une sorte de guide. Si Bellman investissait, vous pouviez être certain que l'affaire était solide, et là où il mettait son argent, il mettait aussi son savoir et sa perspicacité. Quand il le pouvait, le banquier investissait aussi ses propres capitaux à la suite de Bellman, pour bénéficier de ses gains.

Un soir au Russell, Bellman rejoignit son banquier et ses associés pour discuter d'un projet cher à son cœur. Il y avait longtemps qu'il souhaitait s'agrandir en ouvrant des filiales de Bellman & Black à Bath, York et Manchester : des lieux étaient déjà choisis, et entre ses associés et la banque, les fonds rassemblés pour acheter le terrain et engager les architectes. Impatient de lancer ce nouveau programme d'expansion nationale, Bellman avait eu l'idée – en tout cas c'est ainsi que le comprirent ses compagnons ce soir-là – de louer le nom de Bellman & Black à des boutiques de pompes funèbres indépendantes, ce qui leur permettrait de s'approvisionner auprès des mêmes fournisseurs, et en échange il récolterait une partie des bénéfices. L'idée parut tout à fait bizarre à ses quatre interlocuteurs.

« Mais pourquoi un commerçant qui a toujours été indépendant voudrait-il entrer dans ce genre de partenariat ? l'interrogea l'un des merciers.

— Et comment saurons-nous quand la boutique de Manchester n'aura plus de gants italiens taille 6 en stock ? » s'enquit un autre.

Bellman avait réponse à tout. La solution à chaque problème. Au doute, il opposait la certitude. Il comblait leur ignorance à coups de chiffres et de faits avérés. Il avait réfléchi à chaque aspect de ses projets jusque dans les moindres détails, et il le leur expliqua avec une telle clarté d'esprit que peu à peu l'idée saugrenue devint raisonnable à l'évidence, et au bout du compte tous se demandèrent comment personne n'y avait pensé plus tôt.

« Où diable trouvez-vous le temps pour tout ça ? le questionna Anson dans un instant de battement où le serveur posait leurs verres sur la table. Quel est donc votre secret ? »

Bellman haussa les épaules. « Le temps passe plus vite pour l'homme oisif que pour celui qui s'occupe. Plus j'ai à faire, plus j'ai le temps de le faire. J'ai découvert cela il y a longtemps. »

Ils goûtèrent leur eau-de-vie et poursuivirent leur conversation. Le consensus tirait vers le oui. Anson n'intervenait pas dans la décision – il n'était que le banquier –, toutefois ses avis étaient écoutés et traités avec respect. « Et que penser de Thompson et de sa campagne en faveur de la crémation ? Il a raison au sujet des cimetières. Ce n'est pas hygiénique et il faudra bien prendre des mesures. Avec ce changement dans l'air, est-ce le bon moment pour s'agrandir aussi fortement ? »

S'ensuivit une série de réactions très vives.

« C'est impie !

— Absolument. Les Anglais ne l'accepteront jamais !

— On tolère cela juste parce que c'est le médecin de la reine. C'est une idée ridicule. »

Bellman fut le seul à lier ce sujet à leurs affaires. « Selon moi, les obsèques sont les obsèques, quel que soit le cérémonial. Le désir de rituel ne disparaîtra pas. Un cercueil, c'est un gros morceau, mais la plupart du temps il est de bois, ce qui n'est pas un matériau coûteux ; de plus, comme il doit être enseveli sous terre, il existe une limite naturelle à ce que les gens sont prêts à dépenser. Une urne destinée à recueillir les cendres, que les personnes souhaiteront conserver chez elles, peut être fabriquée dans toutes sortes de matières luxueuses, jusqu'à l'argent ou l'or, cela permet quantité de figures décoratives, voire artistiques. Quand bien même Thompson parviendrait à ses fins, je ne vois pas en quoi nous devrions le redouter.

— Vous souhaiteriez lancer votre campagne d'expansion sans attendre que soit rendu le verdict dans l'affaire du pays de Galles ?

— Ce druide qui a brûlé le corps de son enfant au sommet d'une colline ! » Tous secouèrent la tête et affichèrent une moue de dégoût.

« C'est un péché. Cet homme est un païen.

— Il se crée des problèmes à lui-même, surtout. Il est à plaindre, c'est certain.

— Pensez-vous qu'il soit fou ? »

Et les merciers de se lancer dans un débat au sujet de ce cas qui excitait tant l'opinion publique.

« Peut-être en sortira-t-il du bien, supposa Critchlow. Porter l'affaire devant un juge chrétien clarifiera la position de la justice une bonne fois pour toutes, et cela mettra un terme aux ambitions de Thompson. »

Les autres opinèrent du chef avec sagesse.

« Puissiez-vous avoir raison, repartit Anson.

— Donc nous nous lançons ? » déclara Bellman, et sa manière de le formuler ressemblait beaucoup à une affirmation.

Ses associés hochèrent de nouveau la tête. Leur accord obtenu, Bellman se leva, et l'instant d'après il était parti.

« Il retourne travailler, dit l'un des merciers à Anson. Quel dévouement. On ne peut qu'admirer cet homme. »

En rentrant chez lui un peu plus tard dans la soirée, le banquier repensa à cette conversation. Fallait-il admirer cet homme ? Oui et non. Il avait le plus grand respect pour le flair commercial de Bellman, pour sa clairvoyance en matière de finances, toutefois il se demandait si une opiniâtreté aussi poussée était entièrement saine.

Anson se considérait lui-même comme travailleur. De dix heures du matin à quatre heures de l'après-midi, il était à son bureau. Du lundi au vendredi ; le soir, il voyait des clients dans un cadre moins formel et traitait certaines affaires à son club ; il rapportait chez lui de la paperasse le week-end quand c'était nécessaire. Mais la plupart du temps, il avait quelques heures de libres dans la journée pour vivre sa vie.

Anson aimait par-dessus tout ses enfants, aussi bien les grands, issus d'un premier mariage, que les petits, nés d'un second. Faire le tour de son jardin le samedi matin était important pour lui. De plus, il se sentait frustré ces jours-là s'il ne passait pas une demi-heure en compagnie d'un livre. Et puis il y avait les femmes. Son épouse, bien sûr, qu'il aimait tendrement et traitait avec beaucoup de respect et de gentillesse, mais aussi une ou deux autres : âmes gaies, discrètes et affectueuses. Oui, il avait toujours aimé les femmes. Tout cela, c'était la vie, considérait-il. C'était pour ça qu'il travaillait. Dépenser son argent – pour acheter un hortensia, un piano à ses filles, un bijou à une maîtresse – justifiait le temps consacré à la banque, c'était le terme naturel d'un cycle qui démarrait avec le travail. Sur son honneur, il était incapable de discerner ce qui tenait lieu d'équivalent dans la vie de Bellman.

Ce dernier avait une fille, à ce qu'on racontait, mais il ne semblait guère passer de temps avec elle. Elle ne vivait pas à Londres, et Bellman ne restait jamais éloigné de son magasin plus de vingt-quatre heures. On ne lui connaissait pas de maîtresse. Le dernier étage de son magasin abritait un harem de couturières en nombre suffisant pour satisfaire tous les sultans, pourtant, son intuition – plus clairvoyante que celle de Mrs Critchlow – disait à Anson que Bellman ne les touchait pas. Ses appétits ne le portaient ni vers la boisson ni vers la bonne chère. Les bouteilles qu'il conservait dans son bureau ne servaient que lorsqu'il recevait, à ce qu'il avait pu constater. Les rares fois où Bellman était venu le voir chez lui, en une ou deux occasions urgentes, il avait accepté avec indifférence une tasse de thé ou un verre d'eau-de-vie, sans jamais finir ni l'une ni l'autre. Il n'avait pas de passions. Il n'avait pas de passe-temps. Pas même de véritable foyer. Il se contentait de travailler, apparemment sans se fatiguer, sans éprouver le besoin de s'arrêter, que ce fût pour se reposer ou jouir d'un peu de confort, de compagnie. C'était impressionnant. Mais était-ce bien naturel ?

Nous ne sommes pas faits de la même étoffe que lui, songea Anson. *Pourtant, c'est un être humain. Combien de temps un homme peut-il continuer ainsi ?*

22

La poche du gilet de Bellman s'était trouée à l'endroit où il rangeait sa montre, et le tissu était déformé. « Envoyez-moi une couturière pour m'en confectionner un autre », dit-il à miss Chalcraft, qui dépêcha Lizzie.

Il retira son veston et le posa sur le dossier de sa chaise.

« C'est du mérinos anglais, je suppose ? demanda-t-elle. Il est doux au toucher, mais moins résistant que l'espagnol.

— Pourtant c'est la même laine. La seule différence vient du tissage. »

Il ôta son gilet et se plaça de manière qu'elle prît ses mesures. Elle sortit son mètre d'une poche fixée à sa ceinture, et il sentit ses doigts légers se poser sur sa nuque et sa taille, sa clavicule et ses épaules, sa poitrine. Entre chaque mesure, elle allait noter des chiffres. Puis elle revenait vers lui. Une fois, deux fois, trois fois… Elle ne le regardait pas, du moins pas son visage, et lui se contentait de lui jeter des coups d'œil obliques.

Il s'aperçut non pas qu'il chantait ni ne fredonnait, mais soufflait une mélodie. Son torse devait tressauter car elle posa la main sur son épaule pour qu'il cessât de remuer. Puis il l'entendit dire :

« Là-haut, on raconte que Mr Black hante le magasin. »

Il se concentra pour sentir son souffle dans sa nuque, en vain.

« D'où vos collègues tiennent-elles cela ?

— Elles l'entendent chanter.

— Ah.

— Apparemment, il ne connaît pas toutes les paroles de la chanson.

— C'est vrai ?

— Vous avez mal aux bras ? Non ? Alors je vais placer sur vous le patron de calicot. C'est le même que la dernière fois, vos mesures n'ont pas changé. »

Sur le bureau elle attacha avec adresse les pans de calicot au moyen de quelques épingles puis elle repassa derrière lui et les aplatit contre son dos. Sa voix douce arriva à ses oreilles tel un murmure à peine audible.

Still the angel stars are shinning,
Still the rippling waters flow,
But the angel voice is silent
That I heard so long ago.
Hark ! the echoes murmur low,
Long ago ![1]

---

1. Les étoiles des anges brillent toujours,
Les eaux agitées continuent de couler,
Mais la voix de l'ange s'est tue,
Celle que j'entendais autrefois.
Écoutez ! les échos murmurés à mi-voix,
D'autrefois !

Comme cette chanson est triste, songea Bellman. Il ne s'en était jamais aperçu. Sinon, il ne l'aurait pas chantée – pourtant, dans la bouche de Lizzie, cette tristesse était charmante. Il était content qu'elle continuât.

Still the wood is dim and lovely,
Still the splashing fountains play,
But the past and all its beauty
Whither has it fled away ?
Hark ! the mournful echoes say
Fled away ![1]

Tout en l'écoutant, il sentit quelque chose dans sa poitrine. Oui, quelque chose était prêt à lâcher, qu'il retenait depuis trop longtemps, un fardeau trop lourd à porter, qui ne demandait qu'à se détacher… Que lui arrivait-il donc ?

Lizzie vint se placer devant lui. Timide ou réservée, elle n'osait pas le regarder et se tut. Elle prit les morceaux de calicot qui composaient le devant du gilet et en appliqua un sur son torse, qu'elle fixa avec une épingle à la partie du dos correspondante.

« Continuez à chanter, je vous en prie. » Sa propre voix lui parut rauque.

---

1. Le bois est toujours sombre et beau,
Les fontaines toujours éclaboussent de joie,
Mais le passé et toute sa beauté,
Où s'en est-il allé ?
Écoutez ! disent les tristes échos :
Il a fui !

Les joues de la jeune femme s'empourprèrent. Elle était si près de lui qu'il voyait luire l'intérieur de ses lèvres lorsqu'elles s'entrouvraient.

Still the bird of night complaineth
(Now, indeed, her song is pain),
Visions of my happy hours,
Do I call and call in vain ?
Hark ! the echoes cry again,
All in vain ![1]

Elle appliqua contre lui l'autre moitié du gilet et, quand elle se tut, car un mot ou deux lui faisaient défaut, Bellman s'aperçut qu'il se rappelait les paroles, finalement. Une chanson apprise auprès des buveurs du Red Lion il y avait si longtemps, oubliée pour les neuf dixièmes, et qui à présent émergeait du passé. Les mots qui lui échappaient revinrent à sa bouche l'un après l'autre au moment précis où il en avait besoin. Conscient de la présence de Verney dans l'autre pièce, il murmura en fredonnant aussi doucement qu'il le pouvait :

Cease, oh echoes, mournful echoes !
Once I loved your voices well ;
Now my heart is sick and weary –

---

1. Toujours l'oiseau de nuit se plaint
(En vérité c'est un chant de douleur),
Des visions de mes heures de bonheur,
Je les rappelle et les rappelle, en vain ?
Écoutez ! pleurent encore les échos,
Tout est vain !

Days of old, a long farewell!
Hark! the echoes sad and dreary
Cry farewell, farewell![1]

Lizzie en avait terminé. Elle le regardait chanter, comme lui l'avait fait un peu plus tôt, les mains jointes devant elle. C'eût été la chose la plus naturelle du monde qu'il les prît entre les siennes.

Je devrais lui poser la question au sujet de Black, songea-t-il. Il avait l'intention de le lui demander… depuis si longtemps.

« Cette nuit où je vous ai rencontrée, la veille de l'ouverture du magasin… (mais alors son propos divergea inopinément) il y avait un berceau dans votre chambre. »

Il la vit tressaillir à l'intérieur. « J'avais une petite fille, autrefois. Elle s'appelait Sarah. Elle… »

Les mots manquèrent à Lizzie. Ses yeux s'enveloppèrent de pleurs ; d'un voile tendu, tremblant. Une larme s'écoula, vernissant sa joue, puis une autre, et son visage fut inondé de chagrin, mais en même temps – Bellman était absolument stupéfait – elle souriait. Quoi qu'il lui restât à dire, ce n'était plus nécessaire car son visage irradiait des souvenirs de joie et de douleur, le laissant médusé. Elle lui adressa

1. Taisez-vous, échos douloureux !
Autrefois j'adorais vos voix ;
Aujourd'hui mon cœur est mal et las :
Au passé, mes adieux à jamais !
Écoutez ! les tristes et mornes échos
Crient adieu, adieu !

un regard, comme un cadeau d'une effrayante beauté, et il l'accueillit avec avidité.

Quelque chose débordait en lui. Il sentit ses lèvres trembler. Quelle douce consolation il y aurait eu à pleurer en cet instant, à partager le chagrin de cette femme, avec cette chanson qui parlait pour lui… Ses yeux lui faisaient mal, la pression qu'ils subissaient augmentait, et au moment où sa vision fut foudroyée d'un brillant éclair, il vit – ou crut déceler – un mouvement au-dehors.

« Qu'est-ce que c'est ? interrogea-t-il.

— Quoi ?

— À la fenêtre. C'était un oiseau ?

— Je n'ai rien vu. »

Dans cet instant de surprise, ses mains avaient trouvé les siennes.

Naguère vivait un William Bellman qui savait embrasser une femme. Offrir et recevoir le réconfort d'une étreinte. Attirer dans ses bras une personne pour sentir un autre cœur battre contre le sien.

Mais je suis avec Black, maintenant, songea-t-il tout en scrutant le ciel en quête de ce qui l'avait ainsi surpris. Le réconfort du deuil lui était désormais hors de portée, et il était trop tard pour pleurer.

Il lâcha les mains de Lizzie. Elle se détourna pour revenir à ses mesures.

« Voulez-vous conserver les mêmes poches qu'auparavant, Mr Bellman ?

— Oui, je crois.

— Prenez garde aux épingles pendant que je vous enlève le patron. »

Il ne bougea pas tandis qu'elle faisait glisser le modèle de calicot le long de ses bras. Elle le replia en hâte. « Je peux le finir pour demain. Pour l'heure du déjeuner, cela vous conviendra-t-il ?

— Nous ne sommes pas pressés. »

Lizzie retourna à l'atelier de couture, et Bellman se remit au travail.

23

« Will ! »

Il y avait si longtemps que personne ne l'avait appelé par son diminutif – ni même par son prénom, d'ailleurs – que, dans un premier temps, il ne comprit pas qu'on s'adressait à lui. Il faillit passer à côté d'elle, mais son regard interrogateur l'arrêta. Soudain, l'usage de son nom lui revint, et il lui prêta attention.

Ce visage lui sembla familier sans vraiment le reconnaître. Chez Bellman & Black, il connaissait tout le monde, seulement il se trouvait à présent dans la grand-rue de Whittingford, incapable de mettre un nom sur cette femme qui semblait si bien se souvenir de lui. Elle lui sourit, lui demanda comment il allait, et il répondit avec hésitation jusqu'à ce qu'il sût à qui…

« Jeannie Armstrong. Jeannie Aldridge autrefois… Il y a si longtemps. Je ne t'en veux pas de ne pas me remettre. J'ai beaucoup changé. »

Il distingua alors en cette dame la Jeannie qu'il avait fréquentée naguère. Elle était plus vieille, plus grosse, plus grise. Il n'y avait pas que le temps qui l'avait transformée. Les soucis avaient assombri ses yeux et ridé son visage.

Il l'écouta lui parler de ses enfants. Rob, l'aîné, qui s'occupait désormais de livrer le pain et le lait à la manufacture et à la demeure des Bellman. « Je remercie le ciel qu'il soit là, voilà ce que je dis. Il est encore jeune, mais c'est lui qui dirige la boulangerie, les livraisons et tout le reste, et j'ignore comment nous aurions fait sans lui. Ta Dora a été pour nous une bénédiction. Elle lui a appris à tenir les livres de comptes, et mieux encore, en vérité, c'est elle qui s'en charge à sa place, en attendant que son frère quitte l'école et puisse l'aider davantage. Je ne peux pas m'occuper de la boulangerie et de Fred à la fois, n'est-ce pas ? Et comme il a de plus en plus besoin de moi, je ne peux plus guère quitter son chevet. C'est notre fille qui le veille en ce moment, le temps que j'aille chercher... »

De ce discours il conclut les faits suivants : Fred était malade, son fils Rob avait dû prendre trop tôt la place de son père, et sa propre fille leur prêtait assistance. Il se souvint vaguement d'un courrier de Ned où il lui annonçait que le boulanger était malade mais que les livraisons continuaient. Il crut se rappeler que Dora dans une lettre lui avait appris que Ned lui enseignait la comptabilité et qu'elle se rendait utile à la fabrique en venant y travailler plusieurs matinées par semaine. Ce qui lui paraissait quelque peu inattendu.

Le discours de Jeannie s'interrompit car une idée lui vint.

« Pourquoi ne viendrais-tu pas lui dire bonjour ? "J'ai toujours su qu'il deviendrait quelqu'un, ce William Bellman", voilà ce que dit Fred. À l'entendre, il le savait déjà quand vous étiez enfants. Et tu lui as offert cette formidable chance de livrer le pain à la manufacture. C'est ce qui a fait notre réussite. Il ne l'a jamais oublié. »

Ses yeux n'étaient plus d'un azur sans nuage, comme jadis.

Une image lui vint, sortant de nulle part : la rivière, les hautes herbes, les jambes blanches de Jeannie étendues sur la berge verte, ses bottillons noirs à ses pieds.

Il vit qu'elle y pensait elle aussi. Elle comprit qu'il se le rappelait.

« Viens le voir, Will, ça signifierait beaucoup pour lui.

— Oui, je viendrai. »

« Ainsi donc tu travailles avec Ned à la fabrique, maintenant ? demanda-t-il à Dora au petit déjeuner.

— Depuis un an et demi. »

Il acquiesça. « Et ça te plaît ?

— Oui.

— Et les comptes de la boulangerie ? »

Elle hocha la tête lentement, sourcils froncés. « Les Armstrong voulaient retirer Fred et Billie de l'école pour qu'ils les aident. Je comprends bien qu'ils l'aient jugé nécessaire, mais c'était une vision à court terme selon moi. En étudiant encore une ou deux années, ils seront bien plus efficaces par la suite. Dans l'intervalle, Rob peut se débrouiller à la boulangerie s'il a quelqu'un pour s'occuper de ses papiers.

— Et c'est toi qui t'en occupes. Tu es rémunérée ? »

Elle sourit. « On ne paie pas le pain à la maison. Et nous pouvons utiliser la charrette de la boulangerie pour faire nos expéditions le dimanche. Et quand Rob s'endort au beau milieu d'un pique-nique, ou dans ton vieux fauteuil quand il m'apporte les factures, pendant une heure j'ai à ma disposition un modèle à dessiner qui ne bouge pas d'un pouce. C'est un échange assez équitable à mon sens. »

Il hocha la tête. « De toute façon, ce serait ennuyeux et coûteux de trouver un nouveau boulanger, au cas où les Armstrong feraient faillite.

— J'ai appris que tu devais aller rendre visite à Mr Armstrong avant ton départ pour Londres ? dit Dora en levant les yeux de sa tartine de confiture. Rob en a glissé un mot à Mary en livrant le pain ce matin. »

Bellman fronça les sourcils, et son regard se perdit. Elle avait raison. Il l'avait promis. Il secoua la tête.

« Je devais. Mais là… » Il désigna une lettre de Verney, qui énumérait tous les problèmes qui s'étaient présentés pendant sa courte absence, afin qu'il en prît connaissance avant son retour de manière à être opérationnel dès son arrivée à Londres. Il ressentit un frisson d'urgence. Il était impératif qu'il retournât à Londres au plus vite.

« On m'attend à Londres. »

La nécessité de se dépêcher devenait pressante. Il se leva en s'essuyant la bouche de sa serviette sans même avoir fini son toast.

« Qu'arrive-t-il au juste à Mr Armstrong ?

— Il est mourant, répondit Dora d'un ton et d'un regard neutres.

— Dis-leur que je passerai la prochaine fois », repartit-il comme s'il n'avait pas entendu sa réponse, et dans sa hâte à fuir il fit choir sa serviette sans la ramasser.

« La prochaine fois, ce sera trop tard », déclara Dora alors que la porte se refermait sur lui.

Elle mordit dans sa tartine.

Bellman prenait des notes dans son carnet et il s'y tenait. Dans sa lettre hebdomadaire à Ned, il lui annonça sa décision d'offrir son enterrement au boulanger qui avait approvisionné tant d'années les petits déjeuners de la manufacture. Pourrait-il en informer Mrs Jeannie Armstrong le moment venu, et servir d'intermédiaire entre elle et Mr Latimer, le directeur en chef des obsèques chez Bellman & Black, afin de lui communiquer les souhaits de la famille ? Il adressa une note équivalente à Mr Latimer.

Quelques semaines plus tard, Bellman triait une pile de paperasse à son allure habituelle, pleine d'énergie, lorsqu'une facture retint son attention.

Qu'était-ce donc ? Un service funéraire complet offert par Bellman & Black ? Au nom d'Armstrong…

Fred !

Son cœur bondit, plein d'alarme. Son sang se mit à couler plus vite. Sa gorge se noua. D'une écriture encore plus pressée qu'à l'accoutumée et moins lisible, il signa et passa prestement à la suite.

Il se concentra le plus possible sur ses papiers. Il travaillait vite, encore plus vite. Chaque minute, chaque seconde, chaque fragment de seconde, il travaillait. Quand la pile de paperasse fut réduite à rien, il sortit un gros dossier d'analyses comptables qu'il voulait consulter depuis un moment et resta penché dessus jusqu'aux petites heures du jour, prenant des notes, composant une liste de questions. À la fin il écrivit un rapport circonstancié. Puis il se trouva d'autres menues tâches. Quand arriva le matin et que Verney vint frapper à sa porte, il avait oublié son cœur, et son sang, et sa gorge, et les obsèques de Fred n'étaient plus qu'un détail appartenant au passé.

24

Verney posa sur son bureau le résumé comptable du mois avec les dossiers complémentaires. Il y avait dans ses manières une pointe d'hésitation, de réticence. « Et j'ai pensé que vous seriez intéressé par ceci », dit-il en posant un journal par-dessus.

Bellman y jeta un coup d'œil : le journal était replié de façon à mettre en valeur une lettre de la main d'un grand nom littéraire de l'époque qui critiquait les excès des fastes mortuaires.

« Encore un ? dit-il en le balayant des yeux. Cela ne servira qu'à dissuader les gens de s'adresser à des charlatans pour venir nous voir. C'est très bien. »

Verney hocha la tête. « Dans ce cas, je vous laisse, si vous n'avez plus besoin de moi. »

Ils se souhaitèrent bonne nuit.

C'était le dernier jour d'octobre. Ignorant les assauts de la pluie contre ses croisées obscurcies, Bellman s'assit à son bureau avec délice. Le dernier vendredi de chaque mois, les chefs de département rédigeaient leur rapport sur les quatre dernières semaines : hausses et baisses des ventes des différents articles, et les facteurs qui avaient influencé ces tendances. Il était déjà au courant de tout cela dans les grandes lignes grâce à ses trois tours quotidiens du magasin aux heures d'ouverture ; cependant, il aimait ce moment passé seul avec ses rapports après la fermeture. Pourquoi la vente des bonnets étaient en hausse ou en baisse ; le soudain engouement pour les ouroboros de jais ; l'augmentation des reçus pour les fournitures et les problèmes causés par un fabricant de gants italiens : son intérêt pour les détails les plus élémentaires ne s'émoussait pas. Des funérailles imposantes – comme celles du comte de Stanford deux mois plus tôt – pouvaient gonfler les profits de presque tous les rayons. En lisant, lui venaient à l'esprit des questions, des actions à entreprendre, des affaires à suivre, aussi notait-il ici et là des choses dans la marge : un point d'interrogation, une flèche, un mot ou deux. Il n'omettait rien.

Après les rapports écrits, les chiffres de son comptable en chef. Il se contentait de les parcourir, guère plus. S'il y avait une erreur, elle lui sauterait aux yeux, aussi visible qu'une statue sur une piste de danse. Il examina les colonnes et les rangées : tout avait l'air en ordre. Ce fut seulement à la dernière ligne qu'il marqua une pause. Il l'étudia plus attentivement, éloigna un peu la feuille. Puis il la laissa choir sur son bureau, et son regard se fixa dans l'angle où les murs rencontraient le plafond. Que se passait-il donc ?

Ce nouveau mois avait été plutôt bon, non ? Un flot ininterrompu de gens qui achetaient, payaient et repartaient consolés. Pour chaque personne qui sortait du magasin, une nouvelle y pénétrait. Pour chaque client qui terminait son deuil, un nouveau y entrait. D'ailleurs ceux qui sortaient du deuil y reviendraient un jour, très probablement. L'idée était répandue – et pourquoi décourager cela ? – que cela portait malheur de garder les mêmes habits « pour la prochaine fois ». Et quand ses clients mourraient à leur tour, désormais dans l'incapacité de dépenser le moindre penny, c'est là qu'ils rapporteraient le plus à Bellman & Black… Les poètes et romanciers pouvaient écrire toutes les lettres qu'ils voudraient, *Household Words* pouvait les publier par douzaines chaque semaine, cela ne ferait aucune différence. Les gens continueraient à mourir, et leurs proches voudraient honorer leur mémoire avec des pleureuses, des cercueils matelassés et de nouveaux habits noirs…

Rien ne changeait. Les empaqueteurs avaient utilisé des milliers de mètres de papier et de ficelle pour préparer des colis à expédier à travers tout le pays. Les couturières avaient cousu des milliers de mètres de fil noir à travers le crêpe, le cachemire et le mérinos. Il avait vu les factures pour le fil et la ficelle. Tout allait bien.

Il reprit les chiffres et les examina de plus près. Ventes plates. Pas de hausse par rapport au mois précédent.

Bellman fronça les sourcils. Ce tassement montrait-il qu'on avait atteint les limites naturelles du marché ? Dans ce cas, ce ne serait pas un désastre. On pouvait continuer à l'infini ainsi. À moins que ce ne fût un signe annonçant autre chose – il sentit sa poitrine se contracter. Cette courbe plate ne reflétait-elle pas les prémices d'une baisse ?

Bellman se tenait près de son graphique, le stylo entre les doigts. Il leva la main pour marquer son point et hésita. Ce n'était pas possible ! Les doigts agiles de Verney avaient dû commettre une erreur. Une virgule s'était égarée en chemin. Un huit s'était transformé en trois. Il lui demanderait de revoir sa copie le lendemain.

Il rangea le stylo noir dans son plumier.

Quel objectif devait-il noter pour le mois suivant ? Qu'allait-il arriver à Londres ? Les températures chutaient. Le froid s'installait, et bientôt ce serait pire. Les gens feraient des économies de chauffage, et les pauvres devraient s'en passer. Il faudrait choisir entre des bûches dans la cheminée ou du pain dans la panse. La neige isolerait les villageois dans les campagnes. Il serait plus difficile de se procurer des vivres dans les endroits les plus reculés. Même les riches n'étaient pas immunisés contre l'hiver. Malgré leurs fourrures, ils frissonnaient le dimanche à l'office. Par les rues gelées, les pieds perdaient l'équilibre ; des os se brisaient ; l'infection s'installait. La maladie usait à ses propres fins de l'affaiblissement général causé par la saison.

Bellman prit le stylo bleu pour inscrire les objectifs du mois à venir. Il resta suspendu au-dessus du graphique. Pour la première fois, il imaginait la ligne plongeant vers le bas. Il tenta de chasser cette image de son esprit et décida qu'en tout état de cause mieux valait remettre cette tâche au lendemain matin quand il pourrait explorer les détails avec Verney.

Aux heures sombres de la nuit, la courbe des ventes de Bellman & Black s'inscrivit dans les ténèbres, et il se remit à l'étudier. Son cerveau continuait à calculer

– on aurait dit qu'il n'avait jamais cessé. Mercerie, plus chapellerie, plus fournitures, plus obsèques, plus… Mars, plus avril, plus mai, plus juin… Apoplexie, plus grippe, plus consomption, plus grand âge, plus problèmes cardiaques… Les additions se succédaient, il se perdait dans le dédale de ses listes de nombres, devait revenir en arrière, recommencer, parce qu'il avait perdu le fil…

Mais qu'avait-il donc pu oublier ?

La courbe grimpait, grimpait, grimpait, toujours plus escarpée, juillet, août, septembre, chaque mois un peu plus haute, au-delà des prévisions les plus ambitieuses de Bellman. Il allait noter son objectif de ventes sur le graphique quand une main invisible se referma sur la sienne et la força à descendre, sous la ligne où il voulait inscrire une marque.

Si bas ! C'est impossible ! songea-t-il. C'est alors qu'une sombre certitude se mit à saigner en lui : les ventes allaient s'effondrer.

Les chiffres en effet diminuaient, une transaction après l'autre, un demi-mètre de ruban et une pierre tombale pour bébé, une épingle à chapeau en jais et deux douzaines de mètres de mérinos noir, des tenues de deuil pour quatre domestiques, et des pleureuses, douze, pour les funérailles d'un comte et… qu'avait-il oublié ?

Toujours plus basse, la courbe baissait doucement sur un ciel sans fin au-dessus de Whittingford, toujours plus basse, vers le vieux chêne…

Bellman s'éveilla.

Son cœur battait la chamade, et il eut le sentiment obscur qu'une présence néfaste se retirait de concert avec le sommeil.

Il gratta une allumette qui s'enflamma en feulant, et la présence de la bougie le réconforta. Il but un peu d'eau. Décida de se lever dans l'espoir de se sentir mieux. Peut-être qu'il étouffait dans cette chambre.

En chemise et bonnet de nuit, il regarda dehors. Tout était calme, tout était sombre. Derrière les façades majestueuses de Regent Street, d'autres rues, plus petites, plus modestes, avec des habitations surmontant les commerces où vivaient les bouchers, les libraires, les marchands de tabac, avec leur femme et leurs enfants. Plus loin encore, ces zones densément peuplées où des familles entières partageaient la même pièce, où une seule maison pouvait abriter cent personnes. Les gens. Qu'ils vivent, qu'ils meurent, cela ne faisait aucune différence, tous étaient ses clients.

Bellman sentait son dos raidi et ses pieds douloureux. Il savait qu'il était fatigué mais il n'avait pas envie de dormir. C'était à cause des comptes. Ce n'était pas le genre de Verney de commettre une erreur. Ses employés étaient minutieux, et ses méthodes de travail impliquaient des vérifications et revérifications incessantes. Néanmoins, il s'était glissé une erreur quelque part. Quelle autre explication possible ?

Il irait chercher les livres de comptes et vérifierait tout lui-même.

Il s'exécuta.

Et trouva exactement les mêmes résultats.

Le visage grave, il leva sa bougie pour illuminer le graphique sur le mur. Il la maintint de manière à tout éclairer, depuis le premier mois d'activité.

Quelque chose le frappa.

Dix ans ! Cela fait dix ans que je construis ce graphique sur le mur de mon bureau.

Comment était-ce possible ? Comment dix hivers avaient-ils pu se succéder ? Il ne les avait pas vus passer. Il avait donc… quarante-neuf ans ! Il fit le calcul et, à sa plus grande perplexité, il découvrit qu'il avait bel et bien quarante-neuf ans. Il se regarda dans la glace. Sur fond de nuit, il avait l'air d'un spectre. Cheveux blancs. Teint blafard, usé. Il était fatigué.

Il secoua la tête d'étonnement en découvrant cet homme ridicule avec sa chemise et son bonnet de nuit blancs. Comment était-ce arrivé ? Dix ans, et il n'avait rien vu. Lui qui notait tout ! Lui qui n'oubliait rien !

Il sentit son estomac se retourner, comme si le sol s'était soudain dérobé sous ses pieds.

Encore, songea-t-il.

La nausée vint la première, le vertige suivit.

Il but un petit verre d'eau-de-vie, et ses tremblements s'apaisèrent un peu.

Allons, se gourmanda-t-il. *Concentre-toi un peu sur les chiffres.*

Ils concordaient, pourtant, non ? Oui. Et en même temps, non.

La mode des bonnets. Les cercueils du Lancashire. Le comte de Stanford.

Y avait-il autre chose derrière tout ça ?

Un seul élément affectait les profits de Bellman & Black : la mort.

Alors, se demanda-t-il avec lassitude, quelle était donc cette main qui poussait la sienne et plaçait la prospective du mois suivant toujours un peu plus haut qu'il ne l'entendait ? Était-ce la même qui couvrait la bouche et pinçait les narines des malades ? Qui appuyait sur le doigt posé sur la détente du cardiaque ? Qui mettait le laudanum entre les mains des cœurs brisés ?

Qui était-ce ?

Black.

Il se remit à trembler ; il s'appuya sur son bureau pour garder l'équilibre. Se souvint avec un mauvais pressentiment qu'il n'avait jamais achevé ce contrat.

Anxieux de remettre la main dessus, il ouvrit chaque tiroir l'un après l'autre. Il retourna tous ses papiers, qui glissèrent entre ses doigts nerveux et tombèrent par terre. À quatre pattes, il les feuilleta à la lueur de la bougie, plissant les paupières, haletant, dans un effort frénétique.

Combien, s'interrogea-t-il, combien lui dois-je ?

Il ne parvenait pas à le retrouver.

Allons, peu importait. Il en réécrirait un nouveau. L'essentiel était de définir les bons pourcentages.

Ces calculs l'énervèrent, il projeta des chiffres extravagants dans son carnet, ajouta ceci, cela, puis contempla l'ensemble en fronçant le nez.

C'était trop. Bien trop.

Et en même temps ce n'était pas assez.

Le lendemain matin, Verney eut la surprise de trouver son patron endormi sur son bureau, des papiers épars autour de lui. Il était encore en chemise de nuit, et son bonnet blanc était maculé d'encre là où sa tête avait effleuré ses calculs, aussi insensés qu'insondables. Sans le réveiller, Verney rassembla les feuilles avant de ressortir sur la pointe des pieds. Revenu dans son bureau à lui, il mit en scène toutes sortes de bruits – pas lourds, tintement de clefs prolongé, ouverture de serrure difficile – avant de refaire son entrée chez Bellman. Entre-temps ce dernier s'était retiré dans sa chambre avec ses calculs fantasques.

25

Mr Anson de la Westminster & City hocha la tête.
« Eh bien, vous me prévenez un peu tard, mais je pense que je puis me déplacer pour aller voir Mr Bellman cet après-midi, si c'est urgent. »

Le jeune homme déglutit avec difficulté. « Je crois que Mr Bellman… espère – s'attend, devrais-je dire – à ce que vous passiez le voir au plus tôt. » Il se racla la gorge. « Si cela vous est possible, monsieur. »

George Anson étendit les jambes sous son bureau et toisa son interlocuteur par-dessus ses lunettes.

« Si je vous suis bien, Mr Bellman voudrait que je vienne tout de suite, c'est cela ?

— Oui, monsieur. »

Anson avait mille choses à faire, mais la curiosité et l'inquiétude l'emportèrent. Quel intérêt de diriger Westminster & City, après tout, si vous demeuriez esclave de votre agenda ?

Il se leva, ignorant la consternation de son secrétaire. « Donnez-moi mon manteau, voulez-vous ? Derrière la porte. Allons-y tout de suite. »

Le soulagement se peignit sur les traits du jeune homme.

En entrant dans le bureau de Bellman, Mr Anson vit aussitôt que le grand homme d'affaires n'était pas lui-même. Il avait les yeux rouges, et ses mouvements étaient lents et maladroits, comme s'il souffrait.

« C'est au sujet du compte dormant. »

Mr Anson comprit aussitôt de quoi parlait Bellman, bien qu'il n'eût jamais utilisé cette expression auparavant. Il s'agissait de son second compte personnel. Au cours des dix dernières années, Bellman avait transféré un tiers de ses revenus personnels sur ce compte. Il n'en avait jamais retiré le moindre penny. Il y avait désormais une coquette somme, une fortune même. De temps à autre, Anson suggérait à son client d'investir, mais si Bellman n'hésitait guère à employer les fonds qui aboutissaient sur son autre compte, et avait ainsi connu de jolis profits, il avait toujours absolument refusé de toucher au second.

« Je suis heureux de l'entendre, répondit Anson. Où devons-nous mettre cet argent ?

— Nulle part.

— Nulle part ?

— Je veux effectuer un versement sur ce compte.

— Quelle somme ? »

Bellman annonça un chiffre.

Mr Anson reprit sa respiration sans parvenir à gazer sa surprise.

« Cela revient à… environ soixante-quinze pour cent de votre fortune personnelle en argent liquide… Bien sûr que c'est possible, tout ce que vous souhaiterez est possible… Et vous avez l'intention de laisser ces fonds tels quels sur le compte ?

— Oui. »

Tout en réfléchissant, Anson porta ses doigts à sa bouche. Le rôle d'un directeur de banque était délicat. Il n'avait pas à savoir à quoi ses clients destinaient leur argent. Combien ils dépensaient, pour quoi, cela ne le regardait pas. Parfois, cependant, il sentait le trouble poindre chez certains, dans leur rapport à l'argent, et son rôle, d'après lui, consistait alors à servir d'intermédiaire entre eux et leur fortune. Il laissa le silence s'installer dans la pièce tandis qu'il méditait cette demande.

Il semblait logique de conclure que Bellman isolait cette partie de sa fortune pour une raison précise, mais jamais il n'avait indiqué le moins du monde ce que cela pût être.

« Laisser l'argent se chauffer les pieds au coin du feu alors qu'on pourrait l'envoyer travailler, cela va à l'encontre de mes principes, Mr Bellman. » Anson fit la grimace en secouant la tête avec tristesse.

L'autre ne broncha pas. Il ne répondit rien et resta assis, à regarder par la fenêtre, sans voir la rue mais, pensa Anson, distinguant à l'horizon de son paysage intérieur quelque chose d'effrayant.

Il ne pouvait avoir de dettes. Il connaissait Bellman. Pas en tant qu'ami – ils n'avaient jamais eu la moindre conversation qu'on pût qualifier de personnelle –, néanmoins il savait comment il vivait. Bellman passait son temps à travailler. Il ne jouait pas, ne fréquentait pas les bordels. Pas la moindre rumeur de scandale financier ou moral n'avait jamais entaché son nom. Il vivait uniquement pour son magasin, et son magasin était une réussite. Ses associés étaient au courant du moindre détail des affaires financières de

Bellman & Black, et il suffisait de se référer à leurs mines réjouies au bar du Russell pour être convaincu que tout allait bien. Anson connaissait ces comptes aussi bien que le dos de sa main. Il était clair comme le jour que Bellman ne vivait pas dans le faste. En réalité, ses dépenses personnelles étaient aussi restreintes que celles du plus modeste vicaire de campagne.

Était-il donc possible qu'il fût victime de chantage ? Qu'un malfaiteur eût prise sur lui et lui extorquât de l'argent ?

« Pensez-vous avoir besoin de ces fonds en liquide dans un avenir proche ? »

Bellman se couvrit les yeux comme s'il souffrait de la lumière. « Peut-être. Je l'ignore.

— Bellman, je suis votre banquier, je vous connais depuis dix ans et j'ai à cœur vos intérêts. En vous voyant dans cet état, je suis obligé de vous poser cette question difficile : êtes-vous totalement libre de vos agissements au sujet des arrangements qui nous concernent ici ? »

Il le dévisagea. « Libre ?

— Si quelqu'un essaie de vous soutirer de l'argent, il y a des solutions… Des avocats… Dans la plus grande discrétion. Vous pourriez vous en remettre à d'autres, votre nom n'apparaîtrait nulle part. »

Anson fut alors témoin d'une chose qu'il n'eût jamais pu imaginer. Les paupières de Bellman se crispèrent, et une larme coula.

« Aucun avocat ne peut me sortir de là. Je suis pieds et poings liés. »

Quand il rouvrit les yeux, Anson y décela une mélancolie des plus noires.

Bellman reprit son souffle et poursuivit comme s'il n'y avait jamais eu de larme : « De plus, le versement tous les quatre mois sur ce compte sera désormais mensuel. Et de trente-sept pour cent il passera à cinquante. Tout est clair ? »

Anson retourna à la banque, l'âme troublée.

26

Tic !

Diantre, quelle est donc cette montre si douloureuse qui compte ainsi les secondes ?

Tic !

Une éternité entre deux tics. Le prochain pourrait être le dernier.

Tic !

Il ne doit pas la laisser s'arrêter.

Tic !

Mais comment la remonter ? Il la cherche dans la poche de son gilet… Allons, qu'est-ce là ? La montre ne se trouve point dans sa poche ! Elle bat à l'intérieur de sa poitrine !

Tic !

Et le prochain tic pourrait être le dernier…

Tic !

Bellman se réveilla, le cœur plombé. Quelque chose de vil et de glaçant s'était emparé de lui dans son sommeil ; l'enveloppait avec le drap. Il prit la fuite en se levant d'un bond pour s'immerger dans l'activité : il se rasa trop vite et se coupa au menton ; pris de nausées, il ne voulut pas petit-déjeuner et grignota un morceau de pain pour calmer son estomac. À son bureau, il passa deux heures à rédiger son courrier avant sa première réunion de la journée. Il était capable d'effectuer deux choses à la fois – voire trois. Il accumulait tâche sur tâche, remplissait chaque heure, chaque minute de défis incessants. Prolongeait ses journées de travail au-delà même de ses habitudes excessives, et lorsqu'il avait trimé dix-neuf à vingt heures, même le désespoir qu'il retrouvait face à lui dans sa salle de bains ne pouvait l'empêcher de sombrer dans le sommeil. Il n'en sortait toutefois pas reposé : son esprit, toujours sur ses gardes, continuait de mener le lugubre combat toute la nuit durant contre un ennemi menaçant aux formes vagues, et au matin il se sentait de nouveau imprégné de la même viscosité vile.

Certains soirs, il glissait dans son habituel coma d'épuisement pour se réveiller une heure plus tard. Ses pensées conscientes ne valaient pas mieux que les horreurs maladives qui l'assaillaient dans ses songes. Veille ou sommeil, c'était pareil : oiseau pris au piège, battements d'ailes marquant la panique, froissement de plume à son oreille… Il restait allongé, en sueur, le souffle court, tandis que son cœur cognait si fort qu'il eût réveillé les morts.

L'insomnie prélevait son tribut.

Brusque retour à la conscience, comme s'il se réveillait. C'était en plein jour, et miss Chalcraft se tenait face à lui.

« Oui, disait-elle, les nouvelles couturières de chez Pope que nous avons embauchées lorsqu'ils ont fermé sont d'une merveilleuse rapidité. »

Il avait beau être assis à son bureau, il était incapable de se souvenir que la couturière en chef était entrée, ni de la moindre chose qu'ils avaient pu se dire avant cet instant. Elle se comportait de manière tout à fait normale. Il semblait qu'elle n'eût rien remarqué.

Or, non seulement il ne se rappelait pas son arrivée dans la pièce, mais il avait tout oublié de leur dernier entretien : avait-il réellement accepté de prendre à son service les couturières de son concurrent lorsqu'il avait fait faillite ? Était-ce bien sage quand son propre chiffre d'affaires était lui aussi menacé ?

Plus tard, le même jour, Dixon lui apprit avec le sourire qu'il avait vendu trois réticules en un après-midi grâce à cette suggestion de présentation que Bellman avait émise la veille – il approuva d'un signe de tête : que pouvait-il faire d'autre ? Avait-il vraiment eu cette idée ? C'était pour lui une véritable nouvelle.

Il fut dévasté en comprenant qu'il se comportait tel un somnambule pendant ses journées de travail, inconscient de ses agissements les trois quarts du temps, alors que la nuit son esprit alerte suivait avec la plus grande attention la moindre horreur frémissant dans les ténèbres. Il se demanda si sa place n'était pas usurpée par un autre Bellman qui soumettait des propositions fort efficaces au sujet des prix, de la présentation, de l'embauche des couturières de son adversaire, tandis que lui, le vrai William Bellman, restait prisonnier d'un monde de ténèbres souterrain, ni endormi ni éveillé, ni vivant ni mort.

Clic !
Clic !

Clic !

Font les billes d'un boulier sans remords.

Trente-huit.

Trente-neuf.

Quarante.

Combien doit-il encore ? Combien de dizaines ? Combien de centaines ? Combien de milliers ?

Clic !

Clic !

Clic !

Hélas, il n'y avait pas de boulier, ce n'était que son cœur qui ajoutait à ses dettes, en créant de nouvelles à chaque battement, et il le regardait poursuivre, impuissant, tandis que les chiffres s'accumulaient.

27

« Voyez donc vous-même. »

Le docteur Sanderson fit un pas en arrière et donna la loupe à Bellman qui se pencha sur son enfant. L'œil de Dora, qui mesurait à présent plus de quinze centimètres de large, cligna à travers la lentille. Son doigt – la peau imprimée d'arabesques roses, le croissant blanc lumineux de son ongle couronnant l'extrémité – maintenait ouverte la paupière, le long de laquelle apparaissait une rangée de minuscules ampoules, ou perles, semblables à des œufs de poisson.

« Ne frottez pas et ne vous grattez pas, lui enjoignit le médecin. Ce sont là de bonnes nouvelles : vos cils repoussent. »

L'œil cligna, puis le doigt reprit la paupière et l'ouvrit grande de nouveau, permettant l'examen à la loupe.

Bellman regardait, fasciné. L'iris de Dora, bleu comme un ciel d'été, était semé de flocons noirs. Telle une volée d'oiseaux lointains, lui sembla-t-il.

« Mes cheveux repousseront-ils aussi ?

— Attendez quelques mois, et je n'en serais pas surpris. »

Bellman raccompagna Sanderson à la porte.

« Pourquoi repoussent-ils maintenant ? Après toutes ces années ?

— Si je puis prendre la liberté d'émettre cette hypothèse : mademoiselle Bellman semble plus heureuse désormais. La science jugerait sans doute ridicule que le bonheur puisse faire repousser les poils, mais le cœur peut accomplir des miracles sur le corps. Je l'ai vu bien des fois. L'inverse est également vrai : le chagrin rend les gens malades. » Le médecin examinait Bellman avec une curiosité inquiète. « J'imagine que vous consultez vous-même un docteur à Londres ?

— Moi ? Je ne suis jamais malade, ainsi que vous le savez. »

Sanderson se montra dubitatif. Vainquant son hésitation, il reprit :

« Vous avez pourtant perdu du poids.

— Il faudrait reprendre ce costume, en effet. J'ai eu d'autres occupations plus importantes.

— Vous mangez bien ? Vous dormez ? »

Il était impossible de décrire l'horreur de ses nuits. Or c'était pour Bellman un calvaire d'admettre ceci : *Je suis tourmenté en songe. Des oiseaux frappent à mes carreaux la nuit de leur bec noir, ils sont prisonniers dans mes poumons et m'empêchent de respirer, ils se repaissent de mon cœur, et quand je me rase, au matin, je les vois qui me regardent à travers mes propres pupilles.*

« J'ai le souffle irrégulier par moments. Je me réveille la nuit de temps à autre – souvent, même. Et mon cœur…

— Votre cœur ?

— Est-il normal qu'il batte si fort ? Si vite ? »

De cette voix douce, calme dont usent les médecins quand ils ne savent pas encore si un cas est sérieux ou pas, Sanderson lui posa une série de questions. Bellman répondait, Sanderson l'écoutait, notant au passage ses yeux rouges, son teint gris. Il y avait une espèce d'agitation rauque dans sa voix, et ses mains tremblaient. Il observa que les mots se précipitaient à toute vitesse hors de sa bouche ; s'intéressa à ces bribes de temps décousu où Bellman semblait soudain absent, le regard perdu dans le vague, avant de soudain reprendre vie en sursaut.

« Puis-je vérifier votre pouls ? »

Ils s'assirent, et Sanderson lui saisit le poignet.

Puis il le lâcha et reprit d'une voix surprise et soulagée : « Eh bien, vous n'avez rien de bien sérieux. Un peu de repos et vous vous remettrez. Vous travaillez trop. Ce mode de vie convient parfaitement à un jeune homme – vous avez toujours montré une énergie prodigieuse –, mais même vous, vous devez tenir compte de votre âge. Prenez des vacances, et quand vous vous remettrez au travail, vous serez en pleine forme. Il n'y a pas de raison que vous ne teniez pas encore vingt ans si vous acceptez de vous reposer un jour par semaine. »

Des vacances ? Cesser le travail une journée par semaine ? Bellman était stupéfait.

« Continuez comme ça, et vous irez droit à votre mort. Je vais vous donner des gouttes pour dormir, pour commencer, mais vous découvrirez très vite que vous n'en aurez plus besoin. Quand vous serez un peu reposé, le sommeil reviendra de lui-même. »

Bellman n'avait guère confiance dans le laudanum pour l'aider à dormir, pourtant il en prit et fut surpris de l'effet. Il posa la tête sur son oreiller de plumes et, quand il rouvrit les yeux, c'était le matin. Comme si les sept heures écoulées entre le moment où il s'était couché et réveillé n'avaient pas existé. Ni peur, ni veille, ni pensée, ni rêve. Rien que l'inconscience la plus totale. Pendant une semaine, toutes ses nuits se déroulèrent ainsi, et il s'en réjouit. Les insomnies, réussit-il à se persuader, n'étaient qu'un problème mineur, transitoire. À présent qu'elles étaient terminées, il n'aurait plus besoin de laudanum.

La première nuit où il essaya de se passer de ses gouttes, ses tourments revinrent de plein fouet, intacts.

Il reprit du laudanum le soir, mais dut un peu augmenter les doses pour obtenir le même résultat.

Au bout de quelque temps, Bellman s'aperçut que le sommeil dont il jouissait ainsi n'était pas un vrai sommeil. Il était loin d'être aussi réparateur. D'abord, il sombrait, et l'instant d'après il lui fallait se réveiller. Où étaient le flux et le reflux, les vagues de sommeil profond et plus léger des années antérieures ? Qu'était devenu le mécanisme riche qui le faisait s'assoupir le soir sur un problème, pour le trouver résolu au matin ? Envolés. Dès qu'il se mettait au lit, il était avalé, englouti dans un trou noir dont il ressortait fatigué, déprimé, sans énergie. Cette inconscience profonde où il s'abîmait ne le rassurait pas. Il imaginait les sombres créatures ailées de la nuit penchées sur son corps endormi, se repaissant de son âme tandis qu'il gisait ainsi, ignorant le danger, aussi vulnérable qu'un nouveau-né. Fallait-il continuer le laudanum ? Parfois il en prenait, parfois il s'abstenait. Il dormait ou ne dormait pas. Quand il eut fini la fiole donnée par le docteur Sanderson, il consulta un médecin de Londres. Obtenir d'autres gouttes ne fut pas difficile, et il découvrit qu'on pouvait les combiner avec diverses potions. Il devint adepte des mélanges de différents médicaments et apprit à se droguer pour dormir à volonté.

Il n'y avait pas que son sommeil qui fût irrégulier. Il n'avait jamais faim, sauf quand il était pris de fringale. Il mangeait à l'aube ou à minuit, ou pas du tout. Le temps avait rompu ses amarres. Les aiguilles de sa montre tournaient trop vite ou trop lentement. Il l'amena à un horloger pour qu'il vérifiât son fonctionnement ; mais l'homme lui assura qu'elle était en parfait état de marche. Il ne se souvenait pas toujours d'avoir tourné la page de son calendrier quotidien. Était-on aujourd'hui ou déjà demain ? À moins qu'on ne fût encore hier. Même les saisons partaient à la dérive : plus d'une fois il se prit à regarder par la fenêtre l'un de ces ciels londoniens dépourvus de caractère en se demandant avec une grande anxiété si l'on était en avril ou en septembre.

Bellman s'habitua à mener une vie amère et recroquevillée en raison du manque de sommeil. Au-dedans, il était vide, mais il continuait à sourire, serrer des mains, additionner, multiplier, diviser. Lui seul savait ce que cela lui coûtait.

28

Peut-être y avait-il une solution.

Bellman n'avait pas l'habitude de demander de l'aide, car la plupart du temps il savait s'y prendre. Cependant, face à cette difficulté particulière, il se sentait impuissant et chercha de l'assistance.

« Verney, comment feriez-vous pour retrouver quelqu'un ?

— Une personne ? » Verney se concentra. Il connaissait mille manières de retrouver un shilling égaré, comprenait les nombreux méandres où pouvait se perdre une virgule. C'était un expert lorsqu'il fallait remettre à leur place des chiffres oubliés dans un registre. Mais une personne…

Il secoua la tête. « Je ne saurais par où commencer. »

Au Russell, au cours d'une conversation, il réitéra.

« Il est une personne que je voudrais revoir. Comment devrais-je m'y prendre, selon vous ?

— Adressez-vous à son club. Laissez-lui une lettre là-bas, répondit un de ses associés avec une grande aisance.

— Il est du genre solitaire. Je ne pense pas qu'il fréquente un club.

— Plaît-il ? » Les yeux du mercier s'écarquillèrent. Dans son univers, il était indispensable de fréquenter un club, et celui qui ne s'y soumettait pas était un individu bien étrange. Il se gratta la tête. « Alors c'est fichtrement difficile. »

« Comment s'appelle-t-il ? demanda Anson lorsque Bellman lui soumit la question. S'il est client chez nous, je lui écrirai. »

Répondre à cette question eût nécessité des explications, or Bellman ne voulait rien dévoiler de plus. D'ailleurs qu'est-ce qui lui assurait que Black s'appelait bien Black ? Plus il y pensait, plus il avait le sentiment d'avoir commis une grave erreur.

Au cours de ses tours à travers le magasin, il posait la question ici et là.

« Les avocats peuvent rechercher les personnes disparues, non ? » suggéra un messager.

« Je garderai l'œil ouvert, proposa Pentworth, le portier. Tout le monde franchit un jour ou l'autre les portes de Bellman & Black. À quoi est-ce qu'il ressemble ? »

C'est très bien, songea Bellman, *sauf que rechercher Black, ce n'est pas rechercher n'importe qui. Comment expliquer sans passer pour un fou que vous ne vous souvenez que vaguement des traits de cette personne, que son visage vous échappe ? Que vous n'êtes pas certain de son nom ? Que vous ne l'avez pas vue depuis une douzaine d'années, mais que chaque jour vous sentez son influence dans chaque guinée que vous gagnez ? Que son aura s'immisce comme une ombre attachée aux pas de tous les clients qui pénètrent chez Bellman & Black ?*

En tripotant la presse, il posa la même question à son imprimeur.

« Si cet homme vous doit de l'argent, vous ne le retrouverez jamais, même si vous le cherchez partout », répondit-il en hochant la tête avec tristesse. Il semblait lui-même en avoir fait l'amère expérience.

« En réalité, c'est le contraire », rectifia Bellman.

L'ouvrier alors éclata de rire. « Mr Bellman, si vous devez de l'argent à cet homme, il viendra à vous. Rappelez-vous bien ceci ! Et il ne tardera pas ! »

Puis le conducteur du *brougham* émit cette suggestion pertinente : « Retournez là où vous l'avez vu pour la dernière fois. Le gens ne s'éloignent guère. »

« Cet homme… commença-t-il.

— Quel homme ? » Lizzie fronça les sourcils en tirant des épingles de la pelote accrochée à son poignée, puis en les piquant dans son gilet. « Je vous ai fabriqué ce gilet il y a juste quelques mois. Vous avez perdu du poids, Mr Bellman.

— Je vous ai vue avec lui, expliqua-t-il d'une voix rauque. Vous vous souvenez ? La nuit à la veille de l'ouverture. »

Elle pencha la tête, mena à bien une opération complexe avec ses épingles. « Je ne me rappelle aucun homme. Je revenais de la tombe de mon enfant. C'était il y a longtemps.

— Dans quelle rue était-ce ?

— Ça s'appelait Back Lane. Mais ça n'existe plus.

— Vraiment ?

— Ils ont tout démoli pour reconstruire. Tout le quartier.

— Oh. »

Ses bras lui entourèrent un instant la taille pour passer le mètre autour de lui. Elle ne le touchait pas, il demeurait toujours quelques centimètres formels entre ses bras et son corps. Prenez-moi dans vos bras, avait-il envie de lui dire. Il aurait voulu poser la tête au creux de son cou. Il aurait voulu pleurer pendant qu'elle lui caressait les cheveux. Si seulement elle pouvait demeurer auprès de lui, veiller sur lui, alors il pourrait peut-être enfin dormir. D'un vrai sommeil. Qui ne fût point artificiel.

Trop vite, ses bras se retirèrent. Elle soupira en notant ses nouvelles mesures.

« Est-ce que vous mangez assez, Mr Bellman ? Vous avez perdu l'appétit ? »

Sa gentillesse jeta une étincelle dans ses yeux. Il cligna, et une image lui vint soudain à l'esprit : le champ de Turner inondé, l'eau retenue par le barrage, à la limite de déborder. La surface captive tremblait, il s'en souvenait ; nul ne pouvait la regarder sans imaginer qu'elle déborderait. Il y avait Crace, bien sûr, qui lâchait des quantités d'eau contrôlées en direction de la manufacture quand c'était nécessaire. Le lac de larmes de Bellman était plein ce jour-là. Quel déluge s'ensuivrait s'il commençait à en relâcher un peu ? Quels cadavres y flotteraient ?

On frappa d'une main ferme à la porte, et la tête de Verney apparut, plein d'urgence, par la porte entrebâillée.

« Veuillez me pardonner cette interruption, sir. C'est Mr Critchlow. »

Bellman se tourna vers Lizzie. « Revenez plus tard, voulez-vous ? » Puis à Verney : « Faites-le entrer. »

Les yeux du secrétaire s'écarquillèrent : « Non, ce n'est pas ça. Mr Critchlow est mort… »

29

Bellman prit tout en charge lui-même.

« C'est le moins que je puisse faire », dit-il à Mrs Critchlow.

Il dépêcha Lizzie et une autre couturière dans le *brougham* et les envoya passer trois jours sur place, afin d'habiller la veuve et ses filles de crêpe ; il descendit au sous-sol à l'imprimerie pour donner ses instructions et l'adresse de Critchlow. « Caslon ? Baskerville ? » l'interrogea l'imprimeur. Bellman remonta à son bureau chercher un exemple du papier à en-tête de son associé défunt puis le redescendit. La police utilisée était du Clarendon. Ses directives transmises, il retourna en hâte à son étage, presque hors d'haleine, et moins de dix minutes plus tard se retrouva de nouveau dans les escaliers, en quête d'un catalogue des différents modèles de décoration pour les cercueils. Il mit tout en œuvre pour soulager la famille des décisions concernant les dispositions funéraires, planifiant tous les détails à leur place. Il n'était pas une frange, pas un ruban qu'il n'eût choisi lui-même, et il ne retenait que les meilleurs. Comtes et ducs s'offraient sans doute des funérailles plus coûteuses (celles-là l'étaient, certes, mais c'était à la charge de Bellman & Black), cependant jamais aucun n'avait été entouré d'autant d'attention. Tout devait être parfait.

En raison de toutes les dispositions qu'il devait prendre, Bellman n'eut pas le temps d'aller se recueillir auprès de la dépouille de Critchlow. Cela n'éveilla aucun commentaire. Une décennie s'était écoulée depuis le fameux dîner, et la famille avait cessé d'attendre quoi que ce fût de lui. Il n'était que le partenaire commercial de Critchlow et, étant donné la nature de son activité, il allait de soi qu'il exprimait ses condoléances de manière professionnelle.

« Que dois-je faire au sujet de notre partenariat, Mr Bellman ? s'enquit Mrs Critchlow au beau milieu d'une conversation au sujet de la garniture de velours du cercueil. Nous n'avons pas de fils qui puisse reprendre les affaires de son père, quant à mes gendres… » Ils étaient de trop noble extraction – inutile de le préciser – pour condescendre à s'intéresser à une activité aussi vile que le négoce.

« Ne vous inquiétez de rien. Je vous rachète tout.

— Vraiment ? Les choses sont-elles aussi simples ? »

Il n'avait pas même besoin de voir Anson pour lui demander un prêt : l'argent était disponible, il attendait patiemment sur le compte dormant. Il s'arrêta chez Westminter & City sur le chemin du retour.

« Est-ce bien le moment de vous exposer ainsi ? demanda Anson à voix haute.

— Et pourquoi pas ?

— Au train où vont les choses… Le juge a tranché en faveur de ce médecin gallois, vous savez. Il n'est donc pas contraire à la loi en Angleterre de livrer un corps à la crémation.

— Quelle différence pour nous qu'un cadavre soit brûlé ou enterré ? Ce sont toujours des obsèques. Il y aura quand même un cercueil, du personnel, des vêtements de deuil.

— Les temps changent, Bellman, et un changement a toujours des conséquences. Chaque jour de nouvelles voix s'élèvent contre les dépenses somptuaires engagées lors des funérailles. Certaines sont puissantes. Les gens dépensent moins, vous avez dû le remarquer. L'enterrement de Critchlow… » Il n'ajouta rien mais il songeait que pareils fastes ne se reverraient plus. Les jours des excès étaient comptés.

Néanmoins, les instructions de Bellman étaient claires. Anson remplit les papiers pour le transfert de fonds, mais il s'exécuta sans enthousiasme. Quant à son propre capital, eh bien il l'avait déjà retiré quelques mois plus tôt pour l'investir dans le nouveau crématorium que l'on construisait à Watford.

Tout en se livrant aux préparatifs des obsèques de Critchlow, Bellman sentit une véritable excitation renaître. Son énergie retrouvée, il était de nouveau lui-même. Les journées contenaient toujours leur quota d'heures, et ces heures étaient constituées de soixante minutes, ni plus ni moins. Ses pensées étaient en ordre, il avait faim à l'heure des repas et bien que ses nuits fussent brèves il dormait sans aide artificielle. Il vivait et travaillait dans l'espoir que les soucis qui l'avaient un moment troublé soient enfin réglés. Le jour et l'heure de l'enterrement furent fixés ; le cortège aurait belle allure ; Bellman & Black donnerait à l'événement une beauté grave, d'une solennité aussi profonde que s'il s'était agi d'un comte ou d'un duc, et il servirait d'inspiration à tous ceux et celles qui le verraient passer.

Or, plus important que tout le reste : Black serait là, c'était certain.

Le jour dit, Bellman fut prêt de bonne heure. Il se joignit au cortège, des trépidations dans la poitrine. Bientôt, se disait-il, tout serait réglé définitivement. Dans le bon ou le mauvais sens, il l'ignorait, mais au moins était-il sûr d'une chose : jamais plus il ne vivrait dans cet état d'incertitude.

Les passants s'arrêtaient par respect devant la procession funèbre. Certains s'inclinaient face à cet inconnu qui un instant venait troubler leur vie. D'autres murmuraient, demandaient qui était là, enfermé dans ce cercueil plaqué d'ébène avec son ouroboros de cuivre et ses frises de lierre. Tous entendaient cette petite voix intérieure qui déclarait : *Ce n'est pas moi qui suis mort !* Certains l'écoutaient poursuivre : *Du moins, pas aujourd'hui.* Les plumes flottaient, oscillaient, impressionnantes sur la tête des six chevaux de ce bel équipage à la robe luisante à force d'avoir été brossée. Le corbillard étincelant, les pleureuses dignes, le crêpe le plus noir… Rien n'eût pu être plus beau, songea Bellman, que cette mise en scène funèbre, et la foule la regardait passer avec tristesse, admiration, empathie – pourtant il nota chez un ou deux badauds une autre expression : celle d'un jugement plein de froideur.

En entrant dans l'église, les endeuillés baissèrent la tête. Chaque esprit encore bien vivant considérait l'éternité où était entré Mr Critchlow, et qui les attendait tous. Sauf un, car Bellman ne baissait pas la tête, il inspectait les alentours avec une grande concentration. Ceux qui étaient arrivés avant lui étaient déjà assis. Il examinait l'arrière de leur tête en fronçant les sourcils, l'œil fixe, essayant d'identifier chaque nuque, chaque épaule. Était-ce lui ? Non. Lui non plus.

Un inconnu – pas Black – se retourna et lui décocha un regard noir. Bellman baissa la tête pour faire amende honorable, imitant les manières discrètes des autres endeuillés, mais sa curiosité demeura intacte. Dès que l'autre eut cessé de s'intéresser à lui, il ne put s'empêcher de relever les yeux pour reprendre ses recherches. Durant tout le service, tandis qu'il chantait, priait, s'agenouillait, se relevait, s'asseyait, ses prunelles ne cessaient de fureter partout. Il se tournait de-ci de-là, ce qui gênait réellement ses infortunés voisins. Il était évident pour tout le monde que Mr Bellman avait oublié pourquoi ils étaient rassemblés à l'église ce jour-là. Il avait l'esprit ailleurs. Des sourcils se fronçaient de plus en plus ; certains endeuillés se regardaient et secouaient la tête de réprobation.

L'anxiété de Bellman grandissait à l'idée que Black ne fût pas là. Il se retourna même pour voir derrière lui : des rangées de costumes noirs le toisèrent. Ils étaient irrités, déconcertés, sévères, mais aucun n'était Black. Où donc était-il ? Où ?

Puis il s'exclama à voix haute : « Mais bien sûr ! » Black ne viendrait pas à l'église. Il serait là pour l'inhumation ! N'était-ce pas toujours en chemin qu'il l'avait croisé ? Ou bien au cimetière ? Critchlow ne serait pas enterré dans le cimetière attenant à cette église, déjà surpeuplé, mais dans un autre lieu de paix et de feuilles, aux abords de la ville. Il devait s'y rendre sur-le-champ !

« Excusez-moi ! » murmura-t-il, impatient, et il se fraya un chemin jusqu'au bout de la rangée sans se soucier des pieds qu'il écrasait, puis il se hâta jusqu'à la sortie et ouvrit le portail de l'église à grand bruit avant de s'enfuir.

Aucun voleur ni aucun athlète n'aurait pu couvrir la distance si vite. Bellman s'attira tous les regards en se ruant comme un fou à travers les rues. Rouge, à bout de souffle, il atteignit les grilles du cimetière et y pénétra en chancelant. Il connaissait l'endroit : c'était lui qui l'avait choisi.

La tombe était là. Un bel emplacement, environné de verdure, avec une vue. Il avait également choisi les motifs sculptés dessus : ce serait un monument élaboré, majestueux, avec trois anges, des tables rappelant les qualités civiques et paternelles de Critchlow, sans oublier un petit épagneul, imitant le portrait de celui qu'il affectionnait particulièrement quand il était jeune. Ce serait magnifique.

Aujourd'hui, ce n'était encore qu'un trou dans la terre.

Il n'y avait personne.

« Il viendra ! murmura Bellman. Il viendra. »

Il arpenta les allées, cent mètres dans chaque direction. En revenant à la tombe, il regarda au fond. On ne sait jamais. Avisant une grosse pierre tombale, non loin de là, il y grimpa, pour avoir une meilleure vision d'ensemble, mais dans sa hâte il glissa, s'écorcha les mains et perdit un bouton ou deux à son veston. Il voulut épousseter son pantalon, mais ne fit que le maculer davantage de sang et de crasse. À la seconde tentative, il parvint au sommet et eut ainsi sous les yeux une vue dégagée. Personne.

« Black ! hurla-t-il. Je suis là ! Je t'attends ! Montre-toi ! »

Il y eut un frémissement parmi les buissons. Des branches s'écartèrent et – le cœur de Bellman bondit – une silhouette apparut. Mais ce n'était qu'un jeune homme malpropre tiré de son sommeil, un jardinier ou un fossoyeur qui bâillait, se frottait les yeux et qui, en voyant Bellman, prit peur, recula et partit en courant vers le portail.

Bellman soupira et s'assit. Ses bras étaient douloureux. Il avait dû mal se rétablir en redescendant. Tout cela lui fit venir les larmes aux yeux, qu'il essuya, ajoutant sur son visage en sueur des traces de terre, d'herbe, de sang.

Il avait encore le temps. Bellman n'escomptait pas le voir là si tôt. Les autres arriveraient dans une demi-heure, alors ce serait le moment. Il ne lui restait plus aucune énergie. Il ne pouvait que s'asscoir en attendant, accroché au faible, au modeste espoir que Black eût pitié de lui. D'humeur passive, il laissa les minutes s'écouler. Il sortit sa montre de son gilet et s'aperçut qu'elle s'était arrêtée. Il la remonta, la porta à son oreille. Rien.

D'un geste automatique, il voulut prendre son carnet, mais il ne l'avait pas sur lui. Il n'avait même plus la force de s'ébahir d'avoir pu oublier l'objet dont il ne se séparait jamais. Hébété, en pleine confusion, il demeura là, tel un mannequin de chez

Bellman & Black, inerte, en attendant l'arrivée des autres.

Ce fut Anson qui, s'écartant de la masse, vint vers lui.

« Qu'avez-vous, mon ami ? »

Seulement Bellman refusait de bouger, il ne le regardait même pas, et semblait incapable de l'entendre. Ses yeux restaient fixés sur le groupe des endeuillés, cillant à peine. Il n'avait pas échappé à Anson que Bellman s'était comporté de manière étrange à l'église, toutefois il nota que malgré son apparence désordonnée, cette impression d'être sur le qui-vive, au moins était-il désormais calme et immobile. Plutôt que de risquer un nouvel éclat en tentant de l'emmener dès à présent, il résolut de demeurer à son côté en attendant la fin de l'enterrement pour le conduire ensuite chez un médecin.

Bellman scrutait la foule. S'il n'apercevait pas Black au bord de la tombe, alors il le verrait ensuite. Les endeuillés s'en iraient par deux ou en petits groupes, demeurerait alors une figure solitaire : ce serait lui…

Ses yeux ne cessaient de s'agiter, toujours aux aguets. Chaque froissement d'étoffe, chaque tête qui se tournait attirait son attention. Il s'attendait d'un instant à l'autre à voir apparaître le visage qu'il cherchait. Qu'il reconnaîtrait instantanément, car il le chercherait aussi. Ses pieds étaient prêts à bondir. Avant même que Black eût conscience de sa présence, il serait là, à son côté.

À présent, tout était fini. On serra quelques mains, il y eut quelques tapes dans le dos. Échange de paroles consolatrices. Bellman eût aimé que les endeuillés se tinssent plus loin les uns des autres, pour ne pas lui bloquer la vue.

Enfin, les premiers s'éloignèrent, puis les autres.

Tout le monde ou presque était parti, et Bellman était toujours là, le regard fixe.

« Viendrez-vous ? » lui demanda Anson. Il posa doucement la main sur l'épaule de Bellman, mais celui-ci ne sembla pas s'en rendre compte, alors il lui prit le bras et tenta de l'entraîner.

« Laissez-moi vous ramener chez vous », proposa-t-il. Mais Bellman n'avait pas de foyer. « Pourquoi n'iriez-vous pas passer quelques jours chez votre fille ?... »

Avec un cri de rage, Bellman rejeta sa main. Anson fit un bond de côté. Les derniers endeuillés leur jetèrent un regard plein d'alarme, d'autres se retournèrent sur cet homme étrange qui avait du sang sur la figure, avant de presser le pas.

À présent seul avec Bellman, Anson s'interrogea sur les mesures à prendre. Il irait voir le gardien du cimetière, décida-t-il. Il leur faudrait bien être deux pour mettre Bellman sans encombre dans une voiture et l'emmener chez un médecin. D'un pas rapide, il partit quérir de l'aide, laissant son ami les yeux fixés sur la tombe, en pleurs, comme si l'on venait d'y inhumer son âme.

Quand Anson revint, un costaud sur les talons, Bellman n'était plus là.

30

Bellman & Black fermait. La dernière cliente sortit, et Pentworth s'inclina avec une profonde empathie tout en refermant la porte derrière elle. Alors qu'il s'apprêtait à tirer le verrou, une silhouette familière surgit de l'ombre crépusculaire et grimpa les marches. Mr Bellman. Pentworth rouvrit la porte. Ce n'était pas son rôle de remarquer l'allure inhabituelle de son patron, aussi feignit-il de ne rien voir.

La porte du bureau s'ouvrit, et Verney leva les yeux. Mr Anson était venu dans l'après-midi et avait raconté une histoire singulière au sujet des obsèques de Mr Critchlow. Verney avait eu du mal à y ajouter foi. Il avait pourtant dû se passer quelque chose, mais cela ne pouvait être… L'apparition de Bellman balaya ses doutes.

« Les derniers relevés sont sur votre bureau », déclara le secrétaire d'une voix incertaine, mais Bellman leva une main pour le faire taire. Sans même lui jeter un regard, il entra dans son bureau et ferma avec soin derrière lui.

Verney supposa que, s'il avait besoin de lui, il l'appellerait. Il se remit donc au travail. Ses doigts s'agitaient avec incertitude ; plus d'une fois il dut reprendre ses calculs car il avait du mal à se concentrer.

Une demi-douzaine de personnes demandèrent à être reçues par Mr Bellman : les chefs de service travaillaient bien après la fermeture. « Mr Bellman est-il de retour ? Je voudrais… », et chaque fois Verney secouait la tête.

« Revenez plus tard. »

Une heure s'écoula, il n'osa pas déranger son patron. Pendant encore trente minutes, il continua de se livrer à des activités inutiles, et puisque le bureau était toujours aussi fermé, il finit par prendre son manteau et s'en aller.

Derrière la porte close, l'habitude avait incité Bellman à consulter les chiffres mensuels posés sur son bureau. Les ventes baissaient toujours – pour le troisième mois consécutif –, mais les chiffres bien nets et les lignes de Verney, tirées à la règle, donnaient au trouble et à l'insécurité l'apparence de l'ordre et de l'harmonie. Les ventes ralenties et les pertes grandissantes étaient bien alignées, colonnes et rangées tracées avec soin, quelle que fût la manière dont on additionnait et divisait. C'était une faible consolation de savoir que les profits en baisse étaient recensés de façon si impeccable. Bellman poussa un gros soupir à la perspective de cette longue soirée pesante. *Je suis abandonné*, pensa-t-il. Celui qu'il cherchait demeurait introuvable. Qu'allait-il faire du reste de sa vie ?

À l'extérieur, un freux passa devant la fenêtre, survolant les toits de Regent Street, ébouriffé et l'allure incertaine. Bellman l'aperçut, puis lui tourna le dos et, résigné à la tâche, se tint devant son graphique, le stylo à la main. La pointe noire traça une croix noire pour marquer les ventes réelles du mois. Il reconnut la courbe de la parabole. *J'aurais pu prédire ce degré de baisse des ventes*, pensa-t-il avant de se corriger. Comment diable cela aurait-il pu être le cas ? Pourtant c'était vrai. Il avait vu cette courbe avant qu'elle existât.

Il saisit le stylo bleu. Le mois suivant. De quoi les gens mouraient-ils, aujourd'hui ? Il y avait Critchlow, mort de vieillesse. Il en était des milliers comme lui. Il songea à Fred, mort d'avoir vécu, aimé, pétri du pain pendant… quoi ? Cinquante ans ou presque ? Combien étaient comme lui ? Bon nombre.

Fred avait bien le même âge que lui, non ? Tout en examinant la courbe sur le mur, il prit soudain conscience que Fred et lui avaient exactement le même âge. Leur anniversaire tombait le même mois. Quelle fantaisie que de s'en souvenir à présent ! Son cousin Charles aussi. Pauvre Charles. Et l'autre garçon… Luke. Qu'il avait lui-même… jadis.

Il cligna les paupières.

Il voyait toute la trajectoire de la courbe. Son sommet. L'endroit exact où elle perdait sa vigueur. Il devinait le point final. Il marqua sa croix avec certitude. Il savait. Il l'avait déjà vue.

Une angoisse soudaine lui fit penser à ce freux entrevu par-dessus les bâtiments un moment plus tôt. Que faisait-il à présent ? Il s'empressa d'aller à la fenêtre. Le ciel était d'un bleu profond, pas encore si sombre qu'il ne pût distinguer la silhouette d'un oiseau sur l'arête d'un toit. *Il est trop tard pour les freux. Il est impossible que j'en aie vu un. Ils ont tous regagné leur branche désormais.* C'est en scrutant ainsi la crête des toits à la recherche d'un corbeau qu'il le sentit. Ce picotement dans la nuque, cet émoi de la moelle quand quelqu'un vous observe…

Il se retourna et s'exclama : « Ah, vous voilà enfin ! »

Assis confortablement dans un fauteuil au coin du feu, Black semblait heureux de le voir. Même dans l'ombre, la douceur aimable de son sourire ne céda pas face à la surprise irritée de Bellman.

« Qu'est-ce qui vous a donc ainsi retenu ? Je vous ai cherché partout !

— Moi ? J'étais là tout le temps.

— Tout le temps ? » Bellman se demanda s'il avait bien entendu.

Black inclina la tête avec grâce, sans explication.

« J'imagine que ça n'a pas d'importance puisque vous êtes là maintenant. »

Black était en paix, à son aise. Son regard plein de curiosité se posa sur Bellman comme s'il s'attendait à ce qu'il menât la discussion. Anxieux, Bellman semblait avoir oublié toutes ses capacités de négociateur. « J'ai rédigé un contrat pour vous, commença-t-il, en proie à l'égarement. Il est là, quelque part. » Il ouvrit un tiroir, fouilla. Combien d'années s'étaient-elles écoulées depuis qu'il l'avait écrit ? Il sortit une liasse de feuilles datant de la période en question, les parcourut, en vain. Le contrat ne semblait pas être là. Baste ! Pourquoi ne l'avait-il pas rangé à part ? D'une main tremblante, il attrapa une autre liasse. « Je sais qu'il est là ! Je vais le trouver, si vous me laissez quelques minutes. C'est juste une question de temps.

— Bien entendu. »

Bellman leva les yeux. D'un geste poli, Black sembla lui indiquer qu'il n'était guère pressé.

« Peut-être souhaiteriez-vous consulter les registres en attendant ? » Bellman les sortit de leur étagère, par deux, pour les empiler entre ses bras. « Vous verrez que tout est à jour, très complet, que rien n'a été oublié !

— Rien n'a été oublié ? » Décelait-il une pointe d'ironie dans la voix de Black ?

En traversant la pièce pour déposer les registres sur la table, à proximité de son hôte, Bellman eut l'étrange sensation que, plus il s'approchait, plus l'autre paraissait sombre.

« Absolument rien ! Tout est là ! Les relevés bancaires aussi, si vous les voulez ! Les voilà, regardez ! » Il était déjà près de l'étagère où étaient archivés tous les documents bancaires et il attrapait une boîte de dossiers quand il s'arrêta net. « Oublier quoi ? De quel genre de choses voulez-vous parler ? »

Puis, avant que Black ait eu le temps de répondre, Bellman soudain soupçonneux posa une autre question : « Qui vous a laissé entrer ? Verney ? »

Black remua dans le fauteuil. Son visage était plongé dans l'ombre. « Le coffre… », dit Bellman, la bouche sèche au point que les mots lui parussent des plumes sur sa langue. « Je peux vous donner une avance sur votre part quand vous voudrez. Ce soir. Tout de suite. »

La serrure à combinaison était dure ; l'effort nécessaire pour la tourner l'aida à calmer le tremblement de ses mains. La porte s'ouvrit sur l'argent du jour, bien rangé dans des sacs de feutre. Il répandit les pièces sur son bureau, sans jamais s'arrêter de parler. « Les ventes ont baissé un peu ces derniers temps. Rien de grave. Les sentiments de la clientèle évoluent vis-à-vis des rites funéraires. Bientôt, les habitudes reprendront le dessus, et nous saurons de nouveau où nous en sommes. Jamais la mort ne passe de mode. C'est la seule certitude ! »

Il parlait trop, il le savait, sa gaieté était surfaite ; seul un novice s'y fût laissé prendre. Toutefois le silence de Black était plein de questions dont Bellman ignorait les réponses et qu'il préférait même ne pas connaître, aussi poursuivait-il son discours. La crémation, c'était échanger un type de rituel contre un autre. « On a toujours besoin de la même somme de consolation, vous savez ! Certaines choses ne changent pas ! »

En hâte, il déversa des sacs et des sacs de pièces sur son bureau. Elles formaient à présent une petite montagne, au point que le sommet commençât de glisser sur les flancs, jusqu'aux bords. Certaines roulèrent au sol. « Regardez ! Même dans le déclin – temporaire, bien sûr – nous nous débrouillons bien. On ne peut dire que les affaires vont mal. Loin de là. »

Les pennies tombés par terre roulaient vite. Ils s'égaillaient dans toutes les directions, sous le placard, vers la porte, le fauteuil.

« Vingt-cinq pour cent, voilà à quoi je pensais. Cela fera de vous un homme riche. Mais cela reste ouvert à la négociation, bien sûr. C'est juste un point de départ. Nous pouvons en discuter. Je suis un homme raisonnable. Je veux que votre contribution soit amplement reconnue. Si cinquante pour cent vous paraissent plus appropriés, dites-le-moi. Je serai plus qu'heureux de vous entendre. »

Black ne disait rien. Le cœur de Bellman battait si fort qu'il parvenait à peine à reprendre sa respiration.

« Disons cinquante pour cent, alors. Je vous ai dit que j'étais prêt à me montrer généreux, n'est-ce pas ? Nous sommes d'accord ? »

Il s'assit et trempa une plume dans un encrier. « Je peux réécrire ce contrat tout de suite, tandis que nous discutons… », et en effet, il se fût exécuté, mais il ne restait aucun espace libre où poser la feuille sur le bureau. D'un revers de main, il débarrassa un espace. Les pièces tombèrent en cascade. Certaines roulèrent en direction de Black. L'une s'arrêta à ses pieds, et son bras recouvert de sa cape descendit la chercher sur le tapis. Bellman ressentit un léger soulagement à l'idée qu'une partie de sa dette avait été remise entre les mains de son débiteur. C'était un début.

Mais alors que Bellman commençait à rédiger, du coin de l'œil il vit Black poser avec indifférence le penny fugitif sur les registres qu'il n'avait pas consultés.

Dans la mesure où il pouvait distinguer ses traits malgré l'obscurité grandissante, Black lui parut soucieux. Pour ne pas dire triste. Il lui souriait avec gentillesse, à croire que Bellman était un jeune garçon qui ne parvenait pas à comprendre quelque chose.

« Soixante-quinze pour cent, proposa-t-il en hâte. Ce n'est pas comme si j'avais moi-même besoin d'argent. Je suis bien assez riche… »

Hélas, n'obtenant aucune réponse, ses nerfs lâchèrent. « Quatre-vingts ? » Cela paraissait beaucoup, mais il sentit alors venir à lui le soulagement qu'il escomptait trouver lorsque tout serait réglé. Cela en valait la peine, pour préserver Dora. Cela valait même encore plus.

« Ou quatre-vingt-dix ? C'est vous qui avez vu cette opportunité, après tout. »

L'encre coulait de sa plume. Le contrat n'était qu'un buvard maculé de taches, qui aurait pu servir à n'importe quoi.

« Cette opportunité ? s'enquit gentiment Black.

— Bien sûr ! fit Bellman en écarquillant les yeux. Cette nuit-là, où nous nous sommes associés. Bellman & Black ! Vous devez vous en souvenir ! » Il y eut un bruit d'étoffe froissée et un mouvement que Bellman prit pour un haussement d'épaules. « Je croyais que c'était votre idée. “Je vois une opportunité !” Voilà ce que vous avez dit ! »

Black regardait la cheminée. « Et c'est ainsi que vous l'avez interprété.

— Mais que vouliez-vous dire, alors ? »

Dans l'ombre, Bellman ne distinguait presque plus rien de Black. Il n'était désormais qu'une forme obscure, drapée d'ombre. Le faible éclat de sa vêture suggérait qu'il devait y avoir de la lumière quelque part, pour qu'elle fût ainsi reflétée, mais d'où elle pouvait provenir, Bellman n'en avait pas la moindre idée. Il y avait aussi l'éclat de ses yeux noirs, intelligents, pas exactement dénués de gentillesse, mais intransigeants. Jamais Bellman ne s'était senti aussi intensément scruté.

« Je vais vous transférer la totalité des biens. Pour ça, j'aurai besoin de votre nom complet. »

Le silence lui apprit qu'il se fourvoyait. Il suivait une mauvaise piste. Il reposa sa plume sur le bureau.

« Pourquoi êtes-vous venu ? J'aurais dû mettre ça au clair à l'époque, je m'en rends compte à présent, mais Dora... » Il y avait bien des années qu'il ne s'était pas senti aussi stupide et ignorant.

« Il ne s'agit pas de votre fille.

— Vraiment ? » Bellman essaya d'analyser cette réponse. Donc, Black ne voulait pas de Dora. Bellman regarda autour de lui. Il y avait de l'argent partout. Black n'en voulait pas non plus. Cela n'allait pas, Bellman se sentait plus déconcerté que rassuré. Enfin, que diable voulait Black ?

« Je suis venu vous dire adieu. »

Bellman se leva de son bureau. « Mais où allez-vous ? Et pourquoi ? J'ai eu à peine le temps de vous connaître ! Je vous connaissais mieux du temps de Whittingford, si je puis dire. Comment est-il possible que je vous connaisse si peu ? J'espérais à une époque que nous serions amis...

— Nous n'avons pas beaucoup de temps. »

Bellman s'approcha de la cheminée. Posa une main sur le dossier de l'autre fauteuil. Devait-il s'asseoir ? Il éprouvait le sentiment étrange qu'il valait mieux attendre qu'on l'y invitât.

« Pas beaucoup de temps, hein ? S'il y a bien une chose que j'ai apprise, c'est qu'on a toujours plus de temps qu'on ne croit. Et je pourrais apprendre bien plus d'un homme tel que vous. Toutes ces années, j'ai attendu votre venue, et maintenant, enfin…

— J'étais là tout du long.

— Ai-je bien entendu ? Vous étiez là, dites-vous ?

— Juste derrière vous », acquiesça-t-il.

Bellman s'arrêta. Il scruta l'ombre, perclus de doutes.

« Est-ce Verney qui vous a laissé entrer ? »

Black ne répondit pas.

« Je vous ai offert une possibilité. Je ne parle pas de Bellman & Black. C'était votre idée. Ce que je vous offrais, moi, au milieu de votre chagrin, c'était une opportunité d'une autre nature. Je vous l'offre de nouveau à présent. Avant qu'il soit trop tard.

— Trop tard pour quoi ? »

À mesure que Bellman parlait, la silhouette de son visiteur s'enveloppait de ténèbres. C'est alors qu'une réponse lui vint à l'esprit, évidente, stupéfiante.

« Oh, dit-il, je n'y avais jamais pensé… »

Une grande lassitude s'empara de lui soudain, et il s'assit. Il se prit la tête entre les mains tandis que l'univers autour de lui se mettait à tourner, et quand il s'arrêta, Bellman y vit alors clair, comme jamais auparavant.

« Alors il n'y a pas d'accord ?

— Non.

— Et l'argent… », fit-il avec un geste impuissant en direction des pièces.

Black secoua la tête.

« Alors cette opportunité… ?

— Pensée.

— La pensée ? C'est ça ?

— Mémoire. »

Bellman opina du chef. Pensée et mémoire. Le temps ralentissait tandis qu'il s'appliquait. Ici, chez Bellman & Black, il n'avait pas songé à autre chose qu'à la mort depuis plus de dix ans. Pourtant, jamais il n'avait réfléchi à sa propre mortalité. C'en était presque risible. Comment avait-il pu oublier quelque chose d'aussi important ?

Il essaya de se souvenir. En se retournant sur son passé, il ne voyait que des ténèbres. Il les reconnut car il les avait vues dans ses rêves, remplies de menaces. « Je ne parviens pas à me remémorer », dit-il en secouant la tête. Il scruta l'obscurité, et celle-ci remua, prit la forme des horreurs qui avaient hanté sa vie. Sa femme crucifiée par la maladie lui apparut, et il se mit à trembler de douleur. Ses fils l'appelaient, stupéfaits devant son incapacité à les arracher à leur agonie. Sa toute petite fille pleurait de rage et d'incompréhension devant le premier assaut de la souffrance dans sa courte vie.

Contempler pareilles atrocités était insoutenable. « Mais quel bien pourrait-il en sortir ? demanda-t-il à Black. C'est plus que je n'en puis supporter.

— Souviens-toi ! »

L'obscurité contenait encore autre chose. La tête de Luke, sa chevelure cuivrée sur fond de neige blanche. Charles, perdu loin de chez lui et jamais pleuré. Fred – il aurait dû lui rendre visite ! Pourquoi n'y était-il pas allé ?

Son visage était déformé par la grimace. « Ne m'obligez pas à faire ça.

— Souviens-toi ! »

Il était une image enfouie depuis de longues années : son oncle, mort mais bien droit sur son fauteuil de bureau. « Je ne peux pas ! s'écria-t-il, car cela le terrifiait toujours autant qu'à l'époque.

— Souviens-toi ! »

Les demoiselles Young tenant une jatte de porcelaine blanche maculée de jus de mûres. Cette maudite tombe. Ce satané cercueil. Ce damné révérend Porritt qui prononçait le nom de sa mère…

La mémoire de tous ses morts jamais pleurés le transperçait. Le chagrin d'une vie entra d'un seul coup dans son cœur. Il crut défaillir. Il crut que la douleur l'écraserait. Il crut qu'il en mourrait. Hélas, il n'en avait pas encore fini.

« Souviens-toi, lui dit doucement Black.

— Je me souviens.

— Il y a plus. »

Craignant ce qui l'attendait encore, Bellman se retourna une fois de plus sur son passé. Il vit, ou crut distinguer une ligne courbe. Une parabole. Sur son graphique, tracée dans le ciel de Whittingford, une courbe parfaite, partant d'un garçon, un lance-pierres à la main – aboutissant à un jeune freux posé sur une branche.

Il était au-delà du tremblement.

Le caillou décrivit un arc parfait dans l'azur, et Bellman voulut crier pour effrayer l'oiseau, qu'il s'envolât, mais sa langue était comme engluée dans sa bouche. Il y avait le temps, oui encore un peu, pour qu'il quittât son chêne et s'élevât en riant dans les hauteurs célestes…

La pierre acheva sa trajectoire.

L'oiseau tomba.

William n'osait plus regarder Black. Il le sentit qui se levait plutôt qu'il ne le vit.

« J'ai peur, murmura-t-il.
— Souviens-toi !
— Je me souviens de tout, à présent. De tout !
— Souviens-toi !
— Il n'y a plus rien à se souvenir !
— Souviens-toi ! »

Quand Bellman releva la tête, il faisait si noir qu'il n'y voyait goutte, jusqu'à ce qu'à la faveur d'un mouvement un chatoiement violet, bleu et vert irradiât dans les ténèbres.

À présent toutes sortes de choses émergeaient de son passé enfoui. Des visages d'enfants graves en raison de leurs responsabilités, du vinaigre versé sur un saladier de pièces qu'on malaxait, une vache dans un fossé, des bottes trempées, une jeune fille souriante avec les dents du bonheur, un beau morceau de fromage et une assiette de prunes, l'oncle Paul coupant une rose accrochée au chapeau de sa mère, Poll au Red Lion lui caressant les cheveux comme avec un animal de compagnie avant de relever sa chemise de nuit, le magnifique tableau d'un champ semé de pièces de tissu rouge, deux garçons sur ses genoux riant avec leur père, une couturière chantant une mélodie mélancolique, le visage illuminé de la joie du souvenir…

« Quelle vie j'ai menée ! dit-il à Black avec étonnement. C'est vrai, je pourrais passer la moitié d'une existence à m'en souvenir !
— Souviens-toi ! »

Il se souvenait. Scène après scène, moment après moment, joies, chagrins, plaisirs, amours, pertes de toutes sortes coulaient du lieu où il les avait ensevelis, c'était un flot de jours, d'heures, de secondes, qui semblait ne jamais vouloir cesser.

J'ai froid, songea-t-il, et dans l'instant il se rappela ce jour, des années auparavant, où il grelottait sous des couvertures auprès de la cheminée dans un petit cottage, sa fille sur les genoux. D'un geste grave, elle avait levé la main, et il avait senti la caresse mystérieuse de ses doigts lui fermer les paupières.

31

Au sommet du grand magasin de Regent Street, un courant d'air se glissa sous la porte de la chambre d'une couturière. Il s'insinua ensuite dans un interstice entre son cou et sa couverture, puis se glissa dans le vide entre son corps et son drap. Elle frissonna.

Lizzie remua dans son lit. Elle se retourna à la recherche d'un peu de chaleur, mais ne trouva que de la fraîcheur. Elle avait froid. Ses paupières battirent, elle s'éveilla. Son esprit endormi savait que quelque chose n'allait pas. Elle se leva et voulut aller fermer sa fenêtre, seulement elle n'était pas ouverte. Le courant d'air venait d'ailleurs.

Dans le couloir, à l'extérieur, il était plus fort. Un vent coulis glacé venait de là-haut. Mais qui donc avait pu relever la verrière ? Elle était remontée au maximum, et un espace d'un mètre tout le long du bord laissait voir le ciel de minuit sans nuage, constellé d'étoiles. C'était le genre de spectacle que l'on pouvait avoir envie de contempler, mais Lizzie était pieds nus sur la passerelle et trop fatiguée pour s'émerveiller.

Restait une seule chose à faire. Il fallait descendre prévenir Mr Bellman.

Son manteau était accroché derrière la porte ; elle le passa par-dessus sa chemise de nuit. Elle chercha ses souliers dans l'obscurité, y glissa ses pieds nus et les boutonna sans regarder.

En hâte elle retourna sur la passerelle, où un bruit inattendu l'arrêta.

Un battement d'ailes.

Une sorte de tourbillon de plumes lui effleura les paupières, les joues, le cou. Des ténèbres comme elle n'en avait jamais vu, remontant devant elle en battant des ailes. Là un instant, disparu l'instant d'après. En tordant le cou, elle essaya d'y voir plus clair : cela pouvait-il être un oiseau ?

Mais oui ! C'était un freux.

Il se stabilisa à mi-hauteur, en désordre, puis d'un mouvement habile se propulsa vers l'espace à travers le plafond. Dehors ! Noir sur noir, il était presque invisible et pourtant, l'espace de quelques secondes, elle le suivit du regard car il interceptait la lumière des étoiles au passage. Puis il disparut.

Elle resta là, les yeux levés, les mains ramenées sur sa gorge, insensible au froid, indifférente à l'heure. Le freux s'inscrivait en noir sur le ciel, dans ses yeux, miraculeux.

TROISIÈME PARTIE

Du corbeau…

… il ignore ce qu'est le souci,
Il ignore ce qu'est le chagrin,
Il ignore ce qu'est le remords,
Sa vie est une longue extase tonitruante de bonheur,
Et il ira à la mort sans angoisse,
Sachant qu'il reviendra bientôt, auteur de quelque chose,
capable d'encore plus, et fait intolérable, vivant mieux que jamais auparavant.

Mark Twain, *En suivant l'équateur : un voyage autour du monde*

Les endeuillés avaient honoré la mémoire de William Bellman, puis ils l'avaient enterré. À présent, ils retournaient à leur vie. Seule la maisonnée et ses habitués demeuraient encore dans la salle de réception à Mill House, ce qui signifiait qu'en plus de Dora, Mary et Mrs Lane, se trouvaient là Ned et Crace de la manufacture, ainsi que Robert, qui fabriquait le pain et avait lui aussi perdu son père peu de temps auparavant. Seuls nouveaux venus, George et Peter, les neveux orphelins de Mary, que Dora avait résolu d'accueillir chez elle.

« Votre père a tué un freux, un jour, raconta Robert à Dora. Quand il était enfant. Mon père était là et il ne l'a jamais oublié. Le lance-pierres de votre père rendait tous les autres garçons jaloux à l'époque. »

Il lui raconta l'histoire.

« Mon père n'a jamais aimé les oiseaux, dit-elle. Pourtant, ils sont si fascinants. Il y a un torrent de freux qui passe deux fois par jour au-dessus de la fabrique.

— Les freux de Flytesfield, acquiesça-t-il.

— Flytesfield ?

— C'est comme ça qu'on les appelle. C'est là que se rassemble toute la congrégation. »

Il vit l'idée naître en elle à son expression, et l'instant d'après elle s'écria : « Si nous y allions ? »

Flytesfield se situait à environ une heure de route, et au bout il fallait gravir une colline, si bien qu'à leur arrivée seule une mince bande de ciel séparait le soleil blanc de l'horizon. Tout le monde transportait quelque chose : les hommes portaient Dora, qui ne pouvait marcher sur ce terrain inégal ; Mary et les enfants, une toile cirée et des coussins. Une fois en haut, ils s'installèrent avec leurs affaires sur le terrain pentu et s'enveloppèrent dans des couvertures.

Ce n'était pas une campagne artistique, juste une bande de champs, une rangée d'arbres, surmontées de la vaste blancheur d'un ciel hivernal.

« Où ils sont ? voulait absolument savoir George, le neveu de Mary. On ne les voit pas.

— Nous sommes les premiers. Ils sont en chemin. »

Dora regarda sa montre ; scruta les nues avec ses jumelles.

« Regardez par là-bas », leur dit-elle en montrant l'ouest.

Des points dans le ciel, trop loin dans un premier temps pour qu'on discernât leur mouvement.

Les premiers s'en venaient, depuis les environs de Stroud. Elle dirigea ses jumelles dans une nouvelle direction, puis une autre, et vit ceci avant ses compagnons : d'autres groupes arrivaient tous azimuts. Elle posa ses jumelles sur ses genoux, passa un bras chaleureux autour des épaules de George et s'abandonna au spectacle.

Ils venaient du nord, du sud, de l'est et de l'ouest. Par groupes de vingt ou trente, ils s'étaient élancés depuis leurs différents points de départ, puis s'étaient retrouvés en route pour former des volées de plus en plus vastes, jusqu'à ce qu'ils convergent vers Flytesfield en longs courants. Au bout de quelques minutes, les premiers descendirent en battant des ailes, fondirent, toutes griffes dehors, pour atterrir lourdement sur leurs pattes solides. D'autres arrivaient derrière eux, et en moins de temps qu'il ne faut pour le dire, vingt, cent, trois cents oiseaux arpentaient les champs en croassant sous les yeux de leur public humain. Le ciel était gorgé d'ailes : les corbeaux affluaient vers leur destination telles des rivières noires, par milliers, déterminés, volontaires, d'un seul mouvement, et ils s'abattaient sur la terre en un flot ininterrompu.

Les nuées étaient si obscurcies qu'on aurait pu croire que tous les freux du monde s'étaient rassemblés là. Ils arrivaient, arrivaient, arrivaient. En atterrissant ils s'étalaient sur le sol comme une tache d'huile, et bientôt les champs parurent plus noirs que bruns. Le graillement de ces centaines, de ces milliers d'oiseaux était tout à fait différent du bruit causé par quelques individus. Les cris de chacun se mêlaient, formant un son qui n'avait rien de musical, différent du bruit de toute autre créature vivante, telle la rumeur de la planète elle-même. Les champs étaient aux trois quarts remplis, et le mouvement se poursuivait, et l'espace se réduisait pour les nouveaux venus. Parfois, ayant mal visé, ou le sol étant déjà surpeuplé, les freux se posaient les uns par-dessus les autres, dégringolant et trébuchant les uns sur les autres.

Enfin, le ciel se calma, la lumière revint. Un trou apparut dans le tourbillon des freux descendant vers le sol, puis un autre, et quelques minutes plus tard, le dernier atterrissait. Il y avait désormais une nette frontière entre les nuées vides et les champs grouillants au-dessous.

Le monde s'arrêta de tourner. Le soleil descendit d'un cran sur l'horizon. L'air fraîchit un peu. Quelques spectateurs humains contemplaient sans ciller trente mille freux silencieux.

Tout était calme. Immobile.

Quelque part, invisible au cœur de la masse, un oiseau bande ses muscles. Il bat des ailes et prend son envol. Une file de freux s'élève, sortant de la masse, ligne qui monte, s'enroule sur elle-même, en colimaçon dans le crépuscule. Elle s'épaissit à la base, en spirale, puis dessine des formes dans le ciel : tourbillon, vortex, telle une teinture noire versée dans de l'eau, se mouvant sans fin, imprévisible. Il est difficile de croire qu'il s'agit là d'oiseaux individuels, on dirait qu'une force singulière, animale, dessine des formes fantastiques dans la nue.

À terre, le lac sombre des freux diminue à mesure que la masse noire est aspirée en hauteur, de plus en plus nombreux ils se joignent à cette tornade dansante, jusqu'au dernier oiseau ; alors, toute la congrégation tourbillonne et se tord, force unique dans le ciel. Le temps n'existe plus. Avenir et passé sont bannis, l'instant est total.

Il est des formes, pense Dora, qu'elle a déjà vues auparavant, il y a un million d'années, dans un autre monde. Elles sont incompréhensibles, mais elle les a déjà vues par le passé et le jour viendra où elle les verra de nouveau. Pour l'heure, elle regarde en retenant son souffle. Elle oublie les autres, elle s'oublie elle-même, elle oublie tout sauf le bonheur de ces silhouettes qui s'esquissent dans son âme en même temps qu'elles s'esquissent dans les cieux.

Les spectateurs sont tellement pris par le spectacle de cet air noir qui roule et danse au-dessus de Flytesfield qu'aucun d'eux ne s'aperçoit que les premiers oiseaux descendent se poser dans les ramées. À mesure que la lumière diminue, cela devient plus manifeste. Les formes dans les nues pâlissent, perdent de leur vitalité. Puis elles se brisent toutes ensemble et il ne reste plus que quelques centaines d'oiseaux battant des ailes, attendant de se poser sur une branche. Les ramures d'hiver sont feuillues de freux, et il faut écarquiller les yeux pour distinguer les derniers oiseaux lorsqu'ils descendent vers les arbres dans le soir assombri.

Quand la mystérieuse danse du ciel touche à sa fin, les spectateurs clignent les yeux, se remettent à respirer, reviennent à eux comme s'ils sortaient d'un long enchantement. Ils éprouvent une certaine surprise à se retrouver dans leur propre corps, à flanc de colline : pendant une demi-heure, ils ont été transportés ailleurs. Leur âme se réinstalle en eux. Les doigts se tendent, les orteils gigotent. Leur poitrine et leur chair sans plume leur sont vaguement étrangères.

George regarde sans voir : son petit esprit est plein de freux, et plus rien ne fait impression sur lui. Il bâille, et sans un mot il s'assoupit d'un coup. Dora le tient contre elle tandis que les autres ramassent les coussins et la toile cirée. Personne ne parle, mais quand leurs regards se croisent, ils éprouvent le sentiment puissant d'avoir partagé une expérience.

Dora est lumineuse, elle exulte, sereine. Voilà ce qu'une escapade parmi les freux apporte aux humains. On dirait qu'elle concentre en elle toute la gloire du monde. Assister une fois dans sa vie à ce spectacle, c'est en conserver l'impression jusqu'à la fin de ses jours. L'excitation de ce vortex d'oiseaux s'attarde dans le sang, leur spirale continue de tourner dans le cerveau, dans l'œil, bien après que les vrais corbeaux se sont posés sur leurs branches.

Dora est en paix avec elle-même. Demain, les jours suivants, elle peindra, et elle peindra bien. Les freux libèrent le bras qui peint, l'esprit, pour rendre les choses possibles…

Dora sera triste, heureuse, malade, bien portante. Elle vivra le mieux possible aussi longtemps qu'elle le pourra, et quand elle ne pourra plus, elle mourra. Quant aux freux, ils continueront de peindre des mystères dans le ciel, à l'aube et au crépuscule, tant que le monde durera.

&

Les freux possèdent bien des noms collectifs. Dans certaines contrées, on parle d'*une histoire de freux.*

Toute histoire trouve son terme. Celle-ci. La vôtre. Celle de chacun.

Le freux est un grand amateur d'histoires. Il les récolte depuis qu'elles existent, c'est-à-dire depuis qu'il y a des dieux, des humains et des freux. Et il possède une longue mémoire où les retenir.

Quand votre histoire s'arrêtera, un freux viendra la recueillir, comme j'ai recueilli celle de William Bellman. Ainsi, quand vous arriverez à la dernière ligne de la dernière page, c'est Pensée ou Mémoire, ou l'un de leurs nombreux descendants qui vous attendra pour vous accompagner, à l'instant où le livre de votre vie se refermera. En chemin, en passant par la dernière page blanche, au-delà de la couverture qui nous sépare de cet autre monde, votre freux récoltera votre histoire. Plus tard, il reviendra sans vous. Et puis, quand le temps sera venu, il trouvera son chemin vers la page blanche du ciel où il prendra part au plus important rituel des freux.

Tout sera alors rassemblé dans un lac d'encre noire. D'abord, l'un s'élèvera, puis d'autres, puis des centaines, des milliers, jusqu'à ce que, marques d'encre sur la nue blanche, les descendants de Pensée et Mémoire dansent ensemble en un ballet collectif passionné et spectaculaire : une histoire des dieux, des humains, des freux.

Il se trouve que nous avons aussi un nom collectif pour vous. Pour nous, vous êtes *un spectacle d'humains*.

Sources

Une auteure de fiction a le droit de prendre des libertés avec l'histoire et les faits, aussi en ai-je pleinement profité. J'ai néanmoins une dette envers les personnes suivantes qui m'ont transmis leur connaissance intime de l'histoire des manufactures, des pratiques funéraires à l'époque victorienne et des habitudes de la famille des corvidés.

Jennifer Tann, *Wool and Water : the Gloucestershire Woollen Industry and its Mills*

Pat Jalland, *Death in the Victorian Family*

James Stevens Curl, *The Victorian Celebration of Death*

Tony Mazluff, *In the Company of Crows and Ravens*

Mark Cocker, *Crow Country*

Merci également à Robin Mitchell qui m'a fait visiter Gigg Mill où il m'a montré toutes sortes de procédés historiques et de métiers à tisser, ainsi qu'à Judy Faraday et Linda Moroney des archives John Lewis pour les informations de très grandes valeurs qu'elles m'ont apportées dans le domaine des grands magasins de pompes funèbres victoriens.

La chanson chantée par les couturières et reprise par William Bellman et Lizzie s'appelle *Echoes*, elle est d'Adelaide Anne Procter, grande poétesse du XIXe siècle anglais.

Remerciements

Mes premiers remerciements vont à Toppen Bech et Håkon Langballe, dont l'amitié et la générosité envers moi et ce livre sont sans égales. Tusen takk !

Merci aussi à Mark Cocker pour son merveilleux livre *Crow Country*. Ce roman ne serait pas ce qu'il est sans ce récit passionnant et poétique de la fascination qu'exercent les freux sur les humains.

Merci également à Jo Anson, Mike Anson, Jane Bailey, Cathrine Bakke Bolin, Gaia Banks, Emily Bestler, Erin Catley, Fergus Catley, Paula Catley, Ross Catley, Janet Cook, Judith Curr, Marianne Downie, Jenny Jacobs, Anna Franklin, Nathan Franklin, Vivien Green, Douglas Gurr, Guy Julier, Mary Julier, Jean Kirk, Susan Lamb, Caroline Lemarechal Stüwe, Bill Massey, Gary McGibbon, Stephanie Ross-Russell, Noel Ross-Russell, Mandy Setterfield, Jo Smith, Julie Summers, Sarah Thomas, Silvia Querini, Gina Wilson, Zofia Zawisza.

Merci à Owen Staley, présent quand ce livre ne comptait encore que quelques paragraphes, et à Margaret Nicholson (*alias* Margaret Yorke) pour ses encouragements. J'aimerais que vous soyez là tous les deux pour le voir terminé.

Enfin, merci oncle Neville pour m'avoir raconté cette histoire du jour où tu as tué un merle avec une pierre, même si tu n'en avais pas l'intention et ne t'en croyais pas capable.

Ouvrage composé par
PCA – 44400 Rezé

Imprimé en Espagne par
Liberdúplex
à Sant Llorenç d'Hortons (Barcelone)
en octobre 2016

POCKET – 12, avenue d'Italie – 75627 Paris Cedex 13

Dépôt légal : novembre 2016
S25938/01